DEANA ZINSSMEISTER

Das Pestzeichen

GOLDMANN
Lesen erleben

Buch

1652. Die Kämpfe, die drei Jahrzehnte lang im Reich gewütet haben, haben unsägliches Leid und große Armut hinterlassen. Die Familie der jungen Susanna hat Krieg, Pest und Hunger überlebt. Doch als die Siebzehnjährige eines Tages erstmals den elterlichen Hof verlässt, überfallen Fremde das Gehöft, morden und brandschatzen. Nur Susannas Vater überlebt schwer verletzt und vertraut seiner Tochter bei ihrer Rückkehr ein Geheimnis an, das die Unbekannten ihm selbst unter Folter nicht hatten erpressen können: den Ort, an dem er geheimnisvolle Schriften versteckt hat, die zu einem Schatz führen sollen. Als der Vater im Sterben liegt, bittet er Susanna, sich an einen Mann namens Jeremias zu wenden. Doch Susanna traut Jeremias nicht – zu Recht, wie sich schnell zeigt, denn Jeremias macht mit seinen Verbündeten Jagd auf sie. Es gelingt Susanna, mit den Schriften zu entkommen, allerdings wird sie auf der Flucht verletzt. Als sie verwundet im Wald liegt, wird sie von einem jungen Schweizer gefunden, der mit seiner Familie auf der Durchreise ist. Susanna findet zunächst keinen Gefallen an dem jungen Mann, aber bald wird ihr klar, dass er der Einzige ist, der ihr helfen kann, den Schatz ihres Vaters zu finden. Und es bleibt ihr nicht viel Zeit, denn Jeremias ist ihr auf den Fersen, und auch die Pest kommt näher …

Autorin

Deana Zinßmeister widmet sich seit einigen Jahren ganz dem Schreiben historischer Romane. Bei ihren Recherchen wird sie von führenden Fachleuten unterstützt, und für ihren Bestseller »Das Hexenmal« ist sie sogar den Fluchtweg ihrer Protagonisten selbst abgewandert. »Das Pestzeichen« ist Deana Zinßmeisters fünfter Roman im Goldmann Verlag. Die Autorin lebt mit ihrem Mann und zwei Kindern im Saarland.

Außerdem von Deana Zinßmeister bei Goldmann lieferbar:

Das Hexenmal
Der Hexenturm
Der Hexenschwur
Die Gabe der Jungfrau
Der Schwur der Sünderin
Der Pestreiter

Deana Zinßmeister

Das Pestzeichen

Roman

GOLDMANN

MIX
Papier aus verantwortungsvollen Quellen
FSC® C014496

Verlagsgruppe Random House FSC® N001967
Das FSC®-zertifizierte Papier *Pamo House* für dieses Buch
liefert Arctic Paper Mochenwangen GmbH.

4. Auflage
Originalausgabe Oktober 2012

Umschlaggestaltung: UNO Werbeagentur, München
Umschlagmotiv: © »The music faintly falling, dies away/
Thy dear eyes dream that love will live for aye«, 1893 (oil on canvas),
Strudwick, John Melhuish (1849–1937)/Private Collection/
Photo © The Maas Gallery, London/Bridgeman Berlin; FinePic
Karte: e-map-studio Margret Prietzsch
Redaktion: Eva Wagner
AG · Herstellung: Str.
Satz: omnisatz GmbH, Berlin
Druck und Bindung: GGP Media GmbH, Pößneck
Printed in Germany
ISBN 978-3-442-47639-8

www.goldmann-verlag.de

Gewidmet

Dr. phil. habil. Johannes Dillinger, Oxford/Mainz
Historiker und Sachbuchautor

Dr. Dieter Staerk, Saarbrücken
Historiker und Sachbuchautor

Trier
Mosel
Losheim
Wahlen
Brotdorf
Prims
Merzig
Lebach
Theel
Saar
Dillingen
Saarwellingen
Nied
Heusweiler
Güchenbach
Kölln
Püttlingen
Völklingen
Gersweiler
Aschbach
N
W
O
S
0
15km
Schweiz

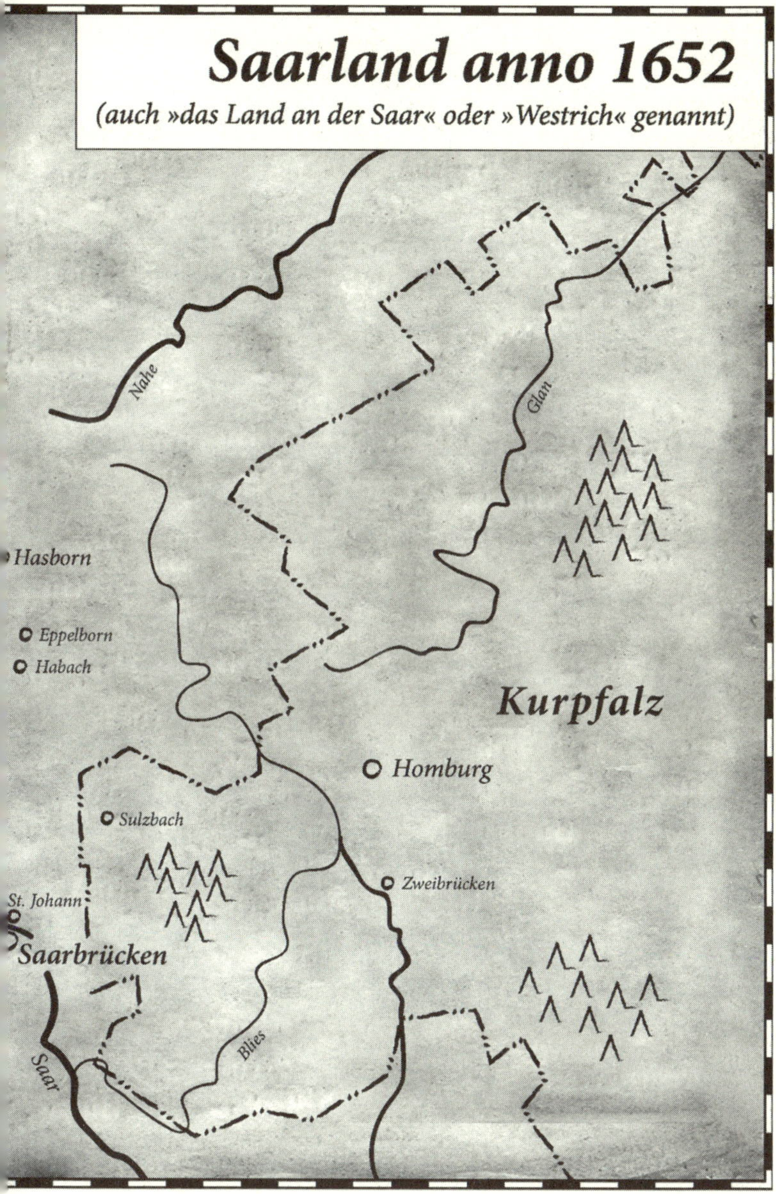

Saarland anno 1652

(auch »das Land an der Saar« oder »Westrich« genannt)

Tränen des Vaterlandes/Anno 1636

Wir sind doch nunmehr ganz, ja mehr denn ganz verheeret!
Der frechen Völker Schar, die rasende Posaun,
Das vom Blut fette Schwert, die donnernde Karthaun
Hat aller Schweiß und Fleiß und Vorrat aufgezehret.

Die Türme stehn in Glut, die Kirch' ist umgekehret.
Das Rathaus liegt im Graus, die Starken sind zerhaun,
Die Jungfern sind geschänd't, und wo wir hin nur schaun,
Ist Feuer, Pest, und Tod, der Herz und Geist durchfähret.

Hier durch die Schanz und Stadt, rinnt allzeit frisches Blut.
Dreimal sind schon sechs Jahr, als unser Ströme Flut,
Von Leichen fast verstopfft, sich langsam fortgedrungen,

Doch schweig ich noch von dem, was ärger als der Tod,
Was grimmer denn die Pest und Glut und Hungersnot,
Das auch der Seelen Schatz so vielen abgezwungen.

Andreas Gryphius

(Erklärung: Der Seelenschatz ist die Seligkeit. Karthaune / Kanone, Schanz / Stadtbefestigung)

Personenregister

Familie Arnold (nahe Heusweiler)
Susanna
Bruder Johann
Schwester Bärbel
Vater
Mutter
Thomas, Schäfer und Freund der Familie

Agnes, Susannas Tante (Schwester ihrer Mutter)
Albert, deren Mann
Arthur, Susannas Vetter
und vier weitere Kinder

Familie Blatter (Schweiz)
Urs
Bruder Leonhard
Schwester Vreni
Mutter Barbli
Vater Jaggi
Oheim Bendicht (Bruder des Vaters)

Jeremias, Söldner
Markus, Söldner
Eckart Schiffer, Salinenbesitzer

Bachmichel-Haus (Eppelborn)
Bauer Sonntag
Bäuerin Sonntag
Oheim Sonntag
Karl Lauer, Freund der Familie
Ludwig
Paul

Gersweiler
Anna, die Magd
Peter, der Wirt

Pestkirche Aschbach
Thomas
Johannes, sein Sohn

Trier
Kurfürst und Erzbischof Karl Kaspar von der Leyen (1618–1676)

Saarbrücken
Lutz Kesselstadt, Amtmann

Prolog

Das Jahr 1650, im Land an der Saar

Die fünfzehnjährige Susanna wälzte sich unruhig auf ihrem Lager hin und her. Es war schwül und stickig in ihrer Dachkammer. Wehmütig blickte sie zu ihrer jüngeren Schwester Bärbel, die selig schlief. Susanna setzte sich leise seufzend auf und wischte sich mit dem Saum des Nachthemds über das verschwitzte Gesicht. Dann erhob sie sich von ihrem Strohsack, ging zu dem kleinen Dachfenster und streckte den Kopf hinaus. Nicht eine sanfte Brise wehte.

Susanna strich sich ihr kastanienbraunes Haar zurück, zwirbelte es zusammen und rieb sich mit der Handfläche den Nacken trocken. Dabei blickte sie hinunter auf den Hof, wo das Mondlicht schwach die Umgebung erhellte. Plötzlich glaubte sie eine Bewegung ausmachen zu können. Sie nahm die Hände herunter, stützte sich am Fenstersims ab und kniff die Augen zusammen. Suchend ließ sie den Blick über den Hof schweifen. Als sie erneut einen Schatten zu sehen glaubte, zog sie erschrocken den Kopf zurück. Tatsächlich bewegte sich im Hof eine Gestalt, die trotz der Hitze in einen langen Mantel gekleidet war, im Schutz der Dunkelheit auf den leeren Stall zu. Dort verweilte der Fremde an der schmalen Pforte und schaute sich nach allen Seiten um.

Susanna konnte das Gesicht nicht erkennen, doch sie hatte das Gefühl, als ob der Fremde zu ihr hochstarren würde. Wie ertappt trat das Mädchen einen Schritt in den Raum zurück. Sie zählte bis zehn und lugte dann vorsichtig wieder nach unten, wo sie gerade noch erkennen konnte, wie die Gestalt im Stall verschwand.

Susannas Herz pochte heftig. »Wer könnte das sein, und was will er hier?«, murmelte sie und streckte den Kopf wieder zaghaft aus dem Fenster. Erstaunt sah sie eine weitere Gestalt, die ebenfalls zum Stall ging. Da die Person leicht hinkte, war sie sicher, dass es sich um ihren Vater handeln musste. Auch er verschwand in dem Bretterverschlag.

Das ist wirklich seltsam, dachte Susanna beunruhigt. Angst wich der Neugierde. Sie wollte wissen, was in dem Stall vor sich ging.

Susanna schaute kurz zu ihrer Schwester, die weiter ruhig schlief. Leise öffnete sie die Kammertür, ging zur Treppe und stieg vorsichtig, damit die Dielen nicht unter ihren Füßen knarrten, die Stufen nach unten. Sie öffnete geräuschlos die Haustür, schloss sie ebenso leise hinter sich und lief barfüßig über den Hof auf die hausabgewandte Seite des Viehverschlags. Erst dann blickte sie zurück, um zu prüfen, ob jemand sie gesehen hatte.

Als im Haus alles ruhig blieb, kroch sie lautlos auf allen vieren zu der kleinen Klappe, die sich auf der Rückseite des Stalls befand. Die Öffnung ermöglichte es den Hühnern, bei schlechtem Wetter ins Trockene zu flüchten. Jetzt nutzte das Mädchen sie, um ins Innere des Verschlages zu spähen und zu lauschen. Susanna legte sich lang ausgestreckt davor und zog die Klappe vorsichtig nach außen hoch. Vor Aufregung hörte sie ihr Blut in den Ohren rauschen. Sie schloss für einige Herzschläge die Augen, um sich zu beruhigen. Dann spähte sie in die Dunkelheit des Stalls. Es war kaum etwas zu erkennen, doch sie glaubte Stimmen zu hören, die sie nicht verstehen konnte.

Susanna rutschte näher an die Öffnung, als drinnen ein Kienspan angezündet wurde. Ein schwacher Lichtschein erhellte nun das Innere des Stalls. Jetzt erblickte Susanna zwei Paar

Füße, die in braunen Schnürschuhen steckten und sich gegenüberstanden. Ein Fuß war leicht abgewinkelt. *Vater*, dachte das Mädchen. Seit dem Unfall mit dem Fuhrwerk vor einigen Jahren hinkte er, da sein gebrochener Fuß krumm wieder zusammengewachsen war.

Susannas Neugierde wuchs mit jedem Atemzug. Sie konnte sich auf das geheime Treffen mitten in der Nacht keinen Reim machen und presste ihr Gesicht dicht an die Luke, damit sie nach oben schielen konnte. Der fremde Mann in dem schwarzen Mantel stand mit dem Rücken zu ihr, sodass Susanna sein Gesicht nicht sah. Der Unbekannte reichte dem Vater etwas, was er stumm entgegennahm. Susanna fluchte innerlich, da sie den Gegenstand nicht erkennen konnte. Sie versuchte den Kopf tiefer durch die Luke zu schieben und drehte sich deshalb auf die Seite, sodass sie besser nach oben blicken konnte.

Als der Fremde mit tiefer Stimme zu ihrem Vater sprach, schaute dieser auf, und seine Augen bekamen einen sonderbaren Ausdruck. Jetzt konnte Susanna verstehen, was der Fremde zu ihrem Vater sagte: »Du hast dir gemerkt, was ich dir beim letzten Mal erklärt habe?«

Der Vater nickte, und der Mann ermahnte ihn mit Grabesstimme: »Du musst alle Gegenstände vor Ungläubigen verbergen. Nur die Geprüften dürfen sie sehen. Vergiss niemals, dass während der Suche geschwiegen werden muss. Wird auch nur ein Wort gesprochen, ist alles vorbei, und er verschwindet so tief, dass er nicht mehr geborgen werden kann.«

Der Vater nickte erneut und starrte wieder den Gegenstand an, den Susanna nicht erkennen konnte.

Als das Mädchen den unheimlichen Ton der fremden Stimme vernahm, überzog eine Gänsehaut ihren Körper, und es schüttelte sie, sodass sie die Luke ein kleines Stück nach unten fallen ließ. Diese Bewegung schien der Vater bemerkt zu haben. Als sein Blick sich mit ihrem kreuzte, riss er entsetzt die Augen auf, woraufhin sich der Fremde ruckartig umdrehte. Aus kalten Augen starrte er das Mädchen an, das vor Schreck die Klappe losließ.

Voller Furcht versuchte Susanna aufzustehen. Bevor sie sich aufrappeln konnte, hörte sie, wie der Fremde mit eisiger Stimme zischte: »Ist sie noch Jungfrau?«

Susanna wartete die Antwort ihres Vaters nicht mehr ab, sondern rannte ins Haus zurück, wo sie sich unter ihrem Bett verkroch.

Kapitel 1

Das Köllertal im Land an der Saar, 1652

Seit Anfang April brannte die Sonne jeden Tag aufs Neue unerbittlich vom Himmel, und auch im Monat Mai blieb der Regen bislang aus. Die stetige Hitze ließ die Weiden vertrocknen und das Wasser in Bächen und Teichen verdunsten. Blumen und frische Triebe verdorrten, kaum dass sie ausgeschlagen hatten.

Susanna war froh, dass ein Teil des Weges sie durch schattigen Wald führte. Als sie an einem Bachlauf vorbeikam, kniete sie nieder und schöpfte mit der hohlen Hand Wasser, um ihren Durst zu stillen. Anschließend benetzte sie das Gesicht und den Hals, lupfte ihren Rock und setzte sich an den Rand des Bachs. Als sie die Füße in das kühle Wasser tauchte, schloss sie kurz die Augen und seufzte leise. Verträumt blinzelte sie dann in die Sonnenstrahlen, die zwischen den Ästen der Bäume auf den Waldboden trafen. Susanna konnte es kaum erwarten, nach Hause zu kommen. Gegen Abend würde sie wieder bei ihren Geschwistern und den Eltern sein. Als ihr bewusst wurde, dass sie nur eine Woche von zu Hause fort gewesen war, schüttelte sie ungläubig den Kopf. Es kam ihr wie eine Ewigkeit vor. Doch tatsächlich war sie letzten Dienstag in den Norden von Westrich aufgebrochen, um die Ziege zur Schwester der Mutter zu bringen.

Ihre Muhme war wenige Tage zuvor von einer Tochter entbunden worden, hatte jedoch nicht genügend Milch, um das Kind satt zu bekommen. Da die Verwandten keine eigene Ziege besaßen, hatten sie den ältesten Sohn Arthur zum Hof der Arnolds geschickt. Nach einem anstrengenden Tagesmarsch war der Zwölfjährige auf dem Gehöft, das nahe dem Ort Heusweiler gelegen war, angekommen. Der Junge hatte blass und dünn auf dem Hof gestanden und um die Ziege gebettelt. »Meine kleine Schwester verhungert sonst«, hatte Arthur mit trauriger Stimme erklärt.

Zwar musste auch Susannas Familie jeden Tag aufs Neue ums Überleben kämpfen, doch ging es den Arnolds besser als vielen anderen, die wie sie den langen Krieg überlebt hatten. Die Kämpfe, die drei Jahrzehnte lang im Reich gewütet hatten, hatten unsägliches Leid und große Armut hinterlassen. Seit vier Jahren herrschte nun Friede im Land. Mit der Zeit schienen sich die Lebensbedingungen zu verbessern, da man vielerorts mit dem Wiederaufbau begann. Doch die Menschen litten Hunger. Da der Krieg zahllose Tote gefordert hatte, waren große Landstriche verwaist. Bauernhöfe und ganze Ansiedlungen standen leer oder waren in Schutt und Asche gelegt worden. Felder konnten nicht bestellt werden, da es kaum Saatgut zu kaufen gab. Die wenige Frucht, die noch auf den Äckern wuchs, reichte nicht aus, um die Menschen zu ernähren. Obendrein waren die Wälder fast leer gejagt, sodass es nur noch vereinzelt Hirsche, Rehe, Hasen, Wildschweine oder anderes Wild gab, das den Speiseplan ergänzen konnte. Die Menschen waren so verzweifelt, dass sie alles aßen, was den Hunger stillte. Vor wenigen Wochen erst hatten die Arnolds eine alte Frau tot vor einem Mauseloch auf dem Acker gefunden. Sie hatte in ihrer Verzweiflung anscheinend versucht, eine Maus auszugraben, und war darüber an Hunger gestorben. Der Totengräber hatte die Alte abgeholt und erschüttert geflüstert: »Sie ist leicht wie eine Feder!«

Als wäre der Hunger nicht schon Leid genug, kämpften die Menschen zudem gegen Seuchen, die um sich griffen und ihren

Tribut forderten. Nur wenige Orte blieben von der Pest verschont, sodass die Angst vor der gefährlichen Krankheit das Leben der Menschen bestimmte. Misstrauisch beobachteten sie sich gegenseitig, ob ihre Körper Zeichen der ansteckenden Seuche trugen.

Susannas Familie hatte Glück gehabt und war von all dem verschont geblieben. Ihr Vater vermutete, dass der kleine Hof zu abseits lag, um von Umherziehenden entdeckt zu werden. Eingebettet in einen Hain am Rande des Köllertals, war er fast unsichtbar, sodass sich nur selten jemand zu ihnen verirrte.

Nachdem Arthur Susannas Eltern das Anliegen vorgetragen hatte, schaute die Mutter ihren Mann bittend an.

»Wir haben nur diese eine Ziege«, erklärte er ungehalten.

Arthur hatte den abweisenden Blick des Oheims bemerkt und schnell hinzugefügt: »Ich werde euch die Ziege zurückbringen, sobald meine Schwester kräftig genug ist. Das verspreche ich!« Dabei hatte er mit flehenden Augen seine Tante angeschaut.

Susannas Mutter legte ihrem Mann die Hand auf den Arm und sagte: »Agnes ist meine einzige Schwester. Wir dürfen nicht hartherzig sein, sondern müssen unserem Schicksal danken, dass es uns gutgeht. Wir benötigen die Ziege im Augenblick nicht. Milch bekommen wir von unserer Kuh. Auch sind die Zicklein groß genug und können jetzt ohne das Muttertier auskommen.«

Die finsteren Gesichtszüge des Vaters entspannten sich. Nachdem er laut aufgeseufzt hatte, sagte er: »Du hast recht, Maria. Wir müssen dankbar sein. Der Herrgott hat uns bis jetzt nicht im Stich gelassen, und das wird er auch nicht, wenn wir dem Jungen die Ziege mitgeben.«

Glücklich hatte die Mutter dem Mann einen Kuss auf die Wange gehaucht und zu ihrer Tochter gesagt: »Du wirst Arthur begleiten und meiner Schwester eine Woche lang unter die Arme greifen. Danach kommst du wieder nach Hause.«

Als der Vater etwas erwidern wollte, hatte die Mutter ihn angelächelt, sodass er den Mund wieder schloss.

So kam es, dass Susanna zum ersten Mal in ihrem Leben für einige Tage den elterlichen Hof verließ. Bis jetzt hatte sich das Leben der Siebzehnjährigen nur im Umfeld des Elternhauses abgespielt. Ihre Tante hatte sie erst zweimal gesehen. Diese hatte in jungen Jahren einen Knecht geheiratet und war mit ihm in seinen Heimatort Brotdorf gezogen, der im Norden von Westrich lag. Beide lebten und arbeiteten dort als Gesinde auf einem kleinen Bauernhof. Vor fünf Jahren starb zuerst die Bäuerin im Kindbett, und als der strenge Winter kam, starben die vier Kinder des Bauern an Lungenentzündung. Nachdem der Herrgott auch den Alten zu sich genommen hatte und sich keine Verwandten meldeten, die den Hof beanspruchten, blieb die Tante mit ihrer Familie auf dem Gehöft wohnen. Sie bewirtschafteten die Äcker wie in all den Jahren zuvor.

Jedoch schien der Ernteertrag nur spärlich auszufallen, so hohlwangig, wie ihr Sohn Arthur aussah. Als Susannas Mutter dem Jungen eine Scheibe Brot mit geräuchertem Speck reichte, griff er gierig danach und flüsterte: »Hmmm, riecht das gut!«

Am nächsten Morgen waren Arthur und Susanna mit der Ziege am Strick in Richtung Brotdorf losmarschiert. Alles, was die Eltern an Nahrungsmitteln entbehren konnten, hatten sie der Verwandtschaft eingepackt. Susanna trug schwer an dem Beutel, doch sie beklagte sich nicht.

Als die beiden mit der Ziege am späten Nachmittag das kleine Gehöft erreichten, war Susanna bestürzt. Es hatte den Anschein, als ob hier schon seit langem niemand mehr Ordnung gehalten hätte. Wertvolles Stroh und Heu lag achtlos verstreut umher, ebenso Werkzeug, das bereits rostete. Tote Hühner verwesten in einer Ecke, und über allem hing der Geruch von Exkrementen, der durch die anhaltende Hitze verstärkt wurde. Das Wohnhaus schien wie der kleine Verschlag, in dem Federvieh hungrig gackerte, kurz vor dem Zusammenbruch zu stehen. Die Haustür hing windschief in den Angeln, und die Fensterläden fehlten. An einer Wäscheleine waren zerschlissene Lappen aufgereiht, von denen Susanna annahm, dass dies die Windeln des neugeborenen Kindes waren.

Ein etwa zweijähriges Mädchen mit hellen Haaren saß, ohne Hose und nur mit einem kurzen Hemdchen bekleidet, vor dem Haus im Dreck und steckte sich etwas in den Mund, das kurz zuvor noch gekrabbelt war. Als plötzlich eine Katze laut aufschrie, blickte Susanna sich um. Sie entdeckte einen Jungen, der einen schwarz-weiß gefleckten Kater festhielt, während ein anderer Knabe ihn am Schwanz zog und dabei schadenfroh lachte.

»Franz! Theo!«, brüllte Arthur. »Lasst sofort das Vieh los!«

Kaum hatte der Junge seinen Griff gelockert, sprang die Katze von seinem Arm und brachte sich miauend in Sicherheit.

Die Jungen kamen näher und betrachteten Susanna neugierig. Als Franz auch die Ziege am Schwanz ziehen wollte, fauchte Susanna: »Wage es, und es setzt Prügel!«

Sofort zog der Junge seine Hand zurück und blickte die Fremde erschrocken an.

Susanna schätzte Franz nicht älter als sechs und Theo zwei Jahre jünger. Sie vermutete, dass die beiden ebenfalls ihre Vettern waren, denn sie hatten die gleichen Gesichtszüge wie Arthur. Auch ihre Augen lagen tief in den Höhlen und waren von dunklen Schatten umgeben. Die viel zu weiten Hosen schlackerten an ihren dünnen Körpern. Ihre strohhellen Haare standen wie bei einem Igel ab. Als Susanna glaubte, kleine Tiere in den Haarsträhnen der Jungen zu entdecken, juckte plötzlich auch ihre Kopfhaut.

»Wer ist das?«, flüsterte der Kleinere neugierig.

»Sie ist unsere Base Susanna«, erklärte Arthur knapp.

»Wo sind eure Eltern?«, fragte Susanna freundlich.

»Sicherlich im Haus«, antwortete Arthur, dessen Tonfall Susanna aufhorchen ließ. Sie blickte ihn fragend an, doch als er nichts sagte, sondern beschämt nach unten blickte, reichte sie dem Jungen den Strick und bat ihn: »Gib der Ziege zu saufen und lass sie anschließend auf der Wiese grasen.«

Sofort trieb Arthur das Tier zu einer Tränke, die mit fauligem Wasser gefüllt war. Seinen Brüdern befahl er: »Schöpft frisches Wasser aus dem Brunnen und bringt es her.« Franz wollte etwas erwidern, doch als er Susannas strengen Blick sah, nahm er wortlos den Eimer. Theo stapfte stumm hinter ihm her.

Susanna betrat die Kate. Sie bestand aus einem Raum, der spärlich möbliert war und gleichzeitig als Küche und Wohnbereich diente. Eine schmale Stiege neben der Eingangstür führte unters Dach. Als sie lautes Schnarchen hörte, schaute sich Susanna um und entdeckte an der hinteren Wandseite einen Mann, der auf dem blanken Boden lag und schlief. Sie ging näher und erschnupperte den Geruch von saurem Wein, der seinem offenen Mund entströmte. Angewidert rümpfte die junge Frau die Nase, als ein Kleinkind auf dem Dachboden wimmerte. Susanna ging zurück zur Stiege, raffte ihren Rock zusammen und kletterte die schmalen Tritte unters Dach hinauf. Vorsichtig streckte sie ihren Kopf durch die Klappe und spähte in den Raum hinein. Durch eine kleine Luke fiel spärliches Licht, sodass sie nur die Umrisse von mehreren Strohsäcken erkennen konnte.

»Tante Agnes?«, fragte Susanna leise in den Raum.

»Wer bist du?«, fragte eine ebenso flüsternde Stimme zurück.

»Susanna, die Tochter deiner Schwester Maria. Mutter schickt mich mit unserer Ziege.«

»Meine gute Schwester!«, schluchzte die Frau auf.

Susanna krabbelte auf den Dachboden, stellte sich auf und klopfte den Staub von ihrem Rock. Ihre Tante lag auf einem Lager in der hinteren Ecke, wo man sie kaum erkennen konnte. Das Kleinkind lag unruhig neben ihr und wimmerte.

Mit müden Augen blickte die Muhme Susanna entgegen und meinte: »Gott, bist du groß geworden!«

»Warum liegst du hier oben?«, fragte Susanna. »Es ist viel zu stickig unterm Dach«, stellte sie fest und fächelte sich mit der Hand Luft zu.

Die Frau schwieg, doch dann sagte sie: »Albert kann in seinem Zustand nur schwerlich die Leiter hinaufsteigen, sodass ich hier vor ihm sicher bin.«

»Du meinst den Betrunkenen, der unten auf dem Boden liegt?«, fragte Susanna spöttisch und erschrak im selben Augenblick, als sie das blau geschlagene Auge der Frau sah.

»Dir steht kein Urteil zu! Du weißt nichts über ihn oder uns. Albert war ein guter Mann«, verteidigte Agnes den Gatten, doch dann wurde ihre Stimme leiser. »Albert war nicht immer ein Trinker. Erst seit wir den Hof allein bewirtschaften, hat er sich verändert. Er spielt sich als Bauer auf, obwohl uns das Gehöft nicht gehört. Weder sieht er die Arbeit, noch sorgt er sich um die Felder, um das Vieh oder um uns. Schon in der Früh beginnt er zu trinken. Der Suff hat sein Wesen verändert.« Seufzend fügte sie hinzu: »Ich kann mich nicht um alles kümmern. Hanna ist unentwegt am Schreien, sodass ich kaum Ruhe finde. Ich habe noch vier andere Kinder, die versorgt werden müssen. Arthur hilft, wo er nur kann, aber die Arbeit ist zu viel für einen Zwölfjährigen.« Beschämt und traurig schaute sie auf das kleine Mädchen in ihren Armen, das auch im Schlaf noch wimmerte.

Susanna blickte ihre Tante mitfühlend an. Sie hatte schon gehört, dass manche Männer ihre Frauen schlugen, besonders, wenn sie betrunken waren. Zum Glück war ihr Vater nicht so.

Weder trank er, noch wurde er seiner Familie gegenüber ungehalten. Er war zwar streng, aber niemals grob.

»Komm mit nach unten, Tante Agnes«, sagte sie. »Mutter hat mir erlaubt, dir eine Woche lang unter die Arme zu greifen.«

Die Frau stand nur langsam auf. Mühsam richtete sie ihren Kittel und nahm das schlafende Kind hoch. »Albert wird darüber nicht begeistert sein«, sagte sie leise und blickte ihre Nichte ängstlich an.

»Mach dir keine Gedanken. Ich fürchte mich nicht vor deinem Mann«, erwiderte Susanna selbstsicher und stieg die Stiege hinab in den unteren Raum, wo sie bereits erwartet wurde.

Albert blickte seiner Frau und dem fremden Mädchen mit verkniffenem Gesicht entgegen. »Wer bist du?«, fragte er gereizt.

»Sie ist die Tochter meiner Schwester …«

Weiter kam Agnes nicht, denn ihr Mann brüllte: »Halt's Maul, Weib, oder habe ich dich gefragt?«

Sogleich begann die kleine Hanna zu weinen. Mit angewidertem Blick schaute der Vater seine Tochter an und fluchte: »Dieser elende Balg! Was hast du mir da aufgeladen?« Dann ging er zum Regal, wo er sich aus einer Tonflasche Selbstgebrannten eingoss. Agnes sah ihre Nichte entschuldigend an und ging mit dem weinenden Kind nach draußen.

»Ich habe euch die Ziege meiner Eltern mitgebracht, damit deine Tochter genug zu essen bekommt«, erklärte Susanna freundlich und versuchte zu lächeln.

Albert leerte den Becher in einem Zug und verzog trotz des beißenden Gesöffs keine Miene. Während er sich mit der Hand über den Mund wischte, höhnte er: »Sie ist zu nichts zu gebrauchen. Nicht mal ein Kind bekommt sie satt.« Dann brüllte er: »Agnes! Wann gibt es zu essen?«

Entsetzt über sein Benehmen, sagte Susanna: »Was kann deine Frau dafür, dass ihre Milch nicht reicht? Anstatt dass du den

Hof bewirtschaftest, damit deine Familie nicht hungert, liegt die gesamte Last auf den Schultern deiner Frau.«

Albert wandte sich dem Mädchen zu. Zuerst verfinsterte sich sein Blick, dann verfärbte sich sein Gesicht puterrot. Als er den Becher mit voller Kraft nach Susanna warf, konnte sie dem Geschoss nur ausweichen, weil sie sich rechtzeitig duckte.

»Bist du von Sinnen?«, schrie sie erschrocken und blickte auf den zerbrochenen Becher am Boden.

»Das nächste Mal werde ich genauer zielen«, zischte er gefährlich leise.

Susanna zweifelte nicht einen Augenblick an seinen Worten, schrie ihn aber wütend an: »Wie kannst du es wagen, mich verletzen zu wollen? Meine Eltern schicken mich, um euch helfen, und du willst mir schaden?«

»Wir brauchen keine Hilfe! Sag das deinen Eltern. Und jetzt verschwinde wieder.«

»Ich werde bleiben und meiner Tante helfen«, erwiderte Susanna und reckte ihr Kinn in die Höhe. Dabei blitzten ihre rehbraunen Augen den Mann ihrer Muhme herausfordernd an.

Albert machte Gebärden, als wollte er auf sie losgehen, doch als Susanna nicht zurückwich, ließ er die Arme sinken und blieb vor ihr stehen. Seine Augen funkelten sie an, doch dann zuckte er mit den Schultern, ging zum Regal und nahm sich einen neuen Becher, den er mit Schnaps füllte.

Susanna wandte sich angewidert von ihm ab und verließ die Kate.

Am Abend schnitt Susanna für die Kinder und ihre Tante je eine Scheibe von dem Brot ab, das sie mitgebracht hatte. Dazu briet sie dünn geschnittenen Speck in einer Pfanne an und schlug mehrere Eier darüber, die Arthur im Hühnerstall gesammelt hatte. Gierig langten die Kinder und Agnes zu, nur Albert bekam nichts davon ab. Als er nach einer Scheibe Brot greifen wollte, zischte Susanna: »Das ist das Brot meiner Eltern, ebenso der Speck. Wenn du Eier essen willst, dann geh in den Hühnerstall und sammle welche.«

Agnes blickte ihre Nichte entsetzt an. Sie hielt die kleine Hanna im Arm, die an einem Leinentuch warme Ziegenmilch aus einer kleinen Tonflasche nuckelte. Die Wangen des Kindes waren zart gerötet, und es schien zufrieden zu sein. Als der Vater jedoch mit der Faust auf den Tisch schlug und brüllte: »Ich bin hier der Herr im Haus!«, verzog das Mädchen seinen Mund, und ihre Augen füllten sich mit Tränen. Agnes presste die Kleine schützend an sich und traute sich kaum aufzublicken.

Dieses Mal konnte Susanna nicht ausweichen. Albert schlug ihr mit seiner flachen Hand voller Wucht ins Gesicht, sodass ihr Kopf zur Seite flog. Entsetzt fasste sich Susanna an die brennende Wange, doch es dauerte nur wenige Herzschläge, dann hatte sie sich gefangen. So schnell, dass Albert es kaum sehen konnte, hob Susanna ihren Rock leicht an und trat dem Mann mit voller Kraft zwischen die Beine, sodass er keuchend in die Knie ging.

»Du elendes Miststück!«, fluchte er schnaufend. Mehr konnte er nicht sagen, denn er sackte stöhnend zur Seite.

»Wage es nie wieder, die Hand gegen mich zu erheben«, sagte Susanna mit bebender Stimme und rannte zur Tür. Bevor sie hinausging, sah sie, wie Agnes zu ihrem Mann eilte und ihm auf die Beine half.

Am Tag danach verlor niemand ein Wort über den Zwischenfall. Nur die Blicke der Tante und des zwölfjährigen Arthur zeigten Susanna, dass sie sie für ihren Mut bewunderten. Albert versuchte dem Mädchen aus dem Weg zu gehen, doch Susanna konnte seine Blicke spüren. Sie tat jedoch, als ob sie das nicht bemerkte, und verrichtete ihre Arbeit, so gut sie konnte.

Als sie zwei Tage später an einem Bachlauf Wäsche wusch,

gesellte sich Arthur zu ihr und fragte verschämt: »Kannst du mir den Tritt beibringen?«

Susanna hielt in ihren Bewegungen inne und blickte ihren Vetter nachdenklich an. Dann erklärte sie: »Mein älterer Bruder Johann hat mir verraten, welche Stelle eines Mannes am empfindlichsten ist. Johann wollte, dass ich mich wehren kann, wenn Soldaten über mich herfallen sollten.«

Nachdem sie dem Zwölfjährigen gezeigt hatte, wie auch er sich erfolgreich wehren könnte, ermahnte sie ihn: »Nutze diesen Tritt nur, wenn du angegriffen wirst.«

Der Junge nickte, und das Mädchen wusste, dass er sich daran halten würde.

Susanna hatte ihre Tante, ihre Vettern und die beiden Mädchen nur ungern verlassen, aber sie war froh, dass die Woche hinter ihr lag und sie ihre Lieben wiedersehen würde. Sie erhob sich vom Ufer des Bachs und wischte sich die Wasserperlen von den Beinen. Frohen Mutes marschierte sie in die Richtung los, wo der elterliche Hof lag.

Sie ging den steilen Stich von Heusweiler über die Felder in Richtung Holzer Wald, als sie glaubte, dass ihr Rauchgeruch in die Nase stieg. Sie blieb stehen und schnupperte. »Da ist sicher trockenes Gras in Brand geraten. Kein Wunder bei der Dürre. Würde es doch nur endlich regnen«, murmelte sie und ging weiter.

Je näher Susanna ihrem Zuhause kam, desto stärker wurde der Brandgeruch. Auf einer Anhöhe blieb sie stehen und legte sich die Hand vor die Stirn, um besser ins Tal sehen zu können. Im selben Augenblick erstarrte sie.

Dort, wo der Bauernhof ihrer Eltern stand, konnte sie hellgraue Rauchsäulen erkennen, die in den Himmel stiegen. Von großer Unruhe getrieben, lief Susanna den Hang hinab, doch ihre Beine schienen ihr nicht gehorchen zu wollen. Sie stolperte, fiel und kullerte den Hang hinab. Ein Schmerz durchzuckte ihren Knöchel, doch sie beachtete ihn nicht, sondern rappelte sich auf und rannte weiter. Sie keuchte und glaubte, ihr Herz würde zerspringen, als es hart in ihrem Brustkorb schlug. Mit jedem Schritt wurde ihre Angst größer. Erst als sie den Hof erreicht hatte, blieb sie stehen und erkannte mit einem Schlag, was geschehen war.

Susanna ging in die Knie und schrie wie von Sinnen.

Kaum waren ihre Schreie verhallt, rief Susanna die Namen ihrer Eltern und ihrer Geschwister. Keine Antwort. Es war totenstill. Nur das leise Zischen der Glut, die sich durch das Holz des abgebrannten Hauses fraß, war zu hören. Mit zittrigen Knien und vor Entsetzen verzerrtem Gesicht stand Susanna auf und stieg über verkohlte Balken und zertrümmerte Fässer, als sie ihren Hofhund sah, der abgestochen in einer Blutlache lag. Sie sank in die Knie, um das Tier ein letztes Mal zu streicheln, da erblickte sie nackte Kinderfüße, die unter einem rußgeschwärzten Balken hervorlugten. Susanna fuhr in die Höhe und versuchte hastig, das Holz hochzuheben, doch es war glühend heiß, und sie verbrannte sich die Hände. Ohne mit der Wimper zu zucken, überging sie den Schmerz, riss sich von ihrem Rock zwei Stofflappen ab und umwickelte sich damit die Hände. Dann stemmte sie schreiend den Balken zur Seite und fand ihre kleine Schwester Bärbel.

Die Achtjährige schien sie aus weit aufgerissenen Augen anzustarren, doch Susanna wusste, dass das Mädchen tot war. Laut aufheulend kauerte Susanna sich neben Bärbel nieder, nahm sie in den Arm und schloss für immer die Augen des Kindes. Dann drückte sie ihrer kleinen Schwester einen Kuss auf die rußgeschwärzte Stirn. Susanna zuckte erschrocken zurück, denn Bärbels Haut fühlte sich warm an, ganz so, als ob sie noch lebte. Doch Susanna wusste, dass die Wärme von der Hitze des Feuers herrührte, denn das Blut, das an Bärbels Hinterkopf und ihren Haaren klebte, zeugte davon, dass jemand dem Kind den Schädel zertrümmert hatte.

»Wer hat dir das angetan, mein kleiner Schatz?«, flüsterte Susanna und wiegte dabei ihr Schwesterchen im Arm. Sie presste ihr Gesicht an Bärbels Brust, und ein Weinkrampf ließ ihren Körper erbeben.

Nach einigen Minuten legte sie das Mädchen zurück auf den Boden. *Bärbel muss beerdigt werden,* dachte Susanna. *Vater soll mir helfen, sie auf den Karren zu heben.* Sie rief laut seinen Namen.

Keine Antwort.

Susanna hatte das Gefühl, den Boden unter den Füßen zu verlieren. »Bitte, lieber Gott, lass es nur einen bösen Traum sein«, flüsterte sie und schrie gen Himmel: »Bitte!« Doch im selben Augenblick fühlte sie, dass ihre Gebete ungehört bleiben würden. Mit wackeligen Knien ging sie langsam zum Wohnhaus, dessen Dach und oberer Stock ausgebrannt waren. Rauchsäulen stiegen empor, und hier und da flackerten Flammen auf. »Wenn es doch endlich regnen würde«, stöhnte Susanna und stand gebeugt wie eine alte Frau vor der Eingangstür, die ebenso wie die Hauswände angekokelt war.

Nur langsam trat sie ein und sah die Treppe, die jetzt ins Leere nach oben führte. Sie schloss die Augen. Tränen quollen ihr unter den geschlossenen Lidern hervor. »Was ist geschehen?«, stöhnte sie leise, als sie nach oben blickte und über sich den Himmel sah. Verzweifelt wischte sie sich die Tränen fort. Dann wandte sie sich um und betrat die Küche, hoffend, dort ihre Mutter oder die Magd zu finden.

Auf dem Herd stand der große Topf, in dem erst vor kurzem Suppe gekocht worden war. Holzschüsseln und Löffel lagen auf dem Tisch, ganz so, als ob die Familie sich gleich zum Essen niedersetzen würde. Alles schien wie immer. Nur die Ascheschicht auf Boden, Tisch und Geschirr gehörte nicht hierher.

Als Susanna die beiden Frauen nicht finden konnte, wuchs ihre Hoffnung. »Mutter!«, schrie sie und blickte sich suchend um. Niemand antwortete. Sie rannte in die Wohnstube, die verwüstet war. Hier schien ein Kampf stattgefunden zu haben. Die schwere Eichentruhe war mitten in die Stube gezerrt worden. Stühle lagen im ganzen Raum verteilt herum, und die guten Weinbecher, die ihre Mutter so gemocht hatte, lagen zerbrochen auf dem Boden.

Susanna stakste wie auf hölzernen Beinen zur Hintertür, die angelehnt war. Zaghaft stieß die junge Frau sie auf und trat ins Freie. Sie blickte zur Koppel und sah die Kuh dort liegen. Susanna musste nicht hingehen, um zu wissen, dass das Tier tot war. Ihr Blick wanderte zum Nutzgarten und erstarrte. Hinter dem Schlehenstrauch waren Beine zu erkennen, die auf dem Boden lagen.

Susannas Mutter Maria hatte einst den Strauch gepflanzt, um Hexen fernzuhalten, aber auch, weil er nahrhafte Früchte trug. Jetzt verdeckte das Dornengestrüpp den Körper eines Menschen, und Susanna hatte Angst, näher hinzugehen. Ihre Füße bewegten sich langsam in Richtung des kleinen Tors, das Tiere von dem Obst und Gemüse fernhalten sollte. Mit zittriger Hand stupste sie das Türchen an, das quietschend aufsprang.

Schritt für Schritt kam Susanna näher und blieb dann abrupt neben dem Strauch stehen. Um nicht laut aufzuschreien, presste sie sich die Hand vor den Mund und keuchte. Johann, ihr zwei Jahre älterer Bruder, lag vor ihr auf dem Bauch am Boden. Eine Axt steckte tief in seinem Rücken, und Blut hatte sein helles Hemd durchtränkt.

Susanna fürchtete, zusammenzubrechen. Sie zitterte, und kalter Schweiß sammelte sich auf ihrer Stirn. Mit einem Ruck drehte sie sich um und lief aus dem Garten hinaus, um sich hinter dem Türchen zu erbrechen.

Ermattet setzte sie sich nieder und wischte sich über den Mund. Tränen verschleierten ihren Blick. Die Stofffetzen an ihren Händen hatten sich gelöst, und Susanna konnte Brandblasen auf den Handflächen erkennen. Wütend biss sie die Blasen auf, sodass sie vor Schmerz laut aufheulte. Doch dieser Schmerz war nichts gegen das Leid, das sie in ihrem Inneren quälte. Verzweifelt trampelte Susanna mit beiden Füßen auf dem Boden und schrie und tobte. Sie fühlte sich schwach und machtlos.

»Wer hat meinen Geschwistern das angetan?«, schluchzte sie. Wo waren ihre Eltern? Wo waren der Knecht und die Magd geblieben? *Ob sie sich in Sicherheit hatten bringen können?*, dachte Susanna voller Hoffnung und verwarf den Gedanken sofort. Ihre Eltern hätten Bärbel und Johann niemals zurückgelassen. *Vielleicht hat man sie entführt*, war ihr nächster Gedanke, als ihr Blick auf den Viehverschlag fiel, der noch unversehrt schien.

Susanna erhob sich mühsam und ging am Haus vorbei und über den Hof zum Schuppen. Zaghaft öffnete sie die Tür. Der Lichtschein, der in den Stall fiel, zeigte ein Bild des Grauens. Die Hühner lagen totgetreten oder mit abgerissenen Köpfen auf dem mit Blut verschmierten Lehmboden. Der Hahn war mit der Mistgabel an die Wand genagelt worden. Die zwei Zicklein lagen geköpft darunter. Als Susanna neben sich etwas baumeln fühlte, blickte sie fassungslos zur Seite. Es war die Magd, die mit einem Seil um den Hals nackt am Dachbalken hing. Ihre Augen waren weit aufgerissen, und die Zunge steckte blau verfärbt zwischen ihren Lippen.

Dann sah Susanna ihre Mutter auf dem Boden liegen. Auch sie war unbekleidet, ihr Körper gewaltsam verrenkt. Susanna schrie: »Mutter!« und rannte zu ihr. Sie nahm das geliebte

Gesicht zwischen ihre Hände und sah die durchtrennte Kehle. Entsetzt ließ sie den Kopf der Mutter los und wich einen Schritt zurück. Erneut würgte es sie, doch ihr Magen war leer.

Susanna spürte, wie ihre Beine schwach wurden, und sie fürchtete zu fallen. Mit zittrigen Händen suchte sie Halt, doch sie griff ins Leere. Schreiend fuhr sie sich mit den Fingern in die Haare und brüllte vor Schmerz und Hilflosigkeit. Wie ein gehetztes Tier schaute sie hin und her. Dann versuchte sie den Körper der Magd hochzuheben, in der Hoffnung, dass sie die Tote vom Gebälk abhängen könnte. Sie war zu schwer. Susanna sackte unter dem leicht schwingenden Körper zusammen und sank neben ihrer toten Mutter zu Boden.

»Wer hat euch das angetan?«, fragte sie wimmernd. Sie glaubte, den Verstand zu verlieren, als ein Geräusch sie zusammenzucken ließ. Voller Furcht versuchte Susanna sich hinter einem Holzfass, das als Tränke für die Tiere diente, zu verstecken. Erneut hörte sie ein leises Stöhnen. Schließlich zog sich das Mädchen vorsichtig aus der Hocke hoch und ging langsam in die Ecke, aus der das verhaltene Geräusch drang. Als sich Susannas Augen an das schummrige Licht gewöhnt hatten, glaubte sie in Ohnmacht fallen zu müssen.

Ihr Vater saß auf dem Boden, die Hände über seinem Kopf an einen Eckbalken gefesselt. Seine Lippen waren blutig gebissen und angeschwollen. Die Beine hatte man ihm in der Grätsche an kleinen Pfosten festgebunden, die im Boden steckten. Beide Füße waren nur noch blutige Klumpen.

Susanna fiel vor ihrem Vater auf die Knie. Voller Entsetzen starrte sie auf das rohe Fleisch seiner Füße, als er vor Schmerzen laut aufstöhnte.

»Vater«, flüsterte Susanna, und als er sich nicht regte, wiederholte sie das Wort laut.

Langsam wandte der Mann das Gesicht seiner Tochter zu. Tränen rollten ihm über die angeschwollenen Wangen. Leise formten seine wunden Lippen ihren Namen. Dann wandte er den Kopf und blickte auf seine tote Frau. »Maria«, weinte er kaum hörbar.

Susanna umfasste sanft mit beiden Händen sein Gesicht, damit er sie ansah. »Ich hole ein Messer, damit ich dich losschneiden kann«, stammelte sie und lief aus dem Viehstall über den Hof zum Haus.

Der Wind hatte aufgefrischt und wirbelte Funken durch die Luft, sodass sich die Flammen aufs Neue entzündeten. Sofort züngelten sie am Holz und ließen es knistern. Susanna blickte zum Himmel hoch und betete: »Herr, lass es endlich regnen!«

Dann rannte sie in die Küche. Als sie dort kein Messer finden konnte, eilte sie hinters Haus in die Schmiede, deren Wände lichterloh brannten. Zum Schutz vor der Hitze hielt sich Susanna die Hände vors Gesicht, als sie über den Leichnam des Knechts stolperte, dessen Füße bereits brannten. Voller Graus fürchtend, dass er verbrennen würde, hob sie den Oberkörper des jungen Mannes an, als der erhitzte Körper auseinanderplatzte.

Im selben Augenblick setzte Regen ein.

Kapitel 2

Der Regen, den die Menschen seit Wochen in ihren Gebeten erfleht hatten, kam in dicken Tropfen. Er ließ das glühende Holz zischen und dämpfte die Flammen ein.

Susanna stand vor den vom Feuer zerborstenen, bis zur Unkenntlichkeit verbrannten Körperteilen des Knechts und schrie ihren Schreck, ihre Angst und ihren Ekel hinaus. Sie trampelte mit den Füßen auf der Stelle und brüllte wie von Sinnen. Dann lief sie zum Brunnen, wo sie sich eimerweise Wasser über Kopf und Körper goss. Erst als sie das Gefühl hatte, dass der Geruch von Feuer und Tod, Ekel und Abscheu nicht mehr an ihr haftete, stellte sie den Eimer zur Seite. Immer wieder schüttelte es sie.

Sie war bis auf die Haut durchnässt und wollte Rock und Hemd ausziehen. Doch da sie den Beutel mit ihren Habseligkeiten, den sie im Angesicht des Feuers achtlos weggeworfen hatte, nicht finden konnte und ihre Kammer mit allem verbrannt war, hatte sie keine Kleidung zum Wechseln. Darum streifte sie sich das Wasser aus den Haaren und von der Haut und wrang den Rocksaum aus. Als sie aufblickte, sah sie ein Messer, das im hölzernen Überbau des Brunnens steckte. Sie zog es heraus und lief zurück in den Viehverschlag.

»Beweg dich nicht!«, bat Susanna den Vater, der laut aufstöhnte, als sie seine Arme umfasste. Da das Seil, mit dem man ihm die Hände über dem Kopf festgebunden hatte, tief ins Fleisch schnitt, waren Hände und Gelenke angeschwollen. Susanna säbelte vorsichtig mit dem Messer über den Strick, bis er riss. Die Arme des Vaters plumpsten nach unten, und er brüllte vor Schmerz auf.

Kraftlos saß er in gebeugter Haltung da und weinte wie ein Kind. Rasch durchtrennte Susanna die Seile, mit denen die Beine an den Pflöcken festgebunden waren. Als sie sich ihrem Vater zuwandte, sah sie, dass seine wunden und verkrusteten Lippen aufgeplatzt waren und stark bluteten. Susanna kniete sich neben ihm nieder und tupfte ihm behutsam mit ihrem noch feuchten Rocksaum das Blut vom Kinn. Das kühle, nasse Tuch schien den Schmerz zu lindern, denn der gepeinigte Mann schloss kurz die Lider. Als seine Lippen an dem Tuch saugten, stand Susanna auf. »Ich hole dir zu trinken.«

Sie folgte dem Blick ihres Vaters, der kaum hörbar »Maria!« stöhnte und entsetzt auf seine tote Frau starrte.

Tränen schossen Susanna in die Augen. Sie drückte ihrem

Vater einen Kuss auf die Wange, erhob sich und ging nach draußen.

Der Regen hatte nachgelassen. Die Luft war vom Qualm erfüllt, der von dem dampfenden Holz aufstieg und Susanna in den Augen brannte. Sie hielt sich schützend die Hände vor die Stirn und eilte in die Küche, um einen Becher und einen Krug zu holen. Dann rannte sie hinters Haus. Während sie am Brunnen das Gefäß mit klarem Wasser füllte, schweifte ihr Blick zu dem Gebüsch, hinter dem die Leiche ihres Bruders Johann lag. Entsetzt bemerkte sie eine Ratte, die vor dem Gatter hockte und in die Luft schnüffelte.

Hastig stellte Susanna das Geschirr auf den Brunnenrand, nahm einen Stein vom Boden auf und warf ihn schreiend nach dem Tier. Fiepend floh die Ratte zum Misthaufen, wo sie in einem Loch verschwand. Susanna verabscheute Ratten und schüttelte sich. Sie wusste, dass sie die Toten schnellstmöglich beerdigen lassen musste, denn bald würde mehr Ungeziefer auftauchen.

Susanna hielt ihrem Vater den Becher mit kühlem Wasser an die trockenen Lippen. Gierig trank er mehrere Schlucke. Dann holte sie frisches Stroh, polsterte damit sein Lager und half ihm, sich hinzulegen. Kaum lag er ausgestreckt auf dem Boden, schloss er die Augen und fiel in einen ohnmachtsähnlichen Schlaf.

Sie besah sich die blutigen Klumpen seiner aufgequollenen Füße. »Welcher Mensch ist dazu fähig, dir so etwas anzutun?«, flüsterte sie und vertrieb mit der Hand die Fliegen.

Kälte kroch in Susannas Glieder und ließ sie zittern. »Ich muss mich umziehen, sonst werde ich krank«, murmelte sie, als jemand hinter ihr rief:

»Gott, Gütiger!«

Susanna fürchtete für einen kurzen Augenblick, dass ihr

Herz vor Schreck stehenbliebe, doch abrupt wandte sie sich der Stimme zu und schrie: »Komm mir zu nahe, und ich töte dich!« Dabei hielt sie das Messer vor sich, das sie in einer hastigen Bewegung vom Boden aufgenommen hatte.

»Ich will dir nichts Böses!«, erklärte der Mann, der mit entsetztem Blick zur Leiche der Magd schaute, die durch den Luftzug am Balken hin und her baumelte.

»Thomas!«, rief Susanna, als sie den Mann erkannte, und warf sich ihm an die Brust. Hilflos legte er seine Pranken um ihre Schultern und drückte ihr einen Kuss auf den Scheitel.

Im selben Augenblick verließen Susanna die Kräfte, und sie brach weinend zusammen. Ihre Knie knickten ein, und der Mann fing sie auf und strich ihr beruhigend über das nasse Haar.

»Du musst dir trockene Sachen anziehen, Mädchen«, sagte er mit väterlicher Stimme. Mehr vermochte er nicht zu sagen.

Susanna blickte in das runzlige Gesicht des Schäfers, dessen graue Augen sie mitleidig ansahen. Sie nickte und ging hinaus, um ihren Beutel zu suchen.

Als sie kurze Zeit später in trockener Kleidung zurückkam, hatte der Schäfer die Leiche der Magd vom Gebälk genommen und auf den Boden neben Susannas tote Mutter gelegt. Er hatte beiden Frauen die Kleidung übergezogen, die verstreut im Stall gelegen hatte. Zwar waren Hemden und Röcke zerrissen, doch die Stofffetzen reichten, um die Blöße der Frauen zu bedecken. Auch hatte Thomas ihre Augen geschlossen und ihre Hände auf dem Bauch gefaltet. Unfähig, ein Wort zu sagen, sah Susanna den Mann dankbar an. Er nickte ihr mit feuchten Augen zu.

»Draußen liegen Bärbel und Johann. Ich muss sie beerdigen lassen, bevor die Ratten sie fressen«, flüsterte Susanna.

Entsetzt schaute der Mann auf und stammelte: »Ich hatte gehofft, dass sie wie du überlebt haben und sich versteckt halten!«

»Ich war nicht zuhause, sondern eine Woche bei meiner

Muhme in Brotdorf. Als ich heute am Nachmittag zurückkam, waren außer Vater alle tot«, berichtete Susanna stockend.

Der Schäfer schwieg für einige Atemzüge, dann sagte er leise: »Ich werde sie in den Stall zu deiner Mutter legen.«

Doch Susanna schüttelte den Kopf und blickte zu ihrem Vater, der im Schlaf leise stöhnte. »Es ist besser, wenn er sie nicht auch noch sieht.« Dann wandte sie sich dem Freund zu. »Ich weiß nicht, was geschehen ist, Thomas, oder wer das getan hat und warum. Ich hoffe, dass Vater es mir erzählen wird, wenn es ihm besser geht. Kannst du mir sagen, was man mit seinen Füßen angestellt hat? Wie kann ein Mensch einem anderen so etwas antun?«

Der Schäfer beugte sich über den Bauern und seufzte laut.

Die beiden Männer kannten sich von Kindesbeinen an und hatten sich selbst während des langen Krieges nie aus den Augen verloren. Seit Friede herrschte, war Thomas Schäfer und zog mit den Tieren, die ihm die Bauern des Köllertals anvertrauten, übers Land. Alle paar Wochen besuchte er mit seiner Herde den Arnoldschen Bauernhof, und jedes Mal freute er sich auf das Wiedersehen. Dann lachten und tranken die beiden Freunde die halbe Nacht zusammen und schwelgten in Erinnerungen. Und erst wenn der Schäfer dem Bauern versprochen hatte, bald wiederzukommen, durfte er mit seinen Tieren am nächsten Tag weiterziehen. So hätte es auch heute sein sollen, doch schon von Weitem hatte Thomas gespürt, dass etwas passiert sein musste. Als er vom Hügel aus das abgebrannte Gehöft erblickt hatte, war er losgerannt. Er hatte ein großes Unglück befürchtet, aber nicht ein so schreckliches.

Thomas starrte auf die blutverkrusteten Klumpen der Füße seines Freundes. Dann blickte er auf die Kadaver der geköpften Zicklein. Schwerfällig ging er in die Hocke, befeuchtete seinen Zeigefinger mit Speichel und fuhr damit über die weißen Krümel am Boden. Er leckte am Finger, schmatzte und nickte.

»Dachte ich es mir!«, murmelte er und erhob sich. »Dein Vater«, sagte er zu Susanna, »wurde gefoltert. Sie müssen wohl geglaubt haben, dass er Geld vergraben hatte. Mit der Folter wollten sie ihm den Ort des Verstecks entlocken.«

Susanna lachte hysterisch auf. »Geld? Wir sind froh, wenn wir den Tag überleben. Zwar geht es uns besser als manch anderen, aber wir haben kein Geld!«, brauste sie auf. Ihre Augen funkelten, doch rasch erlosch ihr Kampfgeist wieder. Stattdessen blickte sie Thomas ungläubig an und fragte: »Ist das der Grund, warum Vater die Haut von den Füßen abgezogen wurde?«

Thomas schüttelte den Kopf. »Seine Fußsohlen wurden mit Salz eingerieben, das die Zicklein ablecken mussten. Ihre raue Zunge hat seine Haut aufgerieben, bis sie blutige Klumpen waren. Er muss vor Schmerzen geschrien und sich zugleich vor Lachen die Lippen zerbissen haben.«

Hilflos zuckte der Schäfer mit den Schultern und blickte auf seinen Freund: »Ich habe keine Ahnung, warum sie die Tiere geköpft haben. Vielleicht, weil sie die Ziegen nicht mehr brauchten, vielleicht aber auch aus Wut, weil dein Vater kein Geld hat.«

»Wer sind *sie*?«, stammelte Susanna.

Der Schäfer zuckte erneut mit den Schultern. »Diese Frage kann ich dir nicht beantworten, Mädchen. Vielleicht marodierende Soldaten oder Diebe. Vielleicht Landstreicher. Ich weiß es nicht, und ich fürchte, dass wir das nie erfahren werden, Susanna.« Als er den wilden Blick der jungen Frau sah, versuchte er sie zu beruhigen. »Susanna«, sagte er ernst. »Es ist nicht mehr zu ändern! Selbst wenn du erfährst, wer deiner Familie das angetan hat, wirst du hoffentlich keine Möglichkeit erhalten, dich mit ihren Mördern anzulegen. Du siehst, dass sie vor nichts zurückschrecken. Sie würden auch dich foltern und töten. Sei Gott dankbar, dass dein Vater und du überlebt haben.«

Susanna drückte ihre Hände zu Fäusten zusammen. Um

nicht laut aufzuschreien, presste sie die Lippen fest aufeinander. Sie schloss die Augen, doch als sie den Schäfer wieder anblickte, zischte sie: »Wo war Gott, als man meine Familie so grausam ermordete?«

Thomas blickte sie entsetzt an. »Versündige dich nicht, mein Kind! Gott hat dich gelenkt und wird es auch weiterhin tun. Deine Aufgabe ist jetzt, dich um deinen Vater zu kümmern, damit er gesund wird.« Der Blick des Schäfers durchbohrte die junge Frau, der lautlos Tränen über die Wangen liefen. Langsam ging er auf sie zu und legte väterlich seine Arme um ihre Schulter. Wie ein Kind wiegte er sie hin und her, und langsam entspannte sich Susannas Körper.

»Ich werde nach Kölln gehen und den Pfarrer verständigen«, sagte Thomas leise und fügte hinzu: »Anschließend komme ich mit dem Totengräber zurück.«

Susanna konnte nur stumm nicken.

Es dämmerte, als der Schäfer zusammen mit dem Totengräber und einem Fuhrwerk auf dem Hof ankam. Der schwarz gekleidete Mann reichte der jungen Frau die Hand und murmelte: »Mein Beileid, Susanna!« Dann folgte er dem Schäfer in den Viehverschlag. Beide Männer trugen die Magd hinaus und legten sie auf die Pritsche des Fahrgestells.

Als sie die Bäuerin anpackten, winselte der Vater, der durch die Geräusche wach geworden war: »Maria!« Er versuchte sich aufzusetzen, doch die Schmerzen hielten ihn auf seinem Lager. Der Bauer brach in Tränen aus und blickte hilflos seine Tochter an.

»Vater«, flüsterte Susanna und strich ihm liebevoll über die Wangen. »Wir müssen Mutter und die anderen nach Kölln zum Friedhof bringen und sie beerdigen. Ich werde dich allein lassen, verspreche aber, dass ich so schnell wie möglich zurück sein werde.«

»Mitkommen«, presste der Mann zwischen den wunden Lippen hervor. Susanna blickte auf seine Füße, und er verstand. Kraftlos schlug er mit der geschwollenen Hand aufs Stroh und sah sie flehend an. »Mitkommen!«

Susanna nickte. »Ich werde mit Thomas sprechen.«

Der Schäfer und der Totengräber hatten die kleine Bärbel auf das Fuhrwerk gelegt und sie in die Arme ihrer Mutter gebettet. Nun gingen die Männer, um Johann zu holen. Als Susanna Thomas fluchen hörte, ahnte sie, dass die Ratte zurückgekommen war. Sie eilte zu dem Gärtchen, als der Schäfer ihr entgegenrief: »Geh fort, Mädchen, und schau nicht hin!«

Susannas Atem ging keuchend, und sie schlug sich die Hände vors Gesicht. Der Totengräber und der Schäfer trugen Johanns Leichnam rasch an ihr vorbei und legten ihn auf den Karren. Dort bedeckten sie das Gesicht des Jungen mit einem Tuch.

Susanna zitterte. »Warum hat Gott mich leben lassen? Warum muss ich das alles ertragen?«, wimmerte sie und stieß den Schäfer zur Seite, der sie trösten wollte.

Ihre kalten Finger umklammerten das Holz des Fuhrwerks, als der Totengräber leise fragte: »Sind das alle Leichen?«

Die junge Frau schüttelte den Kopf und wies auf die Ecke, wo der Knecht verbrannt war. Selbst der Totengräber erschauerte.

»Ich werde für ihn den Segen des Pfarrers erbitten und ihn hier unter den Bäumen beerdigen!«, entschied der Mann.

Susanna schloss die Augen und nickte. Als sie zurück am Stall waren, sagte sie müde: »Vater will mit zum Friedhof kommen.«

»Das kann ich verstehen«, flüsterte Thomas. »Dein Vater kann meinen Platz auf dem Kutschbock haben. Ich werde nebenher marschieren. Wir müssen ihm jedoch den Boden und den Sitz auspolstern und seine Füße verbinden.«

Susanna eilte ins Haus und sammelte alle Stofffetzen und

Kissen ein, die sie finden konnte. Als sie zurückkam, hatten die beiden Männer den Vater von seinem Lager hochgehoben. Er hielt seine Lippen fest zusammengepresst, nur sein Blick verriet die Schmerzen, die er ertragen musste. Nachdem sie ihn auf den Kutschbock gesetzt hatten, wollte Susanna ihm die Füße verbinden, doch er stieß ihre Hand zur Seite und schüttelte den Kopf.

Das Fuhrwerk rollte vom Hof, und Susanna blickte betrübt auf den getöteten Hund. Als der Schäfer das sah, versprach er: »Wenn wir zurückkommen, werde ich ihn unter der alten Eiche auf der Rinderkoppel begraben.«

Der Pfarrer war sofort zum Schreiner gegangen und hatte vier Holzkisten in Auftrag gegeben, nachdem Thomas ihm vom schrecklichen Schicksal der Arnolds berichtet hatte. Als das Fuhrwerk am Friedhof ankam, standen die grob gezimmerten Särge bereit. Der Schäfer und der Totengräber betteten jeden Toten in einen Sarg, der mit einer Holzplatte verschlossen wurde. Weinend warf sich Susanna auf den Sarg der kleinen Bärbel, als er zugenagelt wurde. Sie schrie ihren Schmerz so laut hinaus, dass auch der Vater, der vom Kutschbock die Einsargung mit angesehen hatte, in tiefer Trauer aufheulte. Als dann die Särge der Mutter, des Bruders und der Magd vernagelt wurden, hallte das Wehklagen von Vater und Tochter weit über die Mauern des Friedhofs hinaus. Der Schäfer hatte Mühe, Susanna von den Särgen fortzuziehen.

»Komm, mein Kind«, flüsterte er ihr ins Ohr. »Du musst die Toten gehen lassen.«

Der Totengräber hatte seinen Helfern vor der Fahrt zum Arnoldschen Bauernhof den Auftrag gegeben, vier Gräber auszuheben, in die nun die Holzkisten gesenkt wurden. Der Pfarrer versuchte, Worte des Trostes für die Angehörigen und Freunde zu finden. Doch er wusste, dass Trost angesichts der Gräueltaten unmöglich war, und so murmelte er nur das Vaterunser.

Die Nacht hatte sich mittlerweile über das Köllertal gesenkt. Als einer der Totengräbergesellen eine Laterne anzündete, erschien im Schein des schwachen Lichts der Friedhof unheimlich und ließ die Trauernden erschauern.

Susanna war froh, dass der Pfarrer sich alsbald verabschiedete. Sie wollte mit ihrem Schmerz und den Toten allein sein. Als Thomas sie zum Fuhrwerk führen wollte, bat sie mit heiserer Stimme: »Lass mich noch eine Weile bleiben.«

Der Schäfer nickte und ging zum Totengräber, dem er ein Geldstück in die Hand drückte. »Für die Beerdigung und die Särge. Überlass mir bis morgen das Fuhrwerk, damit ich den Bauern zurück auf den Hof bringen kann.«

Der Mann steckte das Geld ein und gab zu bedenken: »Es wäre besser, wenn ihr im Ort übernachtet. Wer weiß, vielleicht kommen diese Bestien zurück. Ich könnte euch für eine Nacht ein Lager in meiner Hütte anbieten.«

Fragend blickte Thomas den Bauern an, doch der starrte in die Dunkelheit, zu der Stelle, wo sich die Gräber befanden.

Leise seufzend erklärte der Schäfer: »Ich muss zurück, denn meine Herde ist ohne Aufsicht auf der Koppel. Aber der Bauer und seine Tochter könnten hierbleiben.«

»Nein«, sagte Susanna mit eisiger Stimme hinter ihm. »Wir fahren zurück. Niemand vertreibt uns von unserem Hof.«

Kapitel 3

Er hatte die Faust nicht kommen gesehen, die ihn blitzschnell mitten ins Gesicht traf. Der Bursche strauchelte und konnte sich nur mit Mühe auf den Beinen halten. Vor Schmerzen schrie er auf und hielt sich die Hand vors Gesicht. »Bist du verrückt?«, kreischte er. »Du hast mir die Nase gebrochen!«

»Halt's Maul!«, schrie der Schläger. »Noch ein Wort, und ich schlitze dich auf.« Er fuchtelte drohend mit dem Schwert in der Luft herum, und seine Augen blickten voller Zorn auf den Jungen. Nur mit Mühe konnte er sich beherrschen.

»Beruhige dich, Eckart!«, versuchte ihn ein Mann, der in einen schwarzen Mantel gekleidet war, zu besänftigen. Doch der Schläger hörte die Worte nicht und verpasste dem Burschen einen weiteren Schlag, sodass der zu Boden ging. Wimmernd zog der Junge die Knie an und blieb liegen. Erst jetzt wandte sich Eckart von ihm ab und ging in die kleine, schäbige Holzfällerhütte, die inmitten eines dichten Waldgebietes nahe der Stadt Saarbrücken lag.

Er stieß die Tür auf, die krachend gegen die Holzwand flog, und warf wütend sein Schwert auf den Tisch, dass das Metall schepperte. Er schnappte sich einen Krug mit Bier und trank ihn in einem Zug leer.

Der schwarz gekleidete Mann war ihm gefolgt und musterte ihn nachdenklich. »Ich hörte, ihr seid erfolgreich gewesen. Warum bist du dann so zornig?«, fragte er und schloss die Tür.

»Ich bin nicht besonders zartfühlend, Jeremias«, antwortete Eckart erregt. »Aber das ging zu weit. Es war nicht rechtens!«

Jeremias lachte auf. »Rechtens?«, höhnte er. »Rechtens ist wohl das falsche Wort! Oder waren Folter und der Mord an den Bauersleuten und dem Gesinde etwa rechtens?«

»Das waren Mittel zum Zweck, damit der Alte redete. Wie sonst hätten wir den Ort des Verstecks erfahren sollen? Aber das kleine Mädchen zu erschlagen, das war nicht rechtens.«

»Sie hat euch gesehen und geschrien!«

»Wie willst du das wissen? Du warst nicht dabei.«

»Markus hat mir alles erzählt.«

»Pah! Markus! Er ist ein mordlüsterner Dummkopf, der seinen Verstand in der Hose trägt. Ich war ein Narr, dass ich ihn mitgenommen habe.«

»Herrgott, Eckart!«, schimpfte Jeremias. »Hör auf zu wüten. Denk daran, warum wir uns entschlossen haben, den Bauern aufzusuchen. Wir beide brauchen Geld, denn sonst weiß ich nicht mehr weiter. Mitleid ist Weiberkram. Zeig mir die Beute.«

Eckart verließ die Hütte, um kurz darauf mit einem Beutel in der Hand zurückzukommen. Vorsichtig, als ob er befürchtete, den Inhalt zu beschädigen, wickelte er die Sachen aus dem Leinen und legte sie behutsam auf den Tisch.

Jeremias' Augen funkelten vor Freude, als er sah, wie Eckart das Leinensäckchen mit duftenden Kräutern, einer Wünschelrute und einem Spiegel auf den Tisch neben dem Schwert ablegte. Als er erkannte, dass nicht mehr im Beutel war, zog er fragend die Augenbrauen zusammen. »Wo sind die Schriften?«

»Welche Schriften?«

»Die magischen Schriften, du Dummkopf!«, knurrte Jeremias laut.

»Davon hat der Alte nichts gesagt«, erwiderte Eckart. »In dem Versteck, das der Bauer nannte, waren das Säckchen, der Spiegel und die Rute. Mehr nicht!«, rechtfertigte er sich.

Jeremias blickte ihn ungläubig an. »Ich selbst habe ihm das Büchlein mit den Zauberformeln besorgt.«

»Ich schwöre, dass es nicht in dem Versteck war. Reichen Spiegel und Rute nicht, um den Schatz zu finden?«, fragte Eckart verdrossen.

»Die Blätter mit den magischen Formeln enthalten die wichtigsten Hinweise, um einen Schatz finden zu können«, zischte Jeremias und ging in der Hütte auf und ab, sodass sein schwarzer Rock hin und her wogte. Theatralisch hob er die Hände und fragte: »Aber wie sollen wir die Geister beschwören, wenn wir sie nicht mit den richtigen Worten ansprechen können?«

Jeremias schaute Eckart vorwurfsvoll an, der seine Augen

leicht zusammenkniff. »Wage es nicht, mir die Schuld zu geben. Ich habe dir von Anfang an gesagt, dass du mitkommen solltest«, erklärte er gefährlich leise.

»Die Gefahr war zu groß, dass der Bauer mich erkennen könnte«, entgegnete Jeremias und stemmte seine Hände in die Hüften.

Eckarts Augen weiteten sich, und er brüllte: »Was hätte es dem Bauern genutzt, wenn er dich erkannt hätte? Er ist tot, wie alle anderen, die auf dem Hof waren.«

»Vermaledeit!«, schrie Jeremias zurück. »Wenn ich gewusst hätte, dass ihr alle umbringen würdet, dann wäre ich mitgekommen. Das war nicht der Plan gewesen. Ich glaubte, dass der Bauer sich leicht zwingen ließe, die Gegenstände herauszurücken.« Fahrig fuhr er sich durch das lange dunkle Haar, das ihm bis über die Schultern fiel. »Wie wollen wir jetzt die magischen Schriften finden? Alles war umsonst, du Narr!« Sein Blick verriet Wut, aber auch Hilflosigkeit.

Eckart überlegte und schlug vor: »Da du dich auf dem Hof auskennst, solltest du hinreiten und nach dem Büchlein suchen. Vielleicht haben wir ja Glück, und es ist nicht alles verbrannt. Irgendwo muss der Bauer es versteckt haben.«

Jeremias nickte mehrmals und murmelte mehr zu sich selbst: »Der Hof liegt abgelegen, sodass sicher noch niemand die Toten auf dem Gehöft gefunden hat. Du sagtest doch, dass ihr alle getötet habt?«, fragte er. Als Eckart nickte, lachte er laut auf. »Morgen bei Anbruch der Dunkelheit werde ich aufbrechen …«

»Warum nicht gleich?«, fragte Eckart gereizt.

»Ich muss nach Saarbrücken, was ich nicht aufschieben kann. Doch sei unbesorgt! Morgen werde ich jeden Winkel auf diesem verdammten Hof durchsuchen. Es wäre gelacht, wenn ich die magischen Schriften nicht finden würde. Du kannst Markus danken, dass er so umsichtig war und alle Zeugen getötet hat.«

Eckart schlug mit seiner Faust auf den Tisch. »Halt's Maul! Das kleine Mädchen umzubringen war nicht rechtens.«

»Bleib ruhig, mein Freund. Ich verstehe nicht, warum du solch ein Aufhebens um die Kleine machst.«

Eckart starrte Jeremias feindselig an. »Ich habe eine Tochter im Alter des Mädchens.« Dann wandte er sich zur Tür, doch bevor er die Hütte verließ, sagte er mit kalter Stimme: »Nenne mich nie wieder Freund. Freunde werden wir niemals sein. Das Schicksal hat uns aneinandergekettet, doch sobald wir den Schatz gefunden haben, werden sich unsere Wege trennen.«

Eckart würdigte den anderen keines weiteren Blickes und ging.

Susanna hatte das Gefühl, als ob der Rückweg zum Hof nicht enden wollte. Seit der Abfahrt vom Friedhof hatten weder Thomas noch sie ein Wort gesprochen. Stumm saßen sie nebeneinander auf dem Kutschbock und hingen ihren Gedanken nach. Nur das Rattern der Räder und das Stöhnen des Vaters, der zwischen ihnen döste, waren in der Dunkelheit zu hören.

Als sie die Umrisse des abgebrannten Gehöfts vor sich sah, krampfte sich ihr Magen zusammen, und sie holte tief Luft. Thomas lenkte das Fuhrwerk umsichtig an den umgeworfenen und zerborstenen Fässern, verbrannten Holzbalken und dem Kadaver des Hundes vorbei. Vor dem Stall brachte er das Pferd zum Stehen, stieg vom Kutschbock und nahm eine Laterne und auf der anderen Seite die zweite von der Aufhängung des Fuhrwerks ab.

»Warte hier, bis ich euch hole«, sagte der Mann und hängte die Laternen im Innern des Stalls an Nägel, die rechts und links der Tür in die Holzwand geschlagen waren. Das Licht erhellte nur schwach das Umfeld, worüber Susanna erleichtert war.

So bleiben die Ecken des Schreckens im Dunkeln, dachte Susanna, als sie hörte, wie die hintere Pforte des Viehverschlags, die zu den Koppeln führte, geöffnet wurde. Nach einer Weile kam der Schäfer zurück, und Susanna stieg vom Kutschbock, um Thomas zu helfen, den Vater herunterzuheben. Als sie den Stall betrat, sah Susanna sofort, dass alle getöteten Tiere entfernt worden waren. Erleichtert wandte sie sich den beiden Männern zu.

Der Bauer hing schwer in Thomas' Armen, der Mühe hatte, den Freund auf sein Strohlager zu betten. Ächzend erhob er sich aus der Hocke und murmelte: »Hier liegst du trocken, mein Freund.« Als der keine Regung zeigte, befühlte er besorgt die glühenden Wangen des Mannes, der ihn nicht zu erkennen schien. Thomas war schon während der Heimfahrt aufgefallen, dass der Zustand seines Freundes sich verschlechtert hatte.

Susanna schaute den Vater bekümmert an. Er zitterte am ganzen Körper, und seine Zähne schlugen aufeinander. Das Mädchen lief ins Haus und kam mit einer Decke zurück. Behutsam breitete sie diese über ihn. Als Susanna jedoch seine Beine zudecken wollte, wurde das Stöhnen lauter, sodass sie hastig die Decke zurückzog und nur den Oberkörper bedeckte.

Der Bauer öffnete die Augen und ließ seinen Blick unruhig hin und her schweifen. Seine Lider flackerten. Mit jedem Atemzug, den er tat, entwich seinem Mund ein Stöhnen.

»Das gefällt mir nicht«, sagte Thomas leise und besah sich die Beine des Freundes. Die Haut glänzte und wirkte angespannt. Als der Schäfer sah, dass die wunden Fußsohlen nässten und eiterten, sog er die Luft zwischen den Zähnen ein.

Auch Susanna war geschockt und flüsterte mit zitternder Stimme: »Vater, was soll ich nur machen? Wie kann ich dir helfen?« Sie blickte ratlos zu Thomas auf, der murmelte: »Wir benötigen verschiedene Heilmittel. Einen Heilsud, um die Füße zu reinigen, und Ringelblumensalbe, um sie einzureiben. Auch Johanniskrautöl würde helfen, und Mohnsaft, um ihm die Schmerzen zu nehmen.«

»Woher sollen wir die Heilmittel nehmen?«, fragte Susanna verzweifelt. »Das meiste im Haus ist verbrannt. Selbst die Kräutersträuße in der Küche sind durch Asche und Hitze vernichtet.«

»Deine Mutter war eine kräuterkundige Frau, mein Kind. Ich werde in ihrem Garten nachsehen, welche Heilkräuter sie angepflanzt hat.«

»Viele Sträucher wurden zertreten«, erwiderte Susanna mutlos.

»Verzweifle nicht, mein Kind! Da ich nach meiner kleinen Schafherde sehen muss, werde ich die Koppeln absuchen, ob ich Kräuter finde, die uns helfen können. Du bereitest derweil ein Feuer vor, um Wasser zu erhitzen, damit wir uns daraus einen Sud kochen können.« Als Thomas Susannas traurigen Blick sah, drückte er sie an sich. »Nur Mut! Dein Vater ist ein starker Mann.«

Sie versuchte den Schäfer anzulächeln, doch das Lächeln misslang ihr.

Susanna durchstöberte die Küche nach allem, was sie gebrauchen konnte. Sie nahm den eisernen Topf über der Herdstelle vom Haken und legte Suppenschüsseln, Löffel und Becher hinein. In der Vorratstruhe fand sie zwei unversehrte Brotlaibe, einen Kohlkopf und einen Schinken, der in einen Leinenbeutel eingewickelt war. Erst jetzt merkte Susanna, dass sie Hunger hatte. Bevor sie die Küche verließ, steckte sie mehrere Kienspäne, die auf dem Herdbalken lagen, in ihre Rocktasche. Als sie den Hof überquerte, sah sie, dass der tote Hund nicht mehr da lag. *Thomas hat sein Versprechen gehalten*, dachte sie erleichtert.

Im abgebrannten Schuppen sammelte Susanna brauchbare Holzstücke in ihrer Schürze und trug sie zum Stall. Der Vater, der die Augen geschlossen hielt, schien zu schlafen. Beruhigt nahm sie den Eisentopf auf und ging hinaus zum Brunnen.

Susanna trug schwer an dem mit Wasser gefüllten eisernen Topf. Im Stall entzündete sie auf dem Lehmboden mehrere Holzscheite. Als diese fast niedergebrannt waren, legte sie rechts und links neben das glühende Holz Steine, auf die sie den Topf stellte, damit das Wasser erwärmt wurde. Müde kauerte sie sich neben das Feuer, als der Schäfer zurückkam.

Er reichte ihr ein Büschel Kamille und setzte sich zu ihr. »Du hattest recht, die Kräuter im Garten sind zertreten und nicht mehr zu gebrauchen. Ich habe in der Dunkelheit am Rand der Weide Kamille gefunden. Damit können wir einen Sud aufbrühen, der deinen Vater beruhigen wird. Mit der Kamille können wir auch seine wunden Füße waschen. Das wird die Heilung fördern.«

Susanna pflückte die Blütenköpfe von den Stielen und warf sie ins heiße Wasser. Mit einem Holzstück drückte sie die auf der Oberfläche schwimmenden Blüten unter und rührte sie um. Langsam verfärbte sich das Wasser und wurde zu einem dunklen Sud.

»Ich bin so hungrig«, nuschelte Thomas, als er Brot und Schinken auf dem Boden liegen sah. Lächelnd legte Susanna das Holz zur Seite und holte das Messer, um für beide eine dicke Scheibe Brot und ein Stück Schinken abzuschneiden.

Nachdem der Sud abgekühlt war, hob Susanna vorsichtig den Kopf ihres Vaters, der sie erschrocken anblickte. Sie beschwichtigte ihn leise: »Du musst dich nicht fürchten, Vater. Trink den Sud. Er wird deine Schmerzen lindern!«

»Ich werde dir die Füße damit übergießen«, warnte Thomas den Freund und goss die lauwarme Brühe über die Wunden des Bauern, der sogleich aufschrie.

»Es tut mir leid …«, murmelte der Schäfer, »aber das muss sein.« Und er tauchte zwei Leinenlappen in den restlichen Sud. Damit umwickelte er die Füße des Mannes, der wie ein Kind wimmerte und die Augen geschlossen hielt.

Als Susanna sah, wie dem Vater Tränen aus den Augenwinkeln liefen, hätte sie ihm gern die Lappen von den Füßen gerissen. Da sie aber sicher war, dass die mit Kamille getränkten Verbände die Wundschmerzen lindern würden, hockte sie sich neben ihn. Wie eine Mutter, die ihr Kind beruhigen will, strich sie dem Vater über die Stirn und summte ein Lied, das ihre Mutter stets gesungen hatte, wenn sich eines der Kinder unwohl fühlte. Der Mann entspannte sich, und als er eingeschlafen war, hauchte Susanna ihm einen Kuss auf die Wange. Sie ging zu Thomas, der gähnend am Feuer saß.

»Ich muss morgen wieder fort«, sagte er und blickte Susanna zerknirscht an. Als er ihr erschrockenes Gesicht sah, erklärte er: »Die Bauern warten auf ihr Vieh. Wenn ich nicht pünktlich erscheine, glauben sie, dass ich mit den Schafen abgehauen bin.«

»Kommst du wieder?«, fragte Susanna und schluckte schwer.

Der Schäfer nickte. »Sobald ich kann, werde ich zurückkommen und dir helfen, den Hof wieder herzurichten, damit ihr beide darin wohnen könnt.«

Beruhigt stand Susanna auf und legte sich dicht neben den Vater. Kaum hatte sie sich auf dem Boden ausgestreckt, schlief sie ein.

Susanna spürte im Schlaf, dass jemand sie anstieß. Vor Entsetzen riss sie die Augen auf und wollte losschreien, als sie erkannte, dass es ihr Vater war. Sie stützte sich auf dem Ellenbogen ab, um ihn anblicken zu können.

»Susanna?«, fragte er mit heiserer Stimme. Als sie nicht sofort antwortete, wiederholte er: »Susanna?« und schaute sie mit glasigen Augen an.

»Ich bin hier, Vater!«, versicherte Susanna ihm leise, um den Schäfer nicht zu wecken. Sie ergriff die Hand des Vaters und drückte sie zart. Er erwiderte den Druck und flüsterte: »Höre, Tochter! Sie werden wiederkommen und danach suchen!«

Susannas Stirn legte sich in Falten, und sie fragte: »Wer wird wiederkommen, und was wollen sie suchen?«

»Die Männer, die uns das angetan haben«, stammelte er. »Sie werden nicht eher ruhen, bis sie alle Gegenstände in ihren Besitz gebracht haben. Nur mit Hilfe der magischen Formeln können sie den Schatz finden.«

»Vater«, raunte Susanna ihm zu. »Du redest wirres Zeugs!«

»Hör mir zu«, forderte er und versuchte, seine Stimme streng klingen zu lassen. »Die Papiere sind hinter dem lockeren Stein im Brunnen versteckt. Nimm sie an dich und suche damit einen Mann namens Jeremias auf.« Die Worte kosteten ihn Kraft, sodass er sich ermattet zurücklegte.

»Vater«, wisperte Susanna, »was hat das zu bedeuten? Welchen Schatz meinst du? Ich kenne niemanden, der Jeremias heißt.«

»Er war der Mann, der damals in der Nacht in den Schafstall kam.« Seine Worte waren kaum zu hören. Kraftlos schloss er die Augen.

Susanna setzte sich auf und stupste ihn am Arm. »Vater, hilf mir zu verstehen.«

Er riss die Augen auf und murmelte mit letzter Kraft: »Sie werden dich töten, wenn sie wissen, dass du das Versteck kennst. Traue niemandem außer Jeremias!«

Dann schloss er die Augen, atmete tief ein und aus und bewegte sich nicht mehr.

Susanna rüttelte ihn und rief leise seinen Namen. Als er sich nicht rührte, wurde ihr Flehen lauter: »Vater, wach auf! Bitte verlass mich nicht!« Doch sie wusste, dass ihr Flehen vergeblich war. Der Vater war tot, tot wie die Mutter und die Geschwister.

Susannas Weinen weckte Thomas, der neben ihr in die Hocke ging. Er legte seine Finger an den Hals des Bauern, um den Pulsschlag zu fühlen. Als er sicher war, dass der Freund nicht mehr lebte, blickte er Susanna an und schüttelte den Kopf.

»Er ist jetzt bei deiner Mutter«, flüsterte Thomas und konnte seine Tränen nicht zurückhalten.

Kapitel 4

Einige Wochen zuvor im Kanton Uri in der Schweiz

Urs blickte seinem Oheim neugierig über die Schulter und verfolgte aufmerksam jede seiner Bewegungen.

Der Wundarzt untersuchte mit geübten Handgriffen die blutende Wunde des Mannes, der ihm auf einem Schemel gegenübersaß. Der Metzger hatte sich einen fingerlangen Schnitt am Unterarm zugezogen, der auseinanderklaffte.

»Es heißt, dass du die Wunde schließen kannst«, erklärte der Verletzte mit zaghafter Stimme, die nicht zu seinem massigen Körper passte. Seine Stirn bedeckten feine Schweißperlen, und seine Gesichtsfarbe war aschfahl. Ängstlich blickte er auf und wischte sich über das stoppelkurze dunkle Haar.

»So, so, sagt man das?«, murmelte der Arzt und stand auf. Als er dabei seinen Neffen Urs anrempelte, der sich in der ärztlichen Behandlungsstube nützlich zu machen versuchte, schimpfte der Oheim: »Steh mir nicht im Weg!« Er griff nach einer Flasche auf dem Regal und zog den Korken heraus. Urs glaubte einen säuerlichen Geruch wahrzunehmen und ahnte, was kommen würde.

»Ich könnte den Schnitt ausbrennen«, erklärte der Arzt dem Verletzten, dessen Augen sich angstvoll weiteten. »Aber die Wunde ist nicht tief genug, und deshalb werde ich sie zusammennähen. Sei dankbar, denn diese Narbe wird weniger hässlich aussehen als die einer Brandwunde«, tröstete er den Mann, der auf seinen Lippen kaute.

Während der Wundarzt ein Tuch mit dem Weinessig aus der

Flasche tränkte, betrachtete er den Verletzten. »Ich kann die Wunde nur vernähen, wenn ich die Blutung stille«, erklärte er und warnte: »Es wird höllisch brennen.« Im selben Augenblick presste er den Lappen auf den blutenden Schnitt, und der Patient schrie vor Schmerzen laut auf.

»Herrgott! Verhalte dich nicht schlimmer als ein Weib«, zischte der Wundarzt, als dem Mann Tränen in die Augen traten.

Der Metzger verstummte und biss die Zähne zusammen.

Nun setzte sich der Arzt auf einen Stuhl und fädelte eine Tiersehne durch das Öhr einer gebogenen Metallnadel. Vorsichtig entfernte er das Tuch von der Wunde, die nur noch schwach blutete. »Dank des Essigweins werden die Wundränder leicht betäubt sein, sodass der Schmerz erträglich ist«, erklärte er und blickte dem Metzger forschend in die Augen.

Als der die Nadel auf sich zukommen sah, rutschte er auf seinem Schemel hin und her.

»Halt still«, ermahnte der Wundarzt ihn und stach ihm in die Haut.

Wenig später bezahlte der Metzger und verließ wankend die Stube. Kopfschüttelnd blickte ihm der Wundarzt hinterher. »Ein Mann wie ein Bär, aber mit der Angst eines kleinen Kindes«, murmelte er und setzte sich an den Tisch.

Urs wischte das Blut vom Boden, räumte Lappen, Faden, Schere und Nadel weg und stellte die Flasche zurück aufs Regal. Dann setzte er sich seinem Oheim gegenüber, der in einem Buch blätterte.

»Was liest du?«, fragte Urs.

Der Onkel sah kurz auf. »Die Schriften des Paracelsus. Stör mich nicht!«, ermahnte er den Jungen und vertiefte sich wieder in die Aufzeichnungen.

Urs schwieg und wartete geduldig. Nach einer Weile, die ihm

wie eine Ewigkeit vorkam, glaubte der Bursche, dass der Oheim ihn vergessen hätte, und wagte ihn abermals anzusprechen.

»Wer ist Paracelsus?«

Der Oheim atmete laut aus, blickte auf und schlug das Buch zu.

»Er war vor mehr als hundert Jahren Arzt, Alchemist, Astrologe, Mystiker, Laientheologe und Philosoph. Er hat diese Schriften angefertigt, in denen er sein Wissen über die Säfte des menschlichen Körpers zusammengefasst hat.« Urs hörte dem Oheim aufmerksam zu, der hinzufügte: »Du weißt, dass dein Vater nicht begeistert ist, wenn du deine Zeit mit mir verbringst.«

Urs zuckte mit den Schultern. »Das ist mir einerlei, denn ich möchte Wundheiler werden.«

»Dein Vater hat andere Pläne mit dir«, ermahnte ihn der Oheim.

Doch anstatt dem beizupflichten, bekam Urs einen trotzigen Gesichtsausdruck. »Ich bin nicht geboren, um Soldat zu sein.«

»Was dein Vater wohl dazu sagen wird?«, lachte der Arzt leise.

»Ich habe es bereits Mutter erklärt …«

»Ach, Urs«, lachte der Oheim nun laut, »deine Mutter darf nicht mitreden. Dein Vater will, dass du wie alle männlichen Nachkommen der Familie Blatter Soldat wirst.«

»Aber du bist doch Wundarzt«, unterbrach ihn der Bursche aufmüpfig.

»Auch ich war Soldat. Erst auf dem Schlachtfeld wurde ich zum Arzt gemacht.«

»Das wusste ich nicht«, antwortete Urs erstaunt.

Bendicht Blatter betrachtete seinen Neffen voller Zuneigung und konnte nicht verhindern, dass sich sein Mund zu einem feinen Lächeln formte. *Du könntest mein Sohn sein. Der Sohn, der mir verwehrt blieb*, dachte er wehmütig. Nicht nur, dass der

Junge die gleichen Vorlieben hegte wie er, der Neffe hatte auch sein Aussehen. Urs' Haare waren ebenso kupferfarben wie die von Bendicht, beide hatten Sommersprossen auf der Nase. *Er ist das Gegenteil von seinem dunkelhaarigen Vater,* lachte Bendicht innerlich.

»Warum grienst du?«, fragte Urs und blickte seinen Oheim unsicher an.

»Du weißt nicht, dass ich in jungen Jahren Soldat gewesen bin?«, lenkte Bendicht den Burschen ab.

Urs schüttelte den Kopf.

»Wie alt bist du?«, fragte der Oheim den Neffen.

»Ich werde im Winter neunzehn Jahre alt«, antwortete Urs gereizt. »Aber das weißt du, schließlich bist du mein Pate!«

Bendicht nickte. »Wohl wahr! Ich bin dein Pate, trotzdem war ich mir deines Alters nicht sicher. Du weißt, ich bin nicht mehr der Jüngste«, scherzte er und begann zu erzählen: »Ich war jünger als du, vielleicht sechzehn, als ich eines Tages einen fremden Mann traf. Ich hütete die Kühe auf der hochgelegenen Weide hinter der Berghütte deines Großvaters, als ich den Fremden auf mich zukommen sah. Damals ahnte ich nicht, dass wenige Monate später der große Krieg beginnen würde, in den viele Staaten verwickelt werden sollten. Du, mein Junge, bist zwar in die Zeit des Krieges hineingeboren, doch da sich die Schweiz weitgehend aus den militärischen Auseinandersetzungen herausgehalten hat, bist du ohne Entbehrungen groß geworden.« Der Oheim lächelte seinen Neffen an und strich ihm liebevoll durch das leicht gewellte Haar. Dann fuhr er fort: »Der Fremde kam aus dem Reich der Deutschen und war bei uns in der Schweiz unterwegs, um unsere Männer als Soldaten anzuwerben.«

Urs' Stirn kräuselte sich, als er fragte: »Warum ist er in unser Land gekommen? Hatten die Deutschen keine Männer, die sie anwerben konnten?«

Bendicht war immer wieder aufs Neue über die Wissbegier seines Neffen erstaunt. »Wir Schweizer genießen seit Hunderten von Jahren den Ruf, besonders gute Soldaten zu sein. Bei vielen deutschen und französischen Königen befanden und befinden sich unter deren Gardetruppen auch Schweizertruppen«, erläuterte Bendicht seinem Neffen die Zusammenhänge. »Als der Fremde mir von dem aufregenden Leben eines Söldners erzählte, merkte ich, wie eintönig mein Leben hier in den Bergen war. Ich witterte das Abenteuer und wollte mich unbedingt einem Tross anschließen.«

Urs' Augen blickten erstaunt. »Hattest du keine Angst, in die Fremde zu gehen?«

Bendicht schüttelte den Kopf. »Du musst wissen, dass die eidgenössischen Truppen in dem Ruf stehen, unbesiegbar zu sein. Ich träumte davon, in den Dienst eines Reisläufers zu gelangen. Was sollte mir da passieren?«

Urs grübelte, und Bendicht erkannte die nächste Frage im Blick des Jungen, bevor er sie stellte. Deshalb erklärte er: »Reisläufer sind im Gegensatz zum Fußvolk bewaffnete Reiter und stetig unterwegs, also am Reisen. Deshalb nennt man die Schweizer Söldner auch so.«

Urs schien zu verstehen und nickte.

»Du kannst dir sicher denken, dass mein Vater nicht sehr angetan war, schließlich wollte ich einem fremden Land dienen. Auch meine Mutter, deine Großmutter, versuchte mich umzustimmen«, erzählte Bendicht weiter. »Doch wie du weißt, ist es Tradition in unserer Familie, Soldat zu sein. Nachdem ich deinem Großvater versprochen hatte, nur einem Schweizer zu gehorchen, durfte ich ziehen. Ich fand einen Tross, in dem ich mitreisen konnte, und gelangte so in den Dienst eines Reisläufers. Im Laufe weniger Monate wusste ich, dass ich im Gegensatz zu deinem Vater nicht zum Soldaten geboren war. Allerdings hoffte ich, den Soldatenberuf zu erlernen. Der Krieg holte uns ein, und wir gerieten in einen Hinterhalt von schwedischen Soldaten. Es wurde ein entsetzliches Gemetzel.«

Bendichts Augen verrieten den Schrecken, den er damals erlebt haben musste. »Das Gebrüll der Menschen, der Kanonendonner, die Schreie der Pferde – mir gefror das Blut in den Adern, und ich war wie gelähmt. Ich brachte mich unter der Achse eines Fuhrwerks in Sicherheit. Und im Gegensatz zu vielen anderen überlebte ich. Heute entschuldige ich meine Feigheit damit, dass ich zu diesem Zeitpunkt unerfahren war.« Bendichts Stimme war kaum noch zu hören, und sein Blick wurde starr. Erinnerungen kamen zurück, an die er viele Jahre nicht gedacht hatte.

»Oheim?«, flüsterte Urs, als ob er Angst hätte, ihn zu erschrecken.

Bendicht blickte seinen Neffen fragend an. Der Bursche legte sich mit dem Oberkörper über die Holzplatte des Tisches. Dabei kam er dem Gesicht des Mannes so nahe, dass der dessen warmen Atem, der nach Zwiebeln und Bärlauch roch, erschnuppern konnte.

»Erzähl weiter«, forderte Urs ihn auf und setzte sich zurück auf den Stuhl. »Erzähl weiter«, bat er ein zweites Mal, und Bendicht nickte.

»Es gab zahlreiche Tote und viele Verletzte. Ich spüre heute noch den Griff der Hand an meinem Oberarm, die mich unter dem Wagen hervorzog. Ich schrie aus Leibeskräften und schlug um mich, denn ich fürchtete, dass der Feind mich packen würde. Aber es war der Wundarzt aus meinem Tross, der mich hochzog. Er verlor kein Wort darüber, dass ich mich versteckt hatte, sondern gab mir Anweisungen, die Verletzten zu versorgen. Als wir weiterzogen, blieb ich in seinem Dienst und lernte von ihm alles, was er wusste.«

»Was hat dein Vater gesagt, dass du kein Soldat wurdest?«

Bendicht schmunzelte. »Er war nicht begeistert, dass ich mit der Tradition brach. Aber da mein Arbeitsplatz das Schlachtfeld war, konnte er damit leben.«

»Was wurde aus deinem Lehrmeister?«, fragte der Junge.

Sein Oheim seufzte. »Während unseres Aufenthalts in Trier vor mehr als fünfzehn Jahren wurde die Stadt von den Franzosen durch spanische Truppen erobert, und der Kurfürst Philipp Christoph von Sötern wurde gefangen genommen. Auch wir waren Gefangene und durften Trier nicht verlassen, uns aber innerhalb der Stadtmauern frei bewegen. Mein Lehrmeister freundete sich mit dem Jesuiten Friedrich Spee an, der ihn bat, ihm bei der Versorgung der verwundeten und pestkranken Soldaten zu helfen. Beide steckten sich mit der Seuche an und starben im Jahr 1635 daran. Als ihre Türen mit dem schwarzen Kreuz gekennzeichnet wurden, um den Totengräbern zu zeigen, dass in diesen Häusern Pestkranke zu beerdigen sind, durchlief ein Schauder meinen Körper.«

Bendicht schlug das Buch vor sich auf und blätterte. »Seitdem suche ich eine Erklärung, warum die beiden Männer sterben mussten und ich noch lebe. Auch ich hatte Berührung mit den Kranken, doch ich blieb verschont. In allen medizinischen Schriften, die ich bis heute studiert habe, konnte ich keinen Hinweis darauf finden, warum manche Menschen an der Pest sterben und andere nicht. Wenn wir eine Erklärung dafür haben, dann finden wir auch ein Heilmittel. Dessen bin ich mir sicher«, murmelte er und schob das Buch zur Seite. Er erhob sich und forderte seinen Neffen auf: »Komm, Urs, und wasch dir die Hände.«

»Warum soll ich mir die Hände waschen?«, fragte der Bursche stirnrunzelnd.

Bendicht goss aus einem Krug Wasser in die Schüssel. »Weil an deinen Händen das Blut eines fremden Menschen haftet. Ich kann den Geruch riechen und finde ihn widerlich.«

Urs besah sich seine Hände und schnupperte daran. »Ich rieche nichts!«, murmelte er. Doch als er den fordernden Blick des Oheims sah, stand er auf, trat neben ihn und ließ sich Wasser über die Hände gießen.

Bendicht war zufrieden. »Ich werde dich nach Hause begleiten, mein Junge, denn ich weiß, dass deine Mutter Chügelipastete zubereitet hat, meine Leibspeise!«, erklärte er und leckte sich die Lippen.

»Und ich weiß, Oheim, dass du für Mutters Kalbfleischpastete sterben würdest«, lachte Urs und hielt ihm die Tür auf.

Kapitel 5

Susanna und der Schäfer hoben den Toten mühsam auf das Fuhrwerk, wobei die Decke, in die der Mann gehüllt war, von seinem Gesicht rutschte. Erschrocken starrte Susanna in das bleiche Antlitz ihres toten Vaters. Sie atmete tief ein und aus, um sich zu beruhigen, und streckte dann langsam ihre zitternden Finger aus. Ein letztes Mal streichelte sie über die erkaltete Wange des Vaters und bedeckte dann sein Gesicht mit dem Stoff.

»Du traust dir zu, allein nach Kölln zum Friedhof zu fahren?«, fragte Thomas und blickte das Mädchen besorgt an.

»Es bleibt mir nichts anderes übrig«, erklärte Susanna leise.

Thomas nahm sie in den Arm und hielt sie anschließend von sich ab, damit sie ihn ansah. »Ich muss weiter, mein Mädchen, da ich sonst Schwierigkeiten mit den Bauern bekomme. Du weißt, dass es bis vor kurzem kein einziges Schaf im Köllertal gegeben hat. Diese Tiere sind das Wertvollste, was die Leute besitzen«, versuchte er sich zu entschuldigen und fügte hastig hinzu: »Ich verspreche dir, dass ich schnellstmöglich zurückkommen werde.«

Susanna konnte nur nicken, denn sie spürte Tränen in sich aufsteigen. Der Schäfer umarmte sie erneut. »Ach, Susanna! Ich weiß nicht, warum unser Herrgott dir diese Bürde auferlegt hat«, murmelte er und küsste ihren Scheitel.

Susanna klammerte sich an ihn und schluchzte. »Ich wollt', ich wäre ebenfalls tot!«, schniefte sie und wischte sich mit dem Ärmel über die Augen.

»Verzage nicht, mein Kind! Eines Tages wirst du wieder lächeln können«, versuchte der Schäfer sie zu trösten. Doch im Innersten wusste er, dass Susanna den gewaltsamen Verlust ihrer Familie nie vergessen würde.

Thomas half Susanna auf den Kutschbock und reichte ihr den Schinken. Traurig sah er ihr nach, bis sie aus seinem Sichtfeld verschwunden war. Als er sich umwandte, schweifte sein Blick über das verbrannte Gehöft. *Es wird nie mehr wie früher sein,* dachte er bekümmert.

»Wenn ich Susanna wiedersehe, werde ich sie überreden, den Hof aufzugeben und sich in Saarbrücken eine Anstellung in einem Haushalt zu suchen«, murmelte er und tappte zu der Koppel, wo die Schafe ihn blökend begrüßten.

Bevor Susanna zum Friedhof fuhr, hielt sie beim Schreiner an, um einen Sarg für den Vater zu bestellen. Der Mann war mit dem Schinken als Bezahlung einverstanden und versprach ihr, den Sarg bis zum Mittag fertigzustellen.

Beruhigt lenkte sie das Fuhrwerk zur Hütte des Totengräbers. Als er Susanna auf dem Kutschbock sitzen sah, ahnte er, was geschehen war. Er reichte ihr die Hand und half ihr abzusteigen.

Da es bereits in den Morgenstunden warm war, befahl er seinen Gesellen, die Leiche des Bauern in den kühlen Steinraum der Kirche zu bringen.

»Ich habe kein Geld, um die Beerdigung zu bezahlen, nur

diese Kette«, flüsterte Susanna und zog unter ihrem Hemd eine dünne Halskette mit einem kleinen Kreuz hervor. Als sie diese abnehmen wollte, schüttelte der Mann den Kopf.

»Ich bin kein Unmensch, Susanna. Wir haben zwar selbst nicht viel, aber diese Kette haben dir deine Eltern geschenkt. Behalte sie als Erinnerung.«

»Ich trage die Erinnerung an meine Familie im Herzen«, erklärte sie mit brüchiger Stimme und nahm den Schmuck vom Hals.

»Ich weiß«, antwortete der Totengräber und ließ sie mit der Kette in der Hand stehen.

Susanna blickte ihm beschämt nach. Sie wusste, dass der Mann für sein gutes Herz bekannt war. Während des langen Krieges hatte er mit Kameraden aus dem Dorf auf dem Schlachtfeld gekämpft und war nach vielen Jahren in der Fremde zurückgekehrt. Anders als seine Freunde, die alle gefallen waren, kam er ohne eine Schramme nach Hause. Aus Dankbarkeit, weil der Herrgott ihn beschützt hatte, baute der Mann die kleine Kirche in seinem Heimatdorf Kölln, die bei seiner Rückkehr in Schutt und Asche gelegen hatte, mit eigenen Händen wieder auf, sodass Gottesdienste abgehalten werden konnten.

Susanna legte sich das Goldkettchen wieder um und versteckte es unter ihrem Hemd. Dann ging sie auf den Friedhof zu den Burschen, die neben den Gräbern ihrer Geschwister eine Grube für den Vater aushoben. Sie stellte sich an das Grab ihrer Mutter und hielt in Gedanken Zwiesprache mit ihr.

Ach, Mutter, wenn ich dich nur um Rat fragen könnte! Soll ich zu deiner Schwester Agnes und zu ihrem widerwärtigen Mann gehen? Es wäre schwer für sie, ein weiteres Maul satt zu bekommen. Auf unserem Hof aber erinnert mich alles an euch und das Verbrechen, das dort stattgefunden hat. Wo soll ich hin? Was soll ich tun? Ich fühle mich schrecklich allein …

Susanna schniefte in ein Tuch, das sie im Rockbund stecken hatte, als sich eine Hand auf ihre Schulter legte. Es war der Totengräber, der sie freundlich ansah. »Geh zu meiner Frau. Unsere Hütte steht am Ende des Zauns. Ich rufe dich, wenn es soweit ist.«

Dankbar stimmte sie zu.

Die Frau des Totengräbers trug ein weinendes Kind mit hochroten Wangen auf ihren Hüften, während ein anderes in einem Weidenkorb lag und schlief.

»Sie zahnt«, erklärte sie und versuchte das wimmernde Mädchen zu beruhigen. Während die Frau eine Melodie summte, füllte sie einen Becher mit Wasser, den sie Susanna reichte.

»Danke«, flüsterte Susanna und trank gierig, denn sie hatte lange nichts getrunken.

»Das mit deiner Familie tut mir leid«, sagte die Frau des Totengräbers und wagte es kaum, Susanna anzuschauen.

Die konnte nur traurig nicken.

Da die Frau mit dem weinenden Kind beschäftigt war, dachte Susanna über die letzten Worte ihres Vaters nach. *Was hat es mit den magischen Schriften auf sich?*, überlegte sie. *Welchen Schatz meinte Vater? Und wer ist dieser Jeremias?*, grübelte sie weiter. So also hieß der unheimliche Mann, der sie damals wochenlang im Traum verfolgt hatte. Ausgerechnet ihm sollte sie vertrauen?

Ach, Vater, wie soll ich Jeremias finden? Warum hast du den bösen Menschen die Schriften nicht gegeben? Dann würdet ihr alle noch leben, klagte sie in Gedanken und spürte, wie Zorn sich in ihr Gemüt einschlich.

Sie wischte sich mit beiden Händen durchs Gesicht und scheuchte die schlechten Gefühle fort. *Vielleicht hat Vater das alles in seinem Fieberwahn nur erfunden*, überlegte sie, als der Totengräber die Hütte betrat.

»Bist du bereit?«, fragte er.

»Ja!«, antwortete Susanna leise und folgte ihm zum Friedhof.

Sie hatte das Fuhrwerk des Totengräbers in Kölln zurückgelassen. Nun musste sie zu Fuß nach Hause gehen. Um die Strecke abzukürzen, nahm sie den Weg an den Feldern vorbei und achtete peinlich darauf, wohin sie trat, denn sie wollte keine Frucht zertreten. Dank des Regens am Vortag hatten sich die trockenen Triebe aufgerichtet, sodass ein grüner Flaum auf den Äckern zu erkennen war. Susanna dachte an ihre Mutter, die ihr und ihren Geschwistern abends immer Geschichten erzählt hatte. Gerne hatten die Kinder die Legende von der Kornfrau von Püttlingen gehört, die die Ähren bewachte und jeden bestrafte, der das Korn nicht ehrte. Susanna lächelte bei dem Gedanken an ihre kleine Schwester Bärbel. Mit großen Augen hatte das kleine Mädchen der Mutter gelauscht, als sie die Legende von der Püttlinger Kornfrau erzählte. Seit diesem Tag passten Bärbel, ihre große Schwester Susanna und ihr Bruder Johann sorgsam darauf auf, dass sie keinen Kornhalm zertraten.

Susanna hielt im Gehen inne. Die Trauer überkam sie wie ein Donnerschlag, und sie sank in die Knie. Sie beugte den Oberkörper zu Boden und schrie ihren Zorn, ihre Wut, den Kummer über den Verlust der geliebten Menschen hinaus. Als sie keine Tränen und keine Kraft mehr hatte, kippte sie zur Seite und blieb liegen.

Susanna wusste nicht, wie lange sie so dagelegen und vor sich hin gestarrt hatte. Irgendwann stand sie mit zitternden Knien auf und ging müde und kraftlos weiter.

Sie fror, obwohl die Sonne schien. Sie schlug sich die Arme um den Oberkörper und rannte das letzte Stück zum Hof, als ein Schrei sie zusammenzucken ließ. Sofort duckte sie sich. Dann kroch sie zu einem Graben am Wegesrand, von dem aus sie auf das Gehöft ihrer Eltern blicken konnte. Als sie vorsichtig zwischen den Grashalmen hervorlugte, begann ihr Herz zu rasen.

Sie sah einen fremden Mann, der auf einen anderen, der vor ihm kniete, einschlug. Susanna glaubte zu erkennen, dass der Mann am Boden der Schäfer war. Ohne nachzudenken, kam sie aus ihrem Versteck hervor und lief hinunter zum Hof, doch einen Augenblick später hielt sie inne. Sie sah einen zweiten Mann, der einen schwarzen Mantel trug, aus dem Stall kommen. *Jeremias,* dachte Susanna und verlangsamte ihren Gang.

Noch hatten die Männer sie nicht bemerkt. Gerade als sie sich hinter einer Eiche verstecken wollte, wandte Jeremias den Kopf in ihre Richtung und starrte sie an. Wie damals, als er nachts auf den Hof gekommen war, ließen seine kalten Augen Susanna das Blut in den Adern stocken, und der Schreck fuhr ihr durch die Glieder.

Doch es war zu spät. Sie konnte nicht mehr weglaufen.

Thomas, der Schäfer, schaute ihr verzweifelt entgegen. Blut lief aus seinem rechten Mundwinkel. Fast unmerklich schüttelte er den Kopf.

Was mache ich nur?, dachte Susanna und konnte ihre Angst kaum verbergen.

»Welch schönes Kind«, spottete der Bursche, der sich breitbeinig hinter den Schäfer stellte und ihr unverschämt entgegenblickte.

»Wer bist du?«, fragte Jeremias mit rauer Stimme.

Susanna war hin- und hergerissen zwischen dem Ratschlag des Vaters, Jeremias zu vertrauen, und ihrer Abneigung gegenüber diesem fremden Mann.

Vater, vergib mir meinen Ungehorsam, flehte sie in Gedanken. Und mit dem Mut der Verzweiflung stemmte sie die Hände in die Hüften und zischte: »Wer seid ihr? Und warum schlagt ihr den Schäfer?«

»Hoho, ein Weibsbild nach meinem Geschmack«, grölte der Bursche, und Susanna befürchtete schon Schlimmes, als Jeremias erneut zischte: »Wer bist du?«

»Ich komme aus dem Dorf. Die Bauernfamilie dieses Gehöfts wurde ermordet. Der Schäfer, der vor euch kniet, hat sie gefunden und nach Kölln gebracht, damit die Toten ein anständiges Begräbnis erhalten.«

»Was machst du dann hier?«

Hilfesuchend blickte Susanna zum Schäfer, und als der leicht mit den Schultern zuckte, nahm sie wieder allen Mut zusammen und log: »Ich bin die Frau des Totengräbers. Er ist mit dem Pfarrer hierher unterwegs, denn der Knecht ist verbrannt und kann nicht auf dem Friedhof beigesetzt werden.«

Susanna bemerkte, wie sich Jeremias und der Bursche unsicher anblickten.

Sie wagte erneut zu fragen: »Wer seid ihr, und was macht ihr hier? Ich habe euch nie zuvor in unserer Gegend gesehen.«

Jeremias kniff die Augen leicht zusammen und musterte Susanna. »Wir wollten den Bauern sprechen. Doch als wir den abgebrannten Hof sahen und den Schäfer beobachteten, der geschäftig hin und her lief, glaubten wir, dass er ein Plünderer sei. Nur deshalb hat mein ungestümer Begleiter ihm Prügel angedroht.«

»Und brutal zugeschlagen«, zeterte Thomas und spuckte Blut als Beweis.

»Sei nicht nachtragend«, lachte Jeremias gekünstelt und gab dem Burschen ein Zeichen, dem Mann aufzuhelfen.

»Ihr habt meine Frage nicht beantwortet«, sagte Susanna und blickte die beiden Männer scharf an.

Jeremias kam einige Schritte auf die junge Frau zu. »Du bist also die Frau des Totengräbers?«, fragte er und musterte sie abermals.

Susanna nickte stumm, denn die Angst schnürte ihr die Kehle zu.

Ohne ein weiteres Wort wandte er sich von ihr ab und sagte zu dem Burschen: »Lass uns gehen.«

»Aber die ...?«, fragte der entrüstet, doch Jeremias schnitt ihm das Wort ab: »Halt's Maul!«

Wortlos drehten sich beide Männer um und gingen zur Weide, wo Susanna erst jetzt ihre grasenden Pferde entdeckte.

Als das Hufgetrappel verklungen war, atmete sie tief durch.

»Das hast du gut gemacht, mein Mädchen«, lobte Thomas sie. »Ich hatte schon Angst, dass mein letztes Stündlein geschlagen hätte.«

»Warum warst du nicht fort, als sie kamen?«, fragte Susanna ärgerlich und ging aufgeregt hin und her.

»Ich konnte nicht ahnen, dass plötzlich Fremde vor mir stehen. Als ich die tote Kuh auf der Koppel sah, die schon erbärmlich zum Himmel stank, habe ich alle toten Tiere zu ihr gelegt, um sie zu verbrennen. Der Qualm muss die beiden Halunken angelockt haben.«

»Das glaube ich nicht«, erwiderte Susanna.

Thomas runzelte die Stirn. »Wie meinst du das?«

»Ich glaube, dass sie etwas mit dem Tod meiner Familie zu tun haben.«

Erschrocken weiteten sich seine Augen. »Warum sollten sie dann zurückkommen? Sie sehen nicht aus, als ob sie so leichtsinnig wären.«

Susanna erwog, den Schäfer in das Geheimnis des Vaters einzuweihen, doch sie zwang sich zu schweigen. »Vielleicht irre ich mich«, flüsterte sie.

»Einerlei, ob du recht hast oder nicht: Du kannst nicht allein auf dem Hof bleiben. Wer weiß, welche Strauchdiebe sich hier noch herumtreiben! Dieses Mal hatten wir Glück«, erklärte Thomas und wischte sich über die geschwollene Lippe.

»Ich weiß«, pflichtete Susanna ihm bei. »Zieh mit deiner Herde weiter, Thomas. Ich werde zu meiner Muhme nach Brotdorf gehen, auch wenn ich ihren Mann nicht ausstehen kann.«

»Das beruhigt mich, mein Mädchen«, sagte der Schäfer und drückte sie an sich. »Ich werde dich dort besuchen. Das verspreche ich dir.«

Susanna erwiderte die Umarmung. »Ich werde nur noch einige Sachen zusammensuchen, die das Feuer nicht vernichtet hat, dann gehe ich zu Agnes.«

Der Schäfer lächelte ihr zu und ging zur Koppel, um seine Schafe zusammenzurufen.

Susanna sammelte in dem abgebrannten Haus alles ein, was sie an ihre Familie erinnerte oder was sie gebrauchen konnte. Sie stopfte die Utensilien in ihren Beutel und trat wehmütig zur Tür hinaus, als sie das Gefühl beschlich, beobachtet zu werden. Da sie nichts erkennen konnte, ging sie mit klopfendem Herzen zum Brunnen. Dort ließ sie den Eimer am Seil hinab und tat, als ob sie ihn mit Wasser füllen wollte. Dabei besah sie sich die Steine des Brunnens. Gerade als sie glaubte, einen Stein zu erkennen, der nicht so sorgsam in die Brunnenwand eingelassen war wie die anderen, ließ ein Geräusch sie hochschrecken.

Hastig stellte sie den Eimer auf den Boden, nahm ihren Beutel auf und lief den Hügel hinauf.

Jeremias trat aus der kleinen Lichtung hervor und blickte der jungen Frau hinterher, die rannte, als ob der leibhaftige Teufel hinter ihr her wäre. »Ich wette mein letztes Hemd, dass sie nicht die Frau des Totengräbers ist«, murmelte er.

Kapitel 6

»Das ist nicht dein Ernst!«, ereiferte sich Bendicht und schaute seinen Bruder fassungslos an. Er wollte nicht glauben, was dieser ihm soeben mitgeteilt hatte.

»Wir haben in der Schweiz keine Zukunft«, erklärte Jaggi ungerührt und goss sich Sud in einen Becher. Seine Frau hatte ihm ein Gebräu aus heilenden Kräutern aufgesetzt, da er Druck im Magen verspürte.

»Was soll das heißen?«, fragte Bendicht erregt.

»Der Hof wirft nicht genügend für uns ab, um sorgenfrei leben zu können. Außerdem«, erklärte Jaggi seinem älteren Bruder und schaute ihn vorwurfsvoll an, »bin ich nicht zum Bauern geboren, sondern zum Soldaten!«

Bendicht wusste, dass sein Bruder es ihm anlastete, mit der Tradition gebrochen zu haben, wonach stets der älteste Sohn den elterlichen Hof übernahm. Er war Arzt statt Bauer geworden. Bendichts Blick verfinsterte sich, und er schimpfte: »Du erzählst Unfug! Der Hof ernährt deine Familie. Es mangelt euch an nichts. Du solltest froh sein, dass Friede herrscht und man keine Soldaten benötigt. Sei dankbar, mit deiner Familie auf dem Hof zu leben, statt wie viele Söldner ziellos und hungrig durchs Land ziehen zu müssen. Soldaten haben weder Heim noch Familie. Erst kürzlich habe ich gehört, dass im Deutschen Reich zuhauf marodierende Soldaten durchs Land streifen, Menschen überfallen, ausrauben und ermorden. Ohne Rücksicht auf Leib und Leben nehmen sie ihnen das Wenige weg, das sie besitzen. Diese Halunken haben weder Achtung vor dem Gesetz noch Angst vor der Strafe.«

Jaggis Augen blitzten erfreut auf. »Das ist der Grund, warum Karl Kaspar von der Leyen ein neues Heer aufstellen wird. Er will den Schurken Einhalt gebieten.«

»Hat der Kurfürst von Trier keine eigenen Leute, die er anwerben kann?«, fragte Bendicht verwundert.

Jaggi zuckte mit den Schultern. »Ich denke, dass deutsche Männer nichts taugen. Du hast selbst gesagt, wie schlecht ihre Moral geworden ist.«

»Unfug!«, brummte Bendicht. »Auch unter Gesocks gibt es Menschen, die anders sind. Wie hast du erfahren, dass dieser Karl Kaspar Soldaten sucht?«

»Der Kurfürst hat Werber übers Land geschickt.« Jaggi nahm einen Schluck Kräutersud und verzog angewidert das Gesicht.

»Man muss ihn warm trinken«, erklärte sein Bruder. »Sobald der Sud erkaltet, verstärkt sich der Geschmack der bitteren Kräuter.« Nach einem tiefen Atemzug murmelte er: »Ich verstehe dich nicht, Jaggi!«

»Und ich verstehe nicht, warum du mich nicht verstehst«, erklärte der Jüngere erregt. Doch dann beruhigte er sich und sah Bendicht voller Tatendrang an. »Der Kurfürst weiß, dass Schweizer Soldaten bestens ausgebildet sind. Jedem, der seinem Ruf folgt, verspricht er guten Sold und ein Stück Land. Das sind die besten Voraussetzungen, um neu anzufangen.«

»Was sagen deine Frau und dein Sohn Urs zu deinen Plänen?«, warf Bendicht ein.

»Du glaubst wohl nicht, dass ich Barbli und Urs um Erlaubnis frage, wenn ich solch eine Entscheidung treffe?«, gab Jaggi die Frage zurück und zog seine Augenbrauen zusammen, sodass sein Gesichtsausdruck einen mürrischen Zug annahm.

»Ich bin der Ansicht, dass auch sie gefragt werden sollten. Schließlich willst du mit ihnen in ein Land übersiedeln, in dem eine andere Sprache gesprochen wird. Zudem liegt das Deutsche Reich durch diesen unsäglichen langen Krieg immer noch in Schutt und Asche. Du verlangst, dass deine Familie in eine große Stadt mit vielen Menschen ziehen soll, obwohl sie nur das Landleben kennt ...«

»Hör auf! Du tust, als ob ich sie ans Ende der Welt verschleppen will«, wies der Bruder den Älteren zurecht. »Es wird ihnen in Trier besser gehen als hier. Du kennst die Stadt und weißt, dass man dort gut leben kann. Zudem beherrschen wir die deutsche Sprache sehr wohl, denn wir lesen in Hochdeutsch.«

»Man wird hören, dass ihr nicht aus dem Trierischen Land stammt«, wandte Bendicht erneut ein und fügte hinzu: »Mich verbindet mit dieser Stadt keine gute Erinnerung. Ich wurde wie ein Gefangener gehalten und habe dort meinen Lehrmeister verloren.« Als er jedoch den abweisenden Blick seines Bruders sah, seufzte er und gab sich geschlagen. »Ich sehe, dein Entschluss steht fest, und nichts und niemand wird dich umstimmen können.«

»So ist es!«, sagte Jaggi und trank angewidert den Becher mit Sud leer.

Nachdem sein Bruder nach Hause gegangen war, saß Jaggi allein in der Stube und dachte nach. Er wusste, dass Bendicht recht hatte und er mit seiner Frau Barbli schnellstmöglich über seinen Entschluss reden musste. Sein älterer Sohn Urs hatte sich damit abzufinden. »Wenn der Junge ebenfalls in den Dienst des Kurfürsten tritt, wird er ein gutes Auskommen haben, um selbst eine Familie gründen zu können. Vreni und Leonhard sind noch jung. Ihnen wird es einerlei sein, wo sie aufwachsen«, murmelte Jaggi zufrieden. Seine Gesichtszüge entspannten sich, und der Druck im Magen ließ nach.

Bendicht versuchte seinen Neffen zu trösten, der mit dem Oberkörper über dem Tisch lag und das Gesicht in seinen Händen versteckte.

»Das kann er nicht machen! Das kann er nicht machen«, jammerte Urs und schlug mit der Faust auf die Tischplatte.

Beruhigend klopfte Bendicht ihm auf den Rücken, doch das Wehklagen des Burschen wurde nur lauter. Weil Urs sich nicht beruhigen wollte, stand der Arzt auf und ging zu dem Regal, auf dem allerlei Gefäße standen. Um die kleine Schrift auf den Töpfen besser lesen zu können, kniff er leicht die Augen zusammen.

»Ah, da ist es!«, murmelte er, als er das Gefäß mit der Baldriantinktur entdeckte. Er zählte mehrere Tropfen von dem Beruhigungsmittel auf einem Holzlöffel ab und hielt ihn Urs vor die Nase. »Schluck das!«, befahl er.

Artig öffnete der Junge den Mund. »Igitt«, schimpfte Urs und wollte die Medizin ausspucken.

»Wage es, und du wirst mehr Tropfen schlucken müssen«, drohte der Oheim. Gehorsam würgte Urs das Heilmittel hinunter und schüttelte sich.

»Trink verdünntes Bier hinterher«, sagte Bendicht und reichte Urs den Krug. Schnell trank der Junge einige Züge und wischte sich anschließend mit dem Ärmel über die Lippen.

Nach einiger Zeit setzte die Wirkung der Medizin ein, und er beruhigte sich. »Wie kann er das machen?«, flüsterte er und blickte verzweifelt zu seinem Oheim hoch, der mit den Schultern zuckte.

»Dein Vater will das Beste für euch«, versuchte Bendicht zu erklären, doch das Gesicht seines Neffen verfinsterte sich.

»Wenn er das wirklich wollte, würde er mich bei dir lassen, damit ich alles über das Heilen lernen kann.«

»Ach Urs«, seufzte Bendicht. »Glaube mir, er will wirklich nur das Beste für dich, deine Mutter und deine jüngeren Geschwister. Allerdings meint dein Vater, dass ihr nur in der Fremde ein sorgenfreies Leben führen könnt. Betrachte es von der guten Seite. Du lernst neue Menschen kennen, wirst in einer großen Stadt leben, die dir viele Möglichkeiten bietet. Vielleicht triffst du dort ein nettes Mädchen, und mit dem Sold, den du als Soldat erhalten wirst, kannst du eine eigene Familie gründen.«

Urs' Augen weiteten sich ungläubig. Er starrte wie abwesend auf einen Punkt an der Wand und schien darüber nachzudenken. Doch dann sagte er trotzig: »Ich will kein Soldat werden, sondern Arzt, und dir helfen, ein Mittel gegen die Pest zu finden. Nie und nimmer werde ich in den Krieg ziehen.«

Bendicht konnte sich nur mit Mühe ein Schmunzeln verkneifen.

»Der Krieg ist Gott sei Dank vorbei, mein Junge! Und ob es mir tatsächlich gelingt, ein Mittel gegen die Pest zu finden, das steht in den Sternen.«

»Aber deine Aufzeichnungen ...«, erwiderte Urs und verstummte sogleich mit hochrotem Gesicht.

»Hast du in meinen Unterlagen geschnüffelt?«, fragte Bendicht mit ernstem Gesicht.

Der Junge schüttelte heftig den Kopf und erklärte: »Du hattest mich gebeten, aus der Truhe das Säckchen mit den Kräutern zu holen, und dabei habe ich die Schriften gesehen.«

»Und sicher auch gelesen«, murmelte Bendicht. Bevor Urs antworten konnte, fragte er den Neffen: »Was sagst du zu meinen Thesen?«

Urs schaute seinen Oheim prüfend an. Als er im Blick des Arztes keinen Vorwurf mehr erkennen konnte, wagte er seine Meinung kundzutun. »Ich habe mich über mehrere Behauptungen gewundert«, erklärte er vorsichtig, ohne den Onkel aus den Augen zu lassen.

Bendicht zog grübelnd seine Augenbrauen zusammen. »Wie meinst du das?«, fragte er.

Der Neffe musterte den Onkel und erklärte: »Wie kann man sagen, dass es ein Pestgift gibt? Wer sollte das Verlangen haben, absichtlich Menschen mit einer solch grausamen Krankheit zu quälen?«

»Der Feind!«, erklärte Bendicht knapp.

»Läuft er nicht Gefahr, ebenfalls zu erkranken? Außerdem

haben wir Frieden, und trotzdem sterben Menschen an der Seuche«, entgegnete Urs.

Bendicht sah seinen Neffen wohlwollend an. »Du bist ein schlauer Bursche, Urs!«, sagte er laut und dachte im Stillen: *Viel zu schade, um ein Leben als Soldat zu fristen.* »Es ist sehr schwer, das zu erklären, mein Junge. Zwar haben wir Frieden, doch bereits seit Jahrhunderten hält sich das Gerücht, dass bestimmte Menschen den Schwarzen Tod über andersdenkende Bürger bringen.«

»Welche Menschen meinst du, Oheim?«

»Ich möchte sie nicht anklagen, denn wegen des bösen Verdachts werden sie bereits seit Jahrhunderten beschuldigt und verfolgt. Zudem glaube ich nicht an diese Verschwörungstheorie.«

Urs kräuselte die Stirn. Er wusste nicht, wen der Onkel meinte.

»Kennst du das Buch des Dichters Giovanni Boccaccio?«, fragte Bendicht. Urs schüttelte den Kopf.

»In den Jahren von 1347 bis 1353 herrschte vielerorts eine große Pestepidemie. So auch in der italienischen Stadt Florenz, in der Giovanni Boccaccio lebte. Als Zeuge beschreibt er in seinen Aufzeichnungen die verheerenden Auswirkungen des Schwarzen Tods so eindringlich, dass es einen erschaudern lässt. Damals müssen täglich unzählige Leichen in den Straßen gelegen haben, sodass die Totengräber es kaum schafften, sie einzusammeln. Beim Anblick des täglichen Sterbens wurde den Lebenden bewusst, dass ihre Zeit auf Erden schnell enden konnte. Und so versuchten manche, im Angesicht des Todes ihr restliches Leben in vollen Zügen auszukosten. Ihre Familien und selbst ihre Religion wurden ihnen gleichgültig. Viele sahen keinen Sinn mehr darin, ihrer Arbeit nachzugehen, und sie bestellten die Felder nicht mehr. Stattdessen hofften sie, sich mit Tanz und Musik das restliche Leben zu versüßen. Sie trieben es zügellos und erbärmlicher als je zuvor. Völlerei, Saufgelage, Glücksspiel waren an der Tagesordnung.

Andere Menschen hingegen fanden Trost im Glauben und in der Religion. Ihr Alltag wurde von Prozessionen oder Bittgottesdiensten geprägt. Geißlerumzüge zogen durch die Städte, und an vielen Kirchen entstanden Pestsäulen, die von der Angst der Menschen und ihrer Hoffnung auf Erlösung zeugten. Heute weiß man, dass in Florenz nur etwa der fünfte Teil der Bürger überlebte.«

Bendicht hielt inne und fuhr sich über seinen roten Bart.

»Erzähl weiter!«, bat Urs geschockt. Seine Fantasie reichte aus, sich das Elend und die Ausschweifungen vorstellen zu können.

»Boccaccio«, fuhr Bendicht fort, »erzählt, dass damals in Florenz weder göttliche noch menschliche Gesetze geachtet und eingehalten wurden, denn die Diener der Stadt waren ebenfalls krank oder tot wie die Gesetzesvollstrecker. Da niemand der Bevölkerung Einhalt gebot, konnte sich jeder erlauben, was immer er wollte, ohne bestraft zu werden. In den Straßen herrschten Diebstahl und Betrug, Mord und Totschlag. Man glaubte, dass die Menschheit dem Untergang geweiht war, und deshalb musste ein Schuldiger gefunden werden.«

Bendicht blickte seinen Neffen ernst an. »Wer war dafür besser geeignet als Menschen, die anders dachten, die einer anderen Religion angehörten, die am Rande der damaligen Gesellschaft lebten? Ihnen gab man die Schuld an der Seuche und an der Verwahrlosung der Bürger. Gerüchte wurden gestreut, dass sie die Brunnen vergiftet und auf diese Weise den Schwarzen Tod über die Menschen gebracht hätten. Die Beschuldigten wurden so lange gefoltert, bis sie alles zugaben. Ihre angeblichen Geständnisse wurden überall verbreitet, sodass diese Menschen in allen Ländern des Deutschen Reichs verfolgt wurden. Heute weiß man, dass unter der Folter jedes Geständnis erpresst werden kann. Der Jesuit Friedrich Spee, dem mein Lehrmeister und ich damals bei der Versorgung kranker Soldaten in Trier geholfen haben, hat als Erster die Folter als nutzlos zur Erzwingung von Geständnissen beschrieben. Leider folgen nur wenige Spees Theorie.«

Urs blickte den Arzt ernst an. »Wenn ich dich recht verstehe, Oheim, hat man diese Menschen beschuldigt und bestraft, obwohl sie nicht schuldig waren?«

Bendicht nickte und seufzte: »Das ist meine Meinung, aber die zählt nur, wenn es mir gelingt, die wahre Ursache der Seuche zu ergründen.«

»Du hast sicherlich eine Vermutung?«, fragte Urs und blickte den Oheim forschend an.

»Eine?«, lachte Bendicht. »Mehrere!«

»Erzähl mir davon«, bettelte Urs und schlug die Hände aneinander.

Bendicht ging zu der Truhe, die in einer Ecke des Raums stand, und zog seine Schriften hervor. Er setzte sich zurück an den Tisch, wo er die Blätter auf der Tischplatte ausbreitete.

»Sieh hier!«, forderte er den Jungen auf. »Das ist die Meinung von Hippokrates, einem Gelehrten der Antike, und seinem Nachfolger Galen. Sie nennen als Ursache dieser Krankheit eine Fehlmischung der vier menschlichen Körpersäfte. Wenn Blut, Schleim, gelbe und schwarze Galle nicht mehr im Gleichgewicht seien, so ihre Lehre, breche die Pest aus.«

Als Bendicht den Gesichtsausdruck des Jungen sah, musste er laut lachen.

»Ich nehme an, als der Arzt Paracelsus die Vermutungen seiner antiken Kollegen las, hat er genauso ausgesehen wie du. Er bezeichnete die Vier-Säfte-Lehre nach Galen als groben Unfug. Für diese Meinung erntete er jedoch viel Kritik. Doch die Heilerfolge von Paracelsus waren berühmt, und deshalb konnte er sich eine Sondermeinung leisten. Wusstest du, dass seine Mutter Schweizerin war?«, fragte Bendicht mit glänzenden Augen. Als Urs verneinte, fügte er mit einem Augenzwinkern hinzu: »Die Schweiz hat nicht nur die besten Soldaten, sondern auch hervorragende Gelehrte.«

Als Urs das hörte, erhellte ein Lächeln sein Gesicht. »Hatte Paracelsus eine Vermutung, warum Menschen an der Pest erkranken?«, fragte er.

Bendicht zuckte mit den Schultern. »Ich habe in seinen Schriften keinen anschaulichen Hinweis finden können. Paracelsus sagt, dass die Medizin auf Natur- und Gotteserkenntnis gründet. Es ist nicht einfach, seine Lehre zu verstehen.« Nachdenklich legte er die Schriften zusammen.

»Wie ist deine Meinung?«, fragte Urs, hoffend, mehr über die Forschungen seines Oheims zu erfahren.

Bendicht blickte seinen Neffen prüfend an. »Du musst mir versprechen, dass du das, was ich dir anvertraue, niemandem erzählen wirst.«

Urs nickte heftig. »Ich werde schweigen wie ein Grab«, flüsterte er.

Bendicht wusste, dass er dem Jungen vertrauen konnte. »Ich glaube, dass die Krankheit weder durch die Luft noch durch Gift ausgelöst wird. Ich glaube, sie wird durch die Berührung von Menschen untereinander übertragen.« Seine Stimme war so leise geworden, dass Urs eine Gänsehaut auf dem Rücken spürte. Jetzt ahnte er, warum der Oheim beim letzten Mal befohlen hatte, dass er sich die Hände wusch.

Der Junge dachte nach und fragte ebenso leise: »Aber wo kommt die Krankheit her?«

Bendicht blickte seinen Neffen geheimnisvoll an und flüsterte: »Das versuche ich zu erforschen!«

Kapitel 7

Susanna rannte den Hügel hinauf und überquerte das Feld mit dem zarten Grün des Sommerweizens, ohne sich umzudrehen. Als sie das angrenzende Wäldchen erblickte, lief sie hinein und hoffte, dass die dicht zusammenstehenden Bäume sie unsichtbar machten. Das Mädchen sprang von Stamm zu Stamm, und erst als Seitenstiche sie quälten, hielt sie inne. Schwer atmend blickte sie zurück, um zu sehen, ob ihr jemand gefolgt war.

Als sie nichts erkennen konnte, ließ sie den schweren Rucksack und den Beutel zu Boden gleiten und lehnte sich erschöpft gegen einen dicken Baum. Ihre Knie zitterten, und sie ging in die Hocke, wobei sie sich misstrauisch umblickte. Das Zwitschern der Vögel in den Baumkronen beruhigte sie, und sie ließ sich auf dem kühlen Waldboden nieder.

Erleichtert schloss Susanna die Augen. Nachdem sie einige Male tief ein- und ausgeatmet hatte, beruhigte sich ihr Herzschlag. Sie wischte sich müde über das Gesicht und starrte vor sich auf den Boden. *Jeremias*, dachte sie wütend und furchtsam zugleich. »Dieser Mann ist kein guter Mensch«, murmelte sie. Sein Gesicht mit den eiskalten Augen schob sich ebenso wie seine Grabesstimme in ihre Erinnerung. *Warum wollte Vater, dass ich mich ihm anvertraue?*, grübelte sie. *Ich bin sicher, dass er heute nicht zufällig auf unserem Hof erschienen ist. Was wollte er dort? Er kam gewiss nicht, weil er helfen wollte.* »Verdammt«, schimpfte sie leise. »Wenn ich nur wüsste, was er Vater damals übergeben hat.«

Was ist, wenn auch er diese magischen Schriften sucht?, dachte sie weiter, als sich plötzlich ein Gedanke in ihre Überlegung schlich, der sie erschaudern ließ. *Das könnte bedeuten, dass er mit der Ermordung meiner Familie zu tun hat.*

Susanna schüttelte heftig den Kopf. »Jeremias ist zwar ein

furchteinflößender Mann, aber sicher kein Mörder«, versuchte sie sich zu beruhigen und hob ihren Blick zwischen den Baumkronen zum Himmel empor. »Trotzdem kann ich ihm nicht vertrauen, Vater!«, flüsterte sie.

Susanna spürte, wie die Kühle des Waldbodens durch ihre Kleider kroch. Sie erhob sich umständlich und klopfte mit der flachen Hand Schmutz und Tannennadeln von ihrem Rock ab. Als sie Rucksack und Beutel aufhob, überlegte sie, wohin sie gehen sollte. »Ich habe niemanden«, murmelte sie niedergedrückt. Beim Gedanken an ihre Tante Agnes stöhnte Susanna laut auf. »Ihr Mann wird nicht erfreut sein, mich wiederzusehen. Er wird mich aber auch nicht fortschicken können«, hoffte sie und ging den Weg zurück, den sie gekommen war.

Nach wenigen Schritten blieb sie stehen. »Vermaledeit!«, seufzte sie leise. »Ich bin in die falsche Richtung gelaufen und muss nun nach Brotdorf einen Umweg nehmen.« Die Strecke zurück, am niedergebrannten Hof ihrer Familie vorbei, traute sie sich nicht zu gehen.

Als Susanna den Weg durchs Köllertal in Richtung Püttlingen marschierte, begegnete ihr nicht eine Menschenseele. Die Gegend schien wie ausgestorben. Gehöfte lagen verwaist oder – wie der elterliche Hof – niedergebrannt am Wegesrand. Im Ortsteil Engelfangen erblickte sie ein Gebäude, durch dessen Schornstein eine mächtige Baumkrone herauswuchs. *Das Haus muss schon lange unbewohnt sein,* überlegte sie und ging eilends daran vorbei.

Susanna ließ ihren Blick über Wiesen und Felder schweifen. *Nicht ein Stück Vieh grast auf den Weiden,* dachte sie. Ihr schien, dass schon seit Jahren keine Herden mehr die Wiesen abgefressen hatten. Große Flächen auf den Koppeln waren mit hohen Disteln, Brennnesseln und anderem Wildkraut überwuchert. Und weil sie hier nicht einen Vogel am Himmel zwitschern hörte, überkam Susanna das Gefühl, das einzige Lebewesen auf der Welt zu sein. Ihr fröstelte bei dem Gedanken. Doch dann erinnerte sie sich daran, wie der Schäfer Thomas und ihr Vater sich eines Abends darüber unterhalten hatten, dass manche Landstriche durch den langen Krieg menschenleer geworden waren.

»Viele Männer sind im Krieg geblieben, und ihre Witwen sind in die Nähe der Städte gezogen«, hatte Thomas erklärt.

Susanna drehte sich einmal um ihre Achse und blickte in jede Richtung. Noch nie hatte sie sich so einsam gefühlt. Tränen stiegen ihr in die Augen, und sie ging niedergeschlagen weiter.

Am späten Nachmittag überfiel sie große Müdigkeit, sodass sie kaum die Augen aufhalten konnte. Ihre Beine schienen schwer wie Blei zu sein. Als sie an einem leer stehenden Gehöft vorbeikam, erwog Susanna, hineinzugehen und dort die Nacht zu verbringen. Doch der Gedanke, dass die früheren Bewohner dieses Hauses vielleicht ebenfalls ermordet worden waren, ließ sie zurückscheuen. Sie verwarf den Gedanken und schleppte sich weiter.

Susanna hatte Mühe, einen Fuß vor den anderen zu setzen, und glaubte jeden Augenblick hinzufallen, als sie einen Viehunterstand inmitten einer Weide entdeckte. Ohne nachzudenken, nahm sie ihre letzte Kraft zusammen und lief darauf zu.

Drei Seiten des Verschlags waren mit Brettern zugenagelt worden, die teilweise verrottet waren. Der Unterstand bot genügend Schutz, zumal das Dach unversehrt war. Susanna ging hinein und erblickte auf dem Boden genügend Stroh, das ihr Nachtlager polstern würde. Zwar roch es muffig, doch Susanna warf es mit den Fußspitzen in die Höhe, sodass es aufgelockert zu Boden fiel. Danach schob sie es zu einem Haufen zusammen, legte Rucksack und Beutel daneben und streckte sich auf dem Strohlager aus. Ermattet schloss sie die Augen, als ihr Magen laut knurrte. Erst jetzt wurde ihr bewusst, dass sie nichts gegessen hatte.

Sie setzte sich auf und suchte im Rucksack nach Essbarem. Ein Stück Hartwurst, ein Kanten Käse und einige verschrumpelte Äpfel waren die magere Ausbeute in der Küche ihrer Eltern gewesen. Das Mehl, den Krug Milch, auf dem Aschereste geschwommen waren, sowie die Kohlköpfe hatte sie zurückgelassen. Doch sie wollte nicht viel essen, da sie nicht wusste, wie lange ihre Vorräte noch reichen mussten. Auf dem Boden des Tragesacks wühlte sie nach einer Handvoll Bucheckern, die sie in der Eile hineingeworfen hatte. Ihre Finger tasteten danach und zogen eine Buchecker nach der anderen hervor. Vorsichtig pulte sie die kleinen Früchte aus der Schale und kaute sie langsam. Dabei musste Susanna an ihre kleine Schwester Bärbel denken, die im Vorjahr zu gierig gewesen war und zu viele der kleinen Kerne gegessen hatte. Bärbel hatte nicht auf die Ermahnungen der Mutter gehört und später jammernd auf ihrer Bettstatt gelegen und sich den Bauch gehalten. Die halbe Nacht musste die Mutter ihr heiße Leibwickel machen, bis die Krämpfe endlich nachließen.

»Bärbel«, flüsterte Susanna schmerzerfüllt, und sie wehrte sich nicht gegen die Erinnerungen, die sich in ihre Gedanken schlichen. Obwohl ihr Tränen über die Wangen liefen, musste Susanna lächeln, denn sie erinnerte sich an den Sommer vor vier Jahren.

Ihre Schwester Bärbel, die neun Jahre jünger als sie gewesen war, hatte schon als kleines Mädchen ihren eigenen Dickkopf gehabt. Egal, was man ihr sagte oder auch verbot – Bärbel machte grundsätzlich das, was sie wollte.

Damals hatte die Vierjährige hinter dem Gehöft im Wald den großen Teich entdeckt und das Ufer als ihren Spielplatz erwählt. Weil die Mutter Angst hatte, das Mädchen könnte hineinfallen und ertrinken, sollte Johann seiner jüngsten Schwester das Schwimmen beibringen.

»Es nützt nichts, wenn ich ihr verbiete, dort zu spielen«, seufzte die Mutter. »Sie wird heimlich hingehen. Jedoch werde ich beruhigt sein, wenn ich weiß, dass sie schwimmen kann.«

»Mädchen können nicht schwimmen«, hatte Johann damals gemurrt.

»Tu, was ich dir sage! Oder willst du daran schuld sein, wenn ihr etwas zustößt?«, hatte die Mutter mit ernstem Blick befohlen. Nur widerwillig war Johann mit Bärbel zu dem Teich gegangen, die begeistert neben ihm herhopste, sodass ihre langen braunen Zöpfe hin und her hüpften. Susanna folgte den Geschwistern mit Kleidung und einem Handtuch unterm Arm.

Bärbel erkannte anscheinend nicht, dass ihr großer Bruder sauertöpfisch neben ihr herging, denn die Vierjährige plauderte munter darauflos. »Meine Freundin Hanna kann nicht schwimmen«, erzählte sie. »Aber ihre Brüder. Kannst du schwimmen?«, fragte sie Johann.

»Wenn ich es nicht könnte, wie sollte ich es dir dann beibringen?«, fragte der Bruder mürrisch.

»Ich will aber auf dem Boden schwimmen können, damit ich sehe, wo die Fische wohnen«, forderte die Kleine und hopste in einem fort.

»Das nennt man tauchen, du Gnom!«, schimpfte Johann.

»Was ist ein Gnom?«, wollte Bärbel wissen und schaute ihren Bruder mit unschuldigem Augenaufschlag an.

Hilfe suchend blickte er zurück zu Susanna, die sich auf die Lippen beißen musste, um nicht laut aufzulachen. Weil sie inzwischen den Teich erreicht hatten, fragte Bärbel nicht weiter, sondern klatschte begeistert in die kleinen Hände. Aufgeregt hüpfte das Kind auf und ab, sodass Johann fauchte: »Kannst du auch mal ruhig stehen?«

»Nein!«, erwiderte Bärbel knapp und juchzte, als Susanna ihr half, den langen Rock auszuziehen. Die Mutter hatte ihr eine Hose mitgegeben, die Johann in Bärbels Alter getragen hatte. Als das Kind die fremde Hose sah, stülpte es die Lippen nach vorn und maulte: »Das ist nicht meine Hose!«

»Ich weiß, Bärbel! Aber du kannst nur schwimmen lernen, wenn du diese Hose anziehst. Schau, dein Oberteil kannst du anbehalten«, erklärte Susanna sanft.

Johann freute sich über Bärbels Gejammer. »Bärbel hat recht, Susanna! Sie kann unmöglich meine Hose tragen. Lasst uns zurückgehen.«

Das kleine Mädchen schaute den Bruder aus großen Augen an, verschränkte die Arme vor der Brust und sagte: »Na gut! Ich will die Hose.«

Dann schnappte sie sich das Kleidungsstück, setzte sich auf den Boden und zog es über. Die Sommerhose des Bruders reichte ihr zwar bis zum Knöchel, doch über dem Hinterteil saß sie stramm. Als Johann losprusten wollte, knuffte Susanna ihm in die Seite, sodass er nur stumm grinste. Johann zog sich das Hemd über den Kopf und sprang ins Wasser.

Susanna beneidete ihren Bruder, der auf den Grund des Teichs tauchte, als sei er im Wasser geboren. Da sie nicht schwimmen konnte, setzte sie sich ans Ufer und schaute ihren Geschwistern zu.

Nachdem Johann einige Runden geschwommen war, kam er zu Bärbel und erklärte, was sie zu tun hatte. Quiekend verließ das Mädchen Schritt für Schritt das Ufer, bis sie bis zur Hüfte im Wasser stand. Dann legte sie sich auf Johanns Arme, die er ihr entgegenstreckte, und machte die Schwimmbewegungen nach. Laut schnaufte sie die Luft ein und aus und bewegte Hände und Füße wie ein Frosch. Johann drehte sich mit ihr im Kreis, sodass das Mädchen glaubte zu schwimmen. »Ich kann schwimmen!«, jauchzte sie und blickte mit strahlenden Augen zu Susanna.

Plötzlich zog Johann seine Arme weg, und Bärbel ging unter wie ein Stein.

»Mal schauen, wie lang sie tauchen kann«, feixte Johann.

Susanna wollte schon ins Wasser springen, als Bärbel hustend auftauchte.

»Hast du gesehen, wo die Fische wohnen?«, fragte der Bruder lachend.

»Du dummer Mensch! Sie hätte ertrinken können«, schimpfte Susanna und warf einen Ast nach ihm.

»Unsinn«, verteidigte sich Johann. »Ich hätte sie vorher herausgefischt.«

Bärbel brach in Tränen aus und zitterte wie Espenlaub, obwohl es ein warmer Sommertag war.

Johann zeigte Reue: »Sei nicht böse, Bärbel! Ich werde es nicht noch einmal machen. Komm, ich zeige dir, wie du schwimmen kannst.«

Bärbel nickte zaghaft und legte sich wieder auf seine Arme.

Am Nachmittag konnte sie ohne Hilfe den Teich durchqueren.

Susanna atmete schwer ein und aus. Sie sehnte sich so sehr nach ihrer Familie, dass sie kaum Luft bekam. Zwar sagte ihr der Verstand, dass sie beide Geschwister und die Eltern nicht mehr wiedersehen würde. Doch sie konnte sich einfach nicht vorstellen, dass sie niemals wieder mit Johann reden und streiten und niemals wieder Bärbel trösten würde. Die Mutter würde ihr nie wieder über das Haar streicheln und der Vater sie nie wieder lachend anblicken.

»Lieber Gott, lass mich einschlafen und nicht wieder aufwachen«, betete Susanna und sah durch die verfaulten Bretter, wie die Sonne langsam unterging. »Welchen Sinn hat mein Leben noch?«

Als Susanna das kleine Messer, das aus dem Beutel gerutscht

war, im Stroh liegen sah, hob sie es auf und wog es in ihrer Hand. Mit der anderen Hand griff sie an die Stelle auf ihrer Brust, unter der sie ihr Herz pochen fühlte. »Ein heftiger Stoß, und alles wäre vorbei«, murmelte sie. Doch wie ginge es weiter? Selbstmörder mussten auf ewig im Fegefeuer schmoren. »Ich würde meine Lieben im Himmel nicht treffen. Doch wenn ich weiterlebe, bis ich sterbe …«

Die Müdigkeit forderte ihren Tribut. Susanna schlief ein und träumte von braunhaarigen Engeln, die über die Himmelswiese hopsten.

Kapitel 8

Eckart Schiffer saß wie gelähmt an seinem Arbeitsplatz und starrte auf die Papiere, die auf seinem Tisch lagen. Mit einer einzigen Handbewegung wischte er laut fluchend die Blätter von der Tischplatte, sodass sie durchs Zimmer segelten. »Hurensohn!«, brüllte er und fuhr sich mit beiden Händen durch die Haare. »Dieser elende Mistkerl«, schimpfte er leiser und blickte zu den Schriftstücken, die verstreut auf dem Boden lagen.

Bis zum Morgen hatte Schiffer gehofft, den Vertrag abschließen zu können. Doch nun war er sicher, dass sich nichts von dem, was man ihm versprochen hatte, erfüllen würde. Seine Pläne waren zerstört, und er war mittellos geworden.

Schiffer vergrub verzweifelt sein Gesicht in den Händen, als die Tür geöffnet wurde und jemand die Stube betrat.

»Verschwinde«, zischte er zwischen seinen Fingern hindurch.

Da er nicht aufgeschaut hatte, wusste er nicht, wer an seinen Schreibtisch getreten war, bis eine Stimme bestürzt fragte: »Begrüßt man so Frau und Kind?«

Schiffer nahm die Hände vom Gesicht und blickte in die großen Augen seiner Tochter Marie. Sofort erhob er sich und ging um seinen Arbeitstisch auf sie zu, um sie zu begrüßen. Seine Frau Sophie hielt ihm zaghaft die Wange hin, auf die er einen Kuss hauchte.

»Warum liegen die Blätter auf dem Boden?«, fragte Sophie und zog eine Augenbraue in die Höhe.

»Der Wind hat sie vom Tisch geweht«, log Eckart und küsste den Scheitel seiner Tochter, die niederkniete, um die Schriftstücke einzusammeln.

»Der Wind?«, fragte Sophie zweifelnd und sah zum Fenster, das geschlossen war. Als Eckart ihrem Blick auswich, bestärkte sich ihr Eindruck, den sie bereits seit Tagen hegte. Ihr Mann, so hatte sie bemerkt, war ungewöhnlich nervös und gereizt.

»Was ist passiert?«, fragte sie.

»Das geht dich nichts an«, erwiderte Eckart scharf, sodass Sophie zu Boden blickte. Sie wusste, dass er ihr nichts anvertrauen, sondern sie wegen ihrer Frage rügen würde. »Die Arbeit ist allein Angelegenheit des Mannes«, hatte er ihr bei ihrer Eheschließung klargemacht.

Schiffer war damals schon Pächter der Sulzbacher Saline und gut im Geschäft gewesen. Die Menschen brauchten Salz – erst recht, als der Krieg ausbrach und unzählige Soldaten ins Land kamen. Sogar den kaiserlichen Truppen, die zeitweise in der Grafschaft Saarbrücken einquartiert worden waren, wurden als Aufwandsentschädigung nicht nur Unterkunft, Holz und Talg für Lampen zugesagt, sondern auch Salz. Dadurch stieg der Salzverbrauch außerordentlich an, sodass zeitweise Mangel herrschte, zumal die meisten Männer an der Front dienten und kaum noch Salz abgebaut wurde. Doch nun war dieser unsägliche Krieg zu Ende, und die Menschen verrichteten wieder ihre Arbeit.

Alles schien wie früher – so glaubte Sophie und grübelte:

Warum ist Eckart nur so übellaunig? Sie seufzte innerlich auf, denn sie traute sich nun kaum, ihre Bitte laut zu äußern, wegen der sie ihren Mann aufgesucht hatte.

Eckart schien ihre Zweifel zu spüren, denn er sah sie prüfend an und fragte: »Warum bist du gekommen?«

Sophie blickte auf und erklärte mit zaghafter Stimme: »Ich brauche Geld, um Mehl und Fett zu kaufen.«

Eckarts Augen wurden eine Spur dunkler, und er sog laut die Luft durch die Nasenflügel ein, wobei sich seine Schultern hoben. Sophie fürchtete, dass er jeden Augenblick losbrüllen würde, als die Tochter Marie ihre kleine Hand auf den Arm des Vaters legte und lächelnd sagte: »Ich habe alle Blätter eingesammelt, Vater.«

Schiffer blickte in die blauen Augen seiner Tochter, und sogleich schob sich das Antlitz des toten Bauernmädchens in seine Gedanken. Die Erinnerung ließ ihn unmerklich zusammenzucken. Wortlos bückte er sich zu seiner Tochter hinab und umarmte sie. Dann griff er in seine Jackentasche und zog eine Münze hervor, die er seiner Frau reichte.

»Kauf nicht mehr als nötig«, ermahnte er Sophie und setzte sich zurück an seinen Arbeitstisch. Ohne ein weiteres Wort und ohne aufzublicken, sortierte er die Papiere.

Sophie wartete kurz und verließ dann mit Marie die Stube. Fast geräuschlos zog sie die Tür hinter sich ins Schloss.

Kaum waren Frau und Tochter gegangen, sackte Schiffer wie ein alter Mann in sich zusammen. *Was habe ich nur verbrochen?*, jammerte er in Gedanken. *Nicht ich bin schuld, sondern dieser Markus,* dachte er und beklagte den Umstand, dass er mit solch menschlichem Abschaum Geschäfte machte. Er kam zu dem Entschluss, dass seine Lage ihm keine andere Wahl ließ und nur ein Mann ihn retten konnte. »Ich hasse ihn«, flüsterte Schiffer. Doch er brauchte dringend Geld, und Jeremias war der Einzige, der wusste, wo der Schatz vergraben war. »Jeremias muss die magischen Schriften finden«, murmelte Schiffer und verließ die Stube.

Die Begegnung mit der jungen Frau ging Jeremias nicht mehr aus den Gedanken. *Ich werde das Gefühl nicht los, dass ich sie schon einmal gesehen habe,* grübelte er und lenkte sein Pferd den Hügel hinauf in Richtung Saarbrücken.

Markus, der ihn zum Arnoldschen Gehöft begleitet hatte, blickte ihn von der Seite an und fragte: »Worüber sinnst du nach?«

»Sie ist nie und nimmer die Frau des Totengräbers«, erklärte Jeremias nachdenklich.

»Was macht dich so sicher?«

»Mein Gespür«, sagte Jeremias und schaute Markus gereizt an.

»Ob du recht hast, wirst du erst wissen, wenn du den Friedhofsmann aufsuchst«, erklärte Markus und pfiff ungerührt ein Lied.

Jeremias zog ruckartig am Zügel, sodass sein Pferd sich aufbäumte und wiehernd stehen blieb. »Du hast recht! Ich muss mich selbst überzeugen. Reite zu Schiffer und warte dort auf mich.«

Markus nickte und lenkte sein Pferd in Richtung Sulzbach, während Jeremias seinem Wallach in die Flanken trat und den Weg zurückjagte.

In Kölln ritt Jeremias sofort zum Friedhof, wo er sein Pferd an den Holzpfosten des Eingangstürchens band. Als er einen jungen Mann erblickte, der gerade ein Grab aushob, ging er auf ihn zu.

»Wo ist der Totengräber?«, fragte Jeremias grußlos.

Der Bursche wischte sich den Schweiß von der Stirn und zeigte auf eine armselige Hütte am Ende des niedrigen Zauns. Jeremias wandte sich von ihm ab, als er fünf frisch aufgehäufte Gräber erblickte.

»Wer liegt dort?«, fragte er.

»Die Arnolds«, erwiderte der Junge und grub weiter.

»Sind das die Bauern des abgebrannten Hofs?«

Der Geselle des Totengräbers hielt mit seiner Arbeit inne und nickte. »Der Alte, seine Frau, zwei seiner Kinder und die Magd wurden hinterhältig ermordet.«

»Wer bist du?«, fragte plötzlich eine barsche Stimme hinter Jeremias.

Er drehte sich um und sah in die dunklen Augen eines hageren Mannes. »Bist du der Totengräber?«, fragte er, ohne zu antworten.

Der Mann nickte.

»Hast du eine Frau?«

»Was geht dich das an?«, fragte der Mann misstrauisch.

»Nichts! Ich will nur eine Antwort, dann bin ich wieder weg.«

»Es ist besser, wenn du sofort verschwindest«, erklärte der Totengräber, ohne auf die Frage einzugehen. Mit einem Fingerschnippen gab er seinem Gesellen ein Zeichen. Der Bursche verstand und hüpfte mit einem Sprung aus dem Erdloch. Wortlos stellte er sich hinter Jeremias, den Stiel des Spatens mit beiden Händen fest umfassend.

Jeremias spürte die Nähe des Jungen in seinem Rücken und hob beide Hände in die Höhe, um zu zeigen, dass er keinen Ärger wollte. »Bleibt ruhig! Ich bin schon weg!«

Als er sich umwandte, fiel sein Blick erneut auf die fünf Gräber, und er stutzte. »Du sagtest, zwei seiner Kinder? Wie viele Kinder hatte der Bauer?«

»Drei«, antwortete der Geselle und hob leicht den Spaten an.

Als Jeremias die Bewegung bemerkte, lächelte er ihm zu und

ging zu seinem Pferd. Bevor er aufstieg, wagte er eine weitere Frage zu stellen: »Wer lebt noch?«

»Seine älteste Tochter«, erwiderte der Geselle zögernd und blickte den Totengräber unsicher an.

Jeremias überlegte und lachte kurz auf. *Ich wusste doch, dass ich sie schon mal gesehen habe,* dachte er und schwang sich auf sein Pferd. Dann hob er die Hand zum Gruß und ritt davon.

Der Totengräber blickte nachdenklich hinter ihm her. Als der Fremde außer Hörweite war, befahl er seinem Gesellen: »Sollte er wiederkehren, schlägst du ihm den Spaten über den Schädel.«

Eckart Schiffer ging die Treppenstufen seines Wohnhauses hinunter und blickte zum Tor. Die Salzknechte der ersten Arbeitsschicht verließen die Umzäunung des Geländes durch das doppelflügelige Eingangstor, vor dem die Salzknechte der zweiten Schicht bereits warteten. Sie mussten außerhalb des Salzwerkes wohnen und das Grundstück nach ihrer Arbeit stets verlassen. Das »weiße Gold«, wie Salz auch genannt wurde, war für viele unerschwinglich und führte so manchen in Versuchung, sich heimlich die Taschen zu füllen, um das gestohlene Salz zu Geld zu machen. Das sollte somit unterbunden werden, um weiteren Schaden für die Pächter der Salinen abzuwehren. Sie hatten schon genug Verluste durch Überfälle von räuberischen Banden oder umherziehenden Soldaten erlitten. Seit Schiffer jedoch das Gelände der Saline mit einem hohen Holzzaun hatte umbauen lassen, wurden die Überfälle seltener. Seit kurzem verstärkten zusätzlich Palisaden die Umzäunung und hielten so das diebische Volk vom Gelände fern.

Schiffer ging zum Haus des Salzsieders und klopfte an die Tür, als einer der Salzknechte ihm zurief: »Er überprüft den Holzvorrat.«

Anstatt ihm für die Auskunft zu danken, blaffte Schiffer:

»Hast du nichts zu schaffen?« Woraufhin der Knecht eiligen Schritts ins Siedehaus verschwand.

Schiffer marschierte über den Platz am Trockenhaus vorbei zum Sudhaus, hinter dem die Holzstämme aufgeschichtet waren. Schon von Weitem sah er den ernsten Gesichtsausdruck des Salzsieders und wusste sofort, was der ihm mitteilen würde.

Hans Müller blickte auf und erklärte mit sorgenvoller Miene: »Das Holz reicht bis nächste Woche, dann müssen wir neues kaufen.«

Müller wusste als Einziger, dass es nicht gut um die Saline stand. Schiffer hatte ihn vor einigen Monaten ins Vertrauen gezogen, als er den größten Fehler seines Lebens begangen hatte.

Damals war Eckart Schiffer einem Scharlatan aufgesessen, der sich als Salzfachmann ausgegeben hatte. Im Nachhinein musste Schiffer feststellen, dass dieser angebliche Fachmann von der Salzgewinnung ebenso viel Ahnung hatte wie er vom Brotbacken. Nämlich keine. Der Fremde hatte ihm für viel Geld Erdbohrungen versprochen, mit denen er eine weitere Solequelle erschließen wollte. Da Schiffer die wachsende Konkurrenz der lothringischen Salinen fürchtete, hatte er sofort eingeschlagen, ohne sich über den Mann kundig zu machen. Bei einer dieser Bohrungen durchstieß der selbst ernannte Salzfachmann jedoch eine Grundwasserader, die das salzhaltige Wasser mit Süßwasser verdünnte und es unbrauchbar machte. Als Schiffer den Schaden am nächsten Tag bemerkte, war der Mann mit dem Geld bereits über alle Berge.

»Der Holzpreis ist erneut gestiegen«, verriet Müller leise und riss den Pächter aus seinen Gedanken.

Schiffer nickte. »Ich weiß! Der Graf von Nassau-Saarbrücken will verhindern, dass der Wald, in dem er zur Jagd geht, weiter abgeholzt wird. Verwehren kann er uns das Holz nicht, schließlich gehört ihm die Saline. Aber er kann uns die Arbeit erschweren.«

»Was ist mit den neuen Verträgen, auf die du gehofft hast?«

Schiffer schüttelte den Kopf. »Sie werden das Salz aus den lothringischen Solequellen um Dieuze beziehen.«

»Verdammt«, fluchte Müller. »Das bedeutet das Ende.«

»Ich bin dabei, eine Lösung zu finden, damit es weitergeht«, verriet Eckart dem Mann. »Bis dahin müssen wir mit dem restlichen Holz haushalten und es nicht unnötig verschwenden«, ermahnte er seinen Siedemeister.

»Glaube mir, dass ich nur so viel Holz zum Heizen benutze, wie wir tatsächlich benötigen. Wir nehmen zu Beginn des Siedevorgangs ausschließlich Reisig, und erst später legen wir Klafterholzscheite nach. Aber wir brauchen heftiges Feuer, damit die Sole eingedampft wird. Ist die Temperatur zu niedrig, können die Salzknechte den Schaum der schädlichen Fremdsalze nicht ausreichend abschöpfen ...«

»Ist ja gut«, unterbrach Eckart den Siedemeister mürrisch. »Du musst mir nicht den Vorgang des Störens beschreiben. Den kenne ich. Trotzdem spart so viel Holz ein, wie ihr könnt. Jeder Tag, den wir durcharbeiten, zählt! Ich hoffe, dass ich heute bereits eine Lösung finden werde.«

Müller holte tief Luft. »Im Grunde wissen wir beide, dass die Tage der Sulzbacher Saline gezählt sind.«

Da sah Schiffer einen Reiter durchs Tor kommen und ahnte, wer das sein konnte. Er klopfte Müller aufmunternd auf die Schulter und orakelte: »Noch ist nicht aller Tage Abend!«

Kurz vor seinem Haus erkannte Eckart, dass nicht Jeremias, sondern Markus sein Pferd an dem Eisenring in der Hauswand anband.

»Wo ist Jeremias?«, fragte er besorgt, da er annahm, dass etwas schiefgegangen war.

»Bleib ruhig«, höhnte Markus. »Er musste einen kleinen Umweg machen, wird aber sicher schon bald hier sein.«

»Umweg?«, fragte Schiffer.

»Er soll es dir selbst sagen. Hast du ein Bier? Mir klebt die Zunge am Gaumen.«

Schiffer bat den Burschen nur widerwillig ins Haus und gab ihm zu trinken.

»Habt ihr das gefunden, weswegen ihr zum Hof geritten seid?«, wollte Schiffer wissen und vermied es, zu viel Wissbegierde zu zeigen.

Markus setzte sich herausfordernd hinter Schiffers Arbeitstisch auf den Stuhl und legte die Füße auf die Tischplatte. »Was sollten wir deiner Meinung nach finden?«

Schiffer wusste, dass der Bursche ihn ebenso wenig mochte wie er ihn. Er wusste aber auch, dass Markus gefährlich war und vor nichts zurückschreckte. Jeremias hatte ihm verraten, dass Markus während des Krieges unter seinen Söldnerkameraden wegen seiner Unbarmherzigkeit gefürchtet gewesen war.

»Verschwinde von meinem Stuhl«, sagte Schiffer und versuchte, seiner Stimme einen festen Klang zu geben. *Wenn ich jetzt nicht klar Stellung beziehe, wird Markus nicht aufhören, mich zu reizen,* dachte er und blickte den Burschen mit betont furchtlosem Gesichtsausdruck an. Als Markus nicht sofort aufsprang, stieß Schiffer beherzt die Füße des Burschen von der Tischplatte.

»Hoho«, lachte Markus. »Da scheint einer mutig zu sein. Oder sollte ich lieber ›leichtsinnig‹ sagen?«

»Komm her, du Mistkerl, und ich werde dich grün und blau schlagen!«, forderte Schiffer ihn heraus.

Markus stand auf und kam um den Tisch herum. Als Schiffer nicht zurückwich, schien er zu zögern.

In diesem Augenblick ging die Tür auf, und Jeremias kam herein. Er erkannte sofort die Lage und knurrte: »Was soll das? Kann man euch nicht allein lassen, ohne dass ihr euch gegenseitig an die Gurgel gehen wollt?«

»Nimm deinen Kettenhund an die Leine«, zischte Schiffer und setzte sich an seinen Tisch.

Jeremias funkelte Markus verärgert an. Mit einem Kopfnicken gab er ihm zu verstehen, dass er verschwinden solle. Als Markus aufbegehren wollte, beschied er ihm: »Ich werde dir später alles erklären.«

Nachdem die Tür hinter Markus ins Schloss gefallen war, schnaubte Schiffer: »Ich will den Burschen hier nie wieder sehen!«

»Halt die Schnauze, Schiffer! Du bist nicht in der Lage, mir Befehle zu erteilen.«

»Hast du die magischen Schriften gefunden?«, fragte Schiffer und überging die Drohung. Als Jeremias den Kopf schüttelte, spürte Schiffer, wie Übelkeit in ihm aufstieg.

Jeremias sah das totenbleiche Gesicht des Pächters und griente. »Mach dir keine Sorgen! Ich weiß, wen wir deshalb fragen können!«, verriet er und lachte verächtlich über Schiffers erstaunten Blick.

Kapitel 9

Susanna wurde vom Prasseln des Regens geweckt. Verschlafen setzte sie sich auf und öffnete die Augen. *Es ist mitten in der Nacht,* dachte sie und gähnte. Als der Wind Regentropfen in den Unterstand trieb, kroch sie weiter ins Innere. Erschöpft legte sie sich nieder, zog die Knie dicht an den Körper und war im selben Augenblick wieder eingeschlafen.

Als sie das nächste Mal erwachte, war es zwar immer noch dunkel, doch irgendetwas erschien ihr anders. Sie hatte das Gefühl, nicht mehr allein im Verschlag zu sein. Mit heftig klopfendem Herzen ließ sie ihren Blick umherschweifen. Als Susanna die Umrisse einer Gestalt erkannte, die zu ihren Füßen hockte, fuhr ihr der Schreck durch die Glieder und raubte ihr fast den Atem. Entsetzt stellte sie fest, dass sie zu dicht an der hinteren Bretterwand lag, um wegspringen und fliehen zu können. Susanna wagte kaum zu atmen und blieb regungslos liegen.

Wer kann das sein?, überlegte sie voller Angst. *Jeremias*, schoss es ihr durch den Kopf, doch sie verwarf den Gedanken rasch wieder. *Woher sollte er wissen, dass ich mich hier versteckt halte?*, grübelte sie, als sie eine Bewegung am Eingang wahrnahm. Eine weitere Person kam herein, setzte sich neben die erste und flüsterte ihr etwas zu, die daraufhin nickte. Gleichzeitig sahen beide zu ihr hin, und Susanna schloss schnell die Lider. Die Gestalten schienen nicht bemerkt zu haben, dass sie wach war.

Vorsichtig blinzelte Susanna unter halb geöffneten Augen in die Richtung der beiden Fremden, die stumm dasaßen und keine Anstalten machten zu gehen. *Was soll ich nur tun?*, jammerte Susanna in Gedanken und schloss wieder ihre brennenden Augen.

Als sie, wie durch einen bösen Traum aufgeschreckt, erneut die Augen öffnete, dämmerte es. Vorsichtig blinzelte sie zum Ausgang.

Die Gestalten lagen ausgestreckt auf dem Stroh und schienen zu schlafen. Um die beiden nicht zu wecken, hob Susanna langsam den Kopf und stutzte im gleichen Augenblick. Sie setzte sich erstaunt auf, lehnte sich mit dem Rücken gegen die Wand und betrachtete die beiden Schlafenden, die noch Kinder waren. Ein Bursche, den sie auf vierzehn Jahre schätzte, und ein Knabe, nicht älter als fünf, waren ihre nächtlichen Besucher. Susanna atmete erleichtert auf und wartete, bis die beiden aufwachten.

Zuerst streckte sich der Kleinere und rieb sich die Augen. Dann stupste er den Größeren an und weckte ihn.

»Was ist, Ludwig?«, fragte der Ältere leise und drehte sich ihm zu. Der Junge führte seine Finger zum Mund.

»Du hast Hunger?«, fragte der Ältere, und der Kleine nickte.

»Ich habe nichts zu essen«, flüsterte der Ältere traurig.

Ludwig wandte sich von ihm ab und blickte nach draußen, wo es immer noch in Strömen regnete.

»Ich kann euch Wurst, ein Stück Käse und zwei Äpfel abgeben«, bot Susanna ihnen an.

Die beiden hatten nicht bemerkt, dass sie ebenfalls wach war, denn als sie zu ihnen sprach, zuckten sie heftig zusammen und schauten sie erschrocken an. Susanna glaubte in den Augen des Kleinen ein Leuchten zu erkennen, während der Ältere sie missmutig anblickte.

»Was willst du dafür haben?«, zischte er.

»Was könnte ich wohl dafür verlangen?«, fauchte sie zurück. »Natürlich nichts!«, erklärte sie. »Ich habe zwar nicht viel, aber ich teile gern mit euch.«

Die Gesichtszüge des Älteren entspannten sich, und als er den freudigen Blick des Kleinen sah, nickte er und flüsterte beschämt: »Danke!«

Susanna holte Wurst und Käse sowie das Messer aus dem Rucksack hervor und schnitt von jedem eine dicke Scheibe ab. Diese teilte sie in der Mitte und reichte den beiden Buben jeweils eine Hälfte davon. Für sich selbst säbelte sie eine dünne Scheibe Käse ab. Danach verteilte sie die Äpfel. Gierig biss der Kleine hinein, sodass der Saft des Obstes an seinem Kinn herablief.

»Schmeckt es dir?«, lächelte Susanna.

Als der Junge nickte, fragte sie: »Du sprichst wohl nicht mit jedem?«

Kaum hatte sie das ausgesprochen, ließ der Große die Hand mit dem angebissenen Käse sinken. »Mein Bruder ist verstummt«, erklärte er leise, sodass nur sie ihn verstehen konnte.

»Oh!«, antwortete Susanna betreten und blickte den Jungen mitfühlend an. »Was heißt verstummt?«, wollte sie wissen.

Doch der Ältere schüttelte fast unmerklich den Kopf und schaute zu seinem Bruder. Der hatte das Gespräch nicht mitbekommen und kaute zufrieden seine Wurst. Susanna verstand und aß schweigend weiter. Um die Stille zu durchbrechen, sagte sie: »Ich heiße Susanna. Und du?«

»Ich bin Paul!«

Wieder herrschte Schweigen zwischen ihnen. Nur der Regen war zu hören. Ludwig zupfte am Beinkleid des Bruders und machte eine Geste, die auch Susanna verstand.

»Er hat Durst?«, fragte sie vorsichtig.

Ludwig nickte. Susanna kramte in ihrem Beutel einen Becher hervor, den sie in den Regen hielt, bis sich Wasser darin angesammelt hatte. Dann reichte sie ihn dem Jungen, der ihn ganz austrank.

»Du bist sehr nett!«, sagte Paul und blickte sie schüchtern an.

Susanna zuckte mit den Schultern. »Ich bin so erzogen worden.« Sie stockte kurz, denn sie spürte Tränen aufsteigen. »Meine Mutter sagte immer, dass wir uns so verhalten sollten, wie wir selbst behandelt werden möchten.«

Pauls Blick wurde starr.

»Was hast du?«, fragte Susanna leise. Er schüttelte erneut abwehrend den Kopf und blickte zu Ludwig, der ihn aus großen Augen ansah. Susanna griff nach ihrem Beutel. »Möchtest du noch einen Apfel?«, lenkte sie den Jungen ab und zog das Stück Obst aus dem Sack. Ludwig nickte freudig und griff danach. Als er gähnte, sagte Paul fürsorglich: »Leg dich hin, denn wir werden vorerst nicht weitermarschieren. Wir müssen warten, bis der Regen aufhört.«

Gähnend streckte sich der Junge im Stroh aus und schlief sofort ein.

Susanna setzte sich rechts neben dem Eingang, Paul links

davon nieder. Beide sahen schweigend dem Regen zu, der wie Bindfäden vom Himmel fiel.

»Erst regnet es wochenlang gar nicht, und dann scheint es nicht mehr aufhören zu wollen«, schimpfte Susanna und zeigte nach oben, wo dichte Wolken hingen.

»Woher kommst du, und wohin willst du?«, fragte Paul, ohne sie anzusehen.

»Ich komme aus Heusweiler und will zu meiner Muhme nach Brotdorf. Und ihr beiden?«

Paul schluckte schwer. »Wir kommen aus Völklingen und wollen zu unserer Base nach Eppelborn. Sie arbeitet im Bachmichel-Haus als Magd, und ich hoffe, dass ich dort die Schweine hüten darf, damit Ludwig und ich dafür zu essen und ein Dach über dem Kopf bekommen.«

Die Traurigkeit in Pauls Stimme ließ Susanna aufhorchen. »Wo sind eure Eltern?« Kaum hatte sie die Frage laut ausgesprochen, breitete sich ein ungutes Gefühl in ihrem Bauch aus.

»Sie sind tot«, murmelte Paul und schaute mit von Tränen verschleiertem Blick zu seinem kleinen Bruder, der tief und fest schlief. »Von Plünderern ermordet«, fügte er hinzu und rieb sich mit dem Ärmel seines Kittels über die Augen. »Ludwig und ich konnten uns vor ihnen verstecken, doch wir mussten alles mit ansehen. Seitdem ist mein kleiner Bruder verstummt.«

»Wie furchtbar«, wisperte Susanna und wagte kaum aufzuschauen. Sie schämte sich, weil sie nach dem Mord an ihrer Familie geglaubt hatte, dass niemand so litt wie sie. Doch hier gab es Kinder, deren Eltern ebenfalls durch rohe Gewalt gestorben waren. Plötzlich regte sich in ihr ein Verdacht. Der Name Jeremias spukte erneut durch ihre Gedanken. *Ich bin Jeremias gegenüber ungerecht,* dachte sie. *Schließlich weiß ich nicht, ob er tatsächlich etwas mit dem Mord an meiner Familie zu tun hat.* Immerhin hatte ihr Vater ihm vertraut …

Aber du nicht, sagte eine Stimme in ihr.

»Kennst du die Mörder? Hast du sie gesehen?«, fragte Susanna vorsichtig.

Paul schüttelte den Kopf. »Ich vermute, dass die Bande Geld gesucht hat.«

Erschrocken hob Susanna den Blick. »Wie kommst du darauf?«

Paul zuckte mit den Schultern. »Ich konnte die Worte nicht verstehen, denn ihre Sprache klang weder wie ein Dialekt aus unserer Gegend, noch war es Französisch. Aber warum sonst sollten sie alles durchsuchen, wenn es dabei nicht um Geld ging?«, fragte er.

»Ich weiß es nicht«, erklärte Susanna, die nun sicher war, dass es nicht Jeremias mit seiner Bande gewesen sein konnte.

Pauls Stimme zitterte, als er leise fortfuhr: »Ich werde den Hass in den Augen der Männer nie vergessen. Als diese Räuber meine Mutter schändeten, haben sie laut gelacht, und als sie meinem Vater den Schwedentrunk verabreichten, redeten sie voller Verachtung.«

»Schwedentrunk?«, fragte Susanna entsetzt. Sie wusste vom alten Schäfer, was das bedeutete. Thomas hatte ihnen berichtet, wie er während des Krieges beobachtet hatte, dass feindliche Männer einem Bauern einen Trichter in den Mund gesteckt hatten und er die Jauche, die sie hineinfüllten, schlucken musste. »Diese Folter nennt man den Schwedentrunk«, hatte Thomas damals erklärt und sich dabei wie ein nasser Hund geschüttelt. »Kaum einer überlebt diese Tortur«, hatte er hinzugefügt und einen Selbstgebrannten hinuntergekippt.

»Wir haben ihnen nichts getan!«, schluchzte Paul auf. Er zog die Knie an, umklammerte sie und legte seinen Kopf auf die Arme.

Susanna strich ihm über den Rücken und sagte mit rauer Stimme: »Ich weiß, wie du dich fühlst. Auch mir hat man meine

Familie auf schreckliche Weise genommen. Nur, dass ich nun allein bin. Du hast noch Ludwig.«

Mit tränennassem Gesicht schaute Paul auf. »Was ist mit deinen Angehörigen passiert?«

Susanna schluckte, doch dann sprach sie zum ersten Mal über die Gräueltaten auf dem elterlichen Hof – zuerst stockend, dann kamen die Worte flüssig über ihre Lippen. Als sie geendet hatte, war auch ihr Gesicht tränennass, und sie fühlte sich erschöpft.

»Ich lege mich wieder hin«, erklärte sie müde und kroch neben Ludwig auf den Boden.

Paul blieb noch eine Weile am Eingang sitzen, dann legte er sich an die andere Seite seines Bruders und schlief wie Susanna rasch ein.

Es regnete den ganzen Tag und die darauf folgende Nacht. Erst am nächsten Morgen klarte der Himmel auf, und die Regenwolken zogen weiter. Da der ausgetrocknete Boden das viele Wasser nicht aufnehmen konnte, hatten sich großflächige Seen auf Wiesen, Weiden und Äckern gebildet.

»Wie weit ist es bis zu deiner Muhme?«, fragte Paul.

»Ich hoffe, dass ich am frühen Abend da sein werde«, erklärte Susanna und versuchte zu lächeln.

»Bis Eppelborn ist es nicht so weit, aber bei dem aufgeweichten Boden wird es sicherlich beschwerlich sein vorwärtszukommen«, meinte er und betrachtete die Schlammpfützen, die sich überall gebildet hatten.

Der kleine Ludwig kam aus dem Unterstand hervor und umklammerte Susannas Hand. Sie verstand sofort und ging vor ihm in die Hocke. »Ich kann nicht mit euch gehen«, erklärte sie ihm. »Ich muss zu meinen Verwandten.« Liebevoll streichelte sie dem Kind über den Scheitel und drückte es an sich. Dann erhob sie sich und umarmte auch Paul.

Der erwiderte ihre Umarmung und sagte: »Danke, dass du dein Essen mit uns geteilt hast.« Als Susanna sich von ihm löste, sagte er mit ernstem Blick: »Wenn es dir bei deiner Tante nicht gefällt oder ihr Mann grob zu dir ist, dann komm zu uns nach Eppelborn.«

Susanna hatte ihm tags zuvor von dem garstigen Mann ihrer Tante erzählt. »Das ist sehr nett von dir, Paul! Aber ihr beide müsst schauen, dass ihr selbst unterkommt.«

»Trotzdem«, erwiderte der Junge. »Auch für dich wird sich im Bachmichel-Haus ein Plätzchen finden.«

Gerührt drückte sie seine Hand und gab Ludwig einen Kuss auf die Stirn. »Lebt wohl, und passt auf euch auf.«

Dann führten sie ihren Weg in entgegengesetzte Richtungen fort.

Es dämmerte bereits, als Susanna den Hof ihrer Verwandten vor sich liegen sah. Sie hielt kurz inne und atmete tief ein und aus. »Albert kann mir nichts anhaben und mich auch nicht fortschicken«, murmelte sie, um sich Mut zuzusprechen. Trotzdem breitete sich Unbehagen in ihr aus. Entschlossen straffte sie die Schultern und ging weiter.

Agnes kam gerade aus dem Hühnerstall, als sie ihre Nichte erblickte. »Was willst du?«, fragte sie erstaunt. Susanna konnte nicht sogleich antworten, denn sie hatte Angst, die Wahrheit auszusprechen. »Was willst du?«, fragte ihre Tante erneut, und Susanna glaubte einen ärgerlichen Unterton herauszuhören.

»Ich will … ich komme … der Hof …«, stotterte Susanna, als hinter ihr der Oheim zu keifen begann.

»Sollst uns wohl die Ziege wieder wegnehmen? Schöne Verwandtschaft hast du«, brauste er auf und blickte seine Frau bitterböse an.

Susanna hätte ihrem Oheim nur zu gerne widersprochen, doch sie schwieg. Ihr Blick suchte den der Tante, und als diese sie anschaute, flüsterte sie: »Mutter, Vater und meine Geschwister sind ermordet worden. Ich weiß nicht, wohin ich gehen soll.«

Agnes' hageres Gesicht wurde leichenblass, und ihre Lippen zitterten. Voller Entsetzen blickte sie ihren Mann an, der mitleidlos zischte: »Soweit kommt es noch, dass wir ein Maul mehr stopfen!«

Kapitel 10

Urs saß aufgeregt vor seinem Oheim auf dem Stuhl und sah ihn erwartungsvoll an. Der Onkel hatte ihn am Morgen in seine Stube bestellt und dabei geheimnisvoll geklungen.

Bendicht griff hinter sich und nahm ein Buch vom Tisch, das er seinem Neffen auf die Knie legte. Mit zittrigen Händen umfasste Urs das Werk und schlug den Deckel auf. Als er den Titel las, schaute er ungläubig zu seinem Onkel auf.

Bendicht lachte leise und sagte: »Das Buch gehört ab heute dir.«

Urs' Blick schwenkte von den gebundenen Schriften zu seinem Oheim. »Aber …«, stotterte er.

»Nichts ›aber‹! Ich weiß, dass das Buch des Paracelsus bei dir in guten Händen ist. Du hast genug von mir gelernt, sodass es nun an der Zeit ist, dein Wissen zu vertiefen. Finde deinen eigenen Weg, mein Junge.«

»Was ist mit deiner Forschungsarbeit? Wie willst du jemals ein Mittel gegen die Pest finden, wenn du dieses Buch hergibst?«

»Glaube mir, Urs, ich habe die Seiten des Paracelsus so oft gelesen, dass ich sie auswendig rezitieren kann. Außerdem …« Bendicht stockte, damit Urs ihn anblickte. Angespannt schaute der Bursche zu ihm hoch. Als er jedoch den schelmischen Gesichtsausdruck des Oheims sah, runzelte er die Stirn.

»Warum sprichst du nicht weiter?«, fragte Urs und wusste im selben Augenblick die Antwort. Voller Freude riss er die Augen auf und rief: »Du kommst mit nach Trier!«

Bendicht fuhr ihm laut lachend über das rostfarbene Haar und fragte: »Wie hast du das erraten?«

»Gar nicht«, erklärte Urs und strahlte den Oheim mit seinen bernsteinfarbenen Augen an. »Ich habe laut ausgesprochen, was ich mir gewünscht habe.«

Bendicht zog den anderen Stuhl heran und setzte sich seinem Neffen gegenüber. »Ich werde nicht sofort mit euch kommen können. Damit dein Vater rechtzeitig beim Erzbischof Karl Kaspar von der Leyen sein kann, habe ich ihm versprochen, mich um die Verpachtung des Hofes zu kümmern. Auch muss ich einen Mieter für mein eigenes Heim suchen.«

»Wie lange wird das dauern?«, fragte Urs und rutschte auf seinem Stuhl hin und her.

»Das kann ich dir nicht sagen, Neffe, denn die Zeiten sind nicht gut. Kaum jemand hat Interesse, Haus oder Hof zu pachten. Viele unserer Landsleute werden ebenso wie dein Vater mit großen Versprechen ins Deutsche Reich gelockt.«

»Dieses verdammte …«, schimpfte Urs, doch Bendicht bremste seinen jugendlichen Unmut.

»Versündige dich nicht! Das deutsche Volk hat sehr unter dem langen Krieg gelitten. Ganze Landstriche wie die Kurpfalz sind verwaist, weil die Menschen im Krieg gestorben sind. Fruchtbare Äcker werden nicht mehr bestellt und liegen brach. Du weißt, Urs, dass die Bergbauern in unserem Land ein karges Auskommen haben. Wenn ihnen die Möglichkeit geboten wird, besseren Bodenbesitz zu erhalten, ja, ihn sogar geschenkt bekommen, warum sollten sie da nein sagen?«

Urs' Gesichtsausdruck wurde trotzig, sodass sich Bendichts

Miene verdunkelte. »Du siehst aus wie ein bockiges Kind. Das passt nicht zu einem zukünftigen Heiler. Ich erwarte von dir großmütiges Denken und Weitblick, keine Verbohrtheit.«

Urs setzte sich auf seinem Stuhl kerzengerade auf und versuchte, erwachsen auszusehen.

Bendicht nickte zufrieden und sagte: »Ich hoffe, dass ich euch in zwei Wochen nachfolgen kann.«

Das Pferd hatte Mühe, das Fuhrwerk mit den fünf Menschen zu ziehen. Auf der Ladefläche des Wagens befanden sich außerdem einige schwere Möbelstücke und etliche große Haushaltsgüter. Nachdem das Pferd seinen Trott gefunden hatte, zog es das Gefährt gleichmäßig und langsam über den holprigen Weg.

Die dreijährige Vreni und der achtjährige Leonhard saßen neben ihrer Mutter und hinter ihrem großen Bruder Urs, der neben dem Vater auf dem Kutschbock hockte. Die beiden Kinder lachten und scherzten, denn für sie war die Reise ein Abenteuer.

Bendicht stand am Wegesrand und verabschiedete seine Familie. Als das Fuhrwerk losrumpelte, rief er: »Gute Reise!« und lief ein Stück nebenher. Beim Anblick der traurigen Augen seines Neffen versprach er: »Schon bald werde ich bei euch sein!« Bendicht hatte Mühe, frohgelaunt zu wirken, denn der Abschied schmerzte ihn. Als er außer Atem geriet, blieb er keuchend stehen.

Urs blickte besorgt zu seinem Oheim, doch der gab ihm ein Zeichen, dass alles in Ordnung sei. Heftig winkend verabschiedete sich der Junge von seinem Onkel, während der Vater ihn laut rügte: »Du benimmst dich wie ein Mädchen!«

Der Bursche spürte, wie seine Wangen sich rot verfärbten, und ließ den Blick schnell zu Boden sinken. Als Urs eine Hand auf seinem Rücken fühlte, wandte er den Kopf nach hinten und blickte in die Augen seiner Mutter, die ihm verschwörerisch zuzwinkerte. Mit einem zaghaften Lächeln dankte er ihr und drehte sich wieder nach vorn.

Die Fahrt verlief bei gutem Wetter und blieb ohne besondere Vorkommnisse. Jaggi Blatter war bestrebt, nachts mit seiner Familie in einem Kloster unterzukommen, denn die Mönche und Nonnen waren den Reisenden stets gastfreundlich gesinnt und boten ihnen im Pilgerhaus ein Lager und im Refektorium eine warme Mahlzeit. Auch das Pferd bekam Heu und Wasser und stand in einem trockenen Stall.

»Warum unnötig Geld für eine Herberge ausgeben, in der wir womöglich ausgeraubt werden?«, hatte Jaggi seiner Frau erklärt, der das Betteln an der Klosterpforte unangenehm war.

Um den Kindern die Reise zu verkürzen, unterhielt sie der Vater mit Geschichten aus dem langen Krieg. Als sie im Kanton Aargau das Fricktal durchquerten, erzählte er ihnen, wie die schwedischen, französischen und österreichischen Truppen die Gegend unsicher gemacht hatten. »Zum Glück sorgte der Westfälische Friede von 1648 dafür, dass dieser elende Krieg endlich beendet wurde«, schloss der Vater seinen Kriegsbericht, dem Urs und die kleinen Geschwister gespannt gelauscht hatten.

Es war am zehnten Tag ihrer Reise, als sie in den frühen Morgenstunden die Grenze zum Deutschen Reich überquerten. Einige Zeit später erblickten sie in der Nähe von Weil am Rhein einen Menschenzug, der sich auf ein kleines Wäldchen zubewegte. Je näher das Fuhrwerk den Leuten kam, desto dichter wurde das Gedränge, sodass es für das Pferd kaum noch ein Vorwärtskommen gab – zumal die dicht gedrängten Mengen von Frauen, Männern und Kindern keine Anstalten machten, das Gespann passieren zu lassen. Manche taten, als ob sie die Reisenden nicht bemerkten, und schritten ruhigen Ganges vor ihnen her. Die Menschen schwatzten und lachten und überhörten Jaggi Blatter, der ihnen zurief: »Ihr guten Leute, seid so nett und tretet zur Seite.«

Als sie seinem Wunsch nicht nachkamen, wurde er ungehalten und wollte das Pferd mit der Peitsche antreiben. Ein Mann stellte sich ihnen in den Weg, sodass das Pferd schnaubend stehen blieb und aufgeregt mit dem Vorderhuf scharrte. Jaggi blieb keine andere Wahl. Er stieg vom Kutschbock und versuchte schimpfend, das Pferd zum Weitergehen zu bewegen – doch vergebens. Er blickte den Fremden mürrisch an und murmelte: »Bänz!«

Der Mann wandte sich ihm zu und fragte gefährlich leise: »Wer wagt es, mich Schwachkopf zu nennen?«

Erstaunt blickte Jaggi den Mann an. »Du verstehst die Urner Sprache?«

»Nicht alles, aber die wichtigsten Worte.«

Nun musste Jaggi lachen. »Zu deinem Wortschatz gehört auch ›Bänz‹?« fragte er.

Der Fremde nickte grinsend.

»Müsst ihr im Weg stehen?«, keifte ein Weib, das um das Fuhrwerk herumgehen wollte und mit dem Rock an einem Reifen hängen geblieben war. Jaggi fasste das Pferd am Kopfgeschirr, um es weiterzuziehen, als ein junger Bursche dem Pferd mit einer Rute einen Klaps auf das Hinterteil gab. Der Gaul stieg laut wiehernd mehrmals in die Höhe, und eine Mutter nahm ihr verängstigtes Kind auf den Arm und schimpfte erzürnt: »Du dummer Mensch!«

»Was kann ich dafür, wenn der Saubub mein Pferd schlägt?«, wehrte sich Jaggi.

»Treib es ein Stück weiter des Weges«, sagte der Fremde. »Nur wenige Schritte entfernt gibt es eine breite Stelle, wo dein Fuhrwerk nicht stört.«

»Wir wollen nicht verweilen, sondern weiterfahren«, erklärte Jaggi und führte das Pferd zu der Stelle, die der Mann ihm gezeigt hatte.

»Wohin geht eure Reise?«, wollte der Unbekannte wissen.

»Nach Trier«, erklärte Jaggi, während er interessiert zusah, wie die Menschen in die Richtung des Wäldchens strömten und sich dabei gegenseitig ermunterten, schneller zu gehen. »Wohin eilen die Leute? Gibt es im Wäldchen etwas umsonst?«, fragte er den Fremden.

»Haha«, lachte der Mann. »So könnte man das ausdrücken. Dort am Waldesrand befindet sich die Hinrichtungsstätte, wo heute drei Schurken gehängt werden, die unseren Pastor erschlagen und die Kirche beraubt haben.«

Jaggis Frau bekreuzigte sich, als sie das hörte. »Welche Schande!«, sagte sie und schlug erneut das Kreuzzeichen.

Der Mann nickte ihr zu. »Da hast du Wahres gesprochen, Weib!«, sagte er. »Monatelang haben wir nach dem Gesindel gesucht und gewartet, bis sie das Raubgut zum Verkauf anboten. Stellt euch vor, Fremder, das Lumpenpack hat die Überzüge aus Edelmetall von den Holzbildern abgezogen und die Holzstatuen der zwölf Apostel im Wald zurückgelassen. Bei einem Goldschmied haben sie versucht, die silbernen Überzüge zu verkaufen, wie sie auch die acht vergoldeten Kelche zu Geld machen wollten. Zum Glück konnten wir die drei Räuber festnehmen. Dank der Fähigkeiten des Scharfrichters wissen wir auch die Namen von vier anderen Schurken und werden sie sicher bald dingfest machen.«

»Es gibt so viel Schlechtes auf der Welt!«, seufzte Jaggis Frau Barbli.

»Kommt mit! Ich spendiere euch ein Bier, bevor die Reise weitergeht«, versprach der Fremde.

Nachdenklich blickte Jaggi zu seiner Familie, als seine Frau meinte: »Den Kindern würde es guttun, sich die Beine zu vertreten. Und mir ebenso.«

Er nickte und half seiner Familie beim Absteigen. Anschließend lockerte er das Geschirr des Pferdes, das daraufhin entspannt einen Huf anstellte. Bevor Jaggi dem Fremden zum Wäldchen folgte, holte er von der Ladefläche ein Säckchen Hafer, das er dem Gaul um den Hals hängte, damit er derweil fressen konnte. Zufrieden eilte er seiner Familie hinterher, die bereits vorgelaufen war.

Urs hatte keine Ahnung, was ihn auf der Lichtung erwartete, denn er hatte nie zuvor eine Hinrichtung erlebt. Erstaunt sah er, dass zahlreiche Menschen sich auf den Wiesen niedergelassen hatten. Manche hatten einen bepackten Korb dabei und breiteten Getränke und Essen auf einem Tuch aus. Andere kauften bei Bäckern süße Kringel oder würzige Pasteten. Ein Wirt hatte zwei Fässer angekarrt, aus denen er Bier zapfte und verkaufte.

»Hier herrscht ein Treiben wie an einem Festtag«, sagte Urs überrascht.

»Es ist tatsächlich ein Festtag für die Menschen«, erklärte der Fremde augenzwinkernd und ging zu einem Wirt, um zwei Krüge Bier zu kaufen. Er reichte Jaggi einen und stellte sich als Peter Schröder vor. Auch Jaggi Blatter nannte seinen Namen, woraufhin der Mann ihm zuprostete: »Auf die Gerechtigkeit und auf eure Reise!«

»Vater, darf ich mich umschauen?«

Jaggi, der sich angeregt mit Schröder unterhielt, nickte, ohne seinen Sohn anzusehen.

»Ich will mit Urs gehen«, rief Leonhard und umfasste die Hand seines älteren Bruders.

Flehend blickte Urs seine Mutter an, die mit strenger Stimme zu ihrem Zweitgeborenen sagte: »Du kommst mit mir und deiner Schwester!«

Dankend winkte Urs ihr zu und verschwand in der Menschenmenge.

Er schlenderte zwischen den Leuten einher, als ein leichter Luftzug einen widerlichen Gestank verbreitete. Naserümpfend folgte er dem Geruch und stand plötzlich mitten auf der Hinrichtungsstätte. Als Urs die mächtige Eiche vor sich sah, erstarrte er vor Schreck, denn zahlreiche Leichen baumelten an zwei dicken Ästen rechts und links des Stamms. Der ekelhafte Geruch raubte anscheinend nur ihm den Atem, sodass er sich die Nase zuhielt, bis er sich an den Gestank gewöhnt hatte. Langsam ging er näher an den Baum heran.

Leichter Wind schwang die Toten hin und her, sodass es aussah, als ob sie tanzten. Die Leichen hingen so hoch oben an den Ästen, dass zwei Männer übereinander mit ausgestreckten Armen nicht heranreichen konnten. Auf einigen Schädeln saßen Krähen und blickten mit ihren schwarzen Augen auf Urs herab, während sie Fleischfetzen aus den verwesenden Leichen heraushackten.

Urs ging um den Stamm der Eiche herum und erblickte unter den Füßen der Toten vier Männer. Sie saßen um ein Fass, das ihnen als Tisch diente. Einer schüttelte die gefalteten Hände hin und her, hielt sie dann auseinander und ließ drei Würfel über den Boden des Fasses rollen. Als man die Zahlen erkennen konnte, sprang einer seiner Kameraden auf und rief: »Du Lump betrügst!«

Der Beschuldigte lachte herzhaft. »Rede keinen Unsinn, Klaus! Nur, weil ich Glück habe und die Schuhe der Verurteilten gewinne, die du haben willst, muss ich nicht betrügen. Du kannst eben nicht knobeln. Vielleicht sollte ich eine Knobelschule eröffnen und es dir beibringen.«

Nun lachte sogar der Verlierer, und Urs trat hinter die Männer. Wegen der Hüte und der Kleidung, die sie trugen, vermutete er, dass es sich um Soldaten handelte.

Einer der Männer musterte den Jungen und rief ihm zu: »He, Bub, geh los und bring jedem von uns ein Bier.« Er griff in seine Tasche und warf Urs eine Münze zu, die er mühelos auffing. »Beeil dich, denn gleich geht es los.«

»Eine neue Würfelrunde?«, fragte Urs neugierig.

»Nein, die Hinrichtung.«

Im selben Augenblick stand ein anderer aus dem Würfler-Grüppchen auf und rief mit einem Fingerschnippen zwei Männer zu sich, die abwartend in der Nähe des Galgenbaums gestanden hatten. Die wussten, was zu tun war, und stellten eine lange Leiter gegen den Henkersbaum. Während einer die Leiter an den unteren Sprossen festhielt, kletterte der andere hinauf und schnitt die Seile durch, an denen die Leichen hingen. Als die Toten zu Boden plumpsten, applaudierten die Menschen und riefen: »Gottes Wille.«

Anschließend kletterte der Mann die Leiter herunter und warf zusammen mit seinem Helfer die Toten auf eine Karre, die sie von der Richtstätte fortzogen.

»Jetzt ist wieder Platz«, rief einer der Soldaten, woraufhin die anderen johlten. Urs blickte die Männer erschrocken an.

»Was glotzt du? Geh Bier kaufen.«

Urs nickte und lief los, um kurz darauf mit vier Bierkrügen zurückzukommen. Als er dem Mann das Rückgeld reichen wollte, winkte der ab. »Behalte es und kauf dir ebenfalls ein Bier, damit aus dir ein Mann wird.«

Wieder grölten die vier Soldaten, sodass Urs sich verlegen bedankte und das Geld einsteckte.

Unerwartet setzte Trommelwirbel ein. Die Menschen verstummten, und die Soldaten fluchten leise. »Falscher Zeitpunkt«, murmelte einer und nahm rasch einen kräftigen Zug Bier. Nur widerwillig ließ er seinen halbgefüllten Krug auf dem Fass zurück und blickte mit mürrischem Gesichtsausdruck zu der Menschenansammlung, die sich plötzlich teilte, sodass eine Gasse entstand.

Schon bald war das Poltern von Wagenrädern zu hören, das

stetig lauter wurde. Ein Fuhrwerk näherte sich langsam, auf dem die drei verurteilten Mörder und Diebe in einem Käfig angekettet standen. Das Gemurmel der umstehenden Menschen wurde laut und schwoll zu Gebrüll an. Als der Karren an den Leuten vorbeikam, spuckte manch einer angewidert auf den Boden, andere beschimpften die Todgeweihten, und einige warfen mit Essensresten nach ihnen.

Die Körper der Verbrecher waren ebenso wie ihre Gesichter von Folter gezeichnet. Aus Wunden an Rumpf, Beinen und Händen blutend, standen sie gebeugt in dem Käfig und blickten mit schmerzerfüllten Mienen um sich.

Der Wagen hielt vor der Hinrichtungsstätte, wo die vier Soldaten warteten. Als einer von ihnen die Tür des Käfigs öffnete, drängten mehrere Menschen nach vorn, um die Gefangenen herauszuzerren. Die Soldaten hielten sie mit Lanzen zurück. Zwei Männer, die hinter dem Fuhrwerk hermarschiert waren, blickten die ungestümen Menschen scharf an.

»Es wage niemand, das Amt des Henkers zu übernehmen!«, rief laut ein Mann, der in kostbares Gewand gekleidet war und als Letzter den Hinrichtungsplatz erreichte. Sofort verstummte das Gebrüll, und die Menschen wichen einige Schritte zurück. Der Richter trat vor, stellte sich vor die Gefangenen und verlas die Anklageschrift. Dann folgte der Pfarrer, der für die Verurteilten laut betete.

Von Schmerz gekrümmt, hörten die drei Männer ihm zu. Einer betete leise, ein anderer wimmerte, und der dritte blickte stumm zu Boden.

Die Gesellen des Henkers stellten die Leiter an, damit der Scharfrichter hinaufsteigen konnte. Nachdem er die drei Stricke, die er mit sich führte, am rechten Ast festgebunden hatte, drängte einer der Henkersgesellen den ersten Verurteilten zur Leiter.

»Ich bin unschuldig!«, schrie der mit bebender Stimme.

Unter dem schadenfrohen Gegröle der umstehenden Menschen wurde der Mann mit einem heftigen Stoß die Leiter hinaufgescheucht. Als er die oberste Sprosse erreicht hatte, legte der Henker, der auf dem Ast saß, ihm die Schlinge um den Hals und stieß ihn von der Stiege. Der Körper des Mannes zappelte einige Augenblicke, dann erschlaffte er und baumelte leblos hin und her. Auch der zweite Mann wurde die Stiegen der Leiter hochgeprügelt und aufgehängt. Bei der dritten Hinrichtung glaubte Urs das Knacken von Knochen zu hören.

Als alle drei Verurteilten am Henkersbaum hingen, reckten die Menschen in der Menge ihre rechten Fäuste in die Höhe und riefen im Chor: »Gottes Wille!« Dann wandten sie sich um und verließen langsam die Hinrichtungsstätte.

Urs starrte auf die Gehängten, als ihn jemand am Arm fasste. »Komm, Sohn, wir wollen weiter.«

Der Junge sah auf und blickte in das Gesicht seines Vaters.

Kapitel 11

Eckart Schiffer hörte das Prasseln des Regens, blickte aus dem Fenster und murmelte erleichtert: »Zum Glück sind Hitze und Trockenheit vorbei.« Seine schlechte Laune war wie weggefegt, und er blickte auf seine beiden Kinder. Während Marie ihrer Mutter half, schürte Peter den Herd ein. Schiffer nahm vergnügt Umhang und Hut vom Haken und sagte zu seinem Sohn: »Nimm deinen Mantel, du darfst mich heute begleiten. Es wird Zeit, dass ich dir einiges erkläre.«

Als er die Tür öffnen wollte, fragte seine Frau Sophie: »Wo gehst du mit dem Jungen hin?«

»Hoch zum Sulzer Knopfe.«

»Aber es nieselt!«

»Ich weiß«, war seine knappe Antwort.

»Peter wird sich erkälten«, fürchtete sie.

»Deshalb soll er seinen Umhang anziehen.«

Sophie wusste, dass es zwecklos war, mit ihrem Mann zu streiten. An der Eingangstür zog sie ihrem Sohn die Mütze tief ins Gesicht, der sie mit glänzenden Augen ansah. Nachdenklich blickte sie Peter hinterher, als er eilig seinem Vater folgte, der mit zügigen Schritten durchs Tor stapfte.

Von der Erhöhung, die Sulzer Knopfe genannt wurde, konnte man bei gutem Wetter die Salinenanlage einsehen. Heute trübte der inzwischen starke Regen den Blick, sodass Schiffer seinem Sohn die Richtung wies.

Peter legte seine Hand vor die Stirn, um besser sehen zu können. »Da steigt Rauch auf«, stellte er fest und zeigte mit dem Finger nach vorn.

Der Vater nickte. »Der Qualm kommt aus dem Kamin des Sudhauses«, erklärte er. »Dort steht über einem Feuer eine riesige Salzpfanne, in der das salzhaltige Wasser verdampft wird, sodass nur das Salz zurückbleibt.«

Peter fröstelte, denn trotz des dicht gewobenen Mantels spürte er die Kühle des Regens auf seiner Haut. »Aber woher kommt das Salzwasser?«, fragte er zitternd.

Schiffer fuhr seinem Sohn wohlwollend über die nasse Mütze. »Das ist eine sehr gute Frage, mein Junge«, lobte er ihn und ging einige Schritte weiter hinauf. Dort bückte er sich tief, wobei er den Kopf seitlich neigte, damit sein Ohr sich dem Boden näherte. Peter tat es ihm nach und glaubte in der Erde ein schwaches Rauschen zu vernehmen. Fragend blickte er hoch, und der Vater erklärte: »Das Regenwasser sickert hier in Erdschichten, in denen Salz vorhanden ist, und löst es. Dadurch wird salzhaltiges Wasser in den Sulzbach gespült, und wir können es von dort in die Salinen weiterleiten und das Salz vom Wasser trennen. Die Sole, wie das salzhaltige Wasser genannt wird, kann aber ebenso in wasserundurchlässigen Erdschichten fließen, wo sie entweder stehen bleibt oder nur sehr langsam abfließt. Diese schwachen Rinnsale reichen nicht aus, um genügend Salz zu gewinnen. Dann habe ich Probleme, die Pacht zu zahlen, denn bedenke, dass der Graf von Nassau-Saarbrücken jeden sechsten Zentner Salz als Mietzins für die Nutzung seines Lands verlangt.«

Peters Augen weiteten sich erstaunt. Er hatte zwar keine Vorstellung, wie viel Salz das sein könnte, doch es musste eine gewaltige Menge sein, wenn der Graf es für sich forderte.

»Deshalb haben wir unten in der Saline drei Brunnen gegraben, die tief in die Erde reichen. Durch die Brunnenwände sickert das Wasser aus den Solequellen und füllt die Brunnen wie große Sammelbehälter.«

»Und du musst das Wasser in diesen Brunnen nur noch verdampfen lassen, damit du das Salz abschöpfen lassen kannst«, schlussfolgerte Peter und strahlte seinen Vater durch den Regen an.

Nie zuvor hatte Schiffer mit seinem Sohn über seine Arbeit gesprochen. Der Junge war jetzt neun Jahre alt und sollte wissen, wie der Ablauf der Salzgewinnung war. Auch wenn das Überleben der Saline zurzeit bedroht war, so wollte Schiffer mit dem Grafen von Nassau-Saarbrücken einen Erbpachtvertrag aushandeln. Nur so, glaubte er, würde sein Sohn eines Tages seine Arbeit fortsetzen können. *Wenn wir erst den Schatz gehoben haben, kann uns nichts mehr geschehen*, dachte Schiffer. *Dann habe ich genug Geld, um die Salzwerke auszubauen, sodass wir die lothringischen Werke nicht fürchten müssen.*

»Erzähl weiter«, riss Peter seinen Vater aus den Gedanken.

Schiffer lachte über die Wissbegierde seines Sohnes erfreut auf und erklärte: »Nicht immer ist Salzgewinnung so einfach, wie du denkst, mein Sohn. Die Dürre, die in den letzten zwei Monaten geherrscht hat, führte dazu, dass nur geringe Mengen salzhaltigen Wassers in die Brunnen geflossen sind. Der Salzertrag daraus war so gering, dass der Handel keinen Gewinn abwarf.« Schiffer blickte nachdenklich ins Tal und beschrieb seinem Sohn ein anderes Übel: »Regnet es aber zu stark – so stark wie im letzten Jahr –, verringert sich der Salzgehalt in den Soleschüttungen, wie wir die Menge des salzhaltigen Wassers nennen, denn das Wasser wird verdünnt. Dann arbeiten wir ebenfalls mit großen Verlusten. Peter, kannst du erkennen, mit welchen Schwierigkeiten wir zu kämpfen haben? Im Augenblick müssen wir sparsam mit dem Brennholz umgehen, denn weil der Handel durch die Dürre zum Erliegen kam, ist das Geld knapp geworden.«

Der entsetzte Blick seines Sohnes zeigte Schiffer, dass er mit seiner Ehrlichkeit zu weit gegangen war. Er ärgerte sich, dass er sich ihm anvertraut hatte, und klopfte ihm beruhigend auf die Schulter. »Du musst dir keine Gedanken machen, mein Sohn. Dein Vater hat alles fest im Griff und weiß eine Lösung.«

Der Junge ergriff seine Hand und sagte: »Sei nicht bekümmert, Vater. Dieser Regen ist ein wahrer Segen und wird dafür sorgen, dass der Sulzbach genügend Wasser führt, sodass du reichlich Salz abschöpfen kannst.«

Schiffer strich sich das Regenwasser aus dem Gesicht und lächelte seinen Sohn an. Hand in Hand ging er mit ihm über den aufgeweichten Boden zurück zur Saline.

Jeremias war auf dem Weg nach Heusweiler, als er in der Nähe von Güchenbach eine Prozession erblickte. Er hielt sein Pferd an, stieg ab und stellte sich an den Wegesrand. Seine Hände, in denen die Zügel lagen, faltete er zum Gebet und blickte den zahlreichen Menschen entgegen, die des Weges kamen.

Ein Bursche, der ein großes Holzkreuz trug, führte den Zug an. Hinter ihm schritt der Pastor, der mit der einen Hand einen Topf Räucherwerk in die Höhe hielt, während er mit der anderen den Rauch in alle Richtungen wedelte. Dabei rief er mit monotoner Stimme den Pestheiligen Sankt Rochus zu Hilfe. Auch Jeremias betete leise zu dem Heiligen, denn die Furcht, an der Pestilenz zu erkranken, beherrschte sein Gemüt jeden Tag aufs Neue.

Die Gesichter seiner an der Pest verstorbenen Eltern und Geschwister tauchten in seinen Gedanken auf, und die Erinnerungen kamen wie Keulenschläge zurück. Unfähig, sich dagegen zu wehren, schloss er für einige Atemzüge die Augen, doch die Bilder blieben.

Jeremias war zwölf Jahre alt gewesen, als er in seinem Heimatdorf Sankt Johann mitansehen musste, wie seine Familienmitglieder bei lebendigem Leib verfaulten. Eltern und Geschwister waren an der Pest erkrankt, und nur Jeremias schien von der Seuche verschont zu bleiben. Bereits am ersten Tag der Erkrankung hatte starkes Fieber die Kranken gequält, sodass deren Haut zu glühen schien. Am zweiten Tag ging der Atem des Vaters rasselnd, und das Luftholen bereitete ihm starke Schmerzen. Als ob ein Feuer in seiner Brust loderte, hatte er kraftlos gejammert.

Die Körper seiner Mutter, seiner fünfjährigen Schwester und seines zehnjährigen Bruders waren mit dunklen Beulen übersät. Jeremias ekelte sich vor seinen Angehörigen, die wimmernd dahinsiechten. Als sein Vater mit rasselndem Atem nach Wasser stöhnte, hatte der Knabe ihm mit einem langen Stock den Becher zugeschoben. Er wollte nicht, dass sie ihn berührten oder ansprachen und er ihren faulen Atem riechen konnte. Der Zwölfjährige hatte sich weinend in eine Ecke verkrochen und von dort dem Sterben zugesehen. Um das schmerzerfüllte Stöhnen seiner Eltern und Geschwister nicht hören zu müssen, hatte er sich die Ohren zugehalten und unentwegt eine Melodie gesummt.

Der qualvolle Tod seiner Familie hatte das Herz von Jeremias verhärtet, seine Gefühle abgestumpft, und er wurde gegen den Schrecken, der sich in seinem Heim abspielte, gleichgültig. Am siebten Tag war zuerst seine Mutter, dann der Bruder gestorben; einen Tag später die kleine Schwester, und am neunten Tag der Vater, der bei seinem letzten Atemzug einen Schwall Blut erbrochen hatte.

Am Abend waren Männer gekommen, die Masken mit einem Krähenschnabel trugen. Ihnen entströmte der Geruch von verschiedenen Kräutern, der sich im Raum ausbreitete. Die unheimlichen Gestalten besahen sich die Toten. Anschließend hatte einer von ihnen ein schwarzes Kreuz auf die Eingangstür gezeichnet. Jeremias wusste, dass es das Pestkreuz war – das Zeichen, das die Totengräber anwies, aus diesem Haus Pesttote zur Bestattung abzuholen.

Danach hatten die Männer wortlos den schreienden Knaben ergriffen und ihn mitgenommen. Sie sperrten Jeremias in ein fremdes Haus, wo er allein in einem kleinen Raum bleiben musste. Auch als sie ihm durch eine Luke Essen und Wasser gaben, sprach niemand mit ihm. Nur als sie ihm Minzblätter reichten, befahl eine barsche Stimme: »Kau die Blätter gründlich!«

Nach zehn Tagen der Einsamkeit betrat ein Krähenmann die Zelle und befahl, dass Jeremias sich nackt vor ihn hinstellen sollte. Eingeschüchtert zog der Junge seine Kleidung aus und tat, wie man ihm sagte. Er hob seine Arme und drehte sich mehrfach langsam im Kreis, sodass der Fremde jede Stelle seines Körpers prüfen konnte. Als der Mann mit dem Krähenschnabel keine Anzeichen der Seuche entdeckte, durfte Jeremias die Zelle verlassen. Der Knabe nutzte die Gelegenheit, riss aus und schlug sich von da an allein durchs Leben. Er war erwachsen geworden und hatte die Vergangenheit hinter sich gelassen.

Doch so sehr er sich dagegen wehrte, die panische Angst seiner Kindheit vor der Seuche war geblieben. Auch viele Jahre danach hörte er nächtens im Traum die Stimme seiner Mutter, wie sie nach ihm rief, und im Schlaf sah Jeremias, wie sie ihre spinnenbeinähnlichen dünnen Finger nach ihm ausstreckte. Bis an sein Lebensende würde er sich an den Geruch des kalten Schweißes in der Sterbekammer erinnern, ebenso wie er nie den Gestank des Eiters, der dick aus den dunklen Beulen der Sterbenden gequollen war, vergessen würde.

In seiner Verzweiflung hatte Jeremias im Laufe der Jahre viele verschiedene Heiler aufgesucht. Er hoffte auf ihr Wissen, wie er der Pestilenz vorbeugen könnte, doch keiner der Ärzte wusste Rat. Manch einer meinte, dass die Krankheit ihm nichts anhaben würde, schließlich hätte er seine Familie überlebt. Ein anderer äußerte die Ansicht, dass die Pest durch böse Luft übertragen wurde, und riet Jeremias, sich jeden Tag mit Wacholder einzuräuchern. Doch Jeremias traute der Wirkung des Krauts nicht und forschte weiter. Ein anderer Gelehrter erzählte ihm von Geißlerumzügen, die vor Hunderten von Jahren stattgefunden hätten. Dabei hatten sich, so der Bericht des Gelehrten, die Menschen die Köpfe mit einer Kapuze verhüllt und waren, nur mit einer Hose bekleidet, durch die Straßen gezogen. Mit einem Stock, an dem drei Stränge mit großen Knoten herabhingen, die mit nadelscharfen Stacheln in der Größe von Weizenkörnern gespickt waren, hatten sich die Geißler auf die entblößten Oberkörper geschlagen. Dann aber habe, wie Jeremias erfuhr, der höhere Klerus diese Selbstbestrafung verboten, da man den Geißlern unterstellte, dass sie in ihrem Wahn und ihrer Anmaßung einen schlechten Einfluss auf die Kirche hätten.

Damals hatte Jeremias sich einen solchen Stock angefertigt,

denn obwohl er nicht recht glauben mochte, dass sich die Pest durch diese Bußübungen verhindern ließ, begann er sich dennoch heimlich zu geißeln. Bereits nach wenigen Malen war sein Rücken blau geschlagen und voller blutiger Streifen, und die gekalkten Wände seiner Kammer waren mit Blutspritzern übersät. Aber erst als Jeremias sich wegen der Schmerzen kaum noch auf dem Pferd halten konnte, ließ er von den Geißelungen wieder ab.

Da er lesen konnte, forschte er auch in den Büchern der Gelehrten und stieß durch Zufall auf eine Pestverordnung des Grafen Johann IV. von Saarbrücken aus dem Jahr 1574, in der angeblich die Meinung der ganzen Welt wiedergegeben wurde: »Wir laden den Zorn Gottes und Plagen auf uns durch Undankbarkeit, unbußfertiges Leben und Trägheit des Gebets.« Nun endlich glaubte Jeremias die Lösung zu kennen, und fortan zahlte er der Kirche in Sankt Johann eine beachtliche Summe, damit man für ihn Messen las und ihn in die Gebete einschloss.

Jeremias blieb gesund und überlebte selbst den langen Krieg unverwundet, was seine Überzeugung stärkte, dass der Herrgott ihn wegen seiner großzügigen Spenden verschonte.

Doch nun plagte ihn ein neues Problem. Seit Friede herrschte, gab es für Kämpfer wie ihn kaum noch Möglichkeiten, Geld zu verdienen. Da Jeremias keinen anderen Beruf als den des Soldaten kannte, begann er mit Gegenständen für die Schatzsuche zu handeln, die nach dem langen Krieg weit verbreitet war, da viele Menschen aus Angst vor Plünderungen wertvollen Besitz vergraben hatten. Jeremias selbst traute sich nicht, Schatzgräber zu werden, denn er hatte gehört, dass die Kirche die Magie ablehnte, die man benötigte, um einen Schatz zu finden und zu heben. Und mit der Kirche wollte er es sich nicht verscherzen.

Doch die Geschäfte liefen schlecht, sodass Jeremias der Kirche in Sankt Johann kein Geld mehr spenden konnte. Der Pastor weigerte sich daraufhin, weiter für ihn Messen zu lesen. Jeremias fürchtete nun die Strafe Gottes und suchte einen Ausweg.

Die Lösung seines Problems lieferte Eckart Schiffer, den er in einem Gasthaus kennengelernt hatte. Schiffer klagte ihm in weinseliger Laune sein Leid mit dem Salzhandel und vertraute ihm an, dass er dringend Geld benötigte. Jeremias musste nicht lange überlegen. Er erzählte Schiffer von der Schatzsuche und beschrieb in blumenreicher Sprache den Reichtum, der in der Erde vergraben lag.

Jeremias blickte gedankenverloren auf die Menschen, die an ihm vorbeizogen, Rosenkränze durch die Finger gleiten ließen und laut beteten: »Vor Pest, Hunger und Krieg – erlöse uns, o Herr.«

Warum, grübelte Jeremias, hatte er den Bauern, der die seltenen magischen Schriften besaß, falsch eingeschätzt? Er war überzeugt gewesen, dass der Bauer die Gegenstände freiwillig herausrücken würde und nicht mit einer schmerzhaften Tortur mit den Ziegen gefoltert werden musste. Doch vergeblich. »Das Geheimnis, wo er das Büchlein verborgen hat, das hat dieser Schweinehund mit ins Grab genommen«, grummelte Jeremias und blickte durch die Menschen, die betend an ihm vorüberzogen, hindurch, als wären sie gar nicht da.

Wir waren so dicht davor, unsere Geldsorgen loszuwerden, dachte er. Der Plan war nicht aufgegangen, weil der Überfall auf den Arnoldschen Hof misslang. »Was musste dieser dämliche Markus nicht nur die Bauersfamilie ermorden, sondern auch noch den Hof in Brand setzen«, schimpfte Jeremias zornig, während er auf sein Pferd stieg. »Vielleicht habe ich Glück, und die Schriften liegen noch unversehrt in ihrem Versteck«, überlegte er und lenkte sein Pferd in Richtung Heusweiler. »Wo würdest du solch kostbare Schriftstücke verbergen?«, befragte er sich selbst, während sein Pferd langsam lostrottete.

Ich muss die Tochter des Bauern finden, beschloss er. *Sie kennt das Versteck.* Nur deshalb hatte der Bauer trotz Folter geschwiegen.

»Natürlich!«, rief Jeremias laut, weil er glaubte, die Lösung gefunden zu haben. Der Bauer wollte, dass sein Töchterlein den Schatz hob. »Sie wird wieder auf dem Hof auftauchen. Ich muss nur geduldig sein«, griente er gehässig.

Dann trat er seinem Pferd kräftig in die Flanken.

Kapitel 12

Susanna schielte vorsichtig zu ihrem Oheim, der schmatzend die dünne Suppe löffelte. Sein Gesichtsausdruck war verkniffen, und er schien mit seinen Gedanken abwesend zu sein, da er niemanden am Tisch beachtete. Die Söhne spürten seine schlechte Laune und verhielten sich ruhig. Schweigend tunkten sie ihre Brotstücke in den Kohlsud. Auch ihre zweijährige Schwester, die meist unentwegt plapperte, sagte keinen Ton und nuckelte am Daumen.

Langsam blickte Susanna zu ihrer Muhme, die die kleine Hanna auf ihrem Schoß wiegte. Dank der nahrhaften Ziegenmilch lag das Kleinkind mit rosigen Wangen und zufrieden in den Armen der Mutter.

Agnes hatte ihr Essen nicht angerührt. Die Nachricht vom plötzlichen Tod ihrer Schwester hatte sie sichtlich mitgenommen. Mit rotgeweinten Augen starrte sie auf die Tischplatte und schien ihre Umgebung kaum wahrzunehmen. Es hätte Susanna gutgetan, mit der Tante über das schreckliche Verbrechen an ihrer Familie zu sprechen, doch die Muhme wich ihrem Blick aus. *Vielleicht ist das besser für sie*, dachte Susanna. *Je weniger sie weiß, desto weniger quält es sie.*

Für Susanna wäre es erleichternd gewesen, ihr Leid mit der Tante teilen zu können, so aber war sie allein mit ihrem Schmerz, der nicht verblassen wollte. Als sie spürte, dass jemand sie ansah, schaute sie hoch und blickte in die Augen ihres zwölfjährigen Vetters Arthur. Zaghaft verzog sie ihren Mund zu einem angedeuteten Lächeln, woraufhin der Junge ihr verschwörerisch zuzwinkerte.

Als der Oheim laut rülpste, zuckte jeder am Tisch zusammen. »Macht, dass ihr an die Arbeit kommt!«, blaffte Albert und ging zum Regal, wo der Schnapskrug und die kleinen Becher standen.

Sogleich sprangen die drei Burschen auf und liefen nach draußen. Auch die kleine Sabine rutschte von ihrem Stuhl und eilte den Brüdern hinterher. Agnes schien aus ihrer Erstarrung zu erwachen und schaute erschrocken hoch.

»Gib mir Hanna, damit ich sie wickeln kann«, sagte Susanna und streckte die Hände nach dem Kleinkind aus.

»Du kümmerst dich um das Federvieh«, zischte der Oheim und schlug ihr mit dem Löffel rüde auf den ausgestreckten Arm.

»Au«, schrie Susanna auf und hielt sich den Unterarm. Mit vor Wut funkelnden Augen wandte sie sich dem Onkel zu, der sie hämisch ansah.

»Wenn es dir hier nicht gefällt, kannst du ja gehen!«, schnaubte er und rülpste erneut.

Susanna wollte ihn zurechtweisen, doch aus dem Augenwinkel sah sie, wie ihre Tante sie entsetzt anblickte und zaghaft den Kopf schüttelte. Das Mädchen holte tief Luft, verbiss sich die Antwort und ging hinaus in den Hühnerstall. Dort verrichtete sie wütend ihre Arbeit und kam erst wieder ins Haus, als sie gewiss sein konnte, dass alle schliefen. Müde und traurig legte sie sich auf ihr Lager. Wie bei ihrem ersten Besuch auf dem Hof schlief sie auf einer dünnen Matte in der Küche. Es machte ihr nichts aus, neben dem Herd auf dem Boden zu schlafen, wusste sie doch, wie stickig es auf dem Dachboden war, wo die Familie ihr Nachtlager hatte. Sie war kaum eingenickt, als laute Worte sie weckten.

»Du Miststück«, hörte sie den Oheim fluchen. »Mach die Beine breit.« Als Susanna das unterdrückte Schluchzen ihrer Tante hörte, spürte sie erneut Zorn in sich aufsteigen. Sie wusste jedoch, dass sie sich ruhig verhalten musste. Ihr blieb keine andere Wahl, denn das waren die einzigen Angehörigen, die sie noch hatte. Zähneknirschend zog sich Susanna die Decke über die Ohren.

Seit dem Mord an ihrer Familie quälten Susanna schreckliche Träume, sodass sie unruhig schlief. Jede Nacht aufs Neue verfolgten sie die Bilder ihrer erschlagenen Geschwister, der ermordeten Mutter und des zu Tode gefolterten Vaters, aber auch die Erinnerung an die gehängte Magd und den verbrannten Knecht verursachte ihr Alpträume. Immer wieder schreckte sie schweißnass hoch, saß zitternd da und wartete, bis sich ihr rasendes Herz beruhigte. Anschließend war kaum noch an Schlaf zu denken. Susanna war erleichtert, wenn die Nacht dem Tag wich, denn dann konnte sie dem Schrecken der Träume entfliehen. Allerdings kam er wieder, sobald sie sich schlafen legte.

Deshalb war Susanna jeden Abend die Letzte, die sich zur Ruhe begab, und die Erste, die aufstand. In aller Herrgottsfrühe entzündete sie bereits das Feuer im Herd und bereitete das Frühmahl vor, das meist aus fadem Gerstenbrei bestand. Susanna nutzte die Zeit, bevor die Familie aufstand, um in Ruhe nachdenken zu können.

Doch als sie eines Morgens erwachte, spürte sie einen Stich im Rücken, sodass sie sich unter Schmerzen vom Lager erhob. Sie konnte nur mit Mühe einen Sud aus getrockneter Minze aufbrühen, von dem sie sich Linderung erhoffte. Nachdem das

Heilkraut eine Weile im heißen Wasser gezogen hatte, goss sie das Getränk über ein Stück Leinen, sodass die Krümel im Tuch hängen blieben. Leise stöhnend setzte sich Susanna an den Tisch und trank den dampfenden Sud in kleinen Schlucken. Sie spürte zwar, wie ihr die Minze Erleichterung verschaffte, trotzdem kämpfte sie mit den Tränen, denn in Augenblicken wie diesen vermisste sie ihre Mutter schmerzlich. Sie hätte tröstende Worte gewusst, und ihre liebevolle Fürsorge hätte Susanna sicherlich beruhigt. »Ach, Mutter!«, seufzte das Mädchen und wischte sich die Tränen von der Wange.

An diesem Morgen wurde ihr bewusst, dass sie seit ihrer Ankunft vor einer Woche mit der Tante kein Wort über ihre Mutter gesprochen hatte. Nicht eine Frage hatte Agnes der Nichte über den Tod der Schwester gestellt. Sie tat, als ob nichts geschehen sei, doch die Schatten um ihre Augen verrieten ihren Schmerz.

Susanna hatte auch das Gefühl, dass sie ihr absichtlich aus dem Weg ging. *Vielleicht sollte ich …*, dachte sie, als sie über sich Fußgetrampel hörte. Mit gequältem Gesichtsausdruck erhob sie sich und kochte Gerstenbrei auf.

Susannas Rücken schmerzte unaufhörlich, sodass sie kaum fähig war, ihre Arbeit zu verrichten. Zusätzlich plagte sie seit dem Morgen heftiger Kopfschmerz, von dem ihr übel wurde, und sie musste sich übergeben. Prüfend hielt sie sich die Hand an die Stirn, doch ihre Haut war kühl. Sie schleppte sich zum Brunnen hinterm Haus, um frisches Wasser in die Eimer zu schöpfen, als Agnes über den Hof kam. Da die starken Regenfälle der letzten Tage den Boden aufgeweicht und schlammig gemacht hatten, musste sie vorsichtig gehen. Dabei blickte sie zu Susanna herüber.

»Was ist mit dir?«, fragte sie mit gleichgültigem Gesichtsausdruck, als sie sah, wie das Mädchen sich reckte und streckte.

Susanna wusste, dass Agnes nicht aus Fürsorge fragte, und

antwortete leise: »Ich habe Kreuzschmerzen, als ob mich jemand getreten hätte.«

»Wer sollte dich treten wollen?«

Die Tante wollte sie anscheinend nicht verstehen, und so versuchte sie es erneut. »Auch plagen mich heftige Kopfschmerzen.«

Doch Agnes zuckte teilnahmslos mit den Schultern. »Wir haben kein Geld, um Arznei zu kaufen.«

»Wage nicht, dich vor der Arbeit zu drücken«, brauste Albert auf, der geräuschlos hinter sie getreten war. »Wenn du nicht arbeitest, bekommst du nichts zu essen.«

Als Susanna die Stimme des Oheims hörte, verstärkten sich nicht nur die Rückenschmerzen, sie hatte auch das Gefühl, einen Schlag in die Kniekehlen bekommen zu haben, sodass sie kurz einknickte. Mit vor Schmerz verzerrtem Gesicht wandte sie sich ihm zu. »Ich habe nicht vor, meine Arbeit zu vernachlässigen«, sagte sie kraftlos, nahm die gefüllten Wassereimer auf und stakste wie auf hölzernen Beinen zurück in die Hütte.

Nachdem Susanna mit ihrer Arbeit im Haus fertig war, führte sie die Ziege von der Weide in den Stall, wo sie sie an einen Balken anband. Nachdenklich kraulte das Mädchen den Kopf des Tieres. »Du bist das Einzige, was mir von daheim geblieben ist«, flüsterte Susanna. *Würde es dich traurig machen, wenn du wüsstest, dass deine beiden Jungen geköpft wurden?*, dachte sie und blickte der Ziege in die Augen. Das Tier wurde unruhig, begann am Strick zu ziehen und zu meckern. Damit es ruhig stehen blieb, legte Susanna ein Bündel Heu vor ihm auf den Boden. Auch stellte sie einen Eimer neben das Tier und holte den dreibeinigen Schemel aus der Ecke. Beschwerlich setzte sie sich auf den Hocker und begann die Ziege zu melken.

Susanna hatte kaum den ersten Strahl Milch in den Eimer abgestrichen, als sie zwei Füße neben dem Tier stehen sah. Erschrocken hob sie den Kopf und erblickte ihren Vetter Arthur, der sie prüfend anschaute.

»Es geht dir nicht gut«, sagte er ohne Umschweife und klopfte der Ziege zart den Rücken. Susanna konnte nur nicken und strich weiter Milch aus dem Euter. »Ich habe gehört, was du meiner Mutter erzählt hast«, erklärte er und trat neben seine Base. »Lass mich die Ziege melken«, schlug er vor, doch Susanna schüttelte den Kopf.

»Du musst genug arbeiten.«

»Ich bin ein Junge und habe mehr Kraft als du«, sagte er mit ernster Miene und zeigte stolz seine Armmuskeln, was Susanna ein Lächeln entlockte.

»Wo ist dein Vater?«, fragte sie und blickte unsicher zur Stalltür.

Arthur winkte ab. »Er ist zum Gustav gegangen. Vor Mitternacht wird er nicht zurückkommen, wenn er dann noch gehen kann«, spottete der Junge.

»Auch wenn dein Vater kein netter Mensch ist, so solltest du ihn nicht verhöhnen.«

»Solche Weisheiten kannst du für dich behalten«, schimpfte Arthur, drehte sich um und hob seinen Kittel. Sein Rücken wies zahlreiche verkrustete Striemen auf, sodass Susanna scharf die Luft durch die Zähne sog.

»Die hat er mir mit seinem Gürtel verpasst, weil der Schnaps aus war und er glaubte, dass ich den getrunken hätte. Dabei rühre ich das Zeug nicht mehr an, seit ich es einmal versucht habe. Es brennt auf meiner Zunge«, erklärte er ernst.

»Es tut mir leid«, flüsterte Susanna und schaute den Burschen mitfühlend an.

»Wenn ich so alt wäre wie du, würde ich von hier verschwinden. Ich verstehe nicht, was du bei uns willst.«

»Ich habe sonst niemanden«, versuchte Susanna ihm verständlich zu machen.

Arthur schüttelte den Kopf. »Wen hast du hier? Meinem Vater bist du ebenso einerlei wie meiner Mutter, denn sie geht dir aus dem Weg und spricht kaum ein Wort mit dir. Meine Geschwister sind zu klein. Der einzige Freund, den du hier hast, bin ich. Aber ich kann dich weder beschützen noch dir helfen.«

Susanna war über die Gedanken ihres Vetters überrascht. »Was soll ich deiner Ansicht nach machen?«, fragte sie und war auf seine Antwort gespannt.

Arthur zuckte mit den Schultern. »Das weiß ich auch nicht. Vielleicht solltest du dir einen Mann suchen, der dich heiratet.«

»Damit ich so ende wie deine Mutter?«, fragte Susanna und schämte sich im selben Augenblick dafür.

Arthur schien ihre Antwort nicht zu kränken, denn er überlegte ernsthaft. »Wie alt bist du?«, fragte er nachdenklich.

»Siebzehn Jahre. Im kommenden Herbst werde ich achtzehn.«

»Hmm«, grummelte er. »Der Schorsch, der der Sohn des alten Fritz ist, ist erst fünfzehn. Ihr passt nicht zusammen. Der Kloster Bernd ist schon zwanzig. Der ist zu alt, oder?«, fragte er und musterte Susanna von oben bis unten, sodass das Mädchen ein Lachen nicht mehr unterdrücken konnte.

»Du willst mich mit deinen Freunden verkuppeln?«, schimpfte sie freundlich.

»Das sind nicht meine Freunde, sondern die einzigen Burschen in der Umgebung, die noch nicht verheiratet sind«, erklärte Arthur energisch.

»Du bist auch noch zu haben«, neckte Susanna den Vetter, der bis zu den Ohren rot wurde. »Oder kennst du schon ein Mädchen?«

Arthur schaute Susanna erschrocken an.

»Mir kannst du es verraten«, flüsterte Susanna.

»Die Tochter des Schmieds gefällt mir recht gut«, beichtete Arthur seiner Base nach einigem Zaudern.

»Und?«, fragte sie neugierig.

»Was und?«

»Gefällst du ihr auch?«

Arthur zuckte wieder mit den Schultern. »Das weiß ich nicht. Aber wenn wir uns in der Kirche sehen, lächelt sie mir stets zu.«

»Das ist immerhin ein Anfang«, meinte Susanna und knuffte ihn freundschaftlich in die Seite. »Beim nächsten Kirchgang musst du sie mir zeigen«, bat sie und freute sich, als seine Augen leuchteten.

Susannas Blick wurde ernst. »Arthur, mach dir um mich keine Sorgen.«

Der Junge holte tief Luft. »Meinst du wirklich?«

Das Mädchen nickte. »Ich werde mit deinem Vater zurechtkommen. Und falls nicht, dann werde ich mir zu helfen wissen«, erklärte sie, hob den Rock und trat mit dem rechten Fuß in die Luft.

Arthur hatte verstanden und lachte.

Susanna war kaum eingeschlafen, als sie hörte, wie die Haustür aufgestoßen wurde. *Der Oheim,* dachte sie und spürte, wie ihr Herz raste. Als sie merkte, dass er auf sie zukam, stellte sie sich schlafend. Der Onkel schien sich zu ihr herabzubeugen, denn sie konnte seinen Bieratem riechen. In Gedanken betete sie, dass er wieder verschwinden möge. Als sie erneut Schritte hörte, blinzelte sie unter halb geschlossenen Lidern hervor und sah, wie er zur Stiege wankte. Mühsam stieg er die Stufen hinauf. Susanna atmete erleichtert aus.

Nach den regnerischen Monaten Mai und Juni genossen die Menschen die Wärme, die der Juli mit sich brachte. Susanna stand bis zu den Waden im Bachlauf und wusch Wäsche. Immer wieder schweifte ihr Blick zu ihrer jüngsten Base Hanna, die in einem Weidenkorb am Ufer lag. Als ein bunter Schmetterling um das Mädchen herumflatterte, jauchzte es vor Vergnügen und versuchte ihn zu greifen.

»Du bist solch ein Sonnenschein«, lachte Susanna und bückte sich, um die nasse Wäsche gegen einen dicken Stein zu schleudern. Dabei spritzte ihr das Wasser in die Augen, sodass sie die Lider zusammenkniff. Blind warf sie das Laken ans Ufer und wischte sich anschließend mit der Schürze über das Gesicht. Als sie wieder aufschaute, stand ihr Oheim vor ihr und musterte sie. Susanna glaubte Gier in seinem Blick zu erkennen und schaute prüfend an sich herunter. Da erkannte sie, dass ihr Oberteil durchnässt war, sodass sich ihre Brüste darunter abzeichneten. Hastig verschränkte sie die Arme vor der Brust.

»Unberührt und prall«, feixte er leise und rieb sich zwischen den Beinen. In dem Moment kam seine Frau übers Feld, und sein Gesichtsausdruck wurde feindselig. »Hässlich und verbraucht«, schnaubte er und wandte sich ab.

Als Agnes bei Susanna ankam, zischte sie: »Was wollte Albert von dir?«

»Nichts!«, erwiderte Susanna erschrocken.

»Ihr habt doch getuschelt«, unterstellte die Tante dem Mädchen, die Unwahrheit gesagt zu haben.

Susanna nahm ihre Hände von der Brust und griff nach dem Laken, das am Ufer lag. »Ich habe kein Wort mit ihm gewechselt«, erklärte sie und warf den Stoff gegen den Stein.

»Du lügst!«, keifte Agnes.

»Ich lüge nicht«, widersprach Susanna.

»Wage es nicht, dich an meinen Mann heranzumachen!«, drohte die Tante, nahm den Weidenkorb mit der kleinen Hanna auf und ging in Richtung Hof.

Susanna blickte ihr sprachlos hinterher. Ungläubig schüttelte sie den Kopf. »Denkt sie tatsächlich, dass ich ihr den Mann wegnehmen will?«, flüsterte sie fassungslos und warf das Laken ans Ufer.

Susanna wälzte sich unruhig auf ihrem Lager hin und her. Sie träumte, dass Jeremias nach ihr griff, und musste würgen. Erschrocken riss sie die Augen auf und versuchte sich aufzusetzen, als sie Alberts Gesicht dicht vor sich erblickte. Er lag quer über ihrem Leib und erschwerte ihr das Atmen. »Ich bekomme keine Luft«, japste Susanna.

»Das ist gut so, denn dann kannst du dich nicht wehren«, lachte er dreist und leckte sich gierig die Lippen, sodass sie seinen Schnapsatem riechen konnte. Susanna wollte schreien, doch der Oheim hielt ihr mit der Hand den Mund zu. Er flüsterte: »Schrei, und es wird das Letzte sein, was du machen wirst«, und nahm die Hand zögernd wieder weg.

Dann kamen seine Lippen den ihren näher. Susanna versuchte ihren Kopf zur Seite zu drehen. Hemmungslos stöhnend, küsste er ihre Wange und ihren Hals. Susanna versuchte verzweifelt, in seine Hand zu beißen, um nach Hilfe schreien zu können, doch er ließ nicht locker und lachte erregt auf.

»Wehr dich nur, du Hure!«, murmelte er und griff mit seiner freien Hand nach ihrem Kittel, den er über ihren Brüsten mit einem heftigen Ruck zerriss. Susanna wollte entsetzt aufschreien, doch er erstickte den Schrei mit seinem Mund. Erst als sie ihm in die Lippe biss, ließ er von ihr ab. Albert fuhr sich mit dem Handrücken über den Mund und schlug ihr dann hart ins Gesicht, sodass ihr vor Schmerz übel wurde.

»Du entkommst mir nicht«, zischte er dicht an ihrem Ohr und knetete heftig ihre Brust. Ihre Finger kniffen in seine stoppeligen Wangen, doch das entlockte ihm nur ein heftiges Keuchen. Susanna spürte, dass sie diesen Kampf verlieren würde, zumal sie nicht nach ihm treten konnte, und griff verängstigt in die Matte, als ihre Hand den Schnapskrug ertastete, den Albert anscheinend neben ihrem Lager abgestellt hatte. Mit der Kraft der Verzweiflung hob sie den Krug in die Höhe und zerschmetterte ihn auf dem Schädel des Oheims.

Lautlos sackte der Mann über ihr zusammen. Als Blut auf ihren Hals tropfte, versuchte sie, seinen massigen Körper von sich zu hieven, doch sie war zu schwach. Schwer wie ein Fels lag Albert auf ihr und rührte sich nicht mehr. Susanna stemmte angsterfüllt ihre Hände gegen seine Schultern – vergebens.

»Was mache ich jetzt nur?«, flüsterte sie und blickte sich hilfesuchend um, als sie ein Knacken vernehmen konnte. Der kleine Theo kam die Stiege herunter und ging hinaus vor die Tür, wo er sich erleichterte. Hastig warf Susanna die Decke über ihren Oheim, damit der Vierjährige nicht den Vater entdeckte. Als der Junge zurückkam und die Stiege hinaufkrabbeln wollte, bat Susanna flüsternd: »Theo, weck deinen Bruder Arthur auf und sage ihm, dass ich ihn brauche.«

Der Kleine rieb sich die Augen und kam einige Schritte näher. »Warum?«, wisperte er.

Susanna ging auf die Frage nicht ein, sondern versprach ihm: »Wenn du Arthur leise weckst, damit die anderen nicht gestört werden, backe ich dir zum Frühstück einen Eierpfannkuchen.«

Susanna konnte sogar in der Dunkelheit erkennen, dass Theos Augen strahlten. Rasch wandte er sich um und stieg die Stufen hinauf.

Es dauerte eine Weile, bis Arthur herunterkam. Verschlafen stand er da und flüsterte: »Was willst du?« Er blickte kurz zur Luke hinaus und flüsterte: »Es ist mitten in der Nacht.«

Susanna war froh, dass das Mondlicht nur fahles Licht in die Küche warf, denn sie schämte sich, da ihre Brüste unbedeckt waren.

»Was ist jetzt?«, fragte er mürrisch.

»Ich brauche deine Hilfe«, flüsterte Susanna, und Arthur war sofort hellwach.

»Was ist passiert?«, fragte er und kam näher. Als er sich vor Susannas Lager kniete, zog sie die Decke fort, sodass er seinen Vater erkennen konnte, der keinen Laut von sich gab.

»Ist er tot?«, fragte Arthur, als er das Blut auf Susannas Hals sah.

»Weiß ich nicht. Ich habe ihm den Krug auf den Kopf geschlagen, weil er nicht von mir ablassen wollte.«

»Vielleicht haben wir Glück, und er ist tot!«, sagte Arthur unberührt. Mit großer Anstrengung zog er den Vater von Susanna herunter und legte ihn neben den Tisch. Sofort bedeckte das Mädchen ihre Blöße mit der Decke und setzte sich auf.

»Was geht hier vor?«, fragte plötzlich Agnes hinter ihnen. Rasch hatte sie die Lage erfasst und schrie: »Du Miststück hast meinen Mann umgebracht!«

»Er wollte mich missbrauchen«, keuchte Susanna und erhob sich.

»Lüg nicht!«, keifte die Tante. »Ich habe schon am Bach gesehen, wie du ihn umgarnt hast. Wie eine rossige Stute hast du dagestanden und ihm die Brüste entgegengestreckt.«

»Das ist nicht wahr«, weinte Susanna und spürte wieder den Schmerz im Rücken, der wie ein glühendes Messer durch sie hindurchfuhr. Leise stöhnend stützte sie sich an der Tischkante ab.

»Mutter …«, versuchte Arthur seine Mutter zu besänftigen, doch die war außer sich und schalt ihn: »Du wirst diese Hure nicht verteidigen! Mach, dass du hinaufkommst, sonst setzt es Schläge.«

Arthur zog den Kopf zwischen die Schultern und tat, wie ihm geheißen. Agnes kniete sich neben Albert, der leise stöhnend dalag, und tupfte ihm mit ihrem Nachtkittel das Blut von der Stirn. »Mein lieber Mann! Was hat dieses ungeratene Weibsbild dir angetan?«, jammerte sie und strich ihm zärtlich über das unrasierte Kinn.

»Tante Agnes, ich habe nichts …«, versuchte Susanna zu erklären, doch die Frau schnitt ihr wütend das Wort ab.

»Zum Glück lebt er noch. Du verlässt auf der Stelle mein

Haus und kommst nie wieder, sonst werden wir dich dem Schultheiß übergeben.«

Susanna wollte nicht glauben, was sie hörte. Doch der bitterböse Blick der Tante bewies, dass sie sich nicht verhört hatte.

Susanna drehte sich um, zog das zerrissene Nachtgewand aus und ihr Schürzenkleid an. Schwerfällig griff sie nach ihrem Beutel, der neben dem Herd lag, und packte ihre wenigen Habseligkeiten hinein. Dann wandte sie sich zum Gehen, als ihre Tante zischte: »Die Ziege bleibt hier!«

»Keine Angst, ich nehme sie der kleinen Hanna nicht weg. Und du, Tante Agnes, kannst sie als Erinnerung an deine Schwester behalten!«

Dann ging sie erhobenen Hauptes hinaus in die Nacht.

Kapitel 13

Mit ihrem Beutel in der Hand stolperte Susanna in die Dunkelheit. Sie lief, ohne sich umzudrehen, fort von dem schrecklichen Ort, wo das Böse lebte. Als sie ihren Namen hörte, blickte sie verängstigt zurück und erkannte ihren Vetter Arthur, der ihr hinterhereilte. Keuchend blieb sie stehen und wartete, bis der Junge sie eingeholt hatte.

»Was willst du?«, fragte sie gereizt und schaute argwöhnisch zur Hütte.

»Ich will mit dir kommen«, erklärte Arthur und umfasste ihren Unterarm.

»Das geht nicht!«, wies Susanna seine Bitte schroff zurück und schüttelte seine Hand ab.

»Warum nicht?«, jammerte der Junge.

»Ich weiß nicht, wohin ich soll und wovon ich leben werde. Du wärst für mich eine zusätzliche Belastung«, gab Susanna ihm ehrlich zu verstehen und wandte sich zum Gehen. Als sie seinen bestürzten Blick sah, erklärte sie sanft: »Ich kann mich nicht um dich kümmern. Das musst du verstehen, Arthur!«

»Ich werde dir nicht zur Last fallen. Du wirst mich kaum bemerken«, versprach der Junge und prophezeite: »Er wird seine Wut an mir auslassen und mich grün und blau schlagen.«

Susanna wusste, dass er die Wahrheit sprach, trotzdem versuchte sie, seine Lage milder darzustellen, als sie war. »Dein Vater wird …«, begann sie den Satz, den Arthur mit einer Handbewegung abschnitt.

»Er ist nicht mein Vater!«, stieß er zornig hervor.

Susanna, die sich vor Rückenschmerzen kaum aufrecht halten konnte und von einem Bein aufs andere tippelte, blieb stehen und musterte den Vetter entsetzt. »Was soll das heißen?«, fragte sie irritiert.

»Meine Mutter war von einem anderen Mann schwanger, als sie Albert heiratete. Er hat es nicht gewusst, obwohl er jetzt sagt, dass er es geahnt hätte. Vor einigen Monaten war er tagelang verschwunden, und als er wieder auftauchte, hat Mutter ihm in der Wut ihr Geheimnis verraten. Seitdem bekomme ich bei jeder Gelegenheit seinen Hass zu spüren, denn er gibt mir für alles die Schuld. Ich werde nie vor ihm Ruhe haben. Ich bin ein Bastard«, schluchzte Arthur und hielt sich die Hände vors Gesicht. Als Susanna nichts sagte, blickte er bekümmert auf und flüsterte: »Lass mich nicht bei ihm. Nimm mich mit!«

»Aber deine Mutter wird dich beschützen«, versuchte Susanna den Jungen zu trösten.

»Pah! Ich bin ihr einerlei, denn sie gibt mir ebenfalls die Schuld an ihrem erbärmlichen Leben. Wäre sie nicht schwanger gewesen, hätte sie Albert nicht heiraten müssen, sagt sie. Bitte, Susanna!«, bettelte der Knabe erneut.

Das Mädchen glaubte trotz der Dunkelheit seinen flehenden Blick zu erkennen. Laut ausatmend stützte sie ihre Hände auf die Knie, sodass ihr Rücken rund wurde und mehrere Wirbel knackten. Der Schmerz ließ nach, und Susanna war endlich fähig, klare Gedanken zu fassen. Doch sie schüttelte den Kopf. »Ich kann nicht! Du musst mich verstehen.«

Ohne ein weiteres Wort drehte sich Arthur um und ging mit langsamen Schritten zurück zur Kate. Sein erbärmlicher Anblick zerriss Susannas Herz. Er war bereits ein Stück entfernt, als sie ihm hinterherrief zu warten. Mit hängenden Schultern blieb Arthur stehen und blickte seiner Base entgegen, die zu ihm kam. Susanna schaute den Jungen an und atmete tief ein.

»Arthur, ich weiß nicht, wann es sein wird, aber sobald ich eine Unterkunft gefunden habe, werde ich dich holen«, versprach sie und hob als Zeichen, dass sie es ernst meinte, die Schwurfinger in die Höhe.

Der Zwölfjährige stutzte und sagte leise: »Versprich nicht, was du nicht halten wirst.«

Susanna nahm sein Gesicht in ihre Hände, sodass sich ihre Blicke trafen. »Ich verspreche dir bei allen Heiligen, dass ich dich eines Tages holen werde. Bis dahin musst du die Zähne zusammenbeißen und dich fügen, damit nichts Alberts Zorn hervorrufen kann.«

Der Junge forschte in ihrem Blick und wisperte ergeben: »Ich werde auf dich warten.« Freudestrahlend warf er sich ihr an den Hals.

Susanna erwiderte seine Umarmung und gab ihm einen Kuss auf das dunkle Haar. »Geh zurück, bevor Albert das Bewusstsein wiedererlangt«, forderte sie ihn auf.

Arthur nickte und hopste die restlichen Schritte zur Hütte. Dort stieg er neben dem Eingang auf das Regenfass und hangelte sich aufs Dach, von wo er ihr zuwinkte.

Susanna fasste sich verzweifelt an die Stirn. *Was habe ich Arthur nur versprochen?*, dachte sie. *Wie soll ich für ihn sorgen, wenn ich nicht einmal mir selbst helfen kann?* Bedrückt schaute sie zum Haus und sah, wie der Junge durch eine Luke im Dach verschwand.

Susanna hatte keine Ahnung, wo sie umherirrte, denn im matten Licht der Nacht sah alles gleich aus. Als sich ein dichtes Wolkenband vor den Mond schob, wurde es stockdunkel, sodass sie nur langsam vorankam. Sie stolperte über Steine, blieb an Sträuchern hängen oder fiel zu Boden, weil sie hochstehende Wurzeln in der Dunkelheit nicht sehen konnte. Jedes Geräusch ließ sie zusammenzucken und ihr Herz schneller schlagen. Einmal hatte sie das Gefühl, dass etwas gegen sie flog, ein anderes Mal huschte etwas an ihrem Bein entlang.

Susanna fürchtete sich vor ihrem eigenen Atemgeräusch und blieb verzweifelt stehen. Als sie vor sich eine Hecke erkennen konnte, ging sie darauf zu. Sie legte sich erschöpft auf den Boden und rollte sich dicht an die unteren Äste des Buschwerks, damit sie sie verdeckten. Susanna zitterte wie Espenlaub im Wind. Müde bettete sie ihren Kopf auf den Beutel und schlief ein.

Lautes Vogelgezwitscher weckte sie in den frühen Morgenstunden auf. Als sie die Augen öffnete, wusste sie im ersten Augenblick nicht, wo sie war. Die Erinnerung an die vergangene Nacht kam jedoch rasch zurück. Verzweifelt zog das Mädchen die Knie an und legte das Gesicht dagegen. »Dieser verfluchte Mistkerl!«, weinte sie. »Wie konnte er es wagen, mich anzufassen? Und wie konnte meine Tante glauben, dass ich ihr den Mann wegnehmen will? Sie hat mich nicht gefragt, was passiert war. Sie hat sofort Schlechtes von mir gedacht. Mutter würde sich im Grab umdrehen, wenn sie wüsste, wie gemein die Muhme zu mir war.«

In Gedanken hörte sie Arthur betteln, ihn mitzunehmen. *Ich kann mein Versprechen nicht einhalten*, dachte Susanna. Er war dort besser aufgehoben als bei ihr, war sie fest überzeugt, als sie die leise Stimme ihrer Mutter in ihrem Kopf hörte: *Er ist dein Vetter und der Einzige, der dir zugetan ist.*

Susanna wischte sich über die Augen. »Kommt Zeit, kommt Rat!«, murmelte sie und streckte die Beine aus. Sofort schoss der Schmerz durch ihren Rücken, und sie zuckte schreiend zusammen. Nur langsam kriechend kam sie unter dem Buschwerk hervor und ging mühsam in die Hocke.

Sie erhob sich keuchend und stützte ihre Hände auf die Knie. Ihre Wirbel knackten, und der Schmerz ließ nach. Mit zittrigen Fingern wischte sie sich den kalten Schweiß von der Stirn und atmete tief ein und aus. Als ihr Magen knurrte, jammerte sie: »Ich kann den Jungen unmöglich zu mir holen, denn ich bin nicht einmal fähig, für mich selbst zu sorgen. Nicht ein Stück Brot habe ich mitgenommen.« Hungrig blickte sie sich um und stakste auf die andere Seite der Hecke. Dort fand sie eine Brombeerranke, die sich durch das Geäst des Buschwerks wand. Obwohl die Früchte noch nicht reif waren, pflückte sich Susanna eine Handvoll Beeren und steckte alle auf einmal in den Mund. Gierig zerkaute sie das Obst und verzog angewidert das Gesicht, denn es schmeckte bitter und sauer. »Igitt!«, schimpfte sie und spuckte es wieder aus. Da sie sonst nichts Essbares finden konnte, griff sie nach ihrem Beutel und ging am Rand des Ackers weiter.

In der Nacht war Susanna vom Weg abgekommen, und nun sah sie nichts außer Wiesen und Feldern. »Der Acker muss erst vor kurzem umgepflügt worden sein«, murmelte sie und betrachtete die frischen Erdschollen. »Sicher wohnt der Bauer in der Nähe«, überlegte sie und marschierte auf einen grasbewachsenen Hügel zu. Sie hoffte, von oben mehr zu erkennen.

Heftig atmend stand sie auf der Erderhebung und blickte sich um, doch nichts kam ihr vertraut vor. Im Gegenteil: Sie sah vor sich in der Ebene einen Fluss, der sich bis in die Ferne durchs Wiesengelände schlängelte und den sie zuvor noch nie gesehen hatte. »Vermaledeit!«, schimpfte sie. »Wo bin ich hingeraten?«

Warmer Wind blies ihr die Haare aus dem Gesicht, als sie einen Bauern entdeckte, der ein Gespann mit einem Ochsen führte. Sogleich streckte Susanna ihre Hände in die Höhe, um seine Aufmerksamkeit auf sich zu lenken. Als er sie sah, hielt er den Ochsen an und schaute zu ihr herauf. Zaghaft winkte er zurück. Susanna stieg vorsichtig den Hügel hinab, denn sie spürte bei jedem Schritt das Stechen im Kreuz.

Der Bauer stützte sich auf seinen Pflug und schaute Susanna entgegen. Sein Gesicht war voller Runzeln, und seine Haut schien vom Wetter gegerbt zu sein. Mit wasserblauen Augen blickte er sie fragend an.

»Ich habe mich verirrt«, erklärte Susanna ohne Umschweife.

»Woher weißt du das?«

»Den Fluss in der Niederung habe ich noch nie gesehen.«

»Du meinst die Saar?«, fragte der Alte und blickte sie zweifelnd an. Susanna nickte.

»Woher kommst du?«

»Aus Heusweiler«, stammelte sie.

»In Heusweiler war ich schon als kleiner Bub. Ich kenne den Ziegler Hermann, dem ich früher alljährlich Vieh verkauft habe. Jetzt schon länger nimmer. Kennst du den Ziegler?«

Susanna schüttelte den Kopf.

»Wohin willst du, Mädchen, dass du in dieser Gegend umherirrst?«, fragte der Alte und blickte sie neugierig an.

Susannas Gesichtszüge erstarrten. Sie wollte nicht antworten, was der Mann zu spüren schien. Als sie schwieg, wies er hinter sich. »Heusweiler liegt in dieser Richtung.«

Er zog eine Pfeife aus seinem Hosenbund und steckte sie sich in den Mund. Obwohl er sie nicht anzündete, kaute er genussvoll auf dem Stiel und zog ab und zu daran, als ob sie qualmte. Susanna stand wie ein Bogen gekrümmt vor ihm. Er kniff die Augen zusammen und betrachtete sie. »Dich schmerzt das Kreuz?«, fragte er.

Susanna konnte nur nicken.

»Dreh dich um«, nuschelte er mit der Pfeife im Mund. Als er ihren entsetzten Blick sah, ließ ein Grinsen seine blauen Augen aufleuchten. »Keine Angst, Mädchen. Ich will dir helfen.«

Zweifelnd drehte Susanna ihm den Rücken zu. Sie spürte, wie er mit den Fingern ihr Kreuz abtastete. »Aha!«, murmelte er und fasste ihr unter die Schultern. Mit einem heftigen Ruck zog er sie zu sich, sodass es laut krachte und sie gequält aufschrie. Als er sie losließ, spürte Susanna sofort Linderung.

»Was hast du gemacht?«, fragte sie und drehte ungläubig ihren Oberkörper nach rechts und links.

»Mehrere Wirbel waren aus dem Kreuz verrutscht. Ich habe sie wieder in die gerade Reihe gerückt.«

»Bist du ein Heiler?«

»Haha«, lachte der Alte. »Nein, ich bin Bauer. Doch meine Frau, die Berta, hat das gleiche Leiden. Alle paar Wochen wieder, wenn sie die Kuh melkt, kommt sie nicht mehr vom Schemel hoch. Dann rucke ich sie, und schon geht sie wieder gerade.«

»Ich danke dir von Herzen. Leider kann ich dich nicht bezahlen.«

»Du willst mich wohl beleidigen, Mädchen«, sagte er zwar entrüstet, doch seine Augen lachten. »Ich muss weiter!«, erklärte er schließlich und hob seinen schmutzigen Filzhut, um sich über die stoppelkurzen grauen Haare zu kratzen. Dann setzte er den Hut wieder auf, nahm die Pfeife aus dem Mund und sagte: »Wenn du den Ziegler Hermann sehen solltest, bestelle ihm einen schönen Gruß vom Erwin aus Dillingen.«

Susanna nickte.

Der Mann gab dem Ochsen mit der flachen Hand einen Schlag auf das Hinterteil, und das Tier setzte sich in Bewegung.

Da Susanna nicht wusste, wohin sie sonst gehen sollte, folgte sie der Richtung, die ihr der Mann gewiesen hatte. »Ich werde wohl wieder nach Hause marschieren«, sagte sie zu sich und wanderte in Richtung Heusweiler.

Da Susanna sich unterwegs ein weiteres Mal verirrte, erreichte sie erst am Mittag des nächsten Tages das Köllertal. Als sie durch den Ort Kölln kam, ging sie sofort zum Friedhof, wo sie die Gräber ihrer Familie aufsuchte. Ihre Augen brannten vor Müdigkeit und tränten vom gleißenden Sonnenlicht.

»Ich grüße dich!«, sagte eine Stimme hinter ihr. Erschrocken drehte sich Susanna um und erblickte den Totengräber.

»Du warst lange nicht hier«, stellte er ohne Vorwurf in der Stimme fest.

Das Mädchen nickte. »Ich war bei meiner Muhme, doch nun bin ich zurück«, erklärte sie mit schwacher Stimme.

Der Mann blickte sie nachdenklich an. »Das heißt, dass du auf eurem Hof wohnen willst?«

Susanna nickte zaghaft. »Bis ich weiß, wohin ich gehe.«

»Warum bist du nicht bei Agnes geblieben?«

Erstaunt hob Susanna den Blick. »Du kennst sie?«

Der Totengräber lachte kurz auf. »Sie ist in meinem Alter und war in unserer Jugend das schönste Mädchen weit und breit.«

Susanna runzelte die Stirn und stellte sich das vergrämte Gesicht ihrer Tante vor. »Das kann ich mir wahrlich nicht vorstellen«, murmelte sie.

»Ich habe sie schon eine Ewigkeit nicht mehr gesehen. Nachdem sie mich verschmäht hat, hat sie diesen Knecht geheiratet. Wo war der her?«

»Aus Brotdorf«, beantwortete Susanna die Frage, die er mehr an sich selbst gerichtet hatte.

»Ich dachte, aus Merzig, aber du musst es ja wissen. Warum bist du zurückgekommen?«

»Ich bin … ich habe …«, stammelte sie und traute sich kaum, ihn anzublicken.

Der Mann musterte sie eindringlich und nickte wissend. »Es ist alles noch zu frisch«, sagte er mitfühlend. »Du musst erst Abstand bekommen.«

Erleichtert schaute Susanna auf. »Ich werde vielleicht versuchen, den Hof wiederaufzubauen.«

Zweifelnd zog der Totengräber seine Augenbrauen in die Höhe. »Ich könnte nicht auf dem Gehöft leben, wo meine Familie ermordet wurde.«

»Ich habe kein anderes Zuhause«, erklärte sie mit erstickter Stimme.

Der Mann klopfte ihr aufmunternd auf die Schulter. »Wenn du Hilfe benötigst, zögere nicht und komm zu mir. Meine Frau und ich haben zwar nicht viel, aber unsere Tür steht dir stets offen.«

Susanna dankte ihm und wandte sich zum Gehen, als er ihr nachrief: »Mädchen, höre! Kurz nachdem deine Familie beerdigt war, tauchte ein fremder Mann auf, der seltsame Fragen stellte. Ich weiß nicht, was er wollte, doch er schien dich zu kennen.«

»Wie sah er aus?«, fragte Susanna und hatte Mühe, ihrer Stimme einen festen Klang zu geben.

»Er war groß, hatte lange dunkle Haare und trug einen schwarzen Mantel. Kennst du ihn?«

Susanna spürte Übelkeit aufsteigen und nickte mühsam. »Er heißt Jeremias!«, flüsterte sie und erbrach sich.

⟜ Kapitel 14 ⊸

Jeremias stand breitbeinig auf dem Arnoldschen Hof, legte einen Arm unter die Brust und stützte den anderen darauf. Mit dem Zeigefinger tippte er sich auf die Lippen, betrachtete nachdenklich das Wohnhaus und grübelte: »Wo könnte der Bauer die Schriften versteckt haben?«

Das obere Stockwerk und das Dach des Gebäudes hatte das Feuer vollständig zerstört. Nur zwei verkohlte Holzstützen waren von dem Gebälk übrig geblieben. Das untere Geschoss hingegen, das aus Stein und nicht aus Holz erbaut worden war, hatte die Flammen überstanden. Jeremias blickte zum abgebrannten Obergeschoss und wurde wütend. »Dieser törichte Markus! Wenn die Schriften unter der Bettstatt des Alten oder in der Wäschetruhe waren, sind sie verbrannt.« Sein Blick schweifte zu den unteren Kammern, und er murmelte: »Vielleicht habe ich Glück, und der Bauer hat das magische Büchlein in der Küche versteckt, vielleicht in einem Topf zwischen den Vorräten.« Er stützte die Hände in die Hüften und drehte sich halb um die eigene Achse. »Der Stall«, seufzte Jeremias, als er den Schuppen erblickte. »Es nützt nichts! Ich muss jede Handbreit im Haus und in der Scheune absuchen.«

Jeremias kniete vor der Vorratstruhe in der Kochküche. Vergammeltes Brot, fauler Kohl sowie Erbsen in einem Säckchen, das er aufschlitzte, flogen im hohen Bogen aus der Kiste auf den Boden. Als nichts mehr in der Truhe lag, hieb er mit seinem Messer in das Holz, um sicherzugehen, dass es weder einen doppelten Boden noch hohle Wände gab. Jeremias erhob sich und räumte missmutig die beiden Regale ab, wobei er keine Rücksicht darauf nahm, dass Becher und Teller zu Bruch gingen. Auch warf er Schemel und Stühle um und schob Tisch und Vorratstruhe in eine Ecke, denn er hoffte eine lockere Steinbodenplatte zu entdecken, weil er wusste, dass Hohlräume darunter oft als Versteck benutzt wurden. Doch er suchte vergeblich. Schlecht gelaunt stocherte Jeremias mit dem Schürhaken in der kalten Asche des Herdes und klopfte mit dem Eisen die Steine des Ofens ab. Zum Schluss stellte er sich in den Türrahmen und suchte mit den Augen jeden Fingerbreit in der Küche danach ab, ob er etwas übersehen hatte. Aber er hatte alles gründlich durchsucht.

»Hier sind sie nicht!«, fluchte er und hieb mit der Faust gegen das Holz des Rahmens. Jeremias wandte sich um und ging in die Kammer neben der abgebrannten Treppe. In der Stube wütete er wie in der Kochküche. Nichts blieb an seinem Platz. Als er die Möbel und den Boden untersucht hatte, hämmerte er mit seinem Messerknauf gegen die Wände, da er wusste, dass auch hier oft Steine locker saßen, hinter denen sich ein Versteck befinden konnte. Wieder hatte er kein Glück, und er ging hinaus in den Flur. Von dort kam er in den hinteren Teil des Gebäudes, wo die Vorratskammer war. Da es in dem Raum gleichmäßig kühl war, hatte man ihn genutzt, um größere Mengen Räucherware, Mehl, getrocknete Erbsen, Pökelfleisch, Äpfel und andere Lebensmittel zu lagern.

»Hier brauche ich nicht zu suchen«, murmelte Jeremias, als er die aufgeschlitzten Mehlsäcke, zertrümmerten Krüge und Fässer sah. »Die Männer haben ganze Arbeit geleistet«, murrte er und blickte zu den leeren Aufhängungen an der Decke, an denen gewöhnlich Schinken, Speck und Würste zum Schutz vor Ungeziefer hochgezogen wurden.

Jeremias verließ das Gebäude und ging hinter das Haus, wo sich die Werkstatt befand. Von dem Schuppen, der einst als Schmiede diente, hatte das Feuer nur einen großen schwarzen Fleck übrig gelassen. Mit der Schuhspitze schob er Asche und Holzkohle auseinander und fand Überreste des Ambosses, eines Hammers, zweier Sägen und anderes Werkzeug. »Ich bin ein dummer Mensch«, lachte er gehässig über sich selbst. »Was glaube ich hier zu finden?«

Jeremias blinzelte in die Sonne, die gnadenlos vom Himmel brannte. Mit dem Handrücken wischte er sich über die Stirn, dann drehte er sich um und ging hinunter zum Stall. Dort öffnete er das Tor nur einen Spalt und schlüpfte hinein. Sogleich schlug ihm Verwesungsgestank entgegen. Aasfliegen summten um seinen Kopf, die er mit den Händen wegscheuchte. Jeremias blickte sich um, doch er konnte weder eine menschliche Leiche noch Kadaver von Tieren entdecken. Naserümpfend stieß er das Tor weit auf, sodass der Gestank entweichen konnte. Im Tageslicht erkannte Jeremias die Ursache des Geruchs. Mehrere große angetrocknete Blutlachen und ein abgeschlagener Zickleinkopf, der hinter ein Fass gerollt war, lockten die Fliegen an. Es stank so ekelhaft, dass sogar ihm übel wurde. Jeremias schluckte mehrmals und glaubte den Verwesungsgestank auf der Zunge zu schmecken. Rasch ging er über den Hof zum Brunnen, wo er den Eimer am Seil in die Tiefe hinunterließ und dann wieder nach oben zog. Mit dem kühlen Wasser spülte er seinen Mund und trank, ohne einmal abzusetzen. Anschließend stellte er den Eimer neben sich auf den Rand und lehnte sich mit dem Rücken gegen die Steinwand des Brunnens. Prüfend schaute er sich um.

Es gab unzählige Möglichkeiten, die Schriften auf dem Hof zu verstecken. Mittlerweile dachte Jeremias nicht mehr, dass der Alte das Büchlein außerhalb des Hauses verborgen hatte, denn der Bauer hatte um die Wichtigkeit dieser Papiere gewusst und sie deshalb sicherlich an einem Ort verwahrt, der sicherer war als ein Schrank oder eine Truhe. Jeder Stein in Nähe des Hauses musste umgedreht werden. *Doch allein werde ich nicht weiterkommen, sonst suche ich bis zum Nimmerleinstag*, dachte Jeremias und blickte zum Himmel.

»Ausgerechnet an einem heißen Tag muss ich nach den

Schriften suchen«, knurrte er, zog den schwarzen Mantel aus und legte ihn neben sich am Brunnenrand ab. Danach füllte er erneut den Eimer und goss sich das Wasser über den Kopf. Er schüttelte sich wie ein nasser Hund, sodass seine langen schwarzen Haare hin und her flogen. Erfrischt zog er den Mantel über die nasse Kleidung und ging zur Koppel, wo sein Pferd graste. Er legte ihm Sattel und Zaumzeug an und strich ihm dabei über die weichen Nüstern. »Komm, mein Alter! Wir holen Verstärkung«, murmelte er, schwang sich in den Sattel und ritt davon.

Susanna trödelte auf dem Weg nach Hause und machte mehrmals Rast. *Liegt es an der Hitze, oder will ich nicht auf den Hof zurück?*, überlegte sie und keuchte den Hügel hinauf, von wo sie ihr Elternhaus erblicken konnte. Oben angekommen, dachte sie bekümmert: *Von dieser Stelle aus habe ich damals die Rauchsäulen bemerkt.*

»Was werde ich heute wohl sehen?«, fragte sie leise und spürte ein mulmiges Gefühl in der Magengegend. Scheu blickte sie sich um. Außer einem Reiter, der über die Wiesen in Richtung Güchenbach unterwegs war, war nichts zu erkennen. Susanna stutzte. Irgendetwas an dem Reiter verunsicherte sie, doch er war zu weit entfernt, als dass sie ihn erkennen konnte.

Da er fortritt, beruhigte sie sich und ließ ihren Blick zum Gehöft schweifen. Alles schien ruhig, und sie ging langsam darauf zu.

»Verdammt«, fluchte sie, als sie erkannte, dass jemand das Haus durchsucht hatte. Sie wusste, dass leer stehende Gebäude oft geplündert wurden, wobei man nicht nur die persönlichen Sachen der ehemaligen Bewohner entwendete, sondern auch Holz oder Steine, um sie als Baumaterialien zu verwenden. In Zeiten der Not konnten die Leute alles gebrauchen, und so war es nicht verwunderlich, dass Gebäude Stein für Stein abgetragen wurden. Doch hier hatte jemand nicht geplündert, sondern etwas gesucht.

»Jeremias!«, flüsterte Susanna und spürte trotz der Hitze Kälte in sich hochsteigen. *Der Reiter*, fuhr es ihr durch den Kopf. Jetzt wusste sie, warum sie bei seinem Anblick stutzig geworden war. Trotz der Hitze hatte er seinen schwarzen Mantel umgehabt, der im Wind flatterte. »Wir haben uns um Haaresbreite verpasst«, flüsterte sie und strich sich mit klammen Fingern über den Hals, der eng zu werden schien. *Was will er hier? Hier gibt es nichts zu holen*, überlegte sie, als ein Gedanke durch ihren Kopf schoss: *Er kann nur diese magischen Schriften suchen, von denen Vater erzählt hat.*

Susanna verließ hastig die Küche und schaute sich hinterm Haus vorsichtig um. Dabei ging ihr Blick unauffällig hinüber zum Brunnen. *Ich habe nicht mehr an das Versteck gedacht, weil ich die Schriften vollkommen vergessen habe. Sie müssen wertvoll sein, wenn Jeremias so beharrlich danach sucht*, überlegte Susanna, während sie langsam zum Brunnen ging. Theatralisch wedelte sie sich am Brunnenrand Luft zu. »Ach, es ist so heiß!«, stöhnte sie viel zu laut und blickte sich dabei um. *Wie geckenhaft*, schalt sie sich in Gedanken und entschuldigte ihr albernes Verhalten im gleichen Augenblick vor sich selbst: *Nur für den Fall, dass mich jemand beobachtet.* Er sollte denken, dass es sie dürstete und sie deshalb zum Brunnen ging.

Susanna ließ den Eimer hinab und musterte dabei den Brunnen. Hier schien er nicht gesucht zu haben, denn die Steine sahen unversehrt aus. Obwohl er ebenfalls hier gestanden haben musste, denn der Boden war nass, überlegte sie, als ihr Blick an einem hervorstehenden Stein der Innenwand hängen blieb. Dahinter musste das Versteck sein, von dem ihr Vater gesprochen hatte. Aber wie kam sie an den Stein heran, ohne dass jemand sie dabei beobachten konnte?

»Jeremias ist fort. Außerdem hat er mich nicht gesehen und weiß nicht, dass ich hier bin«, murmelte Susanna und beugte sich über den Rand, um an den Stein zu gelangen. Mit beiden Händen zog sie ihn hin und her, doch er lockerte sich nicht. »So ein Mist«, schimpfte sie. »Vielleicht irre ich mich, und Vater sagte etwas anderes.«

Sie setzte sich vor den Brunnen und lehnte sich mit dem Rücken dagegen. »Susanna, denk nach! Wie lauteten Vaters letzte Worte?«, überlegte sie angestrengt und verbarg ihr Gesicht in den Händen, die sie auf die Knie gelegt hatte.

»Die Papiere sind hinter dem lockeren Stein im Brunnen versteckt. Nimm sie an dich und suche damit einen Mann namens Jeremias auf«, murmelte sie. »Das waren Vaters Worte. Aber welcher Stein ist locker?«, fragte sie leise und erhob sich.

In gebückter Haltung umrundete sie den Brunnen und zog und ruckte an jedem Stein, der ihr auffiel. Keiner gab nach. Auch auf der Rückseite überprüfte sie jede Reihe, bis sie schließlich einen Stein entdeckte, der schwache Spuren von Werkzeuggebrauch aufwies, als ob jemand mit Gewalt versucht hätte, ihn aus der Mauer herauszubrechen. Susanna lehnte sich scheinbar gelangweilt über den Brunnenrand, wobei sie sich aufmerksam umblickte. »Niemand da«, flüsterte sie und ging in die Knie. Mit beiden Händen packte sie den Stein und rüttelte daran. Tatsächlich gab er nach, und sie konnte ihn herausziehen. Susanna fürchtete, dass ihr Herz vor Aufregung zerspringen könnte. Heftig atmend und mit zittrigen Fingern griff sie in das Loch. Sie zog ein Lederetui heraus, das sie hastig in ihrem Kittelausschnitt versteckte. Sie prüfte, ob noch mehr in dem Versteck lag. Es war leer. Nachdem sie den Stein wieder eingesetzt hatte, verfüllte sie die Seiten mit feuchtem Schmutz, hoffend, es würde nicht auffallen, dass der Stein entfernt worden war.

Mit großen Schritten eilte Susanna den Hang hinauf zur Koppel, von wo sie einen guten Überblick hatte und Besucher rechtzeitig kommen sehen würde. Das Herz schlug ihr bis zum Hals. Sie setzte sich an den Stamm des alten Birnbaums, der mitten auf der Weide stand.

Während sie mehrmals mit wachem Blick die Gegend überprüfte, zog sie die Schutzhülle aus ihrem Ausschnitt hervor und betrachtete sie prüfend. Es war ein dunkelbraunes, weiches Lederstück, in das etwas eingerollt zu sein schien. Vorsichtig öffnete Susanna den Knoten der Kordel, die in mehreren Reihen um das Leder gewickelt war, und rollte den Inhalt aus. Zum Vorschein kam ein dünnes Heftchen mit eng beschriebenen Seiten. Da die Mutter Susanna und den Geschwistern Lesen und Schreiben sowie Rechnen beigebracht hatte, konnte Susanna die Wörter mühelos entziffern. Sie überflog die Seiten, und ihre Augen weiteten sich ungläubig.

Im Büchlein standen Zaubersprüche, Beschwörungsformeln und Anleitungen für magische Rituale. Es gab Vorlagen zu Zeichnungen von Symbolen mit angeblicher zauberischer Kraft. Der Verfasser der Schriften sprach von Geistern, die einen Schatz bewachten: *»Diese Dämonen sind die Diener des Satans, gefallene Engel unterschiedlicher Macht, aber von einheitlichem, unbegrenztem und unbeschreiblichem Zerstörungswillen …«*

Susanna spürte einen kalten Schauder über ihren Rücken jagen und schlug das Heft zu. Heftig atmend saß sie da und glaubte, die Schriften würden sich in ihre Finger einbrennen. Aufschreiend warf sie das Heft ins Gras und rieb ihre Hände mehrmals über den Rock, bis das Brennen nachließ. »Es sind Schriften des Teufels«, flüsterte sie und blickte ängstlich auf das magische Buch, denn sie glaubte, dass es jeden Augenblick in Flammen aufgehen müsste. Doch nichts geschah.

Susanna saß eine Weile da und starrte auf die Schriften, die der Sommerwind umblätterte. Es schien, als ob sie jeden Augenblick fortfliegen würden, sodass Susanna hochsprang und sie aufhob. Dabei fiel eine zusammengefaltete Seite heraus, die sie zuvor nicht bemerkt hatte.

Sie schlug das Blatt auf und erkannte sofort, dass Schrift und Tinte abweichend von den anderen Heftblättern waren. Zudem war diese Seite nicht beschrieben, sondern enthielt die Zeichnung einer Karte, die Susannas Neugierde weckte. Auf der Zeichnung las Susanna neben einem großen Punkt den Namen des Ortes Saarbrücken, daneben stand ein kleiner Punkt mit der Bezeichnung »Gersweiler« sowie ein schwarzes Kreuz, neben dem das Wort »Aschbach« stand. Dicht neben dem Kreuz war ein roter Kreis eingezeichnet.

»Was soll das bedeuten?«, überlegte Susanna. Sie wusste, dass in Saarbrücken der Graf von Nassau-Saarbrücken lebte, hatte aber noch nie etwas von Gersweiler oder Aschbach gehört. »Warum ein schwarzes Kreuz und ein roter Kreis?«, fragte sie sich und drehte und wendete das Blatt, in der Hoffnung, weitere Hinweise zu finden. Aber außer ein paar Zahlen, die schwach in der rechten unteren Ecke zu lesen waren, fand sie nichts. Doch dann erkannte sie schlagartig, was sie in Händen hielt.

»Es ist eine Schatzkarte!« Wie gebannt starrte sie auf den roten Kreis. »Dort liegt der Schatz vergraben, von dem Vater sprach. Nur, was bedeutet das Kreuz? Vielleicht eine Kirche?«, überlegte sie. Susannas Hände wurden vor Aufregung feucht, und sie musste achtgeben, dass die Tinte nicht verschmierte. Eifrig wischte sie sich die Finger am Stoff ihres Kittels trocken und blies ihren Atem dagegen. Erst dann fasste sie das Heftchen an und blätterte darin, fand aber keinen weiteren Hinweis. Nur diese beigefügte Seite schien den Ort zu verraten.

Susanna blickte erschrocken auf, denn beim Lesen der Schriften hatte sie jegliches Zeitgefühl verloren und nicht bemerkt, dass die Sonne bereits unterging. Auch meldete sich ihr Magen. »Wieder habe ich nichts zu essen«, jammerte sie und wickelte das Heftchen sorgfältig in das Leder ein, um es in ihrem Ausschnitt zu verstecken. Als sie aufstand, spürte sie ein Kribbeln in den Beinen und hopste hin und her, bis das Pieken aufhörte.

Sie ging in den Nutzgarten ihrer Mutter, denn sie hoffte, dort Essbares zu finden. Aber die Pflanzen, die über der Erde wuchsen, waren zertreten oder verdorrt, und die Sträucher trugen kein Obst mehr. Doch im hinteren Teil des Gartens entdeckte Susanna gelbe Rüben, Kohlrabi und Radieschen, die sie mit den Händen ausgrub. In einem Korb brachte sie das Gemüse zum Brunnen und wusch es. Gierig steckte sie sich ein Radieschen in den Mund. Während sie genussvoll die kleine scharfe Knolle kaute, rupfte sie das Kraut von den Möhren. Kaum hatte sie das Radieschen verzehrt, biss sie in eine gelbe Rübe. Sie beschloss, am nächsten Tag eine Kohlrabisuppe zu kochen.

Susanna blickte sich nach einem Schlafplatz um. Ins Haus wollte sie nicht, und der Stall kam ebenfalls nicht in Frage. Aber da es warm und trocken war, brauchte sie weder ein Dach über dem Kopf noch eine Decke. Sie schnappte sich den Korb mit dem Gemüse und ging zurück auf die Koppel, wo sie sich ins hohe Gras unter den Birnbaum legte. Das Mädchen verschränkte die Arme hinter dem Kopf und blickte zu den Sternen empor. *Ob meine Eltern und Geschwister da oben sind und auf mich hinabsehen?*, überlegte sie. »Ach, Vater«, seufzte Susanna. »Welche Bürde hast du mir mit dem Schatz hinterlassen?« Jetzt, da sie das magische Büchlein und eine Schatzkarte besaß, konnte sie die Geschichte nicht als Ammenmärchen abtun. Sollte sie tatsächlich einen wertvollen Schatz finden, wären alle ihre Probleme gelöst.

Susanna griff in den Ausschnitt, holte die Lederhülle hervor und wickelte abermals die Schriften aus, die sie weit von sich hielt. Die dunkle Schrift schien im Schein der Sterne zu glänzen. *Ich könnte den Hof aufbauen und mit Arthur ein sorgenfreies Leben führen*, überlegte Susanna. »Warum hat er mir nicht sofort erzählt, dass er nicht Alberts Sohn ist?«, murmelte sie. Weil er sich schämte, ein Bastard zu sein, fand sie selbst die Antwort und nickte. »Ich würde es auch für mich behalten wollen.« Sie legte sich auf die Seite und drückte die Schriften an sich. Müde blinzelte sie zum Himmel hinauf und flüsterte: »Gute Nacht!«

Etwas Feuchtes fuhr durch Susannas Gesicht, sodass sie erschrocken die Augen aufriss. Ein Pferd stand vor ihr und schnupperte an ihren Haaren. Als es den Korb mit Gemüse entdeckte, stibitzte es sich eine gelbe Rübe und zermalmte sie mit seinen kräftigen Zähnen.

Susanna setzte sich hastig auf und versteckte den Korb hinter ihrem Rücken. Im Dunst des Morgens erkannte sie zwei weitere Pferde, die in einiger Entfernung schnaubend grasten. Dann hörte sie Stimmen, die vom Hof zu ihr drangen. *Jeremias*, schoss es Susanna sofort durch den Kopf.

»Warum sind wir mitten in der Nacht aufgebrochen?«, fluchte eine unbekannte männliche Stimme.

»Red nicht, sondern geh in die Scheune und stochere mit der Mistgabel den Boden ab, ob du ein Versteck findest«, erklärte ein anderer Mann, dessen unwirsche Stimme Susanna erkannte: Es war tatsächlich Jeremias.

»Wir müssen warten, bis es hell ist«, erklärte die erste Stimme.

»Mach, was ich dir befohlen habe!«, brüllte Jeremias.

»Beruhigt euch«, forderte eine dritte Person auf. »Jeden Augenblick wird die Sonne aufgehen, dann werden wir mit der Suche beginnen.«

Susanna wagte kaum zu atmen. Sie blickte auf ihre Hände, die die Schriften umfassten, und dachte: *Wenn ich Vaters Wunsch nachkomme und Jeremias das Heftchen gebe, bin ich ihn los. Aber dann holt er sich den Schatz, und ich gehe leer aus.*

Behalte ich die Schriften, werde ich nie Ruhe vor ihm haben. Ich muss an einen Ort verschwinden, an dem er mich nicht suchen wird.

Obwohl sich Susanna bereits entschieden hatte, zögerte sie, den Schritt zu machen, musste sie sich doch dem letzten Wunsch ihres Vaters widersetzen. Zweifelnd blickte sie zum Horizont, wo die Sonne bereits zu sehen war. »Vergib mir, Vater! Ich habe keine andere Wahl«, flüsterte sie und versteckte die Schriften in ihrem Kittel. Gebückt schlich sie zu der Stelle, wo die Reiter die Pferde abgesattelt hatten, und schnappte sich ein Zaumzeug. Genauso gebückt lief sie zurück zu dem Pferd, das inzwischen begonnen hatte, den Gemüsekorb zu plündern. Mit einer gelben Rübe lockte sie das Tier weiter weg vom Hof und legte ihm das Zaumzeug an. In Gedanken dankte sie ihrem Bruder Johann, dass er ihr als kleines Mädchen das Reiten beigebracht hatte. Allerdings war ihr altes Reitpferd ein Ackergaul gewesen und kein mächtiges Schlachtross. Erst nach mehrmaligem Hochspringen saß sie auf dem breiten Rücken des Wallachs.

Susanna nahm die Zügel auf, als hinter ihr eine Männerstimme zornig rief: »Mach, dass du von meinem Pferd absteigst!«

Erschrocken blickte sie sich um und erkannte den Burschen, der den Schäfer geschlagen hatte. Erleichtert, dass er weit genug entfernt und keine Bedrohung war, lachte Susanna laut auf. Sie trat dem Pferd kräftig in die Flanken, sodass es losgaloppierte und mühelos den Holzzaun übersprang.

»Ich bring' dich um, du Miststück«, schrie der Bursche ihr hinterher, doch Susanna ritt unbekümmert davon.

Aufgescheucht durch Markus' Geschrei, kamen Jeremias und Eckart Schiffer auf die Koppel gelaufen. »Was ist geschehen?«, riefen beide wie aus einem Mund. Ihre Blicke folgten Markus' Finger, der in eine Richtung wies.

»Da reitet eine Frau davon«, stellte Jeremias nüchtern fest.

»Mit meinem Pferd!«, brüllte Markus und stampfte mit dem Fuß auf. »Wer ist dieses Weibsbild? Ich werde ihr den Hals umdrehen, wenn ich sie zu greifen bekomme.«

»Sie ist die Tochter des Bauern«, erklärte Jeremias und kniff die Augen zusammen. Als er den Korb erblickte, ging er zum Baum und warf das restliche Gemüse in die Wiese. »Nichts«, murmelte er, doch dann sah er etwas Dunkles im Gras liegen und hob es auf.

»Verdammt«, fluchte er. »Sie hat die magischen Schriften gefunden.«

»Woher willst du das wissen?«, fragte Schiffer zweifelnd.

»Weil die Blätter in diesem Leder eingewickelt waren.« Bevor Markus weiterfragen konnte, erklärte Jeremias: »Ich habe dem Bauern die Lederhülle mit den Schriften verkauft.«

»Das darf nicht wahr sein!«, brüllte Markus. »Wir finden das Miststück nie wieder, und ich bin mein Pferd los.«

»Beruhige dich«, murmelte Jeremias gelassen. »Eine Frau auf einem Schlachtross erregt Aufsehen. Wir werden sie finden.«

Kapitel 15

Susanna blickte sich um und sah Jeremias mit zwei Männern auf der Koppel stehen, von dem einer mit dem Fuß aufstampfte. Sie konnte sich ein Grinsen nicht verkneifen und streckte ihm übermütig die Zunge heraus. »Du wirst mich niemals finden!«, rief sie Jeremias zu, obwohl sie wusste, dass er sie nicht hören konnte. Zufrieden drehte sie sich nach vorn und trat dem Pferd erneut in die Flanken, sodass es kraftvoll dahingaloppierte.

Kaum war die Sonne aufgegangen, wurde es unerträglich heiß, und Susanna lief der Schweiß über den Rücken. Sie hatte den Hof weit hinter sich gelassen und Wiesen und Äcker überquert, als sie einen Hain erblickte, wohin sie das Pferd lenkte. Kurz davor ließ sie den Wallach in langsamen Trab fallen. Durch leichtes Ziehen am Zügel und mit dem gleichzeitigen Ausruf »Brrr!« befahl Susanna dem Tier, stehen zu bleiben. Nach dem scharfen Ritt blähte das Pferd seine Nüstern auf. Sein Fell war von der Anstrengung und der Hitze nass geschwitzt und glänzte dunkel. Darunter zeichneten sich dicke Adern und Muskeln ab.

Auch Susanna keuchte, und ihre Haare klebten feucht an Hals und Wangen. Mit einer energischen Bewegung strich sie sich die Strähnen zurück, sprang vom Rücken des Wallachs und klopfte ihm den Hals. »Das hast du gut gemacht«, flüsterte sie und strich sanft über seine Stirn. Dann führte sie das Pferd in den Schutz der Bäume, wo es schnaubend den Kopf nach unten streckte und Moos vom Waldboden knabberte.

Während das Pferd graste, schaute sich Susanna um und erblickte zwischen den Bäumen die Dachspitzen mehrerer Hütten. Sie wusste, dass diese Behausungen zum Ort Heusweiler gehörten. »Komm, mein Alter«, sagte sie zu dem Pferd und nahm die Zügel auf. »Wir müssen weiter, auch wenn ich nicht weiß, in welche Richtung.«

Susanna führte den Wallach zwischen den Bäumen hindurch, bis sie auf freiem Feld standen. Hier saß sie auf. Im Schritt ritt sie zu dem Haus, das am nächsten stand. Eine Frau fütterte ihre Hühner und blickte erstaunt auf, als sie das Pferd schnauben hörte.

»Gott zum Gruße«, rief Susanna freundlich.

»Guten Morgen«, rief die Frau und hob grüßend die Hand. »Kann ich dir helfen?«, fragte sie und hielt sich wegen der Sonne die Hand vor die Stirn.

»Weißt du, wie ich nach Eppelborn gelange?«, wollte Susanna wissen. Sie hielt das Pferd an, rutschte von seinem Rücken und ging auf die Frau zu.

»Nach Eppelborn«, murmelte die Bäuerin und schüttelte den Kopf. »Das kann ich dir nicht sagen, Mädchen.«

»Wer könnte mir weiterhelfen?«

Wieder überlegte die Frau. »Vielleicht der Müller. Zu ihm kommen viele Menschen aus der Umgebung, um das Korn mahlen zu lassen.«

»Wo finde ich ihn?«

»Am Köllerbach steht seine Mühle«, sagte sie und wies Susanna die Richtung. Das Mädchen bedankte sich und führte das Pferd an der Frau vorbei, als die sagte: »Herr im Himmel! Ist das ein mächtiges Pferd. Dass du zarte Person darauf reiten kannst!«

Susanna lächelte und nickte.

»Von dem Fleisch könnte sich unser Ort eine Woche lang ernähren«, murmelte die Bäuerin. Susanna blickte die Frau entsetzt an. Ohne ein weiteres Wort schwang sie sich auf den Rücken des Pferds und trabte in die Richtung, in der die Mühle stehen sollte.

Der Müller hievte Mehlsäcke von einem Karren auf einen anderen, als Susanna absaß.

»Grüß dich, Müller!« rief Susanna freundlich. »Kannst du mir sagen, wie ich nach Eppelborn gelange?«

Der Mann war über und über mit Mehl bestäubt, sodass seine schwarzen Pupillen gespenstisch aus dem hellen Gesicht hervorstachen. Ohne mit der Arbeit aufzuhören, erklärte er: »Viele Wege führen nach Eppelborn.«

»Welcher ist der kürzeste?«

Der Müller zuckte mit den Schultern. »Ich denke, dass sie gleich lang sind.«

Susanna stöhnte innerlich auf. »Welcher ist einfach zu reiten?«

Wieder zuckte er mit den Schultern. »Mit diesem Gaul sind alle Wege kein Problem.« Ächzend hievte er den nächsten Sack auf seinen Rücken und schleppte ihn zum Fuhrwerk. »Ich würde über Lebach reiten«, erklärte er schließlich und klopfte sich den Mehlstaub von den Händen, sodass ihn eine weiße Wolke einhüllte. »Was willst du in Eppelborn?«

»Ich suche Arbeit«, erklärte Susanna.

»Da könntest du Glück haben, denn in Eppelborn soll es eine Hochzeit zwischen den Herrschaften von Löwenstein und denen von Buseck geben. Ich könnte mir vorstellen, dass Mägde gesucht werden.« Er betrachtete das Pferd. »Wenn du den Gaul verkaufen würdest, könntest du einige Zeit von dem Geld leben.«

Susanna glaubte seinen Blick deuten zu können, der dem der Bäuerin glich, die beim Anblick des Wallachs an Braten gedacht hatte. Gereizt erklärte sie: »Ich möchte nur schnellstmöglich nach Eppelborn. Bitte weise mir den Weg, damit ich losreiten kann.«

»Wie ich sagte, viele Wege führen dorthin. Willst du über Habach reiten, dann musst du am Ende von Heusweiler rechts abbiegen. Soll dein Weg dich über Lebach führen, reite immer geradeaus weiter und bieg an der Lebacher Mühle am Bach Theel erneut rechts ab.«

»Wie gelange ich aus Heusweiler hinaus?«

Der Müller wies mit dem Kinn die Richtung und fügte hinzu: »Am Nachmittag müsstest du in Eppelborn sein.«

Sie bedankte sich, saß auf und ritt den staubigen Weg aus Heusweiler hinaus. Dort hielt sie kurz inne und entschied sich, den Weg über Habach zu nehmen.

Susanna hielt an einem Bach an, sodass Ross und Reiterin sich laben konnten. Als sie aufblickte, sah sie ein Kind, das Wiesenkräuter pflückte. Susanna wischte sich die Wassertropfen vom Kinn und rief dem Mädchen zu: »Wie weit ist es bis Eppelborn?«

»Siehst du die Türme dort hinten?«, rief das Kind zurück. »Das ist Schloss Eppelborn. Es steht inmitten des Ortes.«

Susanna dankte, saß wieder auf und ritt auf das Schloss zu. Von Nahem glich der Bau mehr einer Burg. Eine Ringmauer umschloss mehrere Gebäude sowie zwei Türme, die durch einen Querbau verbunden waren. Außerhalb wurde die Mauer von Wasser umspült, was zusätzlichen Schutz bot. Das Schloss schien seine besten Tage bereits hinter sich zu haben. Susanna erkannte, dass die Gebäude in keinem guten Zustand waren. Zögernd saß sie ab und ging mit dem Pferd am Zügel auf einen Mann zu, der vor dem Tor Wache stand. Er schien einem Riesen gleich und mindestens zwei Köpfe größer als Susanna zu sein.

»Sei gegrüßt«, sagte sie und blickte zu ihm hoch. »Ich muss zum Bachmichel-Haus.«

Der Wachmann verzog keine Miene, senkte seinen Blick und musterte zuerst sie und dann das Pferd. »Woher hast du das Schlachtross?«, fragte er misstrauisch.

Susanna zog das Pferd einige Schritte zurück und schimpfte: »Was geht dich das an? Ich will zum Bachmichel-Haus.«

Der Wächter schien nachzudenken und kaute dabei auf der Innenseite seiner Wangen.

»Über den Wiesbach rechts in den Ort. Am Pfarrhaus vorbei, das Haus auf der linken Seite. Du kannst es nicht verfehlen, denn es ist das dickste Bauernhaus in Eppelborn.«

»Das dickste?«, fragte Susanna.

»So nennen wir es, denn darin lebt der wohlhabendste Bauer in der Umgebung.«

»Danke«, murmelte Susanna und ging rasch des Weges.

»Eh, Mädchen«, rief der Wachmann ihr hinterher. »Falls du das Pferd verkaufen willst, ich würde es nehmen.«

Susanna tat, als ob sie ihn nicht hörte, und war froh, als sie die Brücke überquert hatte.

Langsam führte sie das Pferd durch den Ort. Viel gab es

hier nicht zu sehen. Sie zählte bis zum Bachmichel-Haus acht Wohngebäude, von denen der besagte Hof der größte war.

Susanna stand vor dem langgestreckten Bau und blickte unschlüssig umher. Sie zweifelte an ihrem Entschluss, hier hergekommen zu sein, als hinter ihr eine Stimme ungläubig fragte: »Susanna?«

Erschrocken wandte sie sich um und erblickte Ludwig, der auf sie zurannte. Jubelnd fielen sich die beiden in die Arme.

»Was machst du hier?«, fragte der Fünfjährige und strahlte über beide Wangen.

Susanna blickte ihn überrascht an, denn der einst stumme Knabe schien seine Stimme wiedergefunden zu haben. Allerdings ließ sie sich ihre Verwunderung nicht anmerken, sondern nahm sich vor, seinen Bruder deswegen zu fragen. »Das weiß ich auch nicht so recht«, antwortete sie mit leiser Stimme und lächelte verlegen.

Ludwig blickte zu dem Ross, das sich nicht von der Stelle bewegte. »Woher hast du das Pferd?«

Bevor Susanna antworten konnte, ging der Knabe um den mächtigen Wallach herum und klopfte ihm dabei gegen den Bauch, denn bis zum Rücken reichten seine Arme nicht. »Er scheint brav zu sein«, stellte er fachmännisch fest. »Oh, hat der große Hufe«, rief er begeistert. »Ich habe noch nie ein Pferd gesehen, das so große Hufe hat. Darf ich auf ihm reiten?«, bat er und klatschte dabei in die Hände.

Susanna nickte und half ihm hinauf. Als sie sah, wie der Junge fast in der Grätsche auf dem breiten Rücken saß, musste sie laut lachen. »Er ist zu groß für dich«, sagte sie und wollte ihm wieder herunterhelfen, doch Ludwig schüttelte den Kopf.

»Führst du mich auf den Hof, damit alle sehen, dass ich reiten kann?«

Susanna tat ihm den Gefallen und ging um das Gebäude herum in den Innenhof.

»Paul!«, rief Ludwig seinen großen Bruder. »PAUL!«, schrie er, als der nicht sofort erschien.

Als Paul mit der Mistgabel in der Hand schließlich aus dem Stall gerannt kam, rief er aufgeregt: »Was ist geschehen?« Kaum erblickte er das Pferd, blieb er wie angewurzelt stehen. »Woher …?«, begann er die Frage, als er Susanna erkannte. Sofort erhellte ein Lächeln sein Gesicht. »Ich habe nicht damit gerechnet, dich je wieder zu sehen«, sagte er freudig und schüttelte ihre Hand.

»Schau, Paul, ich kann reiten«, rief Ludwig mit leuchtenden Augen. Susanna führte das Pferd einmal im Kreis und half Ludwig dann abzusteigen.

»Was machst du in Eppelborn? Und woher hast du das Pferd?«, wollte Paul wissen.

»Jeder fragt mich nach dem Pferd«, murmelte Susanna gereizt.

»Wir haben dich ohne Pferd kennengelernt«, begründete Paul seine Frage. »Aber wenn du nicht antworten willst, dann lass es.«

Susanna wischte sich über die Stirn. Sie fühlte sich von einem Augenblick zum anderen müde und ausgezehrt. »Ich werde dir später die Geschichte erzählen«, schlug sie vor, lächelte den Jungen an und erklärte: »Ich wusste nicht, wohin, und da ist mir dein Angebot eingefallen, dass ich zu euch kommen darf. Wie ich sehe, geht es euch bei eurer Base gut.« Flüsternd, damit der Kleine es nicht hörte, fügte sie hinzu: »Und Ludwig spricht wieder.«

Paul nickte. »Es war die richtige Entscheidung, hierher zu kommen. Unsere Base hilft uns, das Geschehene zu vergessen«, erklärte er mit ernster Miene, als hinter ihnen jemand sagte: »Wir haben anscheinend Besuch bekommen.«

Erschrocken wandte sich Susanna um. Vor ihr stand ein Mann, der mehrmals an seiner Pfeife sog, sodass sein Kopf vom

Qualm eingehüllt wurde. Das Mädchen vermutete, dass er der Bauer war. Sie knickste und sagte mit belegter Stimme: »Sei gegrüßt, Bauer.«

»Hoho«, lachte er laut. »Ein wohlerzogenes Mädchen steht auf meinem einfachen Hof.«

Susanna spürte, wie ihre Wangen heiß wurden. Sie wagte es kaum aufzublicken, doch als er nichts sagte, schaute sie hoch. Ein breites Grinsen zog über sein freundliches Gesicht, in dem feine Lachfalten zuckten. Susanna konnte nicht leugnen, dass sie den Mann vom ersten Augenblick an mochte.

»Was führt dich zu uns, Mädchen?«, fragte er und paffte an der langstieligen Pfeife.

»Ich suche Arbeit und eine Unterkunft«, erklärte sie schüchtern.

»Wie kommst du darauf, dass du das im Bachmichel-Haus finden könntest?«

Susanna blickte vorsichtig zu ihren beiden Freunden, die ihr aufmunternd zunickten. »Paul, Ludwig und ich haben uns vor wenigen Wochen kennengelernt. Bei unserem Abschied meinten sie, dass es hier Arbeit für mich geben könnte. Außerdem habe ich gehört, dass die Herrschaften von Eppelborn eine Hochzeit planen und deshalb Mägde gesucht werden.«

»Da kommst du zu spät, Mädchen. Die Vermählung ist bereits vollzogen, und die tagelangen Feierlichkeiten sind beendet.«

Der Blick des Bauern schweifte zu dem Pferd, doch er verlor kein Wort darüber, sondern zwinkerte Paul zu und sagte: »Bring den Gaul in den Stall zu unseren beiden Pferden – falls er durch die Stalltür passt.« Er lachte und fügte hinzu: »Und versorg ihn mit Wasser und Heu.« Dann wandte er sich Susanna zu. »Bei der Familie Sonntag wird Gastfreundschaft großgeschrieben. Komm ins Haus und iss mit uns zu Abend. Du siehst aus, als ob du lange keine anständige Mahlzeit hattest.«

Susanna glaubte, der Boden unter ihr würde wanken. Sie hatte Mühe, nicht in Tränen auszubrechen. Mit solcher Großherzigkeit hatte sie nicht gerechnet. Sie stotterte ein »Danke!«.

So freundlich wie der Bauer waren auch seine Frau und die anderen Mitglieder der Familie. Dazu gehörten sechs Kinder, der unverheiratete Bruder des Bauern, die verwitwete Mutter der Bäuerin, ein Knecht und eine Magd, die Pauls und Ludwigs Base war.

Nachdem Susanna sich vorgestellt hatte, wurde ihr ein Platz an der langen Tafel in der Küche zugewiesen. Ungläubig starrte das Mädchen auf die Speisen. Schweinebraten, gedämpftes Gemüse und Erbsenbrei ließen ihr das Wasser im Mund zusammenlaufen. Sie hatte Mühe, sich zu zügeln und nicht sofort zuzugreifen. *Das müssen wahrlich reiche Bauern sein,* dachte sie und leckte sich die Lippen. Die Bäuerin schien ihren Hunger zu ahnen, denn sie reichte als Erstes dem Mädchen ein Stück Fleisch. Verwundert schaute Susanna auf, doch als sie den warmen Blick der Frau erkannte, lächelte sie und griff heißhungrig nach dem Braten.

Susanna konnte nicht glauben, dass sie bleiben durfte und auf einem weichen und trockenen Lager lag. Die Bäuerin hatte ihr eine Schlafstatt in der Kammer zugewiesen, die sich die Großmutter und die Magd Klara teilten. Gesättigt und zufrieden lag sie da und blickte durch die kleine Luke zum Himmel empor. »Hier wird mich Jeremias niemals vermuten. Hier bin ich in Sicherheit«, murmelte sie und schlummerte ein.

Vom ersten Tag an fühlte sich Susanna bei der Bauernfamilie Sonntag wohl. Ludwig und Paul waren wie Brüder für sie und ließen ihren Kummer über den Verlust der eigenen Geschwister verblassen. Besonders der fünfjährige Ludwig folgte ihr auf Schritt und Tritt, bis Susanna ihm die Fürsorge für den Wallach übertrug. Kaum hatte sie es ausgesprochen, jagte er hinaus auf die Koppel, wo das Pferd graste. Susanna und Paul mussten sich ein Lachen verkneifen, als der kleine Kerl mit dem Riesenpferd am Strick zurückkam.

Jede Arbeit, die man Susanna auftrug, verrichtete sie mit Sorgfalt. Es war am zweiten Tag seit ihrer Ankunft auf dem Bachmichel-Hof, als sie zwischen den Beeten des Nutzgartens kniete, um Kohlrabi und Steckrüben zu ernten. Sie wollte gerade den ersten gefüllten Korb in die Küche tragen, als ihr der unverheiratete Onkel wohlwollend auf die Schulter klopfte.

»Du scheust keine Arbeit, Mädchen. Das gefällt mir«, sagte er und half ihr, den Korb ins Haus zu bringen.

Da das Gemüse gewaschen werden musste, ging Susanna zurück auf den Hof, wo sich der Brunnen befand, der zum Schutz mit einem hölzernen Überbau versehen war. Susanna ließ den ersten Eimer hinunter, als die siebenjährige Johanna mit einem Krug zu ihr kam.

»Der Oheim verlangt nach frischem Wasser. Kannst du mir seinen Krug füllen?«

Susanna nickte und zog den schweren Eimer in die Höhe.

»Ich helfe dir«, sagte die Siebenjährige eifrig und stellte den Krug auf dem Brunnenrand ab. Als Johanna nach dem Seil griff, stieß sie mit dem Ellenbogen gegen den Wasserkrug, sodass er in den Brunnenschacht fiel. Mit weit aufgerissenen Augen sahen die Mädchen, wie er in das Wasser eintauchte und in der Tiefe des Brunnens versank. Erschrocken schauten sich beide an.

»Oje«, flüsterte Johanna. »Das wird Schelte geben!«

»Ich werde deinem Oheim sagen, dass es meine Schuld ist«, schlug Susanna vor, als sie sah, wie sich Johannas Augen mit Tränen füllten.

Das Mädchen schien abzuwägen, doch dann schüttelte es den Kopf. »Man darf nicht lügen«, wisperte sie.

»Auch nicht, wenn es sich um eine Notlüge handelt?«

»Auch dann nicht«, erklärte Johanna und ging mit hängenden Schultern zurück ins Haus.

Beide hatten nicht die Bäuerin bemerkt, die in der Tür gestanden und alles mit angehört hatte.

Susanna nahm die beiden gefüllten Eimer und ging mit einem mulmigen Gefühl in die Küche, wo sie überrascht in der Tür stehen blieb. Johanna hing weinend in den Armen ihres Oheims, der ihr beruhigend über den Rücken strich. »Es war kein wertvoller und kein schöner Krug.«

»Aber es war dein Krug, den du in der Töpferei zu Düppenweiler hast anfertigen lassen«, schluchzte Johanna an seiner Brust.

Der Oheim tröstete sie: »Weine nicht, mein Engelchen. Eines Tages werden unsere Nachfahren den Krug auf dem Boden des Brunnens finden und sich unser erinnern.«

Als der Mann Susanna erblickte, zwinkerte er ihr verschmitzt lächelnd zu und streichelte seiner Nichte über das lange blonde Haar.

Am Sonntag ruhte die Arbeit. Susanna lag im hohen Gras auf der Weide und blickte in den Himmel, als sich die Bäuerin zu ihr gesellte.

»Die Zwillinge, Sophie und Kläuschen, halten ihre Mittagsruhe, ebenso der Oheim und meine Mutter. Ich kann jetzt durchschnaufen«, lachte sie und fragte: »Darf ich mich zu dir setzen?«

Susanna nickte erstaunt.

Die Bäuerin ließ sich ins Gras nieder und schaute einem Turmfalken zu, der mit heftigem Flügelschlag in der Luft zu stehen schien.

»Ich habe Johanna und dich belauscht, als sie den Krug in den Brunnen fallen ließ«, erklärte die Bäuerin.

Susanna schluckte, denn sie fürchtete, getadelt zu werden.

Ängstlich betrachtete sie die Frau mit den dunkelblauen Augen und den blonden Haaren, die sie zu einem dicken Zopf geflochten hatte. Doch konnte sie keinen Vorwurf erkennen, weder in der Stimme noch in ihrem Blick. »Warum erzählst du mir das?«, fragte sie scheu.

»Ich bin stolz auf meine Tochter, die das neunte Gebot eingehalten hat. Bei dir möchte ich mich bedanken, dass du selbstlos die Schuld auf dich nehmen wolltest, um Johanna zu schützen. Es geschieht nicht oft im Leben, dass jemand die Fehler eines anderen auf sich lädt. Deine Eltern können stolz auf dich sein«, lobte die Bäuerin.

Susanna spürte, wie ihre Unterlippe zitterte, und konnte die Tränen nicht mehr zurückhalten. Bestürzt nahm die Bäuerin sie in die Arme und versuchte sie zu trösten. Bislang hatte Susanna niemandem vom Verlust ihrer Eltern und Geschwister erzählt, zumal keiner gefragt hatte. Doch nun berichtete sie mit brüchiger Stimme vom Überfall auf den Hof und von den Morden, und nach anfänglichem Zögern auch von Jeremias.

Die Bäuerin war entsetzt. Nachdenklich fragte sie: »Ich verstehe nicht, warum dieser Mann hinter dir her sein soll. Auch nicht, warum du der Ansicht bist, dass er mit dem Mord an deinen Eltern zu tun haben könnte.«

Susanna blickte die Frau aus tränennassem Gesicht an. Laut ausatmend wischte sie sich mit der Schürze über das Gesicht und schniefte in ein Tuch. Dann fasste sie sich ein Herz und zog das Heftchen mit den magischen Schriften, das sie Tag und Nacht bei sich trug, aus ihrem Kittel. »Deshalb«, flüsterte sie und reichte es der Bäuerin.

»Ich bin des Lesens nicht mächtig«, entschuldigte sie sich.

»Du kannst nicht lesen?«, fragte Susanna erstaunt.

»Nur ein bisschen«, gab die Frau zu. »Mein Mann und mein Vater können es.«

»Ich kann die Buchstaben leicht entziffern, weil meine Mutter mich und die Geschwister lesen und schreiben lehrte«, erklärte Susanna und faltete das Heft auseinander.

»Was steht auf den Blättern?«, fragte die Bäuerin neugierig.

Mit leiser Stimme weihte Susanna sie in das Geheimnis der magischen Schriften ein.

Die Augen der Frau wurden größer, und sie murmelte: »Unglaublich!«

Doch dann starrte sie nachdenklich an Susanna vorbei. Erst als diese weitererzählte, wandte sich ihr Blick wieder dem Mädchen zu.

»Ich habe keine Ahnung, wie ich an den Schatz gelangen könnte oder wo er liegt. Zwar kann ich die Schrift lesen, doch verstehe ich sie nicht. Und Fremden kann ich nicht erzählen, dass ich eine Schatzkarte besitze. Deshalb werde ich die magischen Schriften verbrennen, denn sie sind zu nichts nutze und bringen nur Ärger.«

»Bist du von Sinnen?«, entrüstete sich die Bäuerin. »Du musst die Gelegenheit nutzen und den Schatz bergen.«

Susanna zog die Augenbrauen zusammen. »Du glaubst an Magie?«

»Natürlich«, antwortete die Bäuerin mit ernstem Blick. »Manchmal ist die Lösung näher, als man glaubt«, sagte sie, erhob sich und ließ eine sprachlose Susanna zurück.

Kapitel 16

»Hör auf zu jammern«, schimpfte Jeremias und blickte vom Rücken seines Pferdes auf Markus herab, der neben ihm einherging.

»Du musst ja bei dieser Hitze nicht zu Fuß gehen«, erwiderte der Bursche mürrisch. »Wenn ich diese Hure erwische, mache ich sie einen Kopf kürzer. Das verspreche ich bei allem, was mir heilig ist.«

»Haha«, lachte Jeremias. »Das wird nicht viel sein.«

»Wir sollten das Mädchen ziehen lassen«, meinte Schiffer, dessen Pferd hinter den beiden schritt.

Jeremias drehte sich nach ihm um und schrie: »Bist du von Sinnen? Wir haben endlich die magischen Schriften gefunden und sollen nun aufgeben?«

»Nicht wir haben die Schriften, sondern die Bauerntochter«, stellte Schiffer klar. Er schwieg einen Augenblick und sagte dann: »Ich habe kein gutes Gefühl dabei und denke, dass wir den Schatz vergessen sollten.«

»Pah«, zischte Jeremias. »Was ist in dich gefahren? Du bist wohl über Nacht deine Geldsorgen losgeworden!«

»Spotte nur«, sagte Schiffer mit ruhiger Stimme. »Ich weiß, wovon ich rede, denn ich habe mich umgehört.«

»Ach ja?«, fragte Markus neugierig und trat neben ihn.

Schiffer nickte und sagte mit Furcht einflößender Stimme: »Totengeister bewachen den Schatz. Sie sind gefährlicher als gefallene Engel, die Satan ausgesandt hat.«

Jeremias schwieg, und Markus schluckte schwer.

»Wie meinst du das?«, fragte der Bursche mit krächzender Stimme.

Schiffer hielt sein Pferd an, beugte sich leicht zu Markus herunter und erklärte: »Glaubst du, dass der Tote, dessen Grab wir öffnen und dessen Schatz wir stehlen wollen, uns ungestraft davonziehen lässt? Er wird Rache nehmen und uns verfluchen.«

Markus wurde blass.

Jeremias, der sein Pferd neben das von Schiffer gelenkt hatte, schüttelte den Kopf. »Du redest dummes Zeugs, Eckart! Wir sind keine Grabplünderer, sondern Schatzsucher. Das ist ein Unterschied! Um den Schatz zu finden, den ein anderer vergraben hat, benötigen wir Werkzeuge, die bereits in unserem

Besitz sind. Und wir brauchen dringend die magischen Schriften. Darin steht genau, wie wir uns verhalten müssen, damit uns die Schatzgeister nichts anhaben können. Deshalb werden wir uns auf die Suche nach diesem verdammten Weibsbild machen.« Gereizt fügte er hinzu: »Sobald Markus ein Pferd unter dem Hintern hat.«

Susanna wollte am Morgen die Wäsche im Wiesbach waschen. Wegen der aufziehenden Wolken befürchtete sie, dass es regnen könnte, und sie verschob den Waschtag. Stattdessen half sie der Magd Klara, zwei Hühner zu schlachten und zu rupfen. Als der Bauer an ihnen vorbeiging, murmelte er: »Endlich kommt Regen.« Er rief nach dem Knecht und nach Paul und wies die beiden an, die Ställe auszumisten, um den Mist anschließend auf den Feldern zu verteilen. Sein sechsjähriger Sohn Nikolaus und der kleine Ludwig kamen hinzu und wollten wissen, warum sie nicht wie geplant das Vieh von einer Weide auf die andere treiben sollten.

»Den Dung können wir nicht bei Sonnenschein aufs Feld fahren, da er in der Hitze bis zum Himmel stinkt«, erklärte der Vater den beiden Knaben, die sodann eifrig mithalfen, den Schweine- und Kuhmist mit Eimern auf das Fuhrwerk zu laden.

Der Tag war ausgefüllt mit harter Arbeit, und erst als es dunkel wurde, kamen die Bewohner des Bachmichel-Hauses zusammen, um zu essen.

»Vermaledeit«, schimpfte der Bauer. »Die Wolken sind weitergezogen, ohne einen Tropfen Regen hierzulassen. Wir brauchen dringend Wasser.«

»Sei froh! Der zweite Grasschnitt steht bevor, und nasses Gras können wir nicht gebrauchen«, warf sein Bruder ein.

Der Bauer nickte. »Wie es ist, ist es verkehrt«, sagte er und schnitt sich eine Scheibe vom frisch gebackenen Brot ab.

Aufgeregt erzählten die Kinder von ihrem Tag, und Ludwig verriet: »Bald kann ich auf Dickerchen allein aufsteigen.«

»Dickerchen?«, fragten Susanna, Paul und Klara wie aus einem Mund.

Die Wangen des Knaben verfärbten sich. »Ich habe ihn so genannt«, erklärte der Fünfjährige. »Wenn ich ihn rufe, kommt er angelaufen«, verriet er mit leuchtenden Augen.

»Ludwig, du weißt, dass Dickerchen Susannas Pferd ist?«, ermahnte ihn der Bruder.

Der Junge nickte mit gesenktem Kopf.

»So kann man das nicht sagen«, murmelte Susanna verlegen.

Als aller Augen auf sie gerichtet waren, erzählte sie, wie sie zu dem Pferd gekommen war. Am Tisch erschallte lautes Gelächter.

»Was wollten die fremden Männer auf eurem Hof?«, fragte der Knecht.

»Es waren Plünderer«, erklärte Susanna und blickte scheu zur Bäuerin.

Nach dem Essen gingen die Kinder und die Großmutter schlafen. Die Magd und der Knecht wollten einen Spaziergang machen, und Paul wollte sich mit einem Burschen am Wiesbach treffen. Am Tisch saßen noch die Bauersleute und der Oheim. Da Susanna Küchendienst hatte, räumte sie ab und wusch das Geschirr. Als sie mit ihrer Arbeit fertig war, wollte sie ebenfalls zu Bett gehen, doch die Bäuerin rief ihr zu: »Setz dich zu uns.«

Überrascht tat Susanna, wie ihr geheißen, und grübelte, ob sie ihre Arbeit nicht zufriedenstellend verrichtet hatte. Schon während des Abendbrots hatte sie das Gefühl beschlichen, dass der Oheim und der Bauer sie aufmerksam betrachteten. Blickte Susanna jedoch in ihre Richtung, schauten sie weg oder redeten mit der Bäuerin.

»Habe ich …«, wollte das Mädchen fragen, als der Bauer ihr das Wort abschnitt und sagte: »Wir wollen mit dir reden.«

Erstaunt blickte sie auf. Drei Augenpaare waren auf sie gerichtet, und Susanna vermutete Schlimmes.

»Die Bäuerin hat uns von deinen Schriften erzählt.«

Susannas Mund wurde trocken, und sie konnte nur nicken.

»Würdest du sie uns ebenfalls zeigen?«

Das Mädchen zögerte.

»Wir wollen sie dir nicht wegnehmen, sondern sie nur lesen.«

Beruhigt griff Susanna in ihren Ausschnitt, zog das Heftchen hervor und reichte es dem Bauern, der kurz zu seinem Bruder blickte. Seine Augen bekamen einen besonderen Glanz, der Susanna an ihren Vater erinnerte. Die beiden Brüder lasen in dem Heft, nickten und flüsterten.

Susanna spürte, wie angespannt sie war, und schnaufte laut aus.

Die Bäuerin nahm ihre Hand und drückte sie sanft. »Es ist alles gut«, beruhigte sie das Mädchen und lächelte es freundlich an, sodass es Susanna leichter ums Herz wurde.

»Du weißt, was du mit dir herumträgst?«, fragte der Oheim ernst.

Susanna zuckte mit den Schultern und nickte gleichzeitig.

»Mein Vater erzählte mir vor seinem Tod, dass es sich um magische Schriften handelt.«

»Und weißt du, wofür man die Schriften benötigt?«

»Um einen Schatz zu finden?«, fragte sie.

»So kann man es einfach ausdrücken. In Wahrheit steckt mehr dahinter. Die Bäuerin sagt, dass du die Zeilen lesen kannst.«

»Ja, aber ich verstehe sie nicht«, erklärte Susanna leise und fragte: »Kannst du sie deuten?«

Ein verschmitztes Lächeln überzog das Gesicht des Oheims. »Wir haben solche Schriften schon einmal gesehen und gelesen.«

Ungläubig sah Susanna den Mann an. »Seid ihr Schatzsucher und deshalb so reich?«, fragte sie ehrfürchtig.

Nun brachen die Männer in lautes Gelächter aus. »Du meinst, ob wir einen Schatz gefunden haben?«

Susanna nickte.

»Leider nein«, antwortete der Oheim und wischte sich eine Träne aus dem Augenwinkel.

Nachdem er sich beruhigt hatte, erklärte er: »Wir waren nur schlauer als andere. Als wir hörten, dass feindliche Truppen umherziehen und Höfe plündern, haben wir so viel Saatgut wie möglich versteckt, ebenso wie den halben Viehbestand.«

»Die Soldaten haben beides nicht gefunden?«, fragte Susanna zweifelnd. Sie wusste, dass es den wenigsten Bauern gelungen war, ihren Besitz vor Söldnern zu retten.

»Wir haben das Saatgut in mehrere Schweinsblasen gefüllt und im Brunnenschacht versenkt. Leider ist beim Hochziehen eine Blase gerissen, und das Saatgut schwamm auf dem Wasser. Das meiste konnten wir jedoch retten.«

»Und das Vieh?«

»Das haben wir in einem geheimen Raum unter dem Stall verborgen«, verriet der Bauer. »Zum Glück sind die Truppen nur wenige Tage in Eppelborn geblieben. Nachdem wir ihnen den Ochsen, drei Hühner und ein Schwein überlassen hatten, zogen sie ihres Weges.«

»Mich packt immer noch die Wut!«, brauste die Bäuerin auf.

»Beruhige dich! Wenn ein Kampf so lange dauert wie dieser und zudem unzählige Soldaten aus vieler Herren Länder daran teilnehmen, muss das Volk für die Truppenversorgung herhalten. Der Krieg ernährt den Krieg«, erklärte ihr Mann.

»Wir einfachen Menschen wollten keinen Krieg und mussten selbst sehen, wie wir überlebten. Mit roher Gewalt haben die Soldaten den Menschen ihren Besitz weggenommen«, schimpfte die Bäuerin.

»Wir müssen darüber nicht streiten. Wenden wir uns dieser Schatzkarte zu«, sagte der Oheim und blickte zu Susanna, die verwirrt dasaß. Sein Blick schweifte zu den Schriften auf dem Tisch und wurde ernst. »Meine Schwägerin sagte, dass du die Absicht hast, die Papiere zu vernichten.«

Susanna nickte. »Sie bringen nichts als Unheil. Ich glaube, dass sie der Grund waren, weshalb meine Eltern und meine Geschwister sterben mussten.«

»Das ist gut möglich, denn solche magischen Schriften sind begehrt. Zwar gibt es zahlreiche Abschriften, doch diese scheint ein Original zu sein. Es ist eine besondere Schatzkarte, die dir die Stelle zeigt, wo das Geld vergraben ist. Dafür würde so manch einer zum Mörder werden.«

Susanna schaute entsetzt hoch, konnte aber nichts Feindseliges in den Gesichtern der Männer erkennen, die sich wieder in die Schriften vertieften. Neugierig fragte sie: »Sind Gersweiler oder Aschbach Orte? Wisst ihr, wo sie liegen? Und was bedeutet das schwarze Kreuz?«

Der Oheim betrachtete angestrengt die Karte und überhörte Susannas Frage. Er sah seinen Bruder an und meinte grinsend: »Wir müssen wohl oder übel mit dem Lauer Karl sprechen.«

Der Bauer nickte und sagte: »Paul kann ihm morgen eine Nachricht überbringen, dass wir ihn treffen wollen.«

»Am alten Versammlungsort?«, lachte der Bruder. Wieder nickte der Bauer, und beide Männer erhoben sich.

»Lasst uns schlafen gehen. Es war ein harter Tag«, gähnte der Oheim.

Susanna konnte nicht sofort einschlafen. Zu viele Gedanken schwirrten in ihrem Kopf herum und hielten sie wach – zu viele Fragen blieben unbeantwortet. Nur eines wusste sie: Sie vertraute diesen Menschen, die sie so freundlich aufgenommen hatten.

Irgendwann schlummerte sie ein und wurde mitten in der Nacht durch ein lautes Geräusch aus dem Schlaf gerissen. Erschrocken setzte sie sich auf. Als sie erkannte, dass das Geräusch das Schnarchen der Großmutter war, legte sie sich beruhigt zurück. »Hier bin ich in Sicherheit«, murmelte sie und schlief wieder ein.

Schiffer blickte Markus ungläubig an. »Was willst du mit dem Gewehr?«, fragte er ihn.

»Denkst du, dass ich das Miststück ungestraft davonkommen lasse?«, erklärte Markus entrüstet.

»Lass ihm das Vergnügen«, mischte sich Jeremias ein, der ebenfalls ein Gewehr geschultert hatte. Als er Schiffers Blick sah, zeigte er auf seine eigene Büchse, grinste und sagte: »Für die wilden Tiere.«

»Ihr seid des Wahnsinns, und du bist zudem ein mordlüsterner Widerling«, beschimpfte Schiffer den Burschen.

»Beleidige mich nicht«, schrie Markus und drohte: »Sonst wird es dir und deiner Familie schlecht ergehen.« Er streckte seine Faust in die Höhe.

Eckart Schiffer ließ sein Pferd los, packte Markus am Kragen und zischte: »Wage es nicht, meiner Familie oder mir zu drohen, Bürschchen. Ich bin zwar älter, aber nicht schwächer als du. Wenn du uns zu nahe kommen solltest, werde ich dich töten und deine Leiche an meine Hofhunde verfüttern. Kein Hahn würde nach dir krähen. Also bleib mir vom Leib. Und für die Bauerntochter gilt das Gleiche. Du hast genug Unheil über uns gebracht. Haben wir uns verstanden?« Schiffer stieß Markus von sich, sodass er rückwärts strauchelte.

»Sollte ich dieses Miststück vor die Flinte bekommen, werde ich ihr eins überbraten. Ob dir das gefällt oder nicht«, erwiderte Markus mit gefährlich leiser Stimme.

Jeremias saß auf und blickte kopfschüttelnd auf die zwei Männer hinab, die sich wie Kampfhähne gegenüberstanden. »Wenn wir heute nicht losreiten, verlieren wir ihre Spur«, mahnte er und preschte davon.

Karl Lauer lebte im nahen Ort Calmesweiler. Der Bauer Sonntag, sein Bruder und Susanna marschierten am nächsten Abend in den Nachbarort und trafen Lauer in einer abgelegenen Scheune, wo er heimlich Schnaps brannte.

»Probiert den hier. Er ist erst gestern durchs Rohr gelaufen«, feixte er und hielt den beiden Männern einen Becher unter die Nase.

Bauer Sonntag schnupperte daran und kniff die Augen zusammen. »Der brennt wie Zunderschwamm«, lachte er und reichte seinem Bruder den Schnaps.

Der zauderte nicht, nahm einen Schluck und schüttelte sich. »Genau nach meinem Geschmack«, frohlockte er und wollte den Becher an Susanna weitergeben, die abwehrend die Hände hob.

Nachdem Karl Lauer den Männern über die Ausbeute des letzten Brenntages berichtet hatte, zündete er sich eine Pfeife an. »Was führt euch zu mir?«, fragte er mit einem Seitenblick auf Susanna, die sich auf ein Fass gesetzt hatte und geduldig wartete. »Wird sie gesucht?«, wollte er wissen und paffte an der Pfeife. Ob dieses Verdachts schaute Susanna verstört die beiden Brüder an.

»Wo denkst du hin, Karl! Sie hat ein nettes Wesen und arbeitet auf unserem Hof. Unser Besuch hat einen anderen Grund. Ich bin sicher, dass du gleich einen weiteren Klaren benötigen wirst«, orakelte der Oheim und nickte Susanna zu.

Das Mädchen hopste vom Fass, reichte Karl das Heftchen und setzte sich wieder.

Nachdem er die ersten Sätze gelesen hatte, murmelte er:

»Verflucht und zugenäht! Jetzt brauche ich tatsächlich einen Schnaps.« Sprach es und nahm einen Schluck, der ihn husten ließ. »Woher habt ihr diese magischen Schriften?«

»Erzähl es ihm!«, forderte Bauer Sonntag Susanna auf.

Schweigend hörte Karl dem Mädchen zu und nickte nur einige Male.

»Sie weiß nicht, wie sie die Schriften einsetzen muss«, fügte der Oheim hinzu.

»Das ist keine leichte Angelegenheit. Mit Magie allein wird sie nicht weiterkommen. Es fehlen Werkzeuge, die sie zusätzlich braucht.«

Karl Lauer betrachtete Susanna ebenso wie sie ihn. Er war einen halben Kopf kleiner als die Sonntag-Brüder und von schmächtiger Gestalt. Sein dünnes Haar war grau wie seine Bartstoppeln und fiel ihm bis auf die Schultern. Das Kinn stand spitz nach vorn und gab seinem Gesicht einen mürrischen Ausdruck. Doch blickte man in seine Augen, konnte man einen jungenhaften Schalk darin erkennen. Der Schnapsbrenner sog an der Pfeife und fragte Susanna: »Bist du noch Jungfrau?«

Jeremias, Markus und Schiffer ritten auf den Arnoldschen Hof und, ohne dort anzuhalten, weiter die Wiese hinauf, über die Susanna galoppiert war. Als sie nichts außer Weiden und Äcker vor sich sahen, zügelte Jeremias sein Pferd und blickte sich um. Er versuchte sich vorzustellen, welchen Weg die Bauerntochter genommen haben könnte, und stellte sich in den Steigbügeln auf, um weiter in die Ferne sehen zu können. Wie zuvor Susanna, erblickte er den Hain und überlegte einen Augenblick. Dann wies er seinen Mitstreitern mit dem Zeigefinger die Richtung und galoppierte auf das Waldstück zu.

Die drei Männer durchsuchten die Baumreihen nach Spuren, als Schiffer rief: »Hier liegen frische Pferdeäpfel!«

Jeremias lächelte zufrieden und sagte: »Kennt jemand den Ort, dessen Dächer wir sehen können?«

Schiffer und Markus zuckten mit den Schultern. »Woher soll ich das Kaff kennen?«, maulte Markus. »Ich bin nicht von hier.«

Jeremias führte sein Pferd zu der ersten Kate in der Nähe des Waldrandes. Ein Mann stand im Hof und hackte Holz.

»Grüß dich, Bauer!«, sagte Jeremias freundlich. »Hast du dieser Tage eine fremde junge Frau hier gesehen?«

Der Mann blickte die drei misstrauisch an. »Warum fragst du?«, wollte er wissen.

»Weil das Miststück mein Schlachtross gestohlen hat und ich deshalb auf dieser Mähre reiten muss«, zischte Markus und hatte Mühe, seinen Ärger zu beherrschen.

»Eine Pferdediebin«, murmelte der Mann, und Jeremias glaubte einen Hauch von Bewunderung in seiner Stimme herauszuhören.

»Ich dachte gleich, dass das Pferd nicht ihr gehört. Nur ein Krieger kann ein solch prächtiges Ross besitzen«, sagte seine Frau, die aus der Hütte getreten war und den Mann im schwarzen Mantel musterte.

»Sei gegrüßt, hübsche Bauernfrau«, schmeichelte Jeremias ihr. »Du scheinst eine Kennerin zu sein. Wir sind im langen Krieg tatsächlich Soldaten gewesen und haben unsere Rösser vom Schlachtfeld mitgebracht. Du hast die Pferdediebin gesehen?«, fragte er und schaute ihr in die Augen.

»Was ist dir meine Antwort wert?«, fragte sie und erwiderte seinen Blick.

Raffiniertes Luder, dachte Jeremias und musste grinsen. Da er keine Zeit mit Geplänkel vergeuden wollte, zog er eine Münze aus einem Lederbeutel und warf sie der Frau zu, die sie auffing.

Nachdem sie geprüft hatte, ob sie echt war, sagte sie: »Ich habe sie zum Müller geschickt.«

»Warum?«, fragte Jeremias. Als er ihres fordernden Blickes gewahr wurde, drohte er: »Wage es nicht!«

Die Frau schien abzuwägen und verriet ihm schließlich: »Sie wollte nach Eppelborn, und der Müller sollte ihr den Weg erklären.«

Ohne ein weiteres Wort trat Jeremias seinem Pferd in die Seiten und preschte los. Schiffer und Markus folgten ihm.

»Weißt du, wo der Müller wohnt?«, rief Markus Jeremias zu.

»Eine Mühle steht immer am Wasser. Wir müssen nur dem Bachlauf folgen.«

»Warum hast du ihnen von dem Mädchen erzählt? Hast du die Flinten gesehen? Die drei Gestalten sahen nicht aus, als ob sie Erbarmen mit jemandem hätten«, schnauzte der Bauer seine Frau an.

Die wandte sich ihrem Mann zu und hob die Münze in die Höhe. »Deshalb!«, erklärte sie und steckte sich das Geld zwischen die Brüste.

Susanna spürte Hitze in sich aufsteigen. Ihre Wangen färbten sich puterrot, sodass sie die Hände vors Gesicht schlug. Drei Männer blickten sie neugierig an, und sie schämte sich fast zu Tode.

»Wie kannst du es wagen, mir solch eine Frage zu stellen?«, fragte sie erregt zwischen den Fingern hindurch.

Karls Lippen hielten den Pfeifenstiel fest, während er nuschelte: »Mir ist es einerlei. Nur für die Schatzsuche ist es wichtig.«

Langsam zog Susanna ihre Hände vom Gesicht weg und blickte den Schnapsbrenner ungläubig an. Ihr Blick wanderte zu den beiden Brüdern, die sie aufmerksam betrachteten.

»Was hat das zu bedeuten?«, fragte sie die beiden entgeistert.

»Spann uns nicht auf die Folter, Karl, und erkläre dem Mädchen, was es wissen muss«, mahnte der Bauer.

Karl nickte und zog mehrmals an der Pfeife, dann setzte er sich auf einen Schemel und erklärte: »Ich habe schon von dem Schatz munkeln hören, der in der Nähe von Gersweiler vergraben sein soll. Allerdings wusste niemand die genaue Stelle. Dank dieses Plans …« Er schwieg plötzlich und besah sich die Karte genauer, drehte und wendete sie und schüttelte ungläubig den Kopf. Gedankenverloren murmelte er: »Aschbach, Aschbach … Was sagt mir dieser Name?« Dann rief er aufgeregt: »Die Kirche in Aschbach! Das Kreuz kennzeichnet die Kirche nahe Aschbach, die seit geraumer Zeit als Lazarett dient.«

»Langsam kommen wir der Sache näher«, unterbrach ihn der Oheim und genehmigte sich einen Schluck aus dem Becher.

Karl zögerte fortzufahren und sog an seiner Pfeife, doch dann erklärte er: »Ich wusste, dass mir der Name bekannt vorkommt. Die Kirche bei Aschbach ist kein gewöhnliches Lazarett, sondern ein Lager für Pestkranke. Sie kommen aus Saarbrücken und Umgebung und werden dort auch beerdigt.«

»Verdammt«, fluchte der Oheim.

»Du sollst nicht fluchen«, ermahnte ihn sein Bruder.

»Soll ich bei dieser Nachricht frohlocken? Mich bringt niemand auch nur in die Nähe des Seuchenhauses«, erklärte er grimmig und kippte sich von dem Klaren in den Becher, den er in einem Zug leerte, sodass es ihn schüttelte.

»Wie kann man aus einem heiligen Ort ein Siechenhaus machen?«, fragte der Bauer ungläubig.

»Soviel ich weiß, war die Kirche eine Wüstung: ein Ort, den man aufgegeben hatte, weil das Gotteshaus abgelegen in einem Waldstück steht und der Weg dorthin für die Menschen aus der Umgebung zu beschwerlich war.«

»Wem gehört denn nun der Schatz?«, warf Susanna ein, die nicht wusste, ob sie der Erklärung Glauben schenken sollte.

Karl stand auf, klopfte seine Pfeife aus und legte sie in die Schublade des kleinen Tischchens, auf dem mehrere Krüge standen. Mit nachdenklichem Gesicht wandte er sich seinen Besuchern zu und erklärte: »Die Legende erzählt, dass ein Mönch, der durch die christliche Erneuerung aus seinem Kloster vertrieben wurde, auf der Flucht sein Vermögen nahe der Kirche von Aschbach vergraben haben soll.«

»Es sind mehr als hundert Jahre vergangen, dass die Kirche erneuert wurde«, überlegte der Bauer. »Woher willst du wissen, dass man den Schatz nicht schon vor der Pestilenz geborgen hat?«

»Weil er immer wieder gesehen wird.«

»Man kann den Schatz sehen?«

Der Schnapsbrenner nickte und erklärte mit geheimnisvoller Stimme: »Schätze können sich aus eigener Kraft bewegen und kommen gelegentlich an die Erdoberfläche, um sich zu sonnen.«

Mit ungläubigem Blick und offenem Mund starrte Susanna den Mann an. »Da muss der Teufel seine Finger im Spiel haben«, murmelte das Mädchen mit kreidebleichem Gesicht, doch Karl schüttelte den Kopf.

»Dummes Zeugs! Erst vor kurzem soll eine alte Frau einen Schatz ausgegraben haben, den sie im Sonnenlicht gesehen hat. Schätze fliehen nicht vor dem Teufel, sondern vor den Schatzgräbern wie Wild vor Jägern«, behauptete er mit ernstem Gesicht. »Unterläuft den Suchern während der Schatzsuche ein Fehler, entkommt der Schatz in die Tiefe der Erde und bleibt unerreichbar. Deshalb ist es wichtig, die magischen Schriften genau zu befolgen und zu verstehen. Außerdem benötigt man besondere Werkzeuge und Magie, denn um den Schatz am Entweichen zu hindern, muss er gebannt werden.«

Karl blickte Susanna tief in die Augen. »Bist du willens, den Schatz zu bergen?«, fragte er mit feierlichem Ton in der Stimme.

Susanna wusste im ersten Augenblick nicht zu antworten. »Aber er liegt im Pestgebiet«, flüsterte sie ängstlich.

»Das ist wohl wahr und wahrscheinlich der Grund, warum dort bislang niemand den Boden nach dem Schatz abgesucht hat. Was dein Glück ist, Mädchen, denn du kennst die genaue Stelle.«

Susanna zog fragend die Augenbrauen zusammen. »Es ist nur ein Kreis«, sagte sie, doch Lauer schüttelte den Kopf.

»Die Zahlen in der Ecke verraten dir den genauen Platz.«

»Das muss die Mühle an der Theel sein, die der Müller erwähnt hat. Hier sollen wir rechts abbiegen«, erklärte Jeremias und blickte seinen Begleitern entgegen, die im langsamen Schritt angetrottet kamen.

»Es dürstet mich, und mein Magen knurrt«, jammerte Markus.

Jeremias blickte zum Himmel. »Es sieht nach Regen aus! Da ich kein Verlangen danach habe, nass zu werden, reiten wir weiter.«

»Wie willst du wissen, ob das Luder hier vorbeigekommen oder tatsächlich in dieses Kaff geritten ist? Vielleicht hat sie es sich anders überlegt«, schimpfte der Bursche.

»Welchen anderen Weg soll sie genommen haben?«, brüllte Jeremias.

»Fragen wir den Müller hier«, schlug Schiffer mit ruhiger Stimme vor. »Was nützt es, wenn wir ziellos durch die Gegend reiten?«

»Ab und zu kann man dich gebrauchen«, sagte Markus hämisch und lenkte sein Pferd zur Mühle.

»Man kann keinem Menschen mehr vertrauen«, zischte Jeremias, nachdem er mit dem Lebacher Müller gesprochen hatte. »Der Müller in Heusweiler hat dem Mädchen bestimmt den

Weg über Habach verraten, ihn uns aber verschwiegen. Sicherlich hat sie den genommen.«

»Verflucht soll sie sein«, ereiferte sich Markus. »Wieder zurückzureiten kostet unnötig Zeit. Womöglich ist sie nicht nach Eppelborn geritten, sondern schon über alle Berge entkommen.«

»Das denke ich nicht«, überlegte Jeremias. »Es wird einen Grund geben, warum sie ausgerechnet nach diesem Ort gefragt hat.«

»Ich kehre hier um«, erklärte Schiffer mit fester Stimme. »Wenn ich meine Saline tagelang unbeaufsichtigt lasse, bestehlen mich die Salzknechte.«

»Du willst dich aus der Verantwortung ziehen«, erklärte Markus bissig.

»Glaub, was du willst, du Trottel«, murmelte Schiffer und blickte Jeremias an. »Du weißt, wo du mich finden kannst.« Dann wendete er sein Pferd und ritt zurück.

Mit missmutigen Blicken sahen die beiden Männer ihm nach.

»Wofür brauchst du ihn?«, fragte Markus verächtlich.

»Das weiß ich nicht mehr«, antwortete Jeremias ebenso verächtlich.

Susanna spürte, wie ihre Hände feucht wurden. »Du erwähntest weitere Werkzeuge, aber mein Vater sprach nur von diesen Schriften«, sagte sie mit kraftloser Stimme.

»Das ist nicht gut«, erklärte Karl nachdenklich. »Ich muss dich nochmals fragen: Bist du noch Jungfrau?«

Bevor Susanna erneut aufbegehrte, betonte er: »Es geht nur um die Schatzsuche.«

»Deshalb also hat Jeremias meinem Vater damals die gleiche Frage gestellt«, sinnierte Susanna, und sie erinnerte sich an das nächtliche Treffen zwischen Jeremias und ihrem Vater, das sie heimlich durch eine Stallluke beobachtet hatte.

»Der Fremde scheint sich in der Schatzsucherei auszukennen«, schlussfolgerte Karl und erklärte: »Man sagt jungfräulichen Menschen, die sich an einer Schatzsuche beteiligen, hellseherische Fähigkeiten nach. Dabei spielt es keine Rolle, ob es ein Junge oder ein Mädchen ist. Von jedem eins wäre natürlich förderlich.«

»Ich bin Jungfrau«, gab Susanna flüsternd zu und schaute verschämt zu Boden.

»Sehr gut«, jubelte der Schnapsbrenner leise.

»Da das nun geklärt ist«, lallte der Oheim, der mittlerweile mehrere Becher Schnaps geleert hatte, »was benötigen wir noch, damit das Mädchen den Schatz heben kann?«

Der Bauer blickte kopfschüttelnd seinen Bruder an, der die nächste Flasche entkorkte. »Wage es nicht, morgen im Bett liegen zu bleiben«, drohte er und erntete nur ein Grinsen.

Karl Lauer schob seinen Schemel dichter an Susanna heran und sagte: »Es wird nicht einfach werden, Mädchen. Aber du hast die einmalige Gelegenheit, reich zu werden. Nicht vielen ist dieses Glück vergönnt. Nutze die Möglichkeit!«

»Kannst du mich begleiten? Oder ihr?«, fragte sie und blickte die drei Männer flehend an.

»Ich gehe in kein Seuchenhaus«, murmelte der Oheim, dessen Wangen inzwischen rot gefärbt waren.

»Ich kann meine Familie nicht allein lassen. Die Heuernte steht bevor«, erklärte der Bauer.

»Ich bin zu alt«, antwortete der Schnapsbrenner. »Aber ich werde dir alles erklären und dir helfen, Werkzeuge und Mittel zu finden, mit denen du den Schatz heben kannst«, versprach er.

Kapitel 17

Der Abend beim Lauer Karl zog sich in die Länge. Einmal in Fahrt, ließ sich der Schnapsbrenner kaum bremsen, Susanna sein Wissen – oder was er dafür hielt – mitzuteilen.

»Bevor ich dich einweise, musst du eines bedenken: Wenn dir während der Schatzsuche ein Fehler unterläuft, kann der Schatz entkommen. Vor deinen Augen könnte er in der Erde versinken, und dann kann er von niemandem je wieder geborgen werden. Er könnte aber auch seine Gestalt wechseln und sich im Augenblick der Entdeckung in wertlosen Tand verwandeln. Deshalb musst du die Wegwarte bei dir tragen. Ich habe zwar gehört, dass Knoblauch ebenso nützlich sein soll, doch Schatzgräber schwören auf das blaublütige Kraut. Es gibt viele Geschichten über die Zauberkraft der Wegwarte. Sie betört Menschen, einander in Liebe zu verfallen. Und sie heilt vielerlei Krankheiten. Deshalb nutze ich sie gern gegen meine Hämorrhoiden«, verriet Karl verschmitzt lächelnd. »Ich weiß, wo das Kraut wächst, und werde gleich morgen eine ausreichende Menge pflücken und sie dir zum Bachmichel-Haus bringen. Wegwarte ist aber nicht das Einzige, was du neben den magischen Schriften benötigen wirst.«

Angespannt versuchte Susanna sich zu merken, was Karl ihr riet. Ihr Blick klebte an den Lippen des Mannes, und sie wiederholte ständig in Gedanken seine Worte.

»Eine Wünschelrute ist für Schatzsucher ein nicht zu unterschätzendes Werkzeug. Wie du sicher weißt, nutzen die Rutengänger sie, um Wasser aufzuspüren, aber auch Erze oder Kohleadern. Die wahren Könner müssen die Rute nur über eine Landkarte führen, und schon verrät sie ihnen die Tiefe und den Verlauf der Adern. Die Wünschelrute kann auch verlorene Gegenstände wie Metall anzeigen. Deshalb wäre es förderlich, wenn du jemanden findest, der diese Fähigkeiten hat.«

»Wo findet sie so jemanden?«, fragte der Bauer, der ebenfalls achtsam lauschte.

»Vielleicht in einem Bergwerk«, überlegte Karl, der erschrocken zum Oheim schaute, weil dieser laut schnarchte. Er war eingeschlafen und hing auf seinem Stuhl, den Kopf in den Nacken gelegt und den Mund weit offen.

Leise fluchend stupste der Bauer seinen Bruder in die Rippen, sodass er aufwachte. Mit rotgeränderten Augen blickte er um sich, warf einige Bemerkungen in den Raum und sackte erneut zusammen.

»Mein Selbstgebrannter haut den stärksten Mann um«, lachte der Schnapsbrenner und wandte sich wieder Susanna zu, um mit seinen Erklärungen fortzufahren: »Neben der Wünschelrute und den magischen Schriften benötigst du einen Bergspiegel. Er wird dir nicht nur die Stelle zeigen, wo der Schatz liegt, er wird auch seinen Wert bestimmen können.«

»Sie hat eine Karte, in der die Stelle markiert ist. Wozu benötigt sie dann diesen Spiegel?«, gab der Bauer zu bedenken.

Karl hielt in seinen Erklärungen inne und sinnierte. »Das stimmt! Das habe ich vergessen«, murmelte er. »Falls die Zahlen jedoch nicht genau sein sollten, könnte ein Bergspiegel ihr nützliche Dienste erweisen«, erklärte er und schaute Susanna an. »Es kann nicht schaden, wenn du dir solch einen Spiegel besorgst.«

»Woher weißt du über diese Dinge Bescheid?«, fragte Susanna, die sich über Karls großen Redefluss wunderte.

Statt zu antworten, stand er auf, holte seine Pfeife aus der Schublade hervor und stopfte sie. Mit einem Kienspan, den er an einer Laterne entzündete, brachte er den Tabak zum Glimmen. Sein Blick wurde versonnen, und mit leiser Stimme erzählte er: »Vor vielen Jahren fand ich in einem Waldstück einen schwer verwundeten Söldner. Als ich seine Verletzungen sah, wusste ich, dass es für ihn keine Rettung gab und er sterben würde. Ich konnte nichts mehr für ihn tun, außer mich neben ihn zu setzen und seine Hand zu halten. Der Mann, der dem Tod entgegenblickte, war froh, dass er in der letzten Stunde seines Lebens nicht allein sein musste. Aus Dankbarkeit schenkte er mir einen vergilbten Zettel, den er aus der Hosentasche zog. Ich werde nie seine Stimme vergessen, die mir zuflüsterte: ›Es ist eine magische Schrift – der Schlüssel zu unermesslichem Reichtum.‹ Kurz darauf starb der Fremde, und ich beerdigte ihn in dem Wald.«

Karl sog an seiner Pfeife und blickte dabei den Bauern an, der weitererzählte: »Karl kam damals aufgeregt zu uns und berichtete von dem Geschenk des toten Soldaten. Keiner von uns ahnte, wie man einen Schatz suchen sollte, und so machten wir uns kundig. Als wir endlich wussten, wie wir vorzugehen hatten, erkannten wir, dass die magische Schrift des toten Soldaten nur aus einer einzigen Seite bestand – herausgerissen aus einem Zauberbüchlein, das jedoch fehlte. Die Seite war wertlos, und wir hatten unsere Zeit vertan.«

Für einige Augenblicke herrschte Schweigen in der Hütte. Auch das Schnarchen des Oheims verstummte, denn er wachte auf und blickte verwirrt um sich.

»Warum kommt ihr nicht mit nach Gersweiler und helft mir bei der Suche?«, flehte Susanna erneut.

Karl und der Bauer lachten leise, während der Oheim mit schwerer Zunge sagte: »Damals waren wir jung und voller Tatendrang. Sieh uns an, Mädchen! Wir sind alt geworden und können den Hof und die Familie nicht allein lassen. Und wir fürchten das Pesthaus wie der Teufel das Weihwasser!«

»Es wäre aber dennoch eine Überlegung wert«, meinte der Schnapsbrenner und grinste. »Gersweiler liegt nahe Saarbrücken, und Aschbach daneben. Einen Tag hin, einen Tag zurück und drei weitere Tage für die Schatzsuche – mehr Zeit würde es nicht kosten. Der Schatz scheint außerhalb des Lazaretts vergraben zu sein«, sagte er und nickte dem Oheim zu.

Auch der Bauer schien nachzudenken. »Ich könnte frühestens im Herbst mitkommen, wenn Heu und Ernte eingebracht sind.«

»Bis dahin könnten wir alle Werkzeuge zusammen haben«, rief Susanna freudig.

»Magische Schriften, Bergspiegel und Wünschelrute reichen nicht aus. Man muss lernen, sie richtig einzusetzen.« Mit diesen Worten dämpfte der Schnapsbrenner Susannas Freude. Er blickte sie nachdenklich an und fragte: »Bist du gottesfürchtig?« Als Susanna heftig nickte, wollte er wissen: »In welchem Monat bist du geboren, Mädchen?«

»Im September«, antwortete sie.

»Schade, dass du nicht dasselbe Horoskop wie unser Herr Christus hast«, bedauerte Karl und paffte an seiner Pfeife.

Susanna rieb sich über die müden Augen und gab zu: »Mir schwirrt der Kopf, und ich verstehe nichts mehr. Was hat der Heiland mit der Schatzsuche zu tun?«

»Hat ein Schatzsucher am gleichen Tag Geburtstag wie unser Herr, dann ist er fähig, die Totengeister zu erlösen. Wäre das bei dir der Fall, wären wir ein gutes Stück weiter mit unserem Plan.«

Der Bauer sah Susanna mitleidig an, die kaum die Augen offen halten konnte, und meinte: »Für heute lass gut sein, Karl. Es ist schon spät, und wir müssen nach Hause.« Dann bat er Susanna: »Komm und hilf mir, meinen Bruder zu unserem Haus zu bringen.«

Beide griffen dem Mann unter die Arme, und die drei machten sich auf den Heimweg von Calmesweiler nach Eppelborn. Der Bauer und Susanna stützten den Oheim, der zwischen ihnen ging und fröhlich auf Susanna einredete: »Gleich morgen wirst du mit dem Fasten beginnen, dich im Gebet üben und dich durch Frömmigkeitsübungen auf diese gottgefällige Tat vorbereiten. Nur so können wir sicher sein, dass der Totengeist, der den Schatz bewacht, erlöst wird.«

Susanna schaute mit bangem Blick den Bauern an, der seinen Bruder anschnauzte: »Du hältst jetzt dein Maul.«

»Ich bin schon ruhig«, lallte der Oheim und plapperte munter weiter.

»Hör ihm nicht zu«, schlug der Bauer Susanna vor. »Er weiß nicht mehr, was er redet.«

Jaggi Blatter war nun schon seit drei Wochen mit seiner Familie unterwegs, nachdem er den Schweizer Kanton Uri verlassen hatte, um im Deutschen Reich ein neues Leben zu beginnen. Er konnte nicht klagen, denn ihre Reise verlief ohne große Ärgernisse. Zwar saßen sie von morgens bis abends auf dem Kutschbock, doch nachts fanden sie meist Unterschlupf in einem Kloster, wo sie zu essen und ein angenehmes Lager bekamen. Auch blieben sie von Überfällen verschont, vor denen sich Jaggi besonders gefürchtet hatte. Das einzig Unerfreuliche war ein gebrochenes Wagenrad gewesen. Diese Panne hatte sie einen Tag Zeit gekostet, da er weit marschieren musste, um zu einem Wagner zu gelangen, der das Rad ausbessern konnte. Doch seitdem verlief die Reise ohne nennenswerte Schwierigkeiten, und sie kamen zügig voran. Nun, da das Ziel näherrückte, spürte Jaggi einen Anflug von Freude in sich aufsteigen. Er war auf das neue Leben gespannt, und er hoffte, dass es seiner Familie genauso ginge.

In Gedanken schätzte Jaggi die verbleibende Wegstrecke ab, als der achtjährige Leonhard quengelte: »Wie weit ist es noch?«

Seine Mutter strich ihm eine verschwitzte Strähne aus dem

Gesicht und sagte tröstend: »Nicht mehr so lange, wie es schon gedauert hat.« Barbli hielt ihre Tochter Vreni im Arm, die eingeschlafen war.

»Ich habe Hunger«, jammerte der Junge. Sein Vater drehte sich auf dem Kutschbock zu ihm um und wollte ihn zurechtweisen, doch der Blick seiner Frau hielt ihn davon ab.

»Wir sind seit vielen Tagen ohne Unterbrechung unterwegs, Jaggi. Unsere Vorräte sind fast aufgebraucht, und ein Kloster ist nicht in Sicht. Außerdem«, sagte sie und zeigte zum Himmel, »ziehen sich dunkle Wolken zusammen. Wir sollten uns einen Unterschlupf suchen, bevor es regnet.«

Jaggi stöhnte innerlich auf. Die Zeit drängte, denn er musste in drei Tagen in Trier sein, um sich für das neue Heer einzuschreiben. Käme er zu spät, würde man seinen Posten durch einen anderen Soldaten besetzen. Er wusste jedoch auch, dass seine Frau recht hatte, denn Jaggi verlangte viel von seiner Familie. Trotz der Reisestrapazen quengelten die Kinder nur selten, wofür er dankbar sein musste. Zudem konnte Jaggi nicht leugnen, dass auch er ein flaues Gefühl in der Magengegend verspürte, denn die Mahlzeiten in den letzten Tagen waren eng bemessen gewesen. Seit Kaiserslautern hatten sie auf ihrem Weg durch die Kurpfalz keine Menschenseele gesehen. Sie hatten kein Kloster mehr passiert und waren an vielen verbrannten oder verlassenen Gehöften vorbeigekommen. Selbst die Handelsstraße, die von Norden nach Süden führte und auf der sie seit den frühen Morgenstunden fuhren, war menschenleer. Jaggi hob seinen Blick und sah die dunklen Wolkenfetzen, die sich langsam über ihnen zusammenzogen. Er überlegte und schlug schließlich vor: »Wir sind nicht mehr weit von Westrich, dem Land an der Saar, entfernt«, erklärte er. »Ich war dort während des langen Krieges und weiß, dass um Sulzbach und Saarbrücken herum ein großes Waldgebiet liegt, in dem es noch viel Wild gibt.«

»Die Wälder sind fast leergejagt«, entgegnete seine Frau, die Stirn runzelnd.

»Das stimmt«, gab Jaggi zu. »Doch die Leidenschaft des Grafen von Nassau-Saarbrücken ist die Jagd, und deshalb passen seine Waidmänner höllisch auf, dass niemand in dem Waldgebiet wildert.« Sein Blick schweifte zu seinem ältesten Sohn Urs. »Bereite die Armbrust vor, mein Junge, damit du uns zum Abendessen einen Hasen schießen kannst.«

»Aber Jaggi«, ermahnte ihn seine Frau. »Du bringst Urs in Gefahr! Wenn man ihn sieht oder hört ...«

»Beruhige dich, Barbli! Wir Schweizer verstehen die lautlose und unsichtbare Jagd«, lachte ihr Mann. Seine Frau wollte etwas erwidern, doch als sie in die Augen ihrer Kinder blickte, die bei der Aussicht auf einen Hasenbraten leuchteten, schwieg sie, und Urs zog die Waffe unter dem Sitz hervor.

Als Susanna in aller Frühe in die Küche kam, um das Feuer im Herd zu entzünden, saß der Oheim am Tisch und hielt sich den Kopf. »Ich bin sterbenskrank«, jammerte er und blickte kaum hoch, als Susanna zu ihm trat und fürsorglich fragte: »Soll ich dir einen Sud aus Heilkräutern aufbrühen?«

Selbst das Nicken bereitete ihm Schmerzen, und er stöhnte laut auf. »Ich rühre nie wieder Karls Selbstgebrannten an«, schwor er. »Ich habe das Gefühl, als ob eine Herde Stiere in meinem Kopf umhertrampelt.«

Susanna hatte Mühe, sich ein Lachen zu verkneifen. »Meine Mutter sagte immer, dass bei einem Kater nur ein kräftiges Frühstück hilft«, erklärte sie und schlug mehrere Eier in die Pfanne.

Nachdem der Oheim Eier und Brot gegessen und den Kräutersud getrunken hatte, fühlte er sich besser. Nachdenklich schaute er Susanna an. »Hast du dir alles merken können, was der Lauer Karl dir erzählt hat?«

Susanna nickte. »Ich weiß allerdings nicht, wo ich einen Bergspiegel und eine Wünschelrute finden kann«, erklärte sie.

»Wie Karl dir sicher gesagt hat, findet man Rutengänger oft dort, wo Arbeiten in der Erde stattfinden. Einen Bergspiegel könntest du von Vagabunden bekommen. Sie gelten als die Meister unter den Schatzsuchern.«

»Bergspiegel, Dämonen, Vagabunden«, wiederholte Susanna leise und konnte plötzlich seinen Erklärungen nicht mehr folgen. Verzweiflung und Angst schienen ihren Brustkorb einzuengen und sie am Durchatmen zu hindern. Mühsam schnappte sie nach Luft. Als sie sich schnaufend auf einen Schemel setzte und kurz die Augen schloss, fragte der Oheim: »Hast du verstanden, was ich gesagt habe?«

Susanna antwortete nicht, und der Mann kniff leicht die Augen zusammen und musterte sie. »Du zweifelst!«, stellte er fest.

Susanna wusste nichts zu erwidern und blickte starr geradeaus. Schließlich erklärte sie: »Es ist nicht nur der Zweifel, der mich zögern lässt, sondern auch die Angst vor den Schatzgeistern«, flüsterte sie mit bleichem Gesicht.

Der Oheim nahm einen Schluck des erkalteten Suds. »Die Totengeister werden dir nichts tun, denn sie brauchen dich, um erlöst zu werden«, versicherte er.

Susanna blickte erschrocken auf, und er berichtete: »Karl Lauer erzählte uns gestern von einem Mönch, der vor langer Zeit einen Schatz vergraben haben soll. Dieser Klosterbruder hatte einst Reichtum angehäuft, ohne ihn mit anderen zu teilen oder ihn einem guten Zweck zuzuführen. Der Mönch starb im Stand der Todsünde der Habgier. Und so wie er ist jeder, der einen Schatz vergräbt, nach seinem Tod verdammt, weil er gegen Gottes Willen gehandelt hat. Verstehst du das, Mädchen?«

Susanna schüttelte den Kopf, und der Oheim stöhnte leise.

»Du weißt aber«, redete er wieder auf sie ein, »dass wir nach dem Tod in den Himmel kommen oder zur Hölle fahren. Menschen, die im Stand der Todsünde starben, sind verdammt, als ruheloser Geist in der Welt der Lebenden zurückzubleiben. Und solch ein verdammter Geist ist der Schatzwächter.«

»Er wird mich bestrafen, wenn ich ihm den Schatz wegnehme«, flüsterte Susanna, doch der Oheim schüttelte heftig den Kopf: »Die Totengeister sind zwar die Wächter der Schätze. Aber sie müssen ihre Seele erlösen, um nicht auf ewig als Geist in der Welt der Lebenden zu bleiben. Höre, Susanna, es ist eine Christenpflicht, Totengeister zu erlösen. Wenn der Geist des Mönchs dir mit einer blauen Flamme den Schatz zeigt, kann er seine Habgier wiedergutmachen, und er wird von der Todsünde erlöst.«

Susanna schüttelte verzweifelt den Kopf. Am liebsten hätte sie die magischen Schriften in das Herdfeuer geschleudert und alles, was damit zusammenhing, vergessen.

Der Oheim schien ihre Gedanken zu erraten. Er stand auf und verließ die Küche, um kurz darauf zurückzukommen. Nachdem er sich wieder an den Tisch gesetzt hatte, sagte er: »Damals, als der Lauer, mein Bruder und ich uns mit der Schatzsuche beschäftigten, hatten wir Zweifel wie du. Ich sprach mit unserem Pastor, und er erzählte mir, dass Sankt Christophorus der Schutzpatron der Schatzgräber ist.« Bei diesen Worten ergriff der Oheim Susannas Finger und legte ihr eine Münze in die Handfläche. »Es ist ein geweihtes Medaillon, mit dem Bildnis des Heiligen. Durch das Löchlein kannst du deine Kette einfädeln und das Medaillon um den Hals tragen. Wenn sich dir bei der Schatzsuche Dämonen in den Weg stellen, musst du den heiligen Christophorus zur Hilfe anrufen. Den Dämonen musst du versichern, dass du die Barmherzigkeit Gottes und das ewige Leben für sie erbittest. Und dann forderst du die Herausgabe des Schatzes!«

Der Oheim ließ Susannas Hand los und sagte schmunzelnd: »Du siehst, Mädchen, du musst keine Angst haben. Und wenn du bis zum Herbst wartest, werden drei furchtlose Gesellen an deiner Seite sein.«

Nun formten sich Susannas Mundwinkel zu einem zaghaften Lächeln, und sie steckte den Talisman in ihre Schürzentasche.

Susanna sammelte im Stall die Eier ein, als der kleine Ludwig angelaufen kam und ihr einen Leinensack überreichte. »Ich soll dich vom Lauer Karl grüßen. Er hat dir Blumen gepflückt, die du in der Sonne trocknen sollst.«

»Wo ist Karl?«, fragte Susanna und nahm dem Jungen den Sack ab.

»Er musste schnell zurück, denn er hat was im Rohr. Vielleicht einen Braten?«, überlegte der Junge, doch Susanna ahnte, dass Lauer wieder Schnaps brannte.

»Ich hole Dickerchen von der Koppel und bürste ihn«, erklärte Ludwig, schnappte sich den Führstrick und lief davon. Susanna nahm Korb und Leinensack auf und ging in die Küche. Behutsam reinigte sie die Eier von Hühnerdreck und Federn, als die Bäuerin mit bleichem Gesicht hereinstürmte.

»Ich habe im Ort gehört, wie ein Mann nach dir fragte«, keuchte sie.

Ungläubig blickte Susanna von ihrer Arbeit auf. »Kennst du ihn?«

»Ich habe ihn noch nie gesehen.«

Susanna spürte, wie ihr Herz zu rasen begann. »War er schwarz gekleidet?«

Die Bäuerin schüttelte den Kopf. »Er war ein stämmiger Bursche mit kurzem Haarschnitt, der nicht besonders freundlich dreinblickte.«

»Das kann nicht sein«, flüsterte Susanna. »Wie können sie mich gefunden haben?«

»Du meinst, er ist einer der Männer von eurem Hof?«

Susanna nickte. »Deine Beschreibung passt zu dem Lumpen,

dessen Pferd ich gestohlen habe. Was soll ich tun?«, fragte sie und eilte von Luke zu Luke, um hinauszublicken. »Kann ich mich in dem geheimen Raum unter dem Stall verstecken?«, fragte sie hoffnungsvoll, doch die Bäuerin verneinte: »Nach dem Krieg haben wir den Raum zugemauert, damit die Kinder nicht hineingehen, da er baufällig geworden war.«

»Wo sind dein Mann und sein Bruder?«, wisperte Susanna.

»Ich glaube, auf dem Feld.«

»Herr im Himmel! Was soll ich machen?«

»Versteck dich auf dem Heuboden. Ich werde sagen, dass ich dich nicht kenne«, schlug die Bäuerin vor, als Hufgeklapper auf dem Hof zu hören war.

Beide Frauen blickten zum Fenster hinaus. »Dickerchen«, riefen sie wie aus einem Mund.

»Wenn der Bursche sein Pferd sieht, weiß er, dass ich hier bin.«

»Dann flieh«, schlug die Bäuerin unvermittelt vor und ergriff den Leinensack, der vor ihr auf dem Tisch lag. Ohne nachzudenken, stopfte sie Brot, Wurst und Käse hinein. »Hast du die magischen Schriften?«, fragte sie, und Susanna nickte. Ein Kloß schien in ihrer Kehle zu sitzen, und Tränen verschleierten ihren Blick. Die Bäuerin nahm ihren Umhang vom Haken und reichte ihn dem Mädchen.

»Wirf ihn dir über und häng dir den Beutel um«, sagte sie.

Schon hörten sie die Stimme des Bauern und die eines Fremden vor dem Haus sich laut streiten.

»Jeremias!«, flüsterte Susanna voller Angst.

Die Bäuerin drängte sie zur hinteren Tür, die zum Innenhof führte. Sie öffnete sie leise und schaute vorsichtig umher. Nur der Junge und das Schlachtross waren zu sehen.

»Ludwig«, flüsterte die Bäuerin und winkte den Knaben zu sich. »Zieh Dickerchen das Kopfgeschirr mit dem Gebiss und den Zügeln über und binde ihn an. Dann kommst du sofort ins

Haus, denn ich muss dir etwas verraten«, befahl sie und wartete ungeduldig, bis er zu ihr kam. Ohne ein Wort schob sie den Jungen in den Flur. Gleichzeitig zwängte sich Susanna an beiden vorbei und schwang sich auf das Pferd. Bevor sie davonritt, blickte sie traurig die Bäuerin an.

»Danke«, sagte sie mit leiser Stimme und reichte der Frau die Hand, die diese schnell drückte.

»Pass auf dich auf, mein Mädchen!«, sagte die Bäuerin, und Susanna ritt über den Hof auf die Koppel zu.

Dort stieg sie ab, öffnete das Tor, führte das Tier hindurch und schloss es wieder. Sie wollte gerade wieder aufsteigen, als sie unmittelbar hinter sich Jeremias' Stimme hörte.

»Haben wir dich endlich gefunden.«

Bei diesen Worten wurde es Susanna kalt und heiß zugleich, und sie wandte sich ihm nur zögerlich zu. Sein Blick war voller Hohn auf sie gerichtet. »Du hast etwas, was mir gehört!«, fauchte Jeremias.

»Ich glaubte, das Pferd gehört dem Burschen, der meinen Freund, den Schafhirten, zusammengeschlagen hat«, wagte Susanna zu entgegnen.

Jeremias lachte gequält. »Sein Name ist Markus. Er hat schwache Nerven und neigt zur Gewalt. Sein Pferd ist mir einerlei. Ich will nur das, was mir gehört – die magischen Schriften.«

»Hast du deshalb meine Familie umgebracht?«, fragte sie leise.

»Ich habe sie nicht angerührt«, sagte er mit leichtem Spott in der Stimme. »Ich war nicht einmal in ihrer Nähe.«

»War es dieser Markus?«

Jeremias zuckte mit den Schultern. »Was spielt das für eine Rolle? Gib mir die Schriften, und du bist uns los.«

»Warum hast du sie meinem Vater gegeben, wenn sie für dich so wichtig sind?«

»Wusste ich doch, dass du es damals warst, die uns im Stall belauscht hat«, lachte Jeremias auf. Sein Blick schweifte über das Land und blieb dann an Susanna hängen. »Ich brauchte damals das Geld, das dein Vater dafür zahlte«, gab er zu.

»Und wofür benötigst du das Heftchen jetzt?«

»Jetzt? Jetzt brauche ich noch mehr Geld, und diese Schriften werden mir helfen, den Schatz zu finden.«

Susanna versuchte ihn unwissend anzublicken, doch er durchschaute sie.

»Verkauf mich nicht für dumm, Mädchen, und tu nicht so, als ob du nicht wüsstest, dass der Schatz in Gersweiler vergraben ist.«

In diesem Augenblick kam Markus über den Hof gerannt und schrie: »Du Miststück! Dir werde ich es zeigen! Kein Mensch stiehlt ungestraft mein Pferd!«

Susanna wusste, dass mit ihm nicht zu spaßen war, und schaute sich nach Hilfe um. Weder der Bauer noch sein Bruder waren zu sehen.

»Niemand wird dir helfen, du Hure«, lachte Markus, als er ihren suchenden Blick sah. »Dieses Mal entkommst du mir nicht!«

Susanna schätzte den Abstand zwischen ihr und Jeremias auf zehn, bis Markus auf zwanzig Schritte, allerdings war zwischen den beiden Männern und ihr noch das geschlossene Gatter. Sie wusste, dass sie nur eine Möglichkeit hatte zu fliehen. Würde sie diese Gelegenheit nicht sofort nutzen, gäbe es kein Entkommen mehr. Sie spannte die Muskeln an, schwang sich mit einem hohen Sprung auf den Pferderücken und trat dem Tier heftig in die Seite, sodass es sich aufbäumte und losgaloppierte.

»Bleib stehen!«, schrie Markus ihr nach, doch sie trieb das Pferd weiter an.

Da peitschte ein Schuss durch die Luft.

Kapitel 18

Susanna spürte einen heftigen Schlag, der ihren Oberkörper nach vorn presste. Nach Halt suchend griff sie in die Mähne des Pferdes, das durch den Knall aufgeschreckt war. Im langen Galopp preschte es davon, sodass seine mächtigen Hufe Grasstücke aus der Wiese rissen, die durch die Luft geschleudert wurden.

Susanna blickte an sich herunter und sah, dass sich der Kittelstoff an ihrer linken Seite rot färbte. »Ich bin verletzt«, schrie sie außer sich und drehte sich mühsam auf dem Pferderücken um. Wie durch einen Schleier nahm sie Markus wahr, der ihr mit einer Flinte im Anschlag nachschaute. »Er hat auf mich geschossen«, begriff sie fassungslos. Sie wandte sich in rasendem Galopp wieder nach vorn, als sie jäh einen Schmerz an der Hüfte spürte. Sie presste ihre zitternde Hand auf den roten nassen Fleck. »Er wollte mich töten«, stöhnte sie, während Tränen über ihre Wangen liefen. Übelkeit stieg in ihr hoch. Der Schmerz wurde stärker und schien sich ihrer Sinne zu bemächtigen. »Susanna, bleib wach!«, schrie sie sich selbst an und schüttelte den Kopf hin und her, um die Schwärze zu vertreiben, die sich in ihrem Kopf auszubreiten drohte, während sich das Pferd in wildem Galopp immer weiter von Eppelborn entfernte.

Susanna wusste, dass Jeremias und Markus sie verfolgen würden und sie sich verstecken musste. Sie hielt nach einem geeigneten Unterschlupf Ausschau, als ein Zaun vor ihr auftauchte, den sie überspringen musste. Dicht drückte sie ihren Kopf an den Hals des Pferdes, den sie mit den Armen umschlang. Das Tier überwand mit einem weiten Sprung die Hürde und landete sicher auf der anderen Seite des Zauns. Durch den Stoß beim Aufkommen der Hufe glaubte Susanna ohnmächtig zu werden. Der Schmerz stieß wie ein brennendes Schwert durch ihren Körper, und sie schrie wieder laut auf. Keuchend und mit schmerzverzerrtem Gesicht tastete sie mit der einen Hand nach der getroffenen Stelle an ihrer Hüfte, während sie sich mit der anderen an der Mähne festhielt. Ihr Rock war vom Blut durchnässt. Kalter Schweiß bildete sich auf ihrer Stirn, und die Übelkeit nahm zu. Als das Pferd in den Trab fiel, der sie auf- und niederhopsen ließ, schrie Susanna vor Qualen auf und trat dem Tier mit letzter Kraft in die Seite, damit es wieder angaloppierte.

Bald lag Eppelborn hinter ihr und ein weiterer Ort vor ihr. Als sie beim Näherkommen Calmesweiler erkannte, wusste sie, wo sie sich verstecken konnte. Susanna lenkte mit letzter Kraft das Pferd auf ein Waldstück zu und zwischen den Baumreihen hindurch. Ross und Reiterin überwanden kleine Waldtäler und einen ausgetrockneten Bachlauf. Tief im Wald hinter einem Wall befand sich eine Hütte, vor der Susanna das Pferd zügelte.

»Karl«, rief sie mit schwacher Stimme, kippte zur Seite und fiel zu Boden. Das dichte Laub bremste zwar ihren Fall, dennoch fühlte sie Qualen wie unter einer Folter. Der Schmerz ließ sie nach Luft schnappen, und sie spürte, wie es dunkel um sie wurde.

Karl Lauer füllte das letzte Fässchen mit dem frisch gebrannten Schnaps ab. Gut gelaunt pfiff er eine Melodie, denn die Maische hatte mehr Alkohol ergeben als erhofft. Karl hörte bereits die Münzen in seinem Lederbeutel klimpern. Mit einem Stopfen, den er mit einem Hammer in das Holz trieb, verschloss er das Fässchen und stellte es zu den anderen.

Mitten hinein in die Stille glaubte Karl Geräusche vor der Hütte zu hören. Erschrocken verharrte er in seiner Bewegung. Er lauschte angestrengt, denn er erwartete keine Kunden. »Wer könnte das sein?«, murmelte er und befürchtete bereits, dass die Flurwächter der Herrschaft von Buseck sein Versteck gefunden haben könnten. Traurig blickte er zu seiner Schnapsausbeute. »Alles für die Katz'«, brummte Karl, der wusste, dass sie die Fässer beschlagnahmen würden. Zudem würde es ihn eine hohe Strafe kosten, da er für das Korn, aus dem er die Brennmaische herstellte, keine Abgaben bezahlt hatte.

Karl Lauer seufzte und wartete. Doch nichts geschah. Niemand stürmte seine Hütte oder rief seinen Namen. Langsam ging er auf die Tür zu und öffnete sie zögerlich. »Seltsam«, murmelte er, als er durch den schmalen Türspalt ein Pferd erkennen konnte. »Wo bleiben die Männer der Obrigkeit?« Alles schien ruhig. Nur das Schnauben des Tieres war zu hören. Vorsichtig trat er vor die Hütte, wo er einen leblosen Körper auf dem Boden liegen sah.

»Herr im Himmel«, fluchte Karl, als er Susanna erkannte. Er hob ihren Oberkörper an und spürte etwas Feuchtes an seinen Fingern kleben. Langsam legte er Susanna zurück und erblickte das Blut an seiner Hand. Lauer befürchtete das Schlimmste und rief ihren Namen. Doch das Mädchen antwortete nicht. Er fühlte ihren Puls am Hals. »Sie lebt«, stellte er erleichtert fest.

Behutsam trug er das bewusstlose Mädchen in seine Kate, wo er sie auf dem Boden ablegte.

Susannas Lider flatterten, und sie kam langsam zu Bewusstsein. Als sie sich aufsetzen wollte, durchzuckte sie ein heftiger Schmerz, und sie stöhnte laut auf.

»Was ist passiert?«, fragte Karl und half ihr, Umhang und Rucksack auszuziehen. Als sie schwieg und leise weinte, erklärte er: »Ich muss die Wunde untersuchen.«

Susanna nickte, und er zog ihren Leinenkittel an der Seite aus dem Rock. Karl blickte ungläubig auf die Verletzung. »Auf dich hat jemand geschossen«, stellte er fest.

»Muss ich sterben?«, wisperte Susanna mit schmerzverzerrtem Gesicht.

Karl beantwortete die Frage nicht, sondern stand auf und befeuchtete ein Tuch mit Wasser. »Wer war das?«, wollte er wissen und rieb ihr das Blut von der Haut, um die Schussverletzung genau untersuchen zu können.

Susanna schrie auf. »Die Männer, die meine Eltern getötet haben«, keuchte sie.

»Wie konnten sie dich finden?«, fragte er verwundert.

»Ich weiß es nicht«, jammerte sie und presste die Zähne aufeinander, als er mit den Fingern die Wundränder abtastete.

»Du hast Glück gehabt, Mädchen! Es ist nur ein Streifschuss. Ich werde ihn mit Schnaps säubern und danach verbinden. Das wird schon wieder«, tröstete er sie, als er ihren bangen Blick sah.

Susanna atmete erleichtert auf. Als sie jedoch aufstehen wollte, wies Karl sie barsch an: »Liegenbleiben!«

Mit verängstigtem Blick schaute sie ihm zu, wie er einen kleinen Becher mit seinem Selbstgebrannten füllte. Er kniete sich seitlich neben ihre Hüfte und fragte: »Bist du bereit?«

Susanna nickte, und er goss den Schnaps über die Schussverletzung. Ein qualvoller Schrei hallte in der Hütte wider. Susanna schlug die Hände vors Gesicht und brüllte, bis das Brennen nachließ.

»Im Krieg haben wir immer die Wundränder mit Alkohol gesäubert, damit sie sich nicht entzünden«, entschuldigte Karl sein Tun und entnahm einer Truhe helle Tücher, die er zum Absieben der Maische benutzte. Er schnitt ein Stück Stoff in mehrere schmale Streifen, und aus dem Rest machte er einen breiten Lappen. Nachdem sich Susanna beruhigt hatte, sagte er: »Jetzt darfst du aufstehen« und half ihr hoch.

Susannas Beine waren kraftlos, und sie knickte ein. Lauer hielt sie fest und wartete, bis sie allein stehen konnte. Dann reichte er ihr das Leinentüchlein und befahl: »Press es auf die Wunde.«

Susanna tat, was er sagte, und verzog erneut das Gesicht.

»Ich werde dir einen Verband anlegen«, erklärte Karl.

Nachdem die Wunde verbunden war, blickte er ihr nachdenklich in die Augen. »Sie werden dich suchen!«

»Ich weiß«, flüsterte Susanna.

»Wenn sie sogar deinen Tod in Kauf nehmen, werden sie nicht eher ruhen, als bis sie dich gefunden haben. Ich nehme an, dass sie die magischen Schriften suchen.«

Susanna nickte und ließ sich langsam auf einem Schemel nieder.

»Kann ich dich kurz alleine lassen?«, fragte Karl. »Ich will das Pferd hinter die Hütte führen, um es mit Wasser und Futter zu versorgen.«

Susanna nickte, und er ging nach draußen. Als er kurz darauf zurückkam, ging er zu dem Tischchen, zog die Schublade auf und nahm seine Pfeife heraus, die er stopfte und entzündete.

»Weißt du, wohin du gehen könntest?«, fragte er zwischen zwei Zügen.

Susannas Blick wurde starr. »Ich würde gerne nach Hause auf den Hof gehen, aber dorthin traue ich mich nicht mehr«, schluchzte sie. »Ich würde vieles dafür geben, wenn ich alles nur geträumt hätte«, wisperte sie mit tränenerstickter Stimme. »Sie haben mir alles genommen, was mir lieb war, und jetzt auch noch mein Zuhause.«

Karl legte ihr tröstend die Hand auf die Schulter, dann setzte er sich ihr gegenüber, paffte und überlegte. »Wenn ich du wäre, würde ich versuchen, den Schatz zu heben, und anschließend das Weite suchen. Mit dem Geld kannst du überall hingehen, sodass sie dich niemals finden werden.«

»Das glaubte ich auch, als ich nach Eppelborn kam. Doch sie haben mich aufgespürt.«

Karl lachte leise. »Eine Frau mit einem Kriegsross fällt in dieser Zeit und in dieser Gegend auf. Daran hättest du denken müssen.«

»Das hatte ich nicht bedacht«, gab sie zu und lächelte gequält. In Gedanken wog sie seinen Vorschlag ab. Schließlich fragte sie: »Kannst du mir den Weg zur Aschbacher Kirche erklären?«

Karl schüttelte den Kopf. »Ich habe keine Ahnung, wo diese Kirche in Aschbach stehen soll. Aber ich kann dir sagen, wie du nach Gersweiler kommst. Dort musst du weiterfragen.« Der Schnapsbrenner erklärte ihr den Weg und riet ihr: »Es ist klüger, wenn du erst in der Nacht weiterreitest. Bis dahin ruh dich aus.«

Susanna nickte, denn sie fühlte sich erschöpft und zum Umfallen müde. Auch brannte ihre Wunde.

Karl breitete ihren Umhang auf einem Haufen Sägespänen aus, die er zum Brennen benötigte. »Hier liegst du warm und weich«, erklärte er und half ihr, sich hinzulegen.

Kaum hatte Susanna die Augen geschlossen, schlief sie ein.

In der Stunde nach Mitternacht brach Susanna auf. Tiefschwarze Nacht umgab das Mädchen und sein Pferd, denn weder Mond noch Sterne erhellten den Weg. Der Schrei eines Raubvogels ließ sie zusammenzucken, ebenso wie das Schnaufen der Wildschweine, die vor ihr herliefen. Da sie nichts erkennen konnte, überließ sie es dem Pferd, den Pfad zwischen den Bäumen zu finden und sie sicher den Hügel hinaufzutragen.

Karl Lauer hatte ihr empfohlen, wieder den Weg nach Habach zu nehmen. »Die Straße über Lebach ist zwar eben und somit schnell und einfach zu reiten. Aber der Pfad durch den Wald erscheint mir sicherer, denn dort kannst du dich zwischen den Bäumen vor deinen Verfolgern verstecken. Lass dich nicht unterkriegen und finde den Schatz – für dich und für deine Familie, die sterben musste!«, ermahnte er sie, als er ihren zweifelnden und ängstlichen Blick bemerkte.

Susanna konnte nur nicken, denn bei der Erwähnung ihrer

Familie musste sie die aufsteigenden Tränen unterdrücken. Mühsam hievte sie sich auf das Pferd, das geduldig wartete, bis sie auf seinem Rücken saß.

»Der Streifschuss tut höllisch weh!«, jammerte Susanna und nahm die Zügel auf.

Karl nickte. »Ich weiß! Die Wunde wird durch den Ritt auch wieder bluten«, prophezeite er und überreichte ihr zum Abschied eine kleine braune Tonflasche. »Hier, mein Mädchen. Falls die Schmerzen stärker werden, betäubt der Schnaps von innen. Es ist der beste, den ich je gebrannt habe«, fügte er lächelnd hinzu.

Susanna steckte die Flasche in ihren Beutel und beugte sich vorsichtig nach vorn, um den Schnapsbrenner zu umarmen. Mit erstickender Stimme flüsterte sie: »Danke – für alles!« Sie wendete das Pferd und bat mit verhaltener Stimme: »Grüß Familie Sonntag, und besonders Paul und Ludwig!«

Lauer versprach es und gab dem Pferd einen Klatsch auf das Hinterteil, damit es lostrabte.

Nachdem Susanna die Häuser von Habach hinter sich gelassen hatte, ritt sie einen großzügigen Bogen um Heusweiler herum. Sie wollte nicht den Weg durch den Ort nehmen, da sie befürchtete, jemanden zu treffen, der sie verraten könnte. Auch wollte sie sich nicht selbst in Versuchung führen, von dort einen Abstecher nach Kölln auf den Friedhof zu unternehmen.

An der Weggabelung hielt sie an und blickte wehmütig in die Richtung, in der ihre Familie beerdigt lag. Stumm betete sie das Vaterunser und ritt anschließend weiter nach Güchenbach. Dort lenkte sie das Pferd auf den Weg nach Saarbrücken und versuchte, einen Teil der Strecke im Galopp vorwärtszukommen. Schon bald spürte sie, wie der Verband feucht vom Blut wurde und der Schmerz zunahm. Doch Susanna biss die Zähne zusammen und galoppierte weiter, denn bald würde der Morgen anbrechen, und Menschen würden ihren Weg kreuzen.

Endlich sah sie das Waldgebiet von Saarbrücken vor sich, von dem Karl Lauer gesprochen hatte. »Dort findest du ein Plätzchen, um dich zu verstecken und auszuruhen«, hatte er ihr geraten.

Susanna lenkte das Pferd von dem Trampelpfad fort ins Unterholz. Als sie das Gefühl hatte, weit genug in den Wald vorgedrungen zu sein, hielt sie an. Ihr Gesicht war vor Pein verkrampft, und sie konnte nur schwer durchatmen. Die Wunde schmerzte, als würde sie in Flammen stehen. Zaghaft versuchte Susanna abzusteigen, indem sie zuerst das rechte Bein über den Hals des Pferdes neben das linke hievte. Sofort zuckte ein Schmerz durch ihren Körper, der sie zu zerreißen schien. Sie zog den Fuß zurück und wartete keuchend, dass die Qualen nachließen. Erst dann entschloss sie sich, über das pralle Hinterteil des Pferdes zu Boden zu rutschen. Langsam glitt sie hinab. Wie erstarrt stand sie am Hintern des Pferdes und wartete, bis der Schmerz in ihrem Körper abebbte.

Mühsam führte sie das Tier zu einer Stelle, wo Moos und Gräser den Boden bedeckten, und ließ es grasen. Sie presste ihre Stirn an seinen Hals und weinte heftig. »Zum Glück habe ich dich, Dickerchen!«, schluchzte sie in seine Mähne. Sie wischte sich über die Augen, nahm den umgehängten Beutel von ihren Schultern und setzte sich langsam an die Wurzel eines mächtigen Baumes. Vorsichtig zog sie den Umhang von der Stelle weg, wo ihre Wunde war. Der Verband war durchgeblutet. *Nun sterbe ich doch,* dachte sie leidenschaftslos und legte sich zurück. Entkräftet hörte sie den Vögeln zu, die in den Baumkronen zwitscherten und den nahen Morgen verkündeten. Es dämmerte, und Susanna fiel in einen unruhigen Schlaf.

»Falls dich jemand erwischen sollte, tust du so, als ob du ihn nicht verstehst«, riet Jaggi seinem Sohn Urs.

Mit bangem Blick schaute die Mutter zwischen ihrem Mann und dem Jungen hin und her. »Mir ist nicht wohl dabei«, flüsterte sie und schlug das Kreuzzeichen.

»Reg dich nicht auf, Barbli! Mein Bruder Bendicht und ich haben als junge Burschen fortwährend im Wald das Wild erlegt. Nie hat man uns dabei erwischt.«

»Das waren andere Zeiten!«, erklärte die Frau erregt.

»Ach was!«, lachte Jaggi und gab seinem Sohn die Armbrust. »Es ist mitten in der Nacht, Barbli. Um diese Zeit ist kein Jäger unterwegs, und dank seiner grünen Kleidung ist Urs fast unsichtbar. Er ist ein guter Schütze und wird uns einen fetten Braten schießen. Nicht wahr, mein Junge?«

Urs nickte und nahm die Waffe mit leuchtenden Augen entgegen. »Vater hat recht, Mutter. Mir wird nichts passieren. Ich werde achtsam sein«, sagte er und drückte seine Mutter kurz an sich. Dann lief er über die Wiese in den nahen Wald.

»Komm, Barbli! Wir werden etwas ruhen und dann das Feuer für den Braten vorbereiten«, sagte Jaggi, um seine Frau abzulenken.

Urs schulterte die Armbrust und den Köcher mit den Pfeilen und drang tief in den Wald vor. Als vor ihm eine Sau mit mehreren Frischlingen auftauchte, ließ er sie ungehindert weiterziehen. Sein Vater hatte ihm aufgetragen, nur kleines Wild zu schießen, da sie das Fleisch nicht kühlen konnten. »Wir wollen uns nur heute sattessen, denn in drei Tagen haben wir es geschafft. Dann sind wir in Trier«, hatte er gesagt.

Urs schaute sich um und hoffte, einen Hasen oder zwei Eichhörnchen erlegen zu können, denn bald würde die Morgendämmerung einsetzen, die die beste Jagdzeit für Niederwild war. Er nahm die Armbrust von seinem Rücken nach vorn und spannte einen Pfeil ein. Um Geräusche zu vermeiden, achtete Urs auf seine Schritte und ging langsam weiter, als vor ihm ein Kaninchen hochschreckte und loslief. Er hob die Waffe, nahm das Tier ins Visier und drückte ab. Durch die Wucht des Geschosses überschlug sich das Kaninchen mehrmals. Zuckend blieb es liegen. Urs zückte sein Messer und eilte zu dem verletzten Tier.

»Ich habe dein Herz verfehlt«, entschuldigte er sich und stach zu. Danach zog er aus dem getöteten Tier den Pfeil heraus und band es an seinen Gürtel. Den Pfeil steckte er zurück in den Köcher. Urs schaute aufmerksam nach allen Seiten, um den Rückweg zu finden, als er ein Pferd schnauben hörte. Geräuschlos wie eine Katze sprang er hinter einem breiten Baumstamm in Deckung. Er kniff die Augen leicht zusammen und schaute angestrengt in die Richtung, aus der das Schnauben kam. Tatsächlich konnte er zwischen den Bäumen ein Pferd ausmachen. Urs spürte eine Heidenangst in sich aufsteigen, dass die Waldhüter des Grafen ihn aufspüren könnten, aber niemand war zu sehen. Er wartete eine Zeitlang, ob der Reiter des Pferdes zurückkam. Doch kein Mensch ließ sich blicken.

Langsam kam Urs aus seiner Deckung hervor und eilte an den Bäumen entlang, bis er in der Nähe des Pferdes war. Von dort prüfte sein Blick die Umgebung. Alles blieb ruhig.

Vorsichtig ging er auf das Tier zu, streckte ihm seine Hand entgegen und blickte es aufmerksam an. Je näher er jedoch kam, desto unruhiger wurde das Pferd und hieb schließlich aufgeregt mit dem Vorderhuf auf den Waldboden.

Plötzlich erkannte Urs die Ursache. Das Pferd stand zwischen ihm und einem Mädchen, das, an einen Baumstamm angelehnt, schlafend dalag. Urs blieb stehen.

»Du beschützt wohl deine Reiterin«, flüsterte er mit sanfter Stimme und sah auf das Mädchen. Obwohl ihr kastanienfarbenes Haar eine Gesichtshälfte verdeckte, konnte er ihr ebenmäßiges Antlitz erkennen. Sie schien zu träumen, denn immer wieder veränderte sich ihre Mimik. Urs trat einen Schritt näher an sie heran und entdeckte den Blutfleck an ihrer linken Seite.

»Sie ist verletzt«, murmelte er und blickte sich nach allen Seiten um, da er befürchtete, dass der Übeltäter noch in der Nähe war. Da aber das Pferd nun ruhig weitergraste, kniete Urs nieder, um sich die Verletzung anzusehen. In dem Augenblick erwachte das Mädchen.

Sie blickte ihn aus fiebrig glänzenden Augen an und riss im gleichen Augenblick den Mund auf, um zu schreien.

Hastig hob Urs die Hände in die Höhe und zögerte kurz, da er sich in Gedanken die hochdeutschen Worte überlegen musste. Dann erklärte er: »Ich will dir nichts Böses!«

Ihr Blick war voller Angst, und sie wollte aufspringen, brach jedoch laut klagend zusammen. Ihr Körper zitterte, und sie weinte.

»Ich kann dir helfen«, sagte Urs freundlich und lächelte sie an. Das Mädchen musterte ihn von Kopf bis Fuß.

»Bist du ein Jäger?«, flüsterte sie.

Er schüttelte den Kopf. »Nein. Ich bin ein Wilderer.«

Kapitel 19

Markus blickte dem Mädchen wütend hinterher. »Es ist wie verhext«, fluchte er. »Meine Kugel hat das Miststück nur gestreift.«

»Du Taugenichts«, brüllte Jeremias und lief zurück zum Hof. Als er merkte, dass der Bursche ihm nicht folgte, drehte er sich nach ihm um und schrie: »Willst du Wurzeln schlagen? Wir müssen ihr folgen!«

Markus schaute kurz in die Richtung, in die das Mädchen entschwunden war, und schwor: »Das nächste Mal bist du fällig!« Dann legte er sein Gewehr über die Schulter und rannte dem Gefährten hinterher.

Jeremias hatte bereits den Innenhof des Bachmichel-Hauses erreicht, als sich ihm zwei Männer in den Weg stellten. Den einen hatte er bereits vor dem Bauernhof getroffen und ihn dort mit einem Kinnhaken zu Boden gestreckt, als er ihn an der Suche nach dem Mädchen hindern wollte.

»Brummt der Schädel?«, höhnte Jeremias, als er sah, wie sich der Mann den Kopf hielt. Den anderen Bauern, der ihn mit seinen Blicken zu durchbohren schien, kannte er nicht. Da sich die beiden Männer ähnelten, nahm Jeremias an, dass es Brüder waren.

»Lasst uns durch, und euch wird nichts geschehen«, forderte Jeremias mit scharfer Stimme. Wie auf Befehl verschränkten beide Bauern die Arme vor der Brust.

»Hier kommst du nicht durch«, sagte der eine.

In dem Moment öffnete sich die Hintertür, und die Bäuerin trat heraus und stellte sich mit einem Prügel in der Hand neben ihn. »Lasst uns in Ruhe und verschwindet«, fauchte sie.

»Halt's Maul, Alte«, zischte Markus, der den Hof erreicht hatte. Er hielt das Gewehr im Anschlag und drohte: »Ich werde nicht zögern zu schießen.«

Der Oheim ging unbeeindruckt von dieser Drohung auf Markus zu und riss ihm die Waffe aus der Hand. Mit einer fließenden Bewegung drehte er die Flinte um und stieß Markus den Gewehrknauf in den Magen. Der klappte zusammen und blieb stöhnend am Boden liegen.

»Wenn du gegen einen ehemaligen Soldaten die Flinte hebst, solltest du sie vorher laden«, spottete der Oheim und schwang die Waffe gegen Jeremias, der die Arme in die Höhe riss.

»Beruhige dich! Wir wollen euch nichts Böses. Das Mädchen, dem ihr Unterschlupf gewährt habt, ist eine gemeine Pferdediebin und gehört vor Gericht.«

Der Oheim, der so groß wie Jeremias war, baute sich vor ihm auf. »Wir wissen, warum ihr Susanna jagt. Ihr wollt die magischen Schriften, die ihr dem Vater des Mädchens stehlen wolltet. Deshalb habt ihr die Familie getötet«, sagte er mit zorniger Stimme. »Wenn ihr nicht wollt, dass ich hier und jetzt das Urteil gegen gemeine Mörder fälle und vollstrecke, dann verschwindet von unserem Hof.«

Jeremias ließ sich nicht einschüchtern und zischte: »So heißt das Luder also. Ich werde Susanna jagen, und dagegen könnt ihr nichts ausrichten!«

So schnell, dass Jeremias die Gefahr nicht kommen sah, schlug der Mann ihm den Knauf der Waffe gegen die Schläfe. Er sackte geräuschlos zusammen.

Markus blickte grimmig zu den Bauersleuten hoch und wollte aufstehen, doch der Oheim schlug auch ihm gnadenlos die Flinte gegen den Kopf. Bewusstlos fiel der Bursche zurück auf den Boden.

»Was hast du gemacht?«, fragte die Bäuerin den Schwager erschrocken.

»Ich habe sie außer Gefecht gesetzt, damit sie uns nicht daran hindern, Susanna zu suchen«, erklärte er ungerührt. »Als ich vom Feld zurückkam, habe ich einen Schuss gehört und befürchtete Schlimmes!« Seine Miene war sorgenvoll, und die Bäuerin schlug bestürzt die Hand vor den Mund.

»Das war also der Knall. Worauf warten wir?«, rief der Bauer. »Wir müssen das Mädchen finden.«

»Sucht ihr die Koppel ab. Ich werde mich um die beiden Schurken kümmern!«, schlug der Oheim vor.

»Du wirst dich nicht an ihnen versündigen«, mahnte die Bäuerin.

»Keine Angst«, brummte er und ging in die Scheune, um kurz darauf mit einem langen Seil zurückzukommen. Sogleich liefen der Bauer und seine Frau zur Koppel.

»Euch werde ich es zeigen«, murmelte der Oheim und band den beiden Bewusstlosen Hände und Füße zusammen. Als sie dabei erwachten und Verwünschungen gegen ihn ausstießen, steckte er einem jeden von ihnen einen Knebel zwischen die Zähne.

Da sich Jeremias und Markus weder bewegen noch sprechen konnten, versuchten sie den Bauern mit bösen Blicken einzuschüchtern. Der konnte darüber nur lachen.

»Schaut so finster, wie ihr wollt, mir jagt ihr keine Angst ein. Im langen Krieg hatte ich es mit einigen schlimmen Gesellen zu tun, deshalb hättest du es nicht geschafft, mich mit einem Kinnhaken niederzustrecken«, versicherte er Jeremias. »Mein Bruder aber war sein Leben lang Bauer. Er hat nie diesen Hof verlassen, und deshalb versteht er es nicht zu kämpfen. Ich hingegen habe unter großen Namen gedient und weiß, wie man mit eurer Sorte Lumpenpack umzugehen hat. Nur zu gerne würde ich euch den Schwedentrunk kosten lassen, doch leider haben wir erst dieser Tage die Jauche auf die Äcker verteilt.«

Als er die entsetzten Blicke der beiden Männer sah, zischte er: »Susanna hat uns den Tod ihrer Angehörigen geschildert. Ihr habt nicht einmal Rücksicht auf ihre kleine Schwester genommen.«

Jeremias versuchte etwas zu sagen, doch der Knebel hinderte ihn daran, sodass nur Gegrunze zu hören war. Trotzdem glaubte der Oheim zu ahnen, was er sagen wollte. »Ich vermute, dass du dir die Finger nicht schmutzig gemacht hast. Wahrscheinlich war dieses ungestüme und jähzornige Großmaul der Täter.«

Jeremias nickte heftig.

»Dachte ich es mir. Doch es nützt dir nichts.«

Der Oheim ging vom Hof und ließ die beiden zurück.

Jeremias blickte sich hilfesuchend um und drehte sich umständlich vom Bauch auf den Rücken. Als er zum Wohnhaus hochschaute, sah er an der Luke im Dachgeschoss mehrere Kindergesichter, die zu ihnen herunterstarrten. Er versuchte ihnen mit Stöhnen und seinen Blicken klarzumachen, dass er Hilfe brauchte. Doch die Kinder verschwanden lautlos ins Innere der Kammer. Als Hufgetrappel zu hören war, hob Jeremias erwartungsvoll den Kopf. Enttäuscht sah er, wie der Bauer um die Häuserecke kam. Er führte ihre beiden Pferde auf den Hof und band sie am Stall fest. Ohne ein Wort zu sprechen, zog der Bauer Jeremias beinahe mühelos vom Boden hoch und warf ihn wie einen Sack auf den Pferderücken. Genauso verfuhr er mit Markus.

Jeremias hing mit dem Gesicht nach unten und hatte das Gefühl zu ersticken. Der Knebel drückte ihm gegen den Schlund, und er musste würgen. Bei jedem Schritt, den der Gaul machte, wippte Jeremias' Kopf hin und her, und er glaubte ohnmächtig zu werden. Das Blut rauschte in seinen Ohren, sodass er befürchtete, sein Kopf würde platzen. *Sobald ich mich befreit habe, bringe ich den Mistkerl um*, schwor er grimmig und zog an seinen Handfesseln. Als ihm das Seil in die Gelenke schnitt, brannte seine Haut wie Feuer. Er stöhnte auf und versuchte den Kopf zu drehen, um sich mit Markus zu verständigen – doch vergebens.

Markus schloss vor Pein die Augen. Durch den Schlag brummte sein Schädel schlimmer als nach einer durchzechten Nacht mit billigem Fusel. Sein Magen schmerzte, und ihm war übel, da er kopfüber auf dem Pferderücken hing. *Ich werde diesen Bauern wie ein Stück Vieh ausweiden und mich an seinen Qualen ergötzen*, schwor sich Markus voller Groll und blickte auf den Boden unter sich. *Das letzte Wort ist noch nicht gesprochen*, schimpfte er innerlich und kniff die Augen zusammen, da ihm schwindlig wurde.

Ruhelos saßen die Bäuerin und ihr Mann am Tisch und warteten darauf, dass der Oheim zurückkam.

»Ich hoffe, dieser Schuft hat Susanna nicht verwundet«, sagte die Frau mit brüchiger Stimme. Ihr Mann streichelte beruhigend über ihre Schulter. »Wir haben nirgends Blut entdecken können«, erklärte er, und sie nickte. »Zudem muss das Pferd schnell über die Wiese galoppiert sein, denn es hat mit den Hufen tiefe Grasfladen herausgerissen. Wäre Susanna schwer verletzt, hätte sie sich nicht auf dem mächtigen Gaul halten können.«

Erneut nickte die Bäuerin. »Dein Wort in Gottes Ohr. Aber wo bleibt dein Bruder?«, schimpfte sie.

In dem Augenblick wurde die Stubentür geöffnet, und der Oheim kam herein.

»Erledigt«, sagte er und ging zu der Truhe, in der eine Flasche Schnaps versteckt war. Er stellte vor jeden ein Becherchen, das er mit dem Klaren füllte. Ohne etwas zu sagen, kippte er seinen Schnaps hinunter und schüttelte sich.

»Habt ihr das Mädchen gefunden?«, fragte er.

Sein Bruder verneinte. »Wir haben bis zum Anbruch der Dunkelheit gesucht. Nichts – auch kein Blut«, sagte er und zuckte mit den Schultern.

»Ich bete, dass er sie verfehlt hat«, murmelte die Bäuerin mit bangem Blick.

»Was hast du mit dem Lumpenpack gemacht?«, fragte der Bauer und nahm einen Schluck.

Sein Bruder lächelte verschmitzt. »Ich habe sie in das verlassene Dorf hinter Hasborn gebracht.«

»Und die Pferde?«

»Zuerst hatte ich erwogen, sie zu behalten, da es starke Rösser sind. Doch die Gefahr ist zu groß, dass diese elenden Halunken uns wegen Diebstahls belangen. Deshalb habe ich die Tiere ein Stück zurückgeführt und dann laufen gelassen. Dafür habe ich ihre Gewehre behalten«, höhnte er.

»Sie werden die Pferde finden und hierher zurückkommen«, gab die Bäuerin zu bedenken.

»Das denke ich nicht«, erwiderte der Oheim. »Ich habe ihnen vorgegaukelt, dass ich eine Horde Söldner kenne, die mir treu ergeben sind.«

»Und du glaubst, das schüchtert diese Gesellen ein?«

»Glaube mir, Bruder, ich kenne solche Halunken aus Kriegszeiten und weiß mit ihnen umzugehen. Sie haben verstanden, dass mit mir nicht zu spaßen ist«, sagte der Oheim und goss sich einen weiteren Klaren ein. *Ich habe es ihnen nicht nur gesagt, sondern es sie auch spüren lassen*, dachte er zufrieden.

Als Jeremias zu sich kam, war sein linkes Augenlid angeschwollen. Mit schmerzverzerrtem Gesicht blinzelte er in die Abenddämmerung und erkannte vor sich die Umrisse von Markus, der mit dem Rücken zu ihm nur wenige Schritte entfernt lag, sich aber nicht rührte. Da beide immer noch geknebelt waren, konnte Jeremias weder nach dem Burschen rufen noch zu ihm gehen. Es blieb ihm nichts anderes übrig, als zu warten, bis Markus aufwachte.

Mit zunehmender Dunkelheit verstärkten sich die Geräusche der Umgebung. Rascheln, Zirpen, Schnauben, Fiepen, Grunzen – all diese Laute drangen Jeremias unnatürlich schrill und laut ans Ohr. Er war kein Mann der Angst, doch da er hilflos auf dem Boden lag und sich nicht wehren konnte, beschleunigte sich sein Herzschlag.

Jeremias überlegte, wie er die Fesseln und den Knebel loswerden könnte. Ihm war klar, dass ihm das nur mit Markus' Hilfe gelingen würde, doch der gab immer noch keinen Laut von sich. *Ob der Bauer ihn getötet hat?*, überlegte Jeremias und beschloss, zu dem Burschen zu kriechen. Unter großer Anstrengung wälzte er sich über den Boden und schien dafür eine Ewigkeit zu benötigen. Als seine Füße nahe genug an Markus' Rücken heranreichten, stupste er ihn mit den Fußspitzen an. Der Bursche rührte sich nicht, und Jeremias versuchte, trotz des Knebels Töne von sich zu geben. Als nichts geschah, gab er ermattet auf, zumal sein Kopf schmerzte. Jeremias drehte sich auf den Rücken und blickte mit dem unverletzten Auge in den Nachthimmel. *Verflucht*, schimpfte er. *Mein Ende habe ich mir anders vorgestellt.*

Jeremias war gerade eingeschlafen, als ein seltsames Geräusch an sein Ohr drang. Erschrocken riss er die Augen auf und drehte seinen Kopf nach rechts und nach links. Plötzlich blickte er in Markus' Gesicht.

Obwohl Jeremias wusste, dass Markus ihn wegen des Lappens im Mund nicht verstehen würde, versuchte er, ihm mit Lauten klarzumachen, dass sie sich Rücken an Rücken legen mussten. Der Bursche schien zu begreifen, und beide drehten sich auf die Seite, sodass ihre Finger sich berühren konnten. Markus tastete nach dem Strick, der um Jeremias' Handgelenk gebunden war, bis er den Knoten fühlte. Dann versuchte er ihn zu öffnen. Von der Anstrengung sammelten sich Schweißperlen auf seiner Stirn. Auch plagte ihn unbändiger Durst. Es dauerte eine Weile, bis es ihm gelang, den Knoten zu öffnen.

Als Jeremias anschließend Markus' Fessel löste, riss dieser sich den Knebel aus dem Mund, spuckte und würgte. »Ich bringe ihn um! Ich bringe ihn um!«, schrie er in die Dunkelheit.

»Es nützt niemandem, wenn du wie ein Wahnsinniger durch die Gegend brüllst. Halt dein Maul, bevor jemand auf uns aufmerksam wird.«

Jeremias blickte sich um, doch in der Dunkelheit konnte er nichts erkennen. »Wir müssen warten, bis der Morgen graut, sonst laufen wir Gefahr, uns den Hals zu brechen«, sagte er und legte sich auf den Boden. Er kugelte sich zusammen und schloss die Augen.

Markus, der mürrisch dastand, musste einsehen, dass Jeremias recht hatte, und tat es ihm nach.

Das Bauernehepaar und der Oheim standen vom Tisch auf, um in ihre Schlafstuben zu gehen, als es an der Hintertür klopfte.

»Wer kann das sein?«, flüsterte die Bäuerin mit schreckensweiten Augen. Die beiden Männer zuckten mit den Schultern. Während der Bauer sich den Prügel schnappte und sich neben den Türrahmen stellte, ging sein Bruder mutig zur Tür.

»Pass auf!«, wisperte die Schwägerin.

»Banditen klopfen nicht an«, gab er leise zu bedenken und öffnete. »Was machst du um diese Zeit hier?«, fragte er erstaunt, als er Karl Lauer erkannte.

»Tritt zur Seite und lass mich herein«, murmelte Karl und schob sich an der Gestalt des Oheims vorbei.

»Was ist geschehen, dass du mitten in der Nacht hier erscheinst?«, fragte der Bauer beunruhigt.

Karl goss sich einen Schnaps ein und kippte ihn hinunter. »Susanna war bei mir. Sie ist jetzt auf dem Weg nach Gersweiler.«

»Dem Herrn sei Dank! Dieser Lump hat sie nicht erwischt«, jubilierte die Bäuerin. Doch als sie in Karls bekümmertes Gesicht blickte, wurden ihre freudigen Gesichtszüge ernst.

»Du verschweigst uns etwas«, sagte der Oheim, und Karl nickte.

»Sie ist verletzt«, sagte er, und sogleich schrie die Bäuerin auf.

»Wie schlimm ist es?«, fragte ihr Mann.

»Zum Glück ist es nur ein Streifschuss. Ich habe die Wunde mit Alkohol gesäubert und verbunden. Mehr konnte ich nicht für sie tun.«

»Du sagst, sie ist auf dem Weg nach Gersweiler?«

Karl Lauer nickte. »Ich habe ihr geraten, den Schatz zu heben und dann das Weite zu suchen.«

Der Oheim nickte und murmelte: »Das hast du gut gemacht.«

Kapitel 20

Susanna musterte misstrauisch den Burschen, der wie ein Jäger in ein grünes Hemd und eine grüne Hose gekleidet war. Er war von drahtiger Figur, und sie schätzte ihn um einen Kopf größer, als sie selbst war. Seine Haare hatten die Farbe von altem Rost, und sie kringelten sich dicht an seinem Kopf. Als die Sonne aufging, blinzelte er gegen das Licht, und seine braunen Augen bekamen einen goldenen Schimmer. Die unzähligen Sommersprossen an den Nasenflügeln gaben seinem Gesicht einen pfiffigen Ausdruck. Susanna dachte, dass er im gleichen Alter wie ihr ermordeter Bruder Johann sein könnte, der zwei Jahre älter als sie gewesen war. Ihr Blick wanderte argwöhnisch zu der Armbrust in der Hand des Burschen, der ihre Gedanken zu erraten schien, denn er legte, ohne zu zögern, Waffe und Bogenköcher vor ihr auf den Boden.

»Ich tue dir nichts«, erklärte er lächelnd und kam einen Schritt näher.

Sogleich presste sich Susanna schutzsuchend gegen den Baumstamm.

»Komm mir nicht zu nahe!«, schrie sie. Trotz seines gefälligen Aussehens fürchtete sie sich vor ihm, zumal seine sonderbare Aussprache darauf schließen ließ, dass er wirr im Kopf sein musste.

Sofort blieb der Bursche stehen, und Susanna atmete erleichtert aus. Kopfschüttelnd blickte er zu ihr herunter und murmelte Worte, die hart und fremd für sie klangen. Susanna verstand nicht eine Silbe und schaute ihm eingeschüchtert in die Augen. Als sie jedoch seinen freundlichen Blick sah, in dem sie nichts Hinterhältiges erkennen konnte, entspannte sie sich langsam. Allerdings blieb sie wachsam, denn trotz aller Freundlichkeit, die von ihm ausging, mochte sie den Fremden nicht leiden. Und als er wieder zu ihr sprach, spürte sie erneut einen Anflug von Furcht in sich hochsteigen.

»Du bist verletzt«, erklärte er und zeigte auf den Blutfleck.

»Das weiß ich selbst«, blaffte sie und blickte ihn kratzbürstig an.

Der Junge schwieg und sagte dann mit ernster Miene: »Deine Verletzung scheint sich entzündet zu haben, denn ich kann Eiter riechen. Wenn die Wunde nicht versorgt wird, könntest du daran sterben.«

»Das kann nicht sein! Ein Freund hat die Wunde mit Schnaps gesäubert und verbunden«, erwiderte sie unwirsch.

»Dann hat er sie nicht gründlich ausgewaschen, denn deine Augen glänzen fiebrig, und Fieber deutet auf eine Entzündung hin. Wenn du willst, bringe ich dich zu meiner Familie. Dort werde ich deine Wunde versorgen.«

»Deine Familie?«, fragte sie misstrauisch.

»Meine Eltern und Geschwister erwarten mich mit dem Essen«, schmunzelte der Bursche und zeigte auf das erlegte Stück Wild an seinem Gürtel. »Nicht weit von hier haben wir unser Lager errichtet. Dort kann ich mir deine Verletzung ansehen und sie mit Kräutern behandeln.«

»Kannst du heilen?«, fragte sie zaudernd.

Er nickte, ohne mehr zu erklären.

Susanna überlegte und wog ab. Der Gedanke, allein im Wald zurückzubleiben und womöglich sterben zu müssen, machte ihr Heidenangst. Aber sie kannte den Jungen nicht und wusste nicht, ob sie ihm trauen konnte. Unschlüssig kaute sie auf ihrer Unterlippe. Ihr Eigensinn siegte, und sie setzte sich auf, um ihm zu sagen, dass er verschwinden solle, als der Schmerz wie ein Blitz durch ihren Körper zuckte. Keuchend legte sie sich zurück an den Baumstamm.

Urs betrachtete das Mädchen, das ihn mit bangem Blick musterte. Die Haut der Verletzten war leichenblass, ihre Hände zitterten, und ihr Atem ging stoßweise. Obwohl nun Sonnenlicht in ihr Haar schien, wirkte es matt und stumpf. Als er den Blutfleck an ihrem Kittel bemerkte, wäre er gerne zu ihr geeilt, um ihr zu helfen, doch ihr feindseliger Widerwille hielt ihn davon ab. Während er dastand und sich nicht näher heranwagte, fragte er sich, wer ihr das angetan hatte und wo der Reiter des Schlachtrosses war. *Ob sie ihn umgebracht hat?*, überlegte Urs und verwarf den Gedanken sofort, denn das Mädchen sah nicht wie eine Mörderin aus, und in ihrem Zustand hätte sie sich zwar wehren, doch bestimmt nicht töten können. Urs verstand ihre zurückweisende und misstrauische Haltung, jedoch nicht, dass sie seine Hilfe zurückwies. Die Zeit drängte, und er befürchtete einen Wundbrand, der dringend behandelt werden musste. Doch wie sollte er ihr den Ernst der Lage erklären?

Als er ihren schmerzverzerrten Gesichtsausdruck sah, wollte er zu ihr springen, um ihr zu helfen, aber ihr feindseliger Blick hielt ihn davon ab. Urs hatte bei seinem Oheim genügend Erfahrung in der Heilkunst sammeln können und traute sich zu, ihre Wunde fachmännisch zu versorgen. Doch seine guten Absichten nutzten nichts, wenn das Mädchen seine Hilfsbereitschaft ablehnte. Er blickte zu den Baumkronen hinauf.

»Ich muss zu meiner Familie und kann nicht länger warten«, sagte er schließlich und nahm Armbrust und Köcher auf. Ohne ein weiteres Wort wandte er sich um.

Da hörte er sie schreien: »Nimm mich mit!«

»Wo bleibt der Junge?«, fragte Barbli und schaute besorgt hinüber zu der Stelle, wo ihr Sohn im Wald verschwunden war. »Es ist schon hell, und Urs ist viel zu lange fort.«

»Es wird ihm nicht gleich ein Stück Wild vor die Armbrust gelaufen sein«, meinte ihr Mann und versuchte zu lächeln, obwohl auch er Unruhe spürte. Um sich abzulenken, ging Jaggi zum Feuer und legte einen weiteren dicken Ast darauf.

»Mutter, ich habe Hunger«, jammerte die dreijährige Vreni und rieb sich die Augen. Sie war ebenso wie ihr Bruder Leonhard aufgewacht. Barbli drückte jedem Kind eine trockene Scheibe Brot in die Hand, als das Schnauben eines Pferdes die Stille auf der kleinen Lichtung durchbrach.

Erschrocken schauten alle zum Waldrand. Als der Vater ein mächtiges Kriegsross mit einem Mädchen auf dem breiten Pferderücken erblickte, das sein Sohn führte, drehte er sich grinsend zu seiner Frau um. »Ich habe dir prophezeit, dass unser Sohn ein guter Jäger ist.«

Susanna blickte schüchtern den fremden Menschen entgegen, die sie neugierig musterten. Der herzlichen Begrüßung nach zu urteilen, schien es sich um die Eltern und die jüngeren Geschwister des Wilddiebs zu handeln. Der Bursche reichte der Frau das erlegte Kaninchen, das sie freudig entgegennahm. Lachend sagte sie etwas in einer sonderbaren Sprache. Als der Bursche mit denselben unverständlichen Wortfetzen antwortete, erkannte Susanna, dass er nicht wirr im Kopf war, sondern dass es sich um eine fremde Sprache handeln musste. Alle Blicke waren auf sie gerichtet, während die fremden Leute miteinander redeten. Der Mann schüttelte bekümmert den Kopf, während sich die Frau die Hand vor den Mund schlug.

Susanna traute sich nicht, etwas zu sagen, und versuchte mühsam, sich auf dem Pferd zu halten, obwohl die Schmerzen zunahmen. Ihr Mund war trocken, und das Schlucken fiel ihr schwer. Immer wieder musste sie sich räuspern.

Sie wurde von dem kleinen Mädchen abgelenkt, das am Rock der Mutter zupfte und auf das Kaninchen zeigte. Die Frau antwortete dem Kind leise und strich ihm liebevoll über den Kopf. Als sie dem Mädchen das Wild reichte, lief es lachend davon. Sogleich folgte ihr ein älterer Junge.

Nun trat die Frau an das Pferd heran und legte ihre Hand

auf Susannas Bein. Mit einem freundlichen Lächeln sagte die Fremde mehrere Wörter zu ihr, die Susanna nicht verstand. Hilflos zuckte sie mit den Schultern, als ihr speiübel wurde. Zitternd wischte sie sich über die heiße Stirn und spürte, wie ihr schwarz vor Augen wurde.

»Fang sie auf!«, schrie Barbli, als sie sah, wie sich die Augäpfel des Mädchens verdrehten. Jaggi sprang hinzu und drückte die Fremde an der Schulter nach oben. Dann umfasste er ihre Oberarme und zog sie sanft vom Pferd in seine Arme.

»Bring sie in den Schatten«, forderte Barbli ihren Mann auf und ging voran, um eine Decke neben dem Fuhrwerk auszubreiten. Vorsichtig legte Jaggi das Mädchen nieder.

Barbli roch den Eiter der Wunde. Mit sorgenvollem Blick schob sie den Leinenkittel der jungen Frau nach oben und wickelte langsam den durchgebluteten Verband ab. Als sie die entzündete Wunde sah, sog sie scharf die Luft durch die Zähne. »Du hattest recht, Urs.«

»Es ist ein Streifschuss«, stellte Jaggi fest, der solche Verwundungen aus seiner Kriegszeit kannte.

»Wer könnte auf ein unschuldiges Mädchen schießen?«, fragte seine Frau.

»Es gibt viele böse Menschen, die keinen Grund brauchen, um anderen Leid zuzufügen«, erklärte ihr Mann. »Aber vielleicht ist das Mädchen nicht schuldlos. Sie ist womöglich eine Pferdediebin«, meinte er und blickte nachdenklich zu dem Gaul. »Es ist ungewöhnlich, dass eine zarte und junge Person, wie sie es ist, ein solch großes Ross reitet. Diese Pferde gehören zu Söldnern, die im Kampf erfahren sind.«

»Es spielt keine Rolle, warum sie verletzt ist oder wem das Pferd gehört. Wir müssen ihr helfen«, sagte Barbli und wandte sich an ihren Sohn. »Jetzt kannst du zeigen, was dich dein Oheim gelehrt hat!«

Urs suchte auf dem Fuhrwerk den kleinen Kasten, den sein

Onkel ihm zum letzten Geburtstag geschenkt hatte. Er musste allerlei Haushaltsgegenstände wegräumen, bis er ihn fand. Rasch ging er zu dem Mädchen und stellte die Kiste auf den Boden. Sie enthielt mehrere Tontöpfchen sowie kleine Glasflaschen, die mit Salben und Tinkturen gefüllt waren.

»Ich benötige warmes Wasser, saubere Tücher und einen Verband«, wies Urs seine Eltern an. Während Barbli den Stoff suchte, füllte Jaggi eine Schüssel mit Wasser, das seit dem Morgen auf der Feuerstelle in einem Topf dampfte. Zwischenzeitlich prüfte Urs die Beschriftungen der Töpfchen und der Arzneifläschchen. Nachdem er gefunden hatte, was er suchte, reichte er seiner Mutter ein Glasfläschchen und bat: »Davon musst du zehn Tropfen in einen Becher tröpfeln und sie mit heißem Wasser aufgießen.«

»Was ist das?«, fragte Barbli neugierig und schnupperte daran.

»Kamillenessenz. Der Sud daraus wird sie beruhigen und ihr die Angst nehmen.«

Barbli schaute ihrem ältesten Sohn stolz über die Schulter, als Leonhard sich neben sie stellte. »Mutter, wir haben dem Kaninchen das Fell über die Ohren gezogen.«

»Das habt ihr gut gemacht, du und deine Schwester!«, lobte sie ihn und ging mit ihm zum Feuer, um das Fleisch zu braten.

Urs spürte, dass er angespannt war und seine Hände leicht zitterten. Sein Vater, der jede seiner Bewegungen mit aufmerksamen Blicken verfolgte, verunsicherte ihn. Nie zuvor hatte er Bereitschaft gezeigt, seinem ältesten Sohn bei der Behandlung eines kranken Menschen zuzusehen. Bislang fehlte ihm jedes Verständnis für die Begeisterung des Sohnes für die Kunst zu heilen. Noch immer wehrte sich Urs gegen die Absicht des Vaters, ihn in wenigen Tagen in Trier zum Soldaten zu machen. Deshalb belastete es ihn umso mehr, sich nun von ihm bei der Ausübung der Heilkunst so beobachtet zu wissen. Doch dann dachte er an seinen Oheim, und ein Lächeln blitzte in Urs' Gesicht auf. Er erinnerte sich an den Spruch, den der Onkel ihm mit auf den Weg gegeben hatte: »Glaube an dich und vertraue deinen Fähigkeiten.«

Heute würde Urs dem Vater zeigen, was er konnte. Er holte tief Luft und begann mit seiner Arbeit.

Susanna erwachte und spürte sofort, dass es ihr besser ging. Als Essensduft in ihre Nase stieg, schaute sie sich suchend um und erblickte die kleine Schwester des Wilddiebs, die neben ihr im Gras saß. »Grüezi di«, sagte das Mädchen und lächelte sie aus einem von Fett glänzenden Gesicht an. Dann nagte es weiter an der Kaninchenkeule, die es in seinen Händen hielt.

Susanna hatte zwar keine Ahnung, was das Kind zu ihr gesagt hatte, doch sie spürte, dass von dieser Familie keine Gefahr ausging. »Ich habe auch Hunger«, sagte sie zu der Kleinen. Die sprang sofort auf und lief zu ihrer Familie, die um das Feuer saß und ebenfalls aß. Susanna kam mühsam auf ihren Ellenbogen hoch und setzte sich auf, als der Bursche neben ihr stand.

»Geht es dir besser?«, fragte er besorgt, und sie nickte.

»Ich spüre kaum noch Schmerzen, und auch das Fieber scheint zurückgegangen zu sein. Außerdem habe ich Hunger«, gab sie kleinlaut zu.

»Das ist gut«, sagte er und reichte ihr einen Becher. »Trink das. Er beruhigt und heilt von innen.«

»Was ist das?«, fragte sie und schnupperte an dem Getränk, dessen Geruch ihr bekannt vorkam.

»Kamillensud«, sagte er und fügte lächelnd hinzu: »Erst wenn du den getrunken hast, bekommst du zu essen.«

Da Susannas Magen laut knurrte, trank sie den Sud in einem Zug leer. Der Junge nahm grinsend den leeren Becher entgegen und ging zurück zum Feuer, wo er mit seinen Eltern sprach, die daraufhin lachend zu Susanna herüberblickten. Die Frau reichte dem Sohn eine Holzschale und legte ein Stück gebratenes Fleisch und eine Scheibe Brot darauf. Beides brachte er Susanna.

»Es ist nicht viel, was wir dir anbieten können«, sagte er und reichte ihr die Schale.

Susanna griff gierig nach einem Fleischstückchen und schob es sich in den Mund. »Es schmeckt köstlich«, sagte sie kauend. »Wie hast du meine Wunde versorgt?«, fragte sie und biss in das trockene Brot.

Urs setzte sich im Schneidersitz neben Susanna und erklärte: »Ich habe sie mit verdünnter Liebstöckelessenz ausgewaschen, denn das nimmt den Eiter weg. Anschließend habe ich sie dick mit Ringelblumensalbe eingerieben. Der Kamillensud tut den Rest. Allerdings muss die Verletzung mehrmals täglich versorgt werden.«

»Warum weißt du, wie man eine Wunde behandelt? Du siehst nicht wie ein Heiler aus. Oder ist dein Vater einer?«, fragte Susanna hastig, denn sie hatte Angst, dass er nach dem Grund ihrer Verletzung fragen würde.

»Nein, mein Vater kann nicht heilen. Mein Oheim ist ein Heiler, und er hat mich vieles gelehrt. Das Versorgen einer Wunde ist einfach, wenn man weiß, welche Kräuter man nehmen muss.«

»Woher hast du die Kräuter? Du wirst sie wohl nicht hier auf der Lichtung gesammelt haben«, versuchte Susanna zu spaßen.

»Nein, natürlich nicht«, sagte Urs und spürte, wie er errötete. »Mein Oheim schenkte mir zu meinem letzten Geburtstag einen Kasten mit den wichtigsten Heilpasten und Tinkturen.«

»Das ist ein großzügiges Geschenk«, lobte Susanna. »Wann hattest du Geburtstag?«, fragte sie und wischte mit dem Rest Brot das Fett aus dem Napf.

»Ich habe am gleichen Tag Geburtstag wie unser Heiland«, antwortete er.

Susanna verschluckte sich und rang nach Atem. Sogleich

kam die Mutter des Burschen angelaufen und klopfte ihr auf den Rücken, bis der Husten nachließ. Trotzdem brachte Susanna keinen Ton heraus. Sie blickte den Burschen aus weit aufgerissenen Augen an.

Kapitel 21

Es war früher Morgen, als Jeremias jäh aus dem Schlaf gerissen wurde. Schreiend fuchtelte er mit den Armen umher, denn etwas knabberte an seinem Ohr. Er setzte sich hastig auf und sah einen jungen Dachs, der zwischen den Sträuchern verschwand. »Mistvieh«, schrie ihm Jeremias hinterher und hielt sich das brennende Ohr.

Im gleichen Augenblick sprang Markus hinter einem Baum hervor. »Was ist geschehen?« rief er, während er im Lauf versuchte, seine Hose zu schließen.

»Ein verdammter Dachs hat mich ins Ohr gebissen. Hätte ich eine Flinte, würde ich dieses Mistvieh umbringen«, brüllte Jeremias in die Richtung, in die das Tier verschwunden war.

»Dreh den Kopf zur Seite, damit ich mir deine Verletzung ansehen kann«, sagte Markus. Er untersuchte das Ohr. »Du kannst dich beruhigen, die Wunde blutet kaum.«

»Weißt du, wo wir sind?«, knurrte Jeremias und drückte seine Hand gegen die Bissstelle.

»Ich habe keine Ahnung. Auch nicht, in welche Richtung wir gehen müssen«, gab Markus zu und blickte den Gefährten schulterzuckend an.

Zwischen Jeremias' Augenbrauen erschien eine Zornesfalte. »Dieser verdammte Bauer«, schimpfte er und stapfte wütend umher.

Mit zunehmendem Licht erkannten die beiden Männer, dass

sie auf einem freien Platz standen, der von Bäumen und Sträuchern umsäumt war. Mehrere Häuserruinen, die von Pflanzen überwuchert waren, ließen auf ein ehemaliges Dorf schließen.

»Hier lebt schon seit ewigen Zeiten niemand mehr«, stellte Jeremias fest.

Doch dann glaubte er, sein Blut würde ihm in den Adern gefrieren. Neben einer Mauer lag ein Türblatt auf dem Boden, auf dem noch deutlich ein schwarzes Kreuz zu erkennen war. »Das Pestzeichen«, flüsterte er entsetzt.

Markus blickte ihn fragend an, und Jeremias zeigte ihm das Türholz. »Dieser Mistkerl hat uns in ein Pestdorf gebracht«, erklärte er, und Markus riss die Augen auf.

»Wir müssen hier weg«, sagte Jeremias voller Panik.

Jeremias blinzelte in die Sonne. »Saarbrücken liegt in südlicher Richtung. Dieser verlassene Ort liegt im Osten, also müssten wir hier entlanggehen«, erklärte er hastig und wies Markus die Richtung.

»Du bist erfahrener als ich und wirst es wohl wissen«, hoffte Markus und folgte Jeremias, der vorauseilte.

Die beiden Männer marschierten über Wiesen und Felder und durch Wälder, als in der Ferne ein Donnergrollen zu hören war.

»Hoffentlich hält das Wetter«, nuschelte Markus und blickte sorgenvoll zum Himmel.

»Wenn wir unsere Pferde hätten, könnte uns das Wetter einerlei sein«, brummte Jeremias und schimpfte dann: »Erst lässt du dir deinen Gaul stehlen …«, doch Markus unterbrach ihn.

»Willst du mir die Schuld dafür geben, dass dieses Weibsbild eine Diebin ist?«

»Drei Pferde haben wir wegen diesem Miststück verloren«, regte sich Jeremias auf und drückte einen Ast zur Seite, der ihm den Weg versperrte.

»Au!«, schrie Markus auf und hielt sich das Auge. »Bist du

von Sinnen? Du kannst doch nicht den Ast loslassen, ohne mich zu warnen!«

Jeremias überhörte den Aufschrei und ging gleichgültig weiter.

Sie waren schon eine Weile marschiert, als sie zu einer abseits stehenden Kate kamen. Plötzlich hörten sie Pferdegewieher, und jemand brüllte: »Du Schindmähre, bleib stehen!«

Jeremias und Markus blickten sich an und schienen den gleichen Gedanken zu haben. Ohne ein Wort zu verlieren, liefen sie um die Hütte herum und erblickten auf dem Hinterhof ein Pferd, das an einem Zaun festgebunden war. Ein Mann hielt ein weiteres Tier an einem Strick fest. Vor ihm stand ein junger Bursche mit einem Messer in der Hand.

»Schlitz ihm die Kehle auf«, brüllte der Mann den Jungen an, der sich anscheinend nicht traute.

Das Pferd schien die Gefahr zu spüren, denn es stellte sich laut wiehernd auf die Hinterbeine und schlug mit den Vorderhufen aus. Seine Augen waren angstvoll weit aufgerissen.

»Lass sofort den Gaul los!«, schrie Jeremias und eilte auf das Pferd zu. »Das ist mein Pferd«, sagte er wütend und riss dem Mann den Strick aus der Hand.

»Wer seid ihr?«, fragte der Mann und wollte Jeremias das Seil wieder entwenden, doch der stieß den Bauern zur Seite.

»Wir sind letzte Nacht Opfer eines Überfalls geworden, bei dem man uns die beiden Pferde gestohlen hat«, log Jeremias und versuchte sein Pferd zu beruhigen, das aufgeregt hin und her tänzelte.

»Leg das Messer zur Seite«, forderte Markus den Burschen auf, der dastand und nicht wusste, was er machen sollte. Fragend blickte er den Bauern an, der heftig den Kopf schüttelte.

»Ihr könnt uns viel erzählen. Wir haben die beiden Pferde auf unserer Wiese gefunden, wo sie gegrast haben. Deshalb gehören sie jetzt uns. Und das hier« – er zeigte dabei auf Jeremias' Pferd – »wird geschlachtet. Seit Monaten haben wir kein Fleisch gegessen, und so ein Pferdebraten würde mir gut schmecken.«

So schnell, dass Jeremias nicht reagieren konnte, riss der Mann dem Jungen das Messer aus der Hand und stieß es dem Pferd in die Brust, das sich schreiend aufbäumte und dann zusammenbrach. Genauso schnell zog der Bauer das Messer wieder heraus und schlitzte dem Pferd die Kehle auf. »Schade um das Blut«, sagte er, als er sah, wie es im Boden versickerte. »Hätte eine schmackhafte Suppe ergeben.«

Jeremias stand wie gelähmt da und starrte auf sein sterbendes Pferd. Als es nicht mehr zuckte, erwachte er aus seiner Starre und blickte den Mann zornig an. Mit einem Satz war er bei ihm und boxte ihn in den Leib, sodass er zu Boden ging. Dann kniete sich Jeremias über den Mann, der versuchte, sich zu wehren, und hämmerte ihm mit der Faust ins Gesicht. Schreiend stürzte sich der Knabe auf ihn und prügelte mit beiden Händen auf Jeremias' Rücken ein, bis Markus ihn wegzog.

»Lass meinen Vater in Ruhe!«, tobte der Junge weinend.

Die Hintertür der Hütte öffnete sich, und eine Frau sprang heraus und goss einen Eimer Wasser über Jeremias aus. »Bist du von Sinnen?«, schrie sie. »Es ist doch nur ein Gaul!«

Jeremias ließ von dem Mann ab, der blutüberströmt am Boden lag. Die Frau kniete sich neben ihn und kreischte Markus furchtlos an: »Lass meinen Sohn los und verschwindet von hier! Nehmt das andere Pferd mit und lasst euch hier nie wieder blicken!«

Sie half ihrem Mann hoch, der laut stöhnte. Seine Nase schien gebrochen. Eine Augenbraue war aufgeplatzt und blutete stark, auch seine blutenden Lippen schwollen an.

Jeremias nickte Markus zu, und sogleich stieß er den weinenden Knaben von sich, der zu seinem Vater eilte und ihn stützte. Mutter, Vater und Sohn verschwanden in der Hütte.

Jeremias blickte bekümmert zu seinem toten Pferd hinab, das in einer großen Blutlache lag, die Augen weit geöffnet.

»Das wird dieser Bauer aus Eppelborn bereuen«, flüsterte er und wandte sich von dem Kadaver ab.

Markus band das zweite Pferd los, das, aufgeregt wegen des Blutgeruchs, schnaubte und tänzelte. Erst als es sich beruhigt hatte, stiegen beide Männer auf.

»Sobald wir den Schatz gehoben haben, reiten wir zurück nach Eppelborn und stecken den Hof über den Köpfen der Bauersleute an«, schwor Jeremias grimmig.

Markus nickte und trat seinem Pferd in die Flanken.

»Wir müssen weiter«, erklärte Jaggi seiner Frau und löschte das Feuer. Barbli suchte Töpfe, Decken und die Gegenstände zusammen, die sie für die Rast ausgepackt hatte. Sie verstaute alles auf dem Fuhrwerk. Dabei sah sie, wie Urs die Wunde des Mädchens erneut behandelte.

»Was wird aus ihr?«, fragte sie leise ihren Mann.

»Wie meinst du das?«

»Wir können sie nicht allein zurücklassen.«

»Wir sind ihr zu nichts verpflichtet.«

»Das meine ich nicht«, erklärte Barbli leise. »Sie ist verletzt und kann sich nicht selbst helfen.«

»Was sollen wir deiner Meinung nach machen?«

Barbli zuckte mit den Schultern und blickte nachdenklich zu dem Mädchen, das am Boden lag.

»Sie wird sicher eine Familie haben, die auf sie wartet oder sie vielleicht sogar sucht«, meinte Jaggi und zurrte die Stricke um das Fuhrwerk fest.

»Dann frag sie«, forderte seine Frau ihn auf und stopfte die Plane fest, mit der die Gegenstände auf der Ladefläche bedeckt waren. Jaggi ging zu seinem Sohn und dem Mädchen und kniete sich neben beiden nieder. Urs bestrich gerade die Verletzung mit einer Heilpaste.

»Die Wunde sieht besser aus«, meinte Jaggi und blickte Urs lächelnd an, der unsicher nickte.

»Dein Oheim hat dich viel gelehrt«, lobte Jaggi anerkennend. Urs glaubte Stolz in der Stimme seines Vaters zu hören und entspannte sich.

»Wir müssen uns auf den Weg machen«, erklärte Jaggi seinem Sohn ruhig.

Der nickte. »Ich weiß, Vater!«

»Hat sie dir gesagt, wo sie hingehört? Oder wohin sie gehen will?«

Urs schüttelte den Kopf. »Ich werde sie fragen, sobald ich die Wunde verbunden habe.«

Jaggi erhob sich und klopfte seinem Sohn auf die Schulter.

Susanna blickte Urs fragend an. Sie hatte kein Wort von dem verstanden, was die beiden gesprochen hatten.

»Was wollte dein Vater?«, fragte sie neugierig.

»Wir müssen weiter«, erklärte der Bursche, ohne aufzuschauen. Gewissenhaft band er einen frischen Streifen Tuch um ihren Körper.

»Wohin müsst ihr?«

»Nach Trier. Mein Vater muss sich spätestens in zwei Tagen für das neue Heer einschreiben, sonst verliert er den Posten.«

»In zwei Tagen schon«, rief Susanna erschrocken. »Ich hoffte, dass ihr eine Weile bei mir bleiben würdet.«

Urs ging nicht auf ihren Einwand ein, sondern murmelte: »Fertig!« Er legte sorgfältig die Utensilien zurück in den Kasten.

Susanna zog den Kittel über den Verband und dachte angestrengt nach, wie sie die Familie überzeugen könnte, noch nicht abzureisen. In jammerndem Ton sagte sie: »Du sagtest, dass die Wunde mehrmals täglich versorgt werden müsste. Ich habe weder Salben, noch bin ich kundig.«

Als Urs aufblickte, sah sie ihn mit Tränen in den Augen an. »Mich schmerzt die Verletzung noch immer«, flüsterte sie.

Urs zuckte zusammen. »Du sagtest doch, dass du keine Schmerzen mehr hättest«, wiederholte er ihre Worte verunsichert.

Susanna überlegte nicht lange und schwindelte, wobei sie ihn mit zerknirschtem Blick ansah: »Das habe ich nur gesagt, weil ich nicht klagen wollte.«

Urs kratzte sich, sichtlich unwohl, am Kopf und ging zu seinen Eltern. »Können wir das Mädchen mitnehmen?«, stotterte er und blickte seinen Vater fragend an.

»Warum?«, wollte dieser wissen. Sein Blick verriet, dass ihm dieser Gedanke nicht behagte.

»Es geht ihr noch nicht so gut, dass wir sie allein zurücklassen könnten. Auch muss ihre Wunde mehrmals täglich behandelt werden, was sie allein nicht kann.«

»Hat sie keine Familie? Wer ist sie, und wie heißt sie?«, fragte Jaggi aufbrausend, da er ungeduldig wurde. Die Zeit drängte, und er wollte endlich los.

Urs zuckte mit den Schultern. »Das weiß ich nicht«, gab er kleinlaut zu. Erst jetzt wurde ihm bewusst, dass er noch nicht einmal den Namen des Mädchens erfragt hatte.

»Wir können keine Fremde mit uns nehmen, Urs. Abgesehen davon, dass wir nichts von ihr wissen, haben wir keinen Platz auf dem Fuhrwerk. Sie muss liegen, und die Ladefläche ist zugestellt mit unseren Sachen«, versuchte Barbli ihrem Sohn klarzumachen.

»Auf dem Kutschbock ist für eine weitere Person ebenfalls kein Platz«, brummte Jaggi und spannte das Pferd vor den Karren.

Urs ging zurück zu dem Mädchen. »Es tut mir leid. Wir können dich nicht mitnehmen.«

»Ich will auch nicht mit nach Trier«, protestierte Susanna.

Urs blickte sie erstaunt an. »Was willst du dann?«

»Ich muss dringend nach Gersweiler.«

»Lebst du dort?«, fragte er und war neugierig, mehr von ihr zu erfahren.

»Meine Familie erwartet mich dort«, log Susanna erneut, ohne rot zu werden. »Kannst du mich nicht dorthin begleiten?«, bettelte sie.

»Ich muss mit meinen Eltern ziehen«, erklärte er, als Susanna plötzlich laut aufschrie.

»Es tut so weh! Es tut so weh!«, jammerte sie und warf sich zurück aufs Lager.

Sogleich war Urs neben ihr, und auch seine Eltern kamen.

»Was hat sie?«, fragte Barbli besorgt, als sie sah, wie sich das Mädchen vor Schmerzen krümmte.

»Ich weiß es nicht«, sagte Urs und entfernte den Verband. »Die Wunde sieht gut aus«, meinte er und drückte sanft die Wundränder.

Susanna schrie sofort auf und hatte keine Mühe, Tränen über ihre Wangen fließen zu lassen.

Barbli blickte ihren Mann ernst an und gab ihm ein Zeichen, ihr zu folgen. Mürrisch tappte Jaggi seiner Frau hinterher. Als sie einige Schritte gegangen waren, drehte sie sich ihm zu. »Wir können sie nicht sich selbst überlassen.«

»Wir sind ihr nicht verpflichtet, Barbli. Urs hat ihre Wunde versorgt, und das ist mehr, als manch anderer für sie getan hätte. Ich muss nach Trier, Frau! Verpassen wir die Frist, waren unsere Anstrengungen umsonst«, erklärte er mit eindringlicher Stimme.

Barbli nickte. »Ich weiß. Aber es ist unsere christliche Pflicht, dem Mädchen zu helfen. Ich hätte ein schlechtes Gewissen, wenn wir sie hier auf der Lichtung zurücklassen würden.« Sie wartete einen Augenblick, dann fasste sie ihren Mann zart am Arm und schlug vor: »Urs könnte bei ihr bleiben.«

Jaggis Kopf ruckte hoch. »Das kommt nicht in Frage«, ereiferte er sich. »Auch Urs soll sich bei den Soldaten einschreiben, und er muss deshalb ebenfalls pünktlich in Trier sein.«

»Aber wenn du ihnen erklärst, dass unser Sohn ein Leben gerettet hat und deshalb einige Tage später folgen wird, werden sie ihm seinen Platz freihalten«, versuchte Barbli ihren Mann zu überzeugen.

Nachdenklich blickte Jaggi zu Urs hinüber. »Ich weiß nicht, Barbli«, sagte er. »Ich habe kein gutes Gefühl.«

»Was sollte geschehen? Urs ist vernünftig. Er wird sie zu ihrer Familie bringen und uns dann nach Trier folgen. Jaggi«, lachte Barbli, als sie den zweifelnden Blick ihres Mannes sah. »Der Junge ist deiner Meinung nach alt genug, um Soldat zu werden, also wird er wohl einige Tage ohne uns auskommen.« Liebevoll knuffte sie ihrem Mann in die Seite und entlockte ihm ein Lächeln.

Jaggi seufzte laut und ging zu seinem Sohn und der Fremden hinüber.

Kurz darauf blickte Susanna dem Fuhrwerk hinterher und musste aufpassen, dass Urs nicht den Jubel in ihrem Blick sehen konnte.

Kapitel 22

Am späten Nachmittag erreichten Jeremias und Markus die Sulzbacher Saline. Ein Salzknecht öffnete das Tor und ließ sie passieren.

»Wo finden wir Schiffer?«, fauchte Jeremias den Burschen grundlos an. Er hatte keine Lust, freundlich zu sein, denn von dem unbehaglichen Ritt ohne Sattel schmerzte sein Gesäß, und ihn plagten Hunger und Durst. Außerdem geisterte ihm das Bild seines toten Pferds durch den Kopf.

Eingeschüchtert stotterte der Knecht: »Er ist im Salzbrunnenhaus« und wies ihnen die Richtung.

Jeremias rutschte vom Pferd, während Markus sitzen blieb und ihm zurief: »Ich versorge den Gaul und komme nach.«

Jeremias öffnete das Tor des länglichen Holzschuppens, in dem sich der größte der drei Salzbrunnen befand. Sofort schlug ihm feuchte Luft entgegen, und er glaubte, Salz auf den Lippen zu schmecken. Da er noch nie zuvor in dem Schuppen gewesen war, erstaunten ihn die Ausmaße des Brunnens. Er trat näher und blickte in ein tiefes viereckiges Loch, das von mehreren Reihen dicker Eichenbalken eingefasst war. Am anderen Ende des Brunnens strichen Männer eine braune Masse an die äußeren Wände des riesigen Wasserkastens.

»Reicht der Lehm, um fünfzehn Fuß Länge und dreizehn Fuß Breite auszubessern?«, hörte er Schiffer fragen.

»Wie dick soll die Schicht werden?«, wollte ein Arbeiter wissen.

»Die Eichenbalken müssen fast einen Fuß dick mit Lehm eingekleidet sein«, erklärte Schiffer und zählte die Eimer Lehm, die neben ihm standen. Dabei erblickte er Jeremias. Sofort ging er auf ihn zu.

Er musterte ihn kurz und sagte ohne Spott in der Stimme: »Du siehst grauenvoll aus. Was ist geschehen? Habt ihr das Weib nicht finden können?«

Jeremias fuhr sich mit beiden Händen übers Gesicht. »Das ist eine längere Geschichte. Außerdem komme ich um vor Durst. Lass uns ins Wirtshaus gehen und darüber reden«, sagte er erschöpft.

»Ich kann hier nicht weg. Wir müssen die Lehmschicht verstärken.«

»Wozu ist das nötig?«, fragte Jeremias neugierig.

»Der Lehm soll verhindern, dass das süße Regenwasser durch das Holz dringt und die Sole verdünnt.«

»Ich habe nicht gewusst, dass der Brunnen so tief ist«, erklärte Jeremias.

Schiffer nickte. »Das, was du hier vom Brunnen sehen kannst, ist nicht alles. Bis zur Tiefe von fast zwölf Fuß ist er mit dicken Eichenbohlen ausgezimmert, doch im Ganzen ist er fast fünfundzwanzig Fuß tief.«

Jeremias pfiff anerkennend durch die Zähne.

»Ja, das ist beeindruckend. Doch wie du siehst, muss die Saline immer wieder ausgebessert werden. Dazu benötigt man Fachkräfte, die von weit her kommen.«

»Und das kostet Geld«, schlussfolgerte Jeremias und blickte furchtsam in die Tiefe des Brunnens.

Schiffer seufzte. »Die laufenden Kosten fressen mich auf. Außerdem muss ich meine Saline dem Maß anderer Salzwerke anpassen, um konkurrenzfähig zu sein. Durch Fehlbohrungen sind Hohlräume in der Erde entstanden, die verfüllt werden müssen, da sie sonst einstürzen können.«

Plötzlich wurde Schiffer bewusst, was er in diesem Augenblick tat, und sein Blick wurde starr. Er sprach nicht mit einem Freund, sondern mit jemandem, der vor nichts zurückschreckte und zu allem entschlossen war. Bei diesem Gedanken zuckte er fast unmerklich zusammen. Jeremias wusste schon zu viel und könnte es im Ernstfall gegen ihn verwenden. Schiffer versteifte sich und forderte Jeremias auf: »Geh ins Wirtshaus ›Zum röhrenden Hirsch‹. Ich werde dir bald folgen.«

Dann wandte er sich um und ging zurück zu seinen Arbeitern.

Jeremias nickte und öffnete das Tor des Salzbrunnenhauses, als der Siedemeister Müller eintrat. Beide Männer musterten einander kurz und grüßten sich knapp. Während Jeremias hinausging, eilte Müller zu Schiffer.

»Hans Kalbfleisch aus Sankt Johann wird morgen herkommen«, teilte er Schiffer mit, der erfreut antwortete: »Sehr gut! Er ist der beste Händler der Umgebung. Nur bei ihm können wir die Eisenstangen für die Salzpfannenaufhängung kaufen.« Er klopfte Müller auf die Schulter und sagte: »Du hast jetzt die Aufsicht. Ich verlasse mich auf dich, dass die Handwerker beim Kerbenschnitt nicht betrügen.«

Der Siedemeister nickte. »Ich werde genau hinsehen, wenn sie am Ende ihrer Schicht die Kerbe in den Stock schneiden. Wo hast du die Gegenstöcke liegen?«

»Ich bringe sie dir«, sagte Schiffer und ging in seine Schreibstube. Dort öffnete er den Schrank, in dem die Kerbhölzer weggesperrt waren. Er besah sich jeden einzelnen und nahm die mit, die Müller zur Kennzeichnung brauchte.

Um zu errechnen, wie viele Tage ein Handwerker in der Saline arbeitete, hatte Schiffer Kerbhölzer angeschafft. Die Holzstücke waren mit den persönlichen Zeichen der Arbeiter markiert. Der Stab aus weichem Holz wurde der Länge nach gespalten. Jeder vollendete Arbeitstag wurde als eine Kerbe in die zwei Holzhälften eingeschnitzt. Ein Holz behielt der Arbeiter, das andere blieb in der Saline. War die Arbeit abgeschlossen, wurden die beiden Hälften aneinandergelegt, und man überprüfte, ob sie einander glichen. Nach der Anzahl der Kerben richtete sich der Lohn der Arbeiter.

Schiffer nahm die vier Hölzer und brachte sie zu Müller ins Salzbrunnenhaus. »Ich bin erst morgen wieder zu sprechen«, teilte er dem Siedemeister mit und verließ den Schuppen, um in den »Röhrenden Hirsch« zu gehen.

Markus schaufelte sich gierig das Gemüse mit dem kleingeschnittenen Wellfleisch in den Schlund und spülte mit Bier nach. Kaum hatte die Wirtsfrau Jeremias die saftige Fleischpastete hingestellt, nahm er sie in beide Hände und biss hungrig hinein. Fett triefte ihm vom Kinn, als der Wirt einen frisch gefüllten Bierkrug brachte. Jeremias wischte sich mit dem Handrücken über den Mund und nahm einen Schluck. Gesättigt rülpste er und sagte zufrieden: »Jetzt geht es mir besser!«

Markus nickte und fragte: »Wann kommt er?«

In diesem Augenblick öffnete sich die Tür, und Schiffer trat ein. Durch den Dunst des Pfeifenrauchs hindurch suchte er die beiden Männer. Als er sie am Ende eines langen Tisches sitzen sah, holte Schiffer tief Luft und straffte seine Schultern, um sich für das Gespräch zu wappnen, denn er ahnte, dass ihm beide Ärger bereiten würden. Mit einem Handzeichen bestellte er beim Wirt ein Bier und ging zu ihnen.

Als Schiffer sich setzte, sagte Markus mit spöttischem Unterton: »Ich grüße dich, Eckart.« Grinsend versenkte er seinen hämischen Blick in dem Bierkrug, den er zum Mund führte.

Schiffer würdigte Markus keines Blickes und sah Jeremias streng an. »Erzähl, was geschehen ist.«

Jeremias berichtete und sagte: »Markus hat das Mädchen zwar getroffen, aber nicht schwer verletzt.«

»Woher wollt ihr wissen, dass sie überhaupt getroffen wurde?«

»Ich weiß, wann ich danebenschieße und wann ich treffe«, zischte Markus in Schiffers Richtung.

»Aber tödlich getroffen ist sie nicht?«

»Dann wäre sie vom Pferd gefallen«, nuschelte Markus verächtlich.

»Wir werden uns heute Nacht ausruhen und bereits vor dem Morgengrauen nach Gersweiler reiten, um dort auf das Luder zu warten«, sagte Jeremias.

»Du denkst, dass sie den Schatz ebenfalls suchen will?«

»Sie wäre dumm, wenn sie es nicht täte. Immerhin ist sie im Besitz der magischen Schriften.«

Schiffer nickte und dachte nach, als Jeremias forderte: »Du musst uns zwei frische Pferde geben. Dafür bekommst du Markus' Schlachtross.«

»Ich habe schon mein Prachtpferd an das Miststück verloren. Das hier bekommt er nicht!«, erklärte Markus ruhig, doch sein Blick zeigte Wut über den Vorschlag von Jeremias.

»Ich kann euch keine Pferde geben, und seinen Gaul kann ich nicht gebrauchen«, sagte Schiffer unwirsch.

»Du hast mehrere Pferde in der Saline!«, behauptete Jeremias gefährlich leise. Er hatte keine Lust zu betteln und würde sich die Pferde notfalls mit Gewalt nehmen.

»Diese benötige ich, um die Göpel anzutreiben.«

»Um die ... was?«, fragte Jeremias. Auch Markus schaute Schiffer neugierig an.

»Der Göpel ist ein großes Rad, das die Pumpen antreibt, um das Salzwasser aus dem Boden an die Oberfläche zu befördern. Die Pferde sind am Rad festgebunden und halten den Göpel in Bewegung, indem sie im Kreis laufen. Sein Ross kann ich nicht ins Geschirr spannen. Es ist zu groß und zu schwer.«

»Pah! Mein Pferd würde das Rad allein ziehen können«, prahlte Markus.

Jeremias ging auf die Angeberei nicht ein, sondern sagte: »Ich habe nie gesehen, dass deine Pferde Räder im Salzwerk antreiben. Sie stehen auf der Koppel und fressen sich die Bäuche dick.«

Schiffer nickte. »Das stimmt, denn wir haben die Pferdegöpel durch Wasserräder ersetzt, die aus dem Weiher gespeist werden. Doch weil die wochenlange Hitzewelle das Wasser im Teich verdunsten lässt und es kaum regnet, reicht das Wasser nicht mehr lange, um die Räder anzutreiben. Um weiter Salz gewinnen zu können, müssen wir in den nächsten Tagen die Pferde wieder an den Göpel spannen.«

»In den nächsten Tagen?«, fragte Jeremias.

Als Schiffer nickte, sagte er in einem Ton, der keinen Widerspruch duldete: »Bis dahin sind wir zurück.«

Urs blickte dem Fuhrwerk seiner Eltern hinterher, bis es nicht mehr zu sehen war. Ein seltsames Gefühl beschlich ihn, denn noch nie zuvor war er von seiner Familie getrennt gewesen. Er ging zu dem Mädchen, das auf der Decke saß, die seine Mutter ihnen überlassen hatte. Auch hatte die Mutter für beide Brot und Hartwurst dagelassen. Es war nicht viel, doch es würde den aufkommenden Hunger dämpfen. Vor der Abfahrt hatte der Vater seinen Sohn zur Seite genommen und ihm heimlich einige Münzen in die Hand gedrückt.

»Zeig niemandem das Geld«, hatte er ihm zugeraunt und dabei in Richtung des Mädchens geblickt. Urs verstand und versteckte die Münzen in seinem Hosenbund. Er würde so wenig wie möglich davon ausgeben, denn er wollte schon morgen seiner Familie folgen.

Als Susanna zu ihm hochblinzelte, fragte er: »Geht es dir besser?«

»Viel besser«, zwitscherte sie, scheinbar vergnügt.

Fragend zog er eine Augenbraue hoch. »Das ging schnell.«

Sie nickte. »Ja, der Schmerz ist wie weggeweht.«

»Wie heißt du überhaupt?«

Ihr Gesicht verzog sich zu einem Lächeln. »Wir beide scheinen den gleichen Gedanken zu haben, denn ich überlegte gerade, wie dein Name lautet.«

Urs setzte sich zu ihr und rupfte Grashalme aus der Wiese. »Ich heiße Urs. Urs Blatter«, verriet er, ohne aufzublicken.

»Urs«, wiederholte Susanna und fragte: »Woher kommt ihr? Eure Sprache ist seltsam und klingt hart und kratzig.«

Urs schaute hoch und lachte laut los. »Hart und kratzig«, johlte er und ließ sich rückwärts ins Gras fallen.

»Was ist daran lustig?«, fragte Susanna beleidigt.

»Das hat noch niemand über meine Sprache gesagt«, lachte er. Nachdem er sich beruhigt hatte, erzählte er ihr von seiner Heimat. Susanna hörte aufmerksam zu.

»Wie heißt du?«, wollte Urs nun wissen.

»Susanna Arnold«, antwortete sie und musste bei der Erwähnung ihres Familiennamens schlucken.

»Susanna – der Name passt zu dir«, erklärte Urs versonnen und betrachtete ihr Gesicht mit den rehbraunen Augen, der geraden Nase und den geschwungenen Lippen. Zu gerne hätte er ihr Haar angefasst, das durch das Licht der hochstehenden Sonne einen kastanienbraunen Glanz hatte. Alles, was er sah, gefiel ihm.

»Was ist?«, fragte sie stirnrunzelnd, denn ihr war sein sonderbarer Blick nicht entgangen.

Hastig räusperte er sich und fragte, um sie abzulenken: »Woher stammt die Schussverletzung?«

Susanna versteifte sich und zischte: »Das geht dich nichts an.«

Urs schaute sie erschrocken an, fragte aber nicht weiter. »Ruh dich aus, damit wir später in deinen Heimatort gehen können. Ich will vor Anbruch der Dunkelheit dort ankommen, damit ich morgen meiner Familie nach Trier folgen kann«, sagte er mürrisch. Er bemerkte, wie Susanna kurz zusammenzuckte. Ihm war das einerlei, denn er war verstimmt, weil sie ihm nichts von sich erzählen wollte.

Urs griff hinter sich und nahm seinen Rucksack nach vorn. Während er die Schnüre löste, schielte er mürrisch zu Susanna, die sich wortlos ausgestreckt und die Augen geschlossen hatte.

Susanna erwachte ausgeruht und räkelte sich vorsichtig, damit die Wunde nicht aufriss. Langsam öffnete sie die Augen. Urs saß mit dem Rücken zu ihr und blätterte in einem Buch.

»Was liest du?«, fragte sie und setzte sich hoch.

»Das Buch des Paracelsus«, antwortete er knapp, ohne sie anzuschauen.

»Aha!«, sagte sie und rückte hinter ihn, um über seine Schulter blicken zu können. Sofort klappte er das Buch zu.

»Ist wohl ein geheimes Buch«, raunzte sie.

»Nein, ist es nicht. Aber warum sollst du alles über mich wissen, während ich von dir nichts wissen darf?«, schimpfte er.

»Du bist kindisch«, hänselte sie ihn und kroch zurück auf ihr Lager.

»Denk, was du willst«, brummte er und suchte in dem Rucksack nach dem Tiegel mit der Ringelblumensalbe. »Heb deinen Kittel, damit ich deine Wunde sehen kann. Anscheinend macht sie dir keine Beschwerden mehr. Trotzdem werde ich sie erneut mit der Paste einreiben. Anschließend reiten wir zu deiner Familie.«

Susanna legte sich auf die Seite und schob ihren Kittel hoch. Während er ihre Wunde versorgte, grübelte sie darüber nach, wie sie Urs zum Bleiben überreden konnte. Nachdem er ihr arglos verraten hatte, dass er am selben Tag wie der Herr Jesus Geburtstag hatte, war sie fest davon überzeugt, mit seiner Hilfe mühelos die Schatzgeister erlösen zu können. Nein, sie würde ihn nicht so schnell ziehen lassen. *Vielleicht benötige ich dank ihm die übrigen Werkzeuge für die Schatzsuche nicht mehr*, hoffte sie in Gedanken und lächelte Urs versöhnlich an.

Urs half Susanna aufzusteigen und führte das Pferd und seine Reiterin über die Lichtung in den Wald zu der Stelle, wo sie sich das erste Mal begegnet waren. Von dort versuchte Susanna, ihn auf den Hauptweg zu lotsen, der nach Saarbrücken führte. Es war schwierig, zwischen den Bäumen den Pfad zu erkennen, und sie führte Urs kreuz und quer, bis er stehenblieb und schimpfte: »Wir bewegen uns im Kreis!«

»Was kann ich dafür? Ich war schwer verletzt, als ich mich ins Unterholz schlug.«

Urs atmete tief ein, um seinen Unmut zu unterdrücken, und blickte sich suchend um. »Warte hier«, sagte er ungehalten und reichte ihr die Zügel. Dann verschwand er zwischen den Bäumen.

Es dauerte nicht lange, und er kam zurück. Ohne ein Wort nahm er ihr die Zügel aus der Hand und führte das Pferd sicher durch den Wald hinaus auf den Hauptweg. Dort stieg er vor Susanna auf den Gaul und sagte: »Weißt du nun, in welche Richtung wir müssen?«

Sie nickte und zeigte ihm den Weg.

»Halt dich an mir fest«, befahl er und lenkte das Pferd nach links. Durch einen leichten Tritt in die Seite ließ er es antraben.

Unterwegs begegneten ihnen Fuhrwerke, Reiter und vereinzelt Fußgänger, die allein oder in Gruppen unterwegs waren. Während Urs den Menschen freundlich zunickte, versteckte Susanna ihr Gesicht hinter seinem Rücken. Sie hatte Angst, dass jemand sie erkennen oder Jeremias ihren Weg kreuzen könnte.

Karl Lauer hatte Susanna erklärt, dass sie sich vor Saarbrücken rechts halten müsste. Diese Anweisung gab sie nun Urs. Die neue Richtung schlug einen Bogen und führte sie von der Stadt fort. Als sie an eine Kreuzung kamen, zügelte Urs das Pferd.

»Wohin jetzt?«, fragte er und drehte ihr seinen Kopf zu.

Susanna blickte sich um. Der linke Weg führte schnurgeradeaus. Der rechte hingegen machte einen Knick und schien parallel zu ihrem Hinweg zu führen. Susanna schnaufte laut aus und überlegte.

»Was ist? Weißt du nicht, wie wir in deinen Heimatort kommen?«, fragte Urs und blickte sie verständnislos an.

»Rede keinen Unsinn!«, schimpfte Susanna und dachte nach. »Nach links«, bestimmte sie. Doch als er das Pferd in die Richtung lenkte, schrie sie: »Nein! Nach rechts!«

»Spinnst du? Du willst mich wohl zum Narren halten?«, brauste Urs auf. Er saß ab und schaute sie wütend an.

Susanna blieb von seinem Zorn ungerührt und nahm die Umgebung genau in Augenschein. Als sie vom Pferd rutschte, erklärte sie: »Ich kann nicht klar denken, wenn es mich drückt« und verschwand eilig zwischen den Büschen.

Susanna war froh, dass Urs ihre Lüge glaubte und ihr nicht folgte, denn sie hatte vom Pferd aus eine Frau hinter Sträuchern entdeckt. Vorsichtig pirschte Susanna sich bis zu der Frau heran, die auf dem Boden kniete und Blaubeeren in einen Korb sammelte. Als Susanna sich neben sie hockte und sie ansprach, zuckte die Frau zusammen und blickte das Mädchen erschrocken an.

»Kannst du mir sagen, wie ich nach Gersweiler komme?«, fragte Susanna im Flüsterton.

Die Frau zerrte ihr Kopftuch aus der Stirn und blickte Susanna forschend an. »Warum flüsterst du? Hast du deine Stimme verloren?«, fragte sie ebenso leise.

Susanna nickte und rieb sich über den Hals.

»Du bist wohl nicht von hier«, stellte die Alte fest und wollte sich erheben, doch Susanna zog sie wieder in die Knie.

»Was ist mit dir?«, fragte die Fremde erstaunt.

»Ich habe eine Verletzung, weshalb ich lieber sitze«, erklärte Susanna mit scheinheiligem Gesicht, denn sie wollte nicht, dass Urs sie im Gespräch mit der Frau sah.

Die Alte blickte Susanna mitfühlend an. »Du armes Kind!«, sagte sie und erklärte ihr mit wenigen Worten den Weg. Susanna bedankte sich und ging frohgelaunt zurück zu Urs.

Während er wartete, dachte er über Susanna nach, aus der er nicht schlau wurde. Woher kam ihre Verletzung, und warum machte sie aus ihrem Leben ein Geheimnis? Er hatte ihr bereitwillig Auskunft über sich und seine Heimat gegeben und erwartete von ihr dasselbe. Urs fand, dass sie ihm dankbar sein sollte, weil er ihr geholfen hatte. Nur dank seiner fachmännischen Behandlung hatte sich die Wunde nicht weiter entzündet. Wer wusste, was mit ihr geschehen wäre, wenn sie sich nicht zufällig im Wald begegnet wären? Auf ihre plötzlich aufkommenden Schmerzen, die genauso plötzlich wieder vergingen, konnte er sich ebenso wenig einen Reim machen wie darauf, dass sie den Weg in ihr Heimatdorf nicht genau wusste. Das Mädchen gab ihm Rätsel auf, und er wusste nicht, ob er Lust hatte, sie zu lösen. Morgen würde er nach Trier marschieren und sie nie wiedersehen.

Doch als er Susanna auf sich zukommen sah, die während des Gehens ihr Haar über die Schulter warf, konnte er nicht leugnen, dass er es bedauern würde, von ihr Abschied zu nehmen. *Wer weiß, vielleicht sehen wir uns doch wieder,* dachte er und spürte ein seltsam wohliges Gefühl in sich hochsteigen.

»Wir müssen in diese Richtung«, erklärte Susanna und schwang sich auf das Pferd.

»Ach ja?«, fragte er zweifelnd. »Und das ist dir hinter den Büschen eingefallen?«

»Ich sagte doch, dass ich nicht überlegen kann, wenn ich muss. Jetzt weißt du die Richtung, also lass uns losreiten.«

Kopfschüttelnd setzte sich Urs vor sie und schnalzte mit der Zunge, damit das Pferd losschritt.

Kapitel 23

Mit der anbrechenden Dunkelheit erreichten Urs und Susanna den Ort Gersweiler, der ausgestorben und unheimlich wirkte. Keine Menschen begegneten ihnen, und selbst am Brunnen konnten sie niemanden entdecken. Von einigen Katen waren nur noch Ruinen übrig, die von Ranken und Gestrüpp überwuchert waren. Unversehrte Hütten dagegen schienen verlassen, denn weder drang Lichtschein aus den Stuben nach draußen, noch erklangen Stimmen aus dem Innern. Die Häuser wirkten unbewohnt und düster.

»Hier muss der lange Krieg, von dem mir mein Vater erzählt hat, heftig gewütet haben«, sagte Urs mit verhaltener Stimme und betrachtete mit gemischten Gefühlen die Umgebung.

Susanna legte beide Arme um Urs' Leib und klammerte sich an ihn. Angst stieg in ihr hoch und schnürte ihr die Kehle zu. Hinter jedem Baum, hinter jeder Häuserwand vermutete Susanna einen Dämon, der sie, wie man ihr erzählt hatte, in die Zwischenwelt schleifen würde. *Sie wissen, warum ich hier bin,* fürchtete Susanna und kniff die Augen zusammen. Als keine Dämonen auftauchten, schaute sie sich tapfer um und versuchte sich einzureden, dass Karl Lauer und die Sonntag-Brüder sie mit ihren Geschichten nur hatten einschüchtern wollen.

»Wo steht dein Elternhaus?«, fragte Urs, der seiner Stimme nur mit Mühe einen ruhigen Klang geben konnte. Innerlich spürte er ein Zittern, denn als Susannas Arme ihn umschlangen, hätte er beinahe aufgehört zu atmen. Er ahnte, dass die Dunkelheit sie ängstigte, und strich ihr beruhigend über den Handrücken. »Sicher bist auch du froh, wenn wir endlich da sind«, sagte er und atmete ihren Geruch tief ein. »Bei Tageslicht sieht dein Heimatort gewiss freundlicher aus«, tröstete er sie.

Susanna schwieg, sodass er das Pferd anhalten ließ und sich zu ihr umdrehte. Mit schreckensbleichem Gesicht und bebenden Lippen saß sie hinter ihm und traute sich kaum aufzublicken.

»Was hast du? Schmerzt deine Wunde?«, fragte er besorgt.

Susanna schüttelte den Kopf.

»Dann bin ich beruhigt«, sagte er und lächelte, doch anscheinend konnten seine freundlichen Worte ihr nicht die Angst nehmen, denn sie starrte ihn aus großen Augen an.

»Jetzt schau nicht, als ob du einen Geist gesehen hättest«, mahnte er sie. »In welcher Richtung wohnen deine Eltern?«, fragte er und drehte sich wieder nach vorn, wobei er sich suchend umblickte.

Susanna konnte keinen klaren Gedanken fassen. Jedes noch so leise Geräusch ließ sie zusammenzucken. Kalter Schweiß sammelte sich auf ihrer Stirn. Auch spürte sie ein feines Rinnsal ihren Rücken hinablaufen. Am liebsten hätte sie Urs angeschrien, dass er umkehren solle. Doch wie konnte sie ihm das erklären? Genauso wenig wusste sie, wie sie ihm klarmachen sollte, dass sie nie zuvor in Gersweiler gewesen und dass ihre Familie ermordet worden war. Sie hatte sich in eine schwierige Lage gebracht und wusste nicht, wie sie da wieder herauskommen konnte.

»Susanna! Schläfst du schon?«, fragte Urs und drehte sich erneut zu ihr um. »Ich bin müde, und das Pferd muss versorgt werden.« Als er in ihre bangen Augen blickte, wusste er nicht, was er davon halten sollte, zumal sie stumm blieb. Seine gute Laune verflog, und er wurde ärgerlich. »Wenn du mir nicht sagst, wo deine Familie wohnt, lasse ich dich hier allein zurück.«

Selbst auf diese Drohung zeigte Susanna keine Reaktion. Sie starrte Urs nur an.

»Jetzt reicht es«, schimpfte er und stieg vom Pferd. Er nahm Susanna seinen Rucksack ab, den sie mit ihrem Beutel auf ihrem Rücken trug, und wandte sich zum Gehen.

»Mach's gut«, sagte er und marschierte den Weg zurück, den er erst kurz zuvor entlanggeritten war. Auf halber Strecke blickte er sich besorgt um. Das Pferd stand an derselben Stelle, und Susanna saß immer noch steif darauf.

»Vermaledeit«, schimpfte Urs leise und drehte sich im Kreis, wobei er sich in die Haare griff. »Was ist nur mit diesem Weibsbild los?«, murmelte er und ging mit langsamen Schritten zurück.

Als er neben dem Pferd stand, senkte er die Stimme, um Susanna nicht zu erschrecken. »Erklär mir bitte, warum du mir nicht sagen willst, wo deine Familie wohnt. Ich würde jemanden fragen, wenn hier jemand wäre. Aber hier ist niemand. Dieser Ort scheint wie ein Geisterort zu sein«, scherzte er verhalten.

Als Urs von Susanna weggegangen war, wollte sie ihn anbrüllen, dass er bleiben solle. Aber sie brachte keinen Ton heraus. Die Angst vor den drohenden Dämonen, die Karl Lauer und die Sonntag-Brüder ihr eingejagt hatten, lähmte sie, sodass sie zu keiner Regung fähig war. Kaum hatte Urs sich einige Schritte entfernt, glaubte Susanna in der Dunkelheit rotglühende Augen zu sehen. Sie fürchtete, vor Angst einen Herzstillstand zu erleiden. Hastig griff sie in die Rocktasche und umfasste die Christophorus-Münze, die ihr der Bauer in Eppelborn als Schutzmedaillon geschenkt hatte. In Gedanken flehte sie den Heiligen um Hilfe an. Als sie jedoch erkannte, dass das vermeintliche rote Glühen die aufblitzenden Augen von Ratten waren, die in einer der vielen Ruinen herumflitzten, atmete sie auf, obwohl sie das Ungeziefer verabscheute. Da sie hoch zu Pferd saß, hatte sie keine Angst vor einem Angriff der abscheulichen Nager. Die meisten verschwanden so schnell in den Häusern, wie sie aufgetaucht waren. Doch eine setzte sich neben die Vorderhufe des Pferdes und schnupperte in der Luft. Als Schritte zu hören waren, verschwand das Tier fiepend zwischen den Mauern.

Susanna traute sich nicht, hinter sich zu blicken, und war erleichtert, als sie Urs' Stimme wieder hörte. Dass er Gersweiler als Geisterort bezeichnet hatte, verstärkte Susannas Furcht und hielt sie gefangen, sodass sie nicht sprechen konnte. Die Erstarrung hielt sie fest umschlungen.

Urs sah ihr totenbleiches Gesicht, ihre weiten Augen und ihre verkrampfte Haltung. Sie gab ihm ein weiteres Rätsel auf, auf das er keine Lust hatte. »Ich bin umgekehrt, um dir die

Möglichkeit zu geben, mit mir zu sprechen, doch anscheinend hast du dazu kein Verlangen. Soll ich dir was sagen, Susanna? Mir ist es jetzt einerlei, warum du nicht mit mir redest. Von mir aus können deine Eltern wohnen, wo sie wollen, ich will sie weder kennenlernen noch an einem Tisch mit ihnen sitzen. Ich werde mich jetzt erneut umdrehen und fortgehen. Doch dieses Mal, sei gewiss, werde ich nicht umkehren.«

Erst bin ich im Wald zu ihr zurückgegangen, weil sie nicht sofort mit mir gehen wollte, ein zweites Mal hier auf der Straße. Aber ein drittes Mal wird es das nicht geben, schimpfte er in Gedanken. Innerlich den Kopf schüttelnd, marschierte er los, als Susanna aus ihrer Starre erwachte und ihm hinterherschrie: »Meine Familie ist tot!«

Urs blieb ruckartig stehen und wandte sich zu ihr um. »Was hast du gesagt?«, fragte er ungläubig.

Wegen der Ratten wagte Susanna es nicht abzusteigen und ließ das Pferd sich wenden, sodass sie Urs anblicken konnte. »Meine Eltern, mein Bruder und meine kleine Schwester wurden vor einigen Wochen auf unserem Hof nahe Heusweiler ermordet«, wisperte sie.

Urs lief zu Susanna und half ihr vom Pferd. Sie klammerte sich bebend an ihn und weinte, sodass er sie an sich presste und sie umschlungen hielt.

»Heusweiler? Liegt der Ort in der Nähe?«, fragte er leise.

»Nein, er liegt im Köllertal, einen halben Tag Fußmarsch von hier entfernt«, schluchzte Susanna.

Urs grübelte. Viele Fragen schwirrten ihm durch den Kopf, doch er wollte sie erst stellen, wenn sie sich beruhigt hatte. Als er spürte, dass ihr Beben nachließ und auch das Weinen aufhörte, fragte er: »Was in aller Welt willst du in Gersweiler?«

Susanna blickte ihn aus tränennassem Gesicht an. Sie wusste, dass sie jetzt nur die Wahrheit sagen durfte, und gestand: »Weil ich hier einen Schatz finden muss.«

Urs wusste nicht, ob er laut lachen oder verärgert sein sollte, da Susanna ihn anscheinend veralberte.

»Warum lügst du?«, fragte er und blickte sie zweifelnd an. Er hatte vorher noch nie jemanden wie sie getroffen und konnte sie nicht einschätzen. Zweifel kamen in ihm hoch, ob er ihr vertrauen konnte oder ob alles eine Lüge war. Er wusste nicht, ob es besser wäre, zu gehen, oder ob er doch bleiben sollte. Allerdings fühlte er sich zu ihr hingezogen, und er hatte das Bedürfnis, sie zu beschützen. Urs stöhnte innerlich auf.

»Ich lüge nicht«, brauste sie auf. »Mit dem Tod einer Familie spaßt man nicht«, sagte sie ernst und blickte ihm dabei fest in die Augen.

Urs forschte in ihrem Blick. Er glaubte ihr zwar, trotzdem war er verärgert: »Wir suchen uns ein Nachtlager, und dann erzählst du mir deine Geschichte«, forderte er mit entschlossener Miene.

Er sah, dass Susanna schwer schluckte, aber es war ihm einerlei. »Lass uns in die leer stehende Kate gehen«, schlug er vor, doch Susanna schüttelte den Kopf, denn sie dachte an die Ratten, die im Innern verschwunden waren.

»Ich würde lieber im Freien übernachten. Wir können dort drüben abseits des Weges das Lager aufschlagen«, entgegnete sie.

Urs nickte. »Ich suche Holz zusammen, mit dem wir ein Feuer entzünden können, das Ungeziefer und wilde Tiere von uns fernhält«, versuchte Urs zu spaßen. Susanna war jedoch nicht zum Scherzen zumute.

»Lass das Pferd auf der eingezäunten Koppel grasen. Zum Glück gibt es hier keine Bauern, die etwas dagegen haben könnten«, sagte er und zeigte ihr die Wiese.

Susanna führte den Wallach die Koppel entlang bis zum Gatter, das weit offenstand. Sie nahm ihm das Kopfgeschirr ab und presste kurz ihr Gesicht an seinen Hals. »Du bist der Beste«, murmelte sie und entließ ihn mit einem Klaps auf den breiten Hintern. »Friss dich satt, Dickerchen«, sagte sie, als ein Geräusch sie zusammenzucken ließ. Rasch schloss sie das Törchen und rannte zurück zu Urs.

Das brennende Holz knisterte und spendete Wärme, aber auch Geborgenheit. Obwohl die Luft nicht kalt war, hatte Susanna das Gefühl, ohne Feuer frieren zu müssen. Sie setzte sich auf die Decke. Urs, der auf einem dicken Holzstück saß und mit einem Stock in den Flammen herumstocherte, maulte: »Wir haben nichts mehr zu essen!«

»Ich bin nicht hungrig«, versicherte Susanna ihm sofort.

»Aber ich«, sagte er knapp und bedauerte es, dass er Armbrust und Pfeile beim Vater gelassen hatte. Er kramte im Rucksack nach Brot und Wurst, doch das meiste hatten sie unterwegs verzehrt. Es war nur noch ein Kanten Brot übrig. »Der muss für heute Abend reichen«, sagte er und brach ihn in zwei Teile. Eins reichte er Susanna, die jedoch den Kopf schüttelte.

»Ich habe wirklich keinen Hunger. Du darfst ihn essen.«

Urs ließ sich das nicht zweimal sagen und verschlang beide Hälften. »Jetzt fühle ich mich wohler«, seufzte er und blickte Susanna an, die zu Boden schaute.

»Es ist an der Zeit, dass du mir die Wahrheit sagst«, erklärte er.

Sie nickte. »Was willst du wissen?«

»Alles!«

Susanna atmete tief ein und aus, starrte ins Feuer und berichtete von dem Verbrechen an ihren Familienangehörigen. Urs war erschüttert über das, was Susanna erlebt hatte. Er dachte an seine Familie und vermisste sie. Während sie so genau wie möglich schilderte, wie sie vor noch gar nicht so langer Zeit bei der Rückkehr auf den elterlichen Hof ihre ermordeten Angehörigen gefunden hatte, hielt sie immer wieder inne, da sie mit den Tränen kämpfte. »Der Rauch brennt in meinen Augen«, flüsterte sie und versuchte zu lächeln. Urs wusste, dass die Erinnerung sie schmerzte, und sagte kein Wort. Susanna ließ nichts aus und berichtete von Jeremias, der Schatzkarte, der Familie Sonntag in Eppelborn und auch von ihrer Muhme und ihrem Vetter Arthur. Sie blickte auf und erklärte: »Deshalb ist es wichtig, dass ich den Schatz finde. Ich will meinen Vetter zu mir holen und mit ihm von hier fortgehen.«

»Das ist sehr löblich«, erklärte Urs. »Aber warum hast du mich und meine Familie belogen?«

Susanna zögerte einen Augenblick, doch dann klärte sie Urs über sein Geburtsdatum auf. Weil er am selben Tag wie der Herr Jesus Geburtstag habe, glaube sie fest daran, was sie von Karl Lauer erfahren hatte: Ein Schatzsucher, der am Christfest geboren wurde, könne Totengeister erlösen.

Als Urs das hörte, sprang er von seinem Platz auf und ging einige Schritte am Feuer auf und ab.

»Unglaublich!«, murmelte er und fragte: »Wenn ich dich richtig verstanden habe, glaubst du allen Ernstes, dass du mit meiner Hilfe den Schatz leichter heben kannst, weil ich angeblich fähig bin, Geister zu erlösen?«

Susanna nickte. »So hat man mir erzählt.«

»Unfassbar«, murmelte er. »Das muss Gottes Wille sein!«

Nun blickte Susanna ihn fragend an. »Wie meinst du das?«

Urs ging zu seinem Beutel, holte sein Buch hervor und setzte sich zu Susanna ans Feuer. Er legte sich das Buch auf die Knie und fuhr sich mit den Händen über die Oberarme, als friere er.

»Ist dir kühl?«, fragte Susanna, der es mittlerweile am Feuer zu heiß geworden war, weshalb sie ein Stück abrückte.

»Nein, es ist alles bestens. Ich bin nur aufgeregt«, sagte Urs und lächelte verlegen. Er wollte nicht zugeben, dass sein Herz raste und er kaum ruhig sitzenbleiben konnte. Auch seine Knie zitterten, sodass er die Fersen fest in den Boden pressen musste.

»Warum bist du so aufgeregt?«, fragte sie und zog ihre Stirn kraus. »Das, was ich dir erzählt habe, ist tragisch, aber nicht aufregend.«

Urs räusperte sich und zeigte auf das Buch. »Ich habe erst vor wenigen Tagen über solch eine Schatzsuche in diesem Buch hier gelesen.«

Susannas Augen weiteten sich. »Wie kann das sein?«, fragte sie und senkte furchtsam ihre Stimme.

Er zuckte mit den Schultern. »Das weiß ich nicht. Ich habe die Seiten nur überflogen, da es mich nicht neugierig machte. Ich bin nämlich fest der Meinung, dass nur Gelehrte wie Paracelsus, der diese Schriften verfasst hat, zum Schatzgräber geboren sind. Ich wusste nicht, dass das, wie du erzählst, jeder kann.«

»Nicht jeder kann einen Schatz finden«, fauchte Susanna. »Du hast mir anscheinend nicht richtig zugehört. Nur mit den richtigen Werkzeugen und Schriften wird man zum Schatzgräber.«

»Reg dich nicht auf! Ich habe dir zugehört, aber nicht alles verstanden«, murrte er.

»Wer war dieser Paracelsus?«, fragte Susanna entflammt, da sie ihrem Ziel anscheinend greifbar nahe gekommen war. Mit leuchtenden Augen blickte sie Urs an und wartete gespannt darauf, was er ihr erklären würde.

»Er war ein berühmter Arzt, der als Theophrastus Bombastus von Hohenheim geboren wurde, doch genannt hat er sich Paracelsus. Er lebte vor über einhundert Jahren und war Arzt, Naturforscher und Philosoph. Er soll weit gereist sein, um sein Wissen zu erweitern. Mein Oheim schenkte mir das Buch zum Abschied, und seitdem lese ich täglich darin.«

»Was berichtet er über die Schatzsuche?«, fragte Susanna und streckte sich vor dem Feuer aus.

Urs blätterte in dem Buch, bis er die Seiten fand. »Hier habe ich es«, sagte er erfreut und las vor. »Hier steht, dass Paracelsus zwei Arten von Schätzen unterscheidet. Solche, die von Menschen versteckt wurden und leicht zu finden sind. Und jene, die Naturgeister verborgen haben und die von ihnen bewacht werden.«

»Mein Schatz soll von einem Mönch vergraben worden sein, der aus Habgier nicht teilen wollte. Demnach müssten wir ihn leicht finden. Erklärt Paracelsus, welche Rolle Naturgeister spielen?«

Urs las nach und nickte. »Er spricht von Undinen, den Geistern des Wassers, von Salamandern, den Geistern für das Feuer, von Gnomen, die die Geister der Erde sind. Und dann gibt es noch die Sylphen. Das sind, schreibt Paracelsus, seelenlose Geister der Luft, die die Schätze bewachen. Er schreibt weiter, dass die Schätze der Naturgeister deshalb schwer zu heben sind, weil sie die Geldgier der Menschen erahnen.« Urs blickte nachdenklich vom Buch auf. »Das trifft auf dich nicht zu – denke ich.«

»Ja, das denke ich auch«, erklärte Susanna. »Ich will den Schatz nicht aus Gier. Ich will den Schatz, damit ich mit Arthur ein neues Leben beginnen kann.«

»Darf ich deine magischen Schriften sehen?«, fragte Urs.

Susanna nickte und zog das Heftchen aus ihrem Ausschnitt.

Vorsichtig faltete Urs die Blätter auseinander, las die Zeilen und faltete sie wieder zusammen. »Das, was in deinen Schriften steht, lehnt Paracelsus ab«, erklärte er und reichte sie Susanna.

»Was lehnt dieser Mann ab?«, fragte sie und steckte sich das Heftchen zurück in den Ausschnitt.

»Das Beschwören, das Zeichnen magischer Kreise, die Zuhilfenahme der Wünschelrute, das lehnt der Meister ab.«

Susanna starrte Urs ungläubig an. »Er lehnt meine magischen Schriften ab?«, flüsterte sie.

Urs nickte.

»Dann sind sie also wertlos?«

Urs zuckte mit den Schultern. Susannas Blick wanderte in die Flammen, die das Holz fast vollständig aufgefressen hatten. Die Nachricht bestürzte sie. »Wenn dieser Paracelsus recht hat, dann waren alle Mühen und Gefahren umsonst. Meine Eltern und meine Geschwister hätten nicht sterben müssen, und ich hätte mich nicht in Gefahr bringen müssen. Wir hätten Jeremias die Schriften überlassen können und nichts verloren«, wisperte sie. Tränen liefen ihre Wangen hinab.

Urs setzte sich neben sie und wollte tröstend den Arm um ihre Schultern legen, doch sie stieß ihn von sich. »Geh fort«, schrie sie und schob ihn aufgebracht von sich weg. »Du bist schuld! Warum erzählst du mir das? So werde ich den Schatz nie finden.«

Urs zog erschrocken den Arm zurück und sagte: »Vielleicht irrt sich Paracelsus. Obwohl er ein Gelehrter war, kann er unrecht haben. Schließlich sagte er nicht, dass magische Schriften falsch sind, er lehnt sie nur ab. Warte, ich lese dir vor, was er über die Schatzsuche schreibt.« Er nahm sein Buch auf und suchte die Stelle. »Man soll die Sterne beobachten und graben, wenn der Mond in Stier, Steinbock und Jungfrau geht. Er bezeichnet Orte, die Angst erregend wirken oder an denen sich Geister zeigen, als gut geeignet für die Schatzsuche. Auch sagt er, dass er die Arbeit mit der Wünschelrute für eine unsichere Kunst hält. Mehr schreibt er nicht, und deshalb wissen wir nicht, ob der Mann recht hat«, versuchte er sie zu trösten. Er überlegte und fragte Susanna: »Sagten die beiden Bauern aus Eppelborn nicht, dass sie sich über die Schatzsuche schlau gemacht haben? Sie gaben dir den Rat, die nötigen Werkzeuge zu besorgen. Warum vertraust du nicht ihnen?«

Susanna blickte Urs an. »Ja«, murmelte sie schließlich. »Ich pfeife auf deinen Gelehrten, den ich nicht kenne, und vertraue Karl Lauer, dem Oheim und dem Bauern Sonntag. Morgen werde ich mir die Werkzeuge besorgen und mit der Schatzsuche beginnen.«

»Und ich werde dir dabei helfen«, erklärte Urs und blickte sie fest entschlossen an.

»Du wolltest morgen deiner Familie nach Trier folgen«, wandte Susanna abwehrend ein.

»Ich weiß, aber meine Eltern werden sicher verstehen, wenn ich dich in deiner Lage nicht allein lasse.«

Nachdenklich kaute Susanna auf der Innenseite ihrer Wange. Sie wusste nicht, ob sie sich freuen sollte.

Kapitel 24

Als Jeremias mit brummendem Schädel aufwachte, war es früher Morgen. Stöhnend setzte er sich auf und schimpfte: »Verflucht sei der letzte Abend.« Er blinzelte zu der anderen Bettstatt, auf der Markus schnarchte.

»Markus, wir haben verschlafen«, rief Jeremias mit verhaltener Stimme und hielt sich den Kopf. »Wir müssen nach Gersweiler, das Weibsbild suchen.«

»Lass mich schlafen«, brummte der Bursche und drehte sich auf die Seite. »Wer sagt dir, dass sie schon dort ist?«, fragte er und schlief wieder ein. Während er laut weiterschnarchte, tropfte aus seinem halboffenen Mund Speichel auf das Betttuch.

Jeremias erhob sich mühsam und schlurfte zu dem Tischchen am Fenster, auf dem ein Krug Wasser zum Waschen und eine Schüssel standen. Er nahm den schweren Krug mit beiden Händen hoch, führte ihn zum Mund und trank, ohne abzusetzen. Den Rest kippte er in die Schüssel, schöpfte mit den Händen das Wasser und benetzte sein Gesicht.

Plötzlich wurde ihm übel, und er stützte sich mit beiden Händen auf dem Tischchen ab. Dabei blickte er aus dem Fenster auf den Hof des Gasthauses. Eine Frau mit einem Korb Wäsche unter dem Arm ging mit wippender Hüfte hinunter zum Sulzbach. Jeremias spürte nicht nur Übelkeit, sondern auch eine bleierne Müdigkeit in sich. *Ich bin es leid umherzuziehen*, dachte er und wischte sich über die Augen. »Wenn ich den Schatz gefunden habe, gebe ich eine Hälfte der Kirche, damit sie mich weiterhin mit Gebeten vor der Pest beschützt, und mit der anderen beginne ich ein neues Leben. Ich suche mir eine Frau, die ich heiraten und mit der ich einen Stall Kinder zeugen werde«, murmelte er im Selbstgespräch. Zu laut, wie er gleich merkte.

»Ich habe dir von Anfang an nicht getraut! Du mieser Hund hattest nie die Absicht, mir von dem Geld abzugeben. Ich bring' dich um!«, brauste Markus auf, der wieder erwacht war und das Gemurmel verstanden hatte. Er stand auf und kam wankend auf Jeremias zu, wobei er die Hände zu Fäusten ballte. Mit glasigen Augen musterte er Jeremias voller Verachtung. Doch dann stöhnte er laut auf und hielt sich den Kopf.

»Lass gut sein! In deinem Zustand brauche ich dich nur mit meinem kleinen Finger anzustoßen, und du fällst zu Boden«, sagte Jeremias und beachtete ihn nicht weiter.

Markus wusste, dass der Gefährte recht hatte, und setzte sich zurück auf sein Lager. »Ich brauche ein Bier«, sagte er und zog Hose und Kittel über. Beim Schnüren der Schuhe stöhnte er erneut laut auf.

»Wir müssen uns auf den Weg machen«, sagte Jeremias und kleidete sich ebenfalls an.

»Warum soll ich dir folgen? Damit du leichter an das Geld kommst?«

»Du wirst deinen Anteil bekommen«, versprach Jeremias, doch Markus blickte ihn zweifelnd an.

»Ich glaube dir nicht!«

»Kannst du aber.«

»Dafür kenne ich dich nicht gut genug, und das, was ich eben gehört habe, reicht, damit ich dir nicht vertraue.«

Jeremias zuckte mit den Schultern. »Ich werde in die Wirtsstube hinuntergehen und etwas essen und danach in Richtung Gersweiler reiten. Bis dahin kannst du dir überlegen, ob du mitkommen willst.«

»Vergesst nicht, dass das keine Reitpferde sind. Sie sind zwar stark, aber nicht daran gewöhnt, schnell zu laufen«, ermahnte Schiffer die beiden Männer.

»Waren sie schon einmal unterm Sattel?«, fragte Jeremias argwöhnisch.

Schiffer nickte. »Vor ewigen Zeiten.«

Markus betrachtete die zwei Pferde, die ein Salzknecht zu ihnen führte. »Sie sehen aus wie Ackergäule«, murrte er.

»Warum nimmst du nicht dein eigenes Pferd?«, blaffte Schiffer den Burschen an.

»Mein edles Ross hat dieses Luder gestohlen. Das, mit dem wir gestern ankamen, lahmt durch den harten Ritt mit zwei Reitern auf dem Rücken. Ein lahmendes Ross ist jedoch immer noch wertvoller als diese Mähren.«

»Frechheit, mir einen nutzlosen Gaul zu überlassen«, schimpfte Schiffer, obwohl er wusste, dass er keine Wahl hatte.

Jeremias überhörte das Geplänkel der beiden Männer, die anscheinend nicht ohne Zank auskamen. Ihm war nur wichtig, dass Markus mitkam.

»Wir müssen los«, sagte er, an den Burschen gewandt, und zog den Sattelgurt seines Pferds fest.

»Hetz mich nicht«, erwiderte Markus, der mit einem Fuß im Steigbügel stand und trotzdem nicht auf das Pferd aufsteigen konnte, da es sich im Kreis drehte. »Ich steche dich ab, wenn du nicht sofort stehen bleibst«, drohte er und riss am Zügel, sodass das Pferd laut wieherte.

Vor Jeremias stieg die Erinnerung an sein totes Pferd in der Blutlache hoch, als er die Drohung hörte. Sogleich ging er auf Markus zu, nahm ihm den Zügel aus der Hand und hielt das Pferd am Kopfgeschirr fest. Er strich ihm über die Stirn und sagte: »Ruhig, mein Alter.«

Das Pferd blieb stehen und kaute auf seinem Gebiss. »Jetzt kannst du aufsteigen«, sagte er zu Markus.

Als der Bursche im Sattel saß, gab Jeremias ihm die Zügel zurück und sagte: »Wage es nicht, ihn noch mal am Maul zu reißen.«

»Was willst du dann machen?«, fragte Markus spöttisch.

»Das wirst du dann sehen«, drohte Jeremias leise.

»Uhhh! Ich bekomme Angst«, höhnte Markus und wendete das Pferd in Richtung Salinentor.

Jeremias saß mit Schwung auf, und sie verließen im langsamen Schritt das Gelände des Salzwerkes.

Sie waren erst wenige Schritte geritten, als Markus sich zu Jeremias umdrehte und mit bitterbösem Blick sagte: »Ich folge dir nur, weil ich mein Pferd zurückhaben will. Außerdem habe ich diesem Miststück versprochen, dass ich es nicht ungestraft davonkommen lasse.«

Jeremias antwortete nicht.

Susanna wurde durch Stimmen geweckt. Es war bereits hell, und sie setzte sich auf. Ein Ziehen an der Hüfte ließ sie die Luft anhalten. Sie hob ihren Kittel an und stellte erleichtert fest, dass der Verband trocken war. Vorsichtig drückte sie auf die Stelle, wo die Kugel sie gestreift hatte. Die Verletzung schmerzte nur noch schwach.

Sie schaute sich nach Urs um. Zwischen den Tannen konnte sie den Weg erkennen, auf dem sie gestern geritten waren. Urs stand da und gestikulierte mit einem Fremden, über dessen Schultern ein quiekendes Ferkel lag. Susanna war beruhigt, dass Gersweiler offenbar doch kein Geisterdorf war und hier Menschen lebten. Leider konnte sie nicht verstehen, was die beiden Männer miteinander sprachen. Gerade als sie sich entschloss, zu Urs zu gehen, verabschiedete er sich von dem Mann und kam zu ihr zurück.

»Lebt dieser Mann hier?«, fragte sie schroff.

»Grüezi di«, sagte Urs und setzte sich zu ihr auf den Boden.

»Was heißt das?«, fragte Susanna. »Ich glaube, deine kleine Schwester hat das auch zu mir gesagt.«

Urs erklärte: »Es kann guten Morgen, guten Tag oder guten Abend bedeuten. Je nachdem, zu welcher Tageszeit man jemanden grüßen möchte.«

Susanna errötete leicht. Ihr wurde bewusst, dass sie ihn grußlos angesprochen hatte. »Guten Morgen«, flüsterte sie und schaute beschämt zu Boden.

»Grüezi di!«, wiederholte er lächelnd.

Sie blickte auf und fuhr sich mit der Hand über den Hals. »Wenn ich diese kratzigen Laute höre, muss ich mich räuspern«, sagte sie und hüstelte.

Urs lachte auf. »Es nennt sich Schwyzerdütsch. Schwyzer für Schweizer und dütsch für deutsch. Da deine und meine Sprache ähnlich sind, kann ich dich verstehen und mit dir reden.«

»Aber ich kann deine Sprache nicht verstehen und erst recht nicht sprechen«, erkannte sie.

»Das kann ich dir nicht erklären«, beschied ihr Urs, der den Salbentiegel aus dem Rucksack kramte. »Lass mich deine Wunde verarzten«, sagte er und öffnete die Dose.

»Ich habe bereits nachgesehen«, sagte Susanna und streckte ihm die Hüfte entgegen. »Die Wunde blutet nicht mehr und tut auch kaum noch weh.«

»Das hört sich gut an«, erwiderte Urs und gab ihr ein Zeichen, den Kittel hochzuheben. Vorsichtig wickelte er den Verband ab. »Sie sieht wirklich gut aus«, freute er sich, als er die Verletzung sah. »Die Wundränder sind nicht mehr gerötet, und es hat sich eine Kruste gebildet. Ich werde trotzdem Salbe darüberstreichen, damit die Kruste geschmeidig wird und nicht aufreißt.« Er tunkte zwei Finger in den Tiegel und tupfte die Paste auf die Schussverletzung. Anschließend band er den Tuchstreifen wieder um Susannas Leib. Als ihr Magen laut knurrte, lachte er auf.

»Lach nicht«, schimpfte sie. »Ich wäre froh, ich hätte dir gestern nicht mein letztes Stück Brot gegeben.«

»Da können wir Abhilfe schaffen. Der Bauer erzählte mir, dass am Ortsrand von Gersweiler ein kleiner Gasthof liegt, wo wir etwas zu essen kaufen können«, verriet ihr Urs und erhob sich.

Susanna jedoch blieb sitzen.

»Was ist?«, fragte Urs.

»Wovon sollen wir das Essen bezahlen?«

»Mach dir darüber keine Gedanken. Ich lade dich ein«, sagte er und reichte ihr die Hand. »Dein Pferd können wir auf der Koppel lassen, denn es ist nicht weit zu gehen.«

Mit Schwung zog Urs Susanna auf die Beine, sodass sie in seinen Armen landete. Erschrocken sah sie ihm in die Augen und glaubte ein freudiges Glitzern darin zu entdecken. Hastig löste sie sich von ihm und blickte ihn entrüstet an. Allerdings wagte sie es nicht, ihn zu rügen, sondern strich sich wortlos das Haar zurück und glättete ihren Rock. Dann rollte sie die Decke zusammen und hob den Beutel auf, den sie Urs reichte.

»Womit willst du mein Frühmahl bezahlen?«, fragte sie ihn.

»Das lass meine Sorge sein«, erwiderte Urs und ging voran.

Bei Tageslicht konnten sie die Häuserruinen näher betrachten. Fast alle Häuser schienen abgebrannt zu sein. An manchen Holzplatten, die aussahen wie die einstigen Eingangstüren, konnte man deutlich schwarze Kreuze erkennen.

»Das Pestzeichen«, flüsterte Susanna.

Urs nickte. »Ich weiß! Auch in der Schweiz hat man die Häuser der Pesttoten damit gekennzeichnet.«

Die Symbole waren mit Kohle auf das Holz gezeichnet worden und wirkten düster und abschreckend. An ihren unguten Gefühlen änderten auch die gelben, blauen und weißen Blumen nichts, die zwischen dem verkohlten Holz und den Steinen, die verstreut auf dem Boden lagen, blühten. Ebenso wenig wie das Grün des Efeus, das sich über den Boden und die Hauswände rankte und das Geröll wie eine Decke überzog. Bei einem unversehrten Haus blieb Susanna stehen.

»Hier wohnen anscheinend Menschen«, stellte sie freudig fest und zeigte auf den rauchenden Schornstein. Als ihr Blick über die Vorderseite des Hauses schweifte, stutzte sie, denn diese Tür hatte ein blutrotes Zeichen aufgemalt. »Kennst du auch dieses Zeichen?«, fragte sie, als sie die Striche, die ähnlich wie ein offenes Dreieck aussahen, genauer betrachtete.

Urs schüttelte den Kopf. »Ich habe es noch nie gesehen. Vielleicht hat das Zeichen mit den Bewohnern zu tun? Womöglich steht es für ihren Namen«, mutmaßte er. Doch als sie auf anderen Häusertüren ebenfalls das Zeichen entdeckten, sagte er: »Es muss etwas anderes bedeuten.«

Sogar auf der Tür des kleinen Gasthauses war das Zeichen zu sehen.

»Heißt das womöglich Gersweiler?«, fragte Urs und blickte Susanna fragend an.

»Ich würde Gersweiler anders schreiben«, sagte sie schmunzelnd.

Beide betraten die Gaststube, die nicht mehr als zehn Plätze hatte. Sie waren die einzigen Gäste und setzten sich nahe der Tür nieder. Sofort kam eine Magd zu ihnen an den Tisch. »Was darf ich euch bringen?«, fragte sie höflich.

Urs blickte Susanna fragend an. »Ich hätte gern eine Schüssel Gerstenbrei und ein Glas Milch.«

»Mir kannst du Eier, Speck, Käse und einen Krug Dünnbier bringen.«

Susanna wartete, bis die Magd gegangen war. Dann fauchte sie Urs an.

»Wovon willst du …«, begann sie den Satz, als der Wirt an den Tisch kam und fragte: »Wovon wollt ihr beiden Grünschnäbel das Essen bezahlen? Ich brate keine Eier mit Speck, bevor ich weiß, ob ihr überhaupt Geld habt.«

Urs' Gesicht wurde puterrot. »Wie kannst du daran zweifeln?«

»Schwatze nicht! Zeig mir das Geld, und ich schlage dir die Eier in die Pfanne. Ansonsten macht, dass ihr verschwindet.«

Susanna stand auf, um zu gehen, als Urs aus seinem Hosenbund eine Münze herauszog. »Reicht das?«, fragte er und zeigte dem Wirt das Geld.

Der Mann prüfte die Echtheit der Münze und grinste Urs an. »Dafür bekommst du sogar gesalzene Butter aufs Brot«, sagte er und ging zurück in die Küche.

Sogleich kam die Magd und stellte ihnen die Getränke auf den Tisch. »Kann ich dir noch etwas bringen?«, fragte sie und lächelte Urs verführerisch an.

Susanna bedachte das Mädchen mit einem giftigen Blick, der es jedoch nicht davon abschreckte, Urs weiterhin derart anzulächeln. Erst als er verneinte, ging die Magd zurück hinter den Tresen.

»Woher hast du so viel Geld?«, fragte Susanna und rutschte von Urs ab.

»Du denkst hoffentlich nicht, dass ich das Geld gestohlen habe«, deutete er ihre Geste. »Es geht dich zwar nichts an, aber mein Vater hat mir Geld dagelassen. Ich hatte gehofft, ihm alles zurückgeben zu können, aber …«

»Ich habe dich nicht gebeten, mir ein Frühmahl zu bezahlen«, zischte Susanna, als der Wirt aus der Küche kam und einen großen Teller mit gebratenen Würstchen, Speck, Eiern und gebuttertem Brot vor Urs auf den Tisch stellte.

»Wenn du einen Nachschlag möchtest, sag Bescheid.«

»Zu freundlich«, sagte Urs und nahm die Gabel in die Hand.

»Gut zahlende Gäste sind selten«, sagte der Wirt und ließ die beiden allein.

Susanna blickte mürrisch ihre Schale Gerstenbrei an, während ihr der Duft von Urs' üppigem Essen in die Nase stieg.

»Der Wirt hat es zu gut mit mir gemeint. Ich kann unmöglich den Teller alleine leeressen. Du musst mir dabei helfen«, bat er Susanna augenzwinkernd.

Sie wollte wieder aufbrausen, doch als sie sah, wie er die Scheibe Speck mit Hochgenuss verzehrte, schob sie ihre Schale zur Seite und tunkte ein Stück Brot in das Eigelb.

Nachdem beide gesättigt waren, kam die Magd, um das Geschirr abzuräumen. »Möchtet ihr mehr?«, fragte sie, doch Urs hob abwehrend die Hände. Auch Susanna verneinte.

Urs bezahlte und sagte: »Wir dachten bei unserer Ankunft gestern am späten Abend, dass Gersweiler verwaist ist. Nicht eine Menschenseele haben wir angetroffen.«

Die Magd nickte. »Samstags gehen alle Einwohner von Gersweiler nach Malstatt in die Kirche und kommen erst nach Mitternacht zurück, denn es ist eine gute Wegstrecke zu gehen. Ihr hattet Pech, dass ihr genau in dieser Zeit angekommen seid«, lachte sie. »Woher kommt ihr?«

»Ich komme aus der Schweiz«, verriet Urs, ohne Susanna einzubeziehen.

Das Mädchen schien Susannas Herkunft nicht zu interessieren, denn sie gurrte Urs an: »Deshalb die sonderbare Aussprache. Ich hatte schon Mitleid mit dir und dachte: Solch ein schneidiger Bursche, doch leider hat er einen Sprachfehler.«

Urs zwinkerte ihr zu und fragte: »Kannst du mir sagen, warum alle Häuser hier dieses rote Zeichen an der Tür haben?«

Nun setzte sich die Magd zu ihnen an den Tisch und erklärte: »Nicht alle Häuser haben die spiegelverkehrte Vier auf der Tür. Nur die, in denen noch Menschen wohnen. Die der Toten waren mit einem schwarzen Kreuz gekennzeichnet.«

»Warum?«, fragte Susanna sogleich, da sie ins Gespräch einbezogen werden wollte. Dabei musterte sie das Mädchen, das nicht älter als sie selbst sein konnte. Es war von üppiger Gestalt mit dunkelblonden Zöpfen, die ihr bis zu den Hüften reichten. Mit ihren braunen Augen schaute sie Urs aufreizend an. Ihm schien das zu gefallen, denn er erwiderte ihr Lächeln. Susanna sah, dass seine Blicke wiederholt über die üppige Oberweite der Magd glitten, die ihre Reize offenherzig zur Schau stellte.

Ärger stieg in Susanna hoch. Doch sie versuchte, es sich nicht anmerken zu lassen.

Die Magd schien Susannas Abneigung zu spüren und wandte sich ihr mit hochnäsigem Blick zu. »Warum fragst du?«, antwortete sie schnippisch und musterte Susanna geringschätzig.

»Ich will wissen, warum nur die Türen der Häuser dieses Zeichen haben, die bewohnt sind«, wiederholte Susanna ihre Frage.

»Wie dumm bist du denn?«, fragte die Magd zurück.

Susanna holte tief Luft, um aufzubegehren, doch Urs legte ihr unter dem Tisch die Hand auf das Bein, sodass sie erschrocken den Atem wieder ausstieß.

Das Mädchen schüttelte ungläubig den Kopf. »Was nützt toten Menschen die spiegelverkehrte Vier? Sie soll die Lebenden vor der Pest schützen.«

Susanna blickte zuerst die Magd und dann Urs entsetzt an. »Die Pest ist im Ort?«, flüsterte sie.

Das Mädchen verneinte. »Es ist schon länger her, seit die Seuche hier im Ort und in der Umgebung gewütet hat. Alle Häuser, in denen Pesttote zu beklagen waren, wurden abgebrannt.«

»Sind das die Ruinen, die wir auf dem Weg hierher gesehen haben?«

Die Magd nickte. »Ein Wanderprediger hat uns erzählt, dass das blutrote Zeichen die Pest fernhalten würde. Wir haben Geld zusammengelegt, damit er unsere Häuser mit Weihrauch ausräucherte. Anschließend hat er auf jede Haustür mit Schweineblut das Zeichen gemalt.«

»Hat es genützt?«, wollte Urs wissen.

»Seitdem kam die Pest jedenfalls nicht mehr zurück. Allerdings weiß niemand, warum es ausgerechnet eine spiegelverkehrte Vier sein muss.«

»Hier in der Nähe soll es ein Pestlazarett geben, wohin man die erkrankten Menschen bringt«, sagte Susanna.

»Woher willst du das wissen?«, fragte die Magd misstrauisch. »Du bist nicht von hier.«

»Ein Bauer, den wir unterwegs getroffen haben, hat es uns erzählt«, log Urs.

Sogleich schenkte die Magd ihm ihr schönstes Lächeln und antwortete: »Das ist die Kirche von Aschbach, die man jetzt als Pestlazarett nutzt. Sie steht weit abseits des Weges in einem Waldstück außerhalb von Gersweiler.« Sie zeigte durch das geschlossene Fenster in eine Richtung. »Früher sind die Menschen aus Gersweiler und aus dem Nachbarort Ottenhausen in die Aschbacher Kirche zur Messe gegangen. Doch da der Weg dorthin meist bergauf geht und zudem sehr weit ist, haben sich besonders die Alten über den anstrengenden Weg beschwert. Deshalb wurde der Gottesdienst nach Malstatt verlegt. Die Kirche stand etliche Jahre leer, bevor beschlossen wurde, sie als Lazarett für diejenigen zu nutzen, die von der Pestilenz befallen sind. Aus Saarbrücken und Umgebung werden die Kranken dorthin gebracht, wo sie sich bis zu ihrem Tod selbst versorgen müssen. Ich bin einmal dort gewesen und sage euch, nie wieder gehe ich dorthin. Der Ort ist unheimlich. Nicht nur, weil die Toten dort beerdigt werden, sondern auch, weil es ein Ort der Schreie und des Jammerns ist.« Die Stimme der Magd war nur noch ein Hauchen.

»Was wolltest du dort? Hattest du keine Angst, verseucht zu werden?«, fragte Urs und blickte sie besorgt an.

»Es war eine Wette«, gestand sie.

»Eine Wette?«, fragte er ungläubig.

Die Miene der Magd verdunkelte sich. Man konnte sehen, wie eine Gänsehaut ihre Arme überzog. Als die Tür der Gaststube aufgestoßen wurde, sprang sie auf.

»Ich muss arbeiten«, sagte sie und wollte zu den neuen Gästen gehen, doch Urs umfasste ihren Unterarm und zwang sie, stehen zu bleiben.

»Welche Wette?«, fragte er eindringlich.

Die Magd stützte ihre Hände vor ihm auf die Tischplatte, sodass seine Nasenspitze fast ihre Oberweite berührte. Mit rauer Stimme sagte sie: »Wir haben darum gewettet, wer sich an den Dämon herantraut. Nahe dem Lazarett soll nämlich ein Geist leben, der einen Schatz bewacht.«

Als sie die entsetzten Gesichter von Urs und Susanna sah, lachte sie laut los. »Ihr seid wirklich nicht von hier.« Dann ging sie zu den neuen Gästen.

Urs starrte vor sich hin und schien zu überlegen. Er hatte anscheinend vergessen, dass seine Hand noch immer auf Susannas Oberschenkel lag, denn er machte keine Anstalten, sie zurückzuziehen. Erst als Susanna ihm auf die Hand schlug, ließ er ihr Bein los. Sie stand sofort auf und verließ grußlos die Schankstube, während Urs der Magd einen schönen Tag wünschte.

Wütend stapfte Susanna den Weg zurück zu ihrem Lager. Urs folgte ihr geschwind und hielt sie am Arm fest.

»Warum rennst du so?«, fragte er ahnungslos.

»Wage es nie wieder, deine Hand auf meinen Oberschenkel zu legen«, zischte sie.

»Wir Schweizer sind ein freundliches Volk«, verteidigte er sich.

»Du weißt, was ich meine«, sagte Susanna gefährlich leise. »Das nächste Mal hast du ein Messer im Handrücken stecken«, versprach sie.

Jetzt begriff er und erklärte: »Hätte ich dich dadurch nicht gebremst, wärst du dem armen Mädchen an die Kehle gegangen. So eifersüchtig, wie du warst.«

Bei dieser Unterstellung blähte Susanna die Wangen auf und wollte losschimpfen. Doch in diesem Augenblick rief jemand einen Namen, der ihren Atem stocken ließ.

»Jeremias«, rief Markus. »Du hattest tatsächlich recht! Das Miststück ist hier im Ort! Da drüben auf der Koppel steht mein Pferd.«

Kapitel 25

Markus ging lachend auf sein Pferd zu, das im Sonnenlicht graste. »Hast du mich vermisst?«, fragte er leise und presste sein Gesicht gegen den Hals des Tieres. Dann untersuchte er gründlich Zähne, Hufe und den ganzen Leib. »Zum Glück geht es dir gut«, sagte er. »Ich habe befürchtet, dass dieses Miststück dich zu hart geritten hätte«, erklärte er dem Pferd leise, das schnaubend am Gras knabberte.

Markus griff nach dem Kopfgeschirr, um es von der Weide zu führen, als Jeremias ihm zurief: »Lass den Gaul auf der Koppel und stell die beiden anderen dazu. Wir werden uns zu Fuß in dem Örtchen umsehen.«

»Ich komme bald wieder«, flüsterte Markus seinem Pferd zu und ging zurück zu Jeremias, der die beiden Salinenpferde bereits abgesattelt hatte. Während Markus sie auf die Koppel brachte, legte Jeremias Zaumzeug und Sättel an die Seite des Zauns.

»Der Bauer wird sich wundern, wenn er auf einmal drei Pferde auf seiner Weide stehen hat«, spottete Markus und schloss das Gatter. Seit er sein Pferd zurückhatte und wusste, dass das Weibsbild im Ort war, besserte sich seine Laune zusehends.

Die beiden Männer wandten sich zum Gehen, als ein krummbuckliger Bauer, der sich auf einen Stock stützte, geradewegs auf Jeremias und Markus zukam. Er blieb vor ihnen stehen und schaute zu ihnen auf. Da der Alte einen Kopf kleiner als Markus und Jeremias war, versuchte er sich zu strecken und reckte sein Kinn in die Höhe.

»Wo kämen wir hin, wenn jeder seinen Gaul auf meine Weide stellen würde? Seht zu, dass eure Pferde von meiner Koppel kommen. Seit heute Morgen steht dieses Schlachtross da, das mehr frisst als eine ganze Herde, und nun stellt ihr eure Mähren auch noch dazu. So geht das nicht«, schimpfte er und drohte mit dem Stock.

Jeremias betrachtete den Mann, der kaum noch Zähne im Mund hatte. Seine Hose hing locker an seinem knochigen Körper, ebenso wie sein schäbiger Kittel. Jeremias hätte ihn mit einem Schlag zu Boden strecken können. Allerdings wollte er kein Aufsehen erregen und beschloss, sich mit dem Bauern friedlich zu einigen. Er öffnete den Mund, um ihm ein Angebot zu unterbreiten, als er aus den Augenwinkeln sah, wie sich Markus versteifte und im Begriff war, sich auf den Alten zu stürzen. Jeremias' Hand schnellte zur Seite und hielt den Gefährten am Arm fest, sodass Markus ihn grimmig anblickte. Ungeachtet dieses Blicks schüttelte Jeremias fast unmerklich den Kopf, und Markus schien zu verstehen. Er schnaufte laut aus und entspannte sich, sodass Jeremias ihn loslassen konnte.

»Guter Mann«, schmeichelte Jeremias dem Bauern. »Wir

werden unsere Pferde nicht umsonst auf deiner Wiese grasen lassen und wollten dich soeben aufsuchen.«

Der Alte wurde hellhörig, und Jeremias griff in die Tasche seines schwarzen Mantels, um ein Geldstück herauszuholen. Das hielt er dem Bauern unter die Nase, der sogleich danach greifen wollte, doch Jeremias zog es fort.

»Dafür bleiben die drei Pferde so lange auf deiner Koppel stehen, bis wir wieder abziehen.«

»Alle drei?«, fragte der Alte.

Jeremias nickte. »Das Schlachtross gehört meinem Begleiter. Es wurde von einer jungen Frau gestohlen, die wir bis hierher verfolgt haben. Du hast sie nicht zufällig gesehen?«

Der Alte blickte die beiden Männer aus seinen kleinen dunklen Knopfaugen argwöhnisch an, dann schweifte sein Blick zu dem mächtigen Pferd. »Eine junge Frau hat euch dieses Pferd gestohlen?«, fragte er.

»Das Weibsstück ist ein gerissenes Luder. Wenn ich sie finde, wird sie sich wünschen, mein Pferd niemals berührt zu haben«, brauste Markus auf.

Der Alte schaute den Burschen an und brummte: »Wie ich schon sagte: Ich habe das Pferd heute Morgen auf meiner Koppel entdeckt, aber niemanden gesehen.«

Jeremias blickte nachdenklich umher. »Gibt es hier ein Gasthaus?«, fragte er.

Der Alte nickte und beschrieb ihnen den Weg zu dem Wirtshaus am Ende des Ortes. Dann streckte er ihm seine Hand entgegen.

Bevor Jeremias die Münze auf seine Handfläche legte, ermahnte er den Alten: »Falls das Weibsstück hier auftaucht, lässt du sie nicht zu den Pferden.«

Der Mann versprach es und bekam die Münze. »Ich werde meinen Enkel beauftragen, auf die Gäule aufzupassen«, sagte er und hielt erneut die Hand hin.

»Werde nicht unverschämt«, fauchte Markus und ging einen Schritt auf ihn zu. Seine Fußspitze stieß gegen den Krückstock des Bauern, sodass dieser wankte. Erschrocken weiteten sich seine Augen.

»Wir verstehen uns?«, fragte Markus, und der Bauer nickte.

»Dickerchen«, flüsterte Susanna bestürzt und wollte den Weg zur Koppel einschlagen, doch Urs zog sie hinter einen Holzstapel zwischen zwei Hütten.

»Bist du von Sinnen?«, schimpfte er mit verhaltener Stimme. »Jeremias ist doch der Name dieses Mannes, der dich verfolgt hat?«

Sie nickte.

»Du bringst dich in Gefahr, wenn du zu dem Pferd rennst.«

Tränen verschleierten ihren Blick. »Du verstehst das nicht«, wisperte sie. »Dickerchen ist die einzige Verbindung, die ich nach Hause habe.«

Urs blickte sie verständnislos an. »Das verstehe ich nicht. Ich dachte, das Pferd gehört diesem Markus, der deine Familie ermordet hat.«

»Schon«, druckste Susanna herum, »Dickerchen hat aber damals auf unserer Koppel gestanden …«

»Du redest wirres Zeugs«, erklärte Urs und schüttelte den Kopf. »Deshalb gehört der Gaul nicht dir.«

»Du verstehst nichts«, fauchte sie erneut. »Dickerchen hat mich nicht im Stich gelassen. Ohne ihn würde ich nicht mehr leben.«

Wieder schüttelte Urs verständnislos den Kopf. »Es ist nur ein Pferd, dem es einerlei ist, zu wem es gehört – Hauptsache, es bekommt zu fressen und zu saufen.«

»Ich werde ihn nicht bei diesem Unmenschen zurücklassen«, erklärte sie stur, sprang auf und wollte losrennen.

Urs bekam ihren Rocksaum zu fassen und zog sie zurück

hinter den Holzstapel. »Susanna, du hast andere Sorgen als Dickerchen«, brauste er gedämpft auf. »Wenn diese Männer dich zu greifen bekommen, können sie dich wegen Pferdediebstahls am nächsten Baum aufknüpfen. Bei uns in der Schweiz kam das schon vor, und hier im Reich ist es nicht anders.«

Susanna ließ sich erschüttert auf ihren Hintern plumpsen.

»Wirklich?«, fragte sie und zog die Knie an, die sie mit beiden Armen umschlang.

Plötzlich hob Urs seinen Kopf und lauschte. Erschrocken legte er den Zeigefinger auf den Mund, um ihr zu bedeuten, dass sie schweigen solle. In diesem Augenblick marschierten Jeremias und Markus an ihnen vorbei, ohne sie zu bemerken. Susanna hielt den Atem an und holte erst wieder Luft, als die beiden außer Hörweite waren.

»Hast du verstanden, was sie gesagt haben?«

Susanna schüttelte den Kopf. »Ich war wie gelähmt«, wisperte sie. »Ich habe nichts verstanden.« Sie zitterte am ganzen Körper.

»Sie wollen in dasselbe Gasthaus gehen, in dem wir eben waren.«

»Gut so! Dann kann ich Dickerchen von der Koppel holen.«

»Du hast nichts anderes im Kopf als dieses Pferd«, regte Urs sich auf.

Als ihm klar wurde, dass Susanna sich nicht von ihrem Starrsinn abbringen ließ, schnaufte er laut aus und sagte: »Es ist wichtig, dass wir mit der Magd sprechen, damit sie uns nicht verrät.«

»Ach, du willst diese Magd wiedersehen, und deshalb soll ich Dickerchen im Stich lassen«, fauchte Susanna, stand auf und verließ das Versteck. Ohne sich umzudrehen, rannte sie den Weg zurück zur Koppel.

Urs überlegte, ihr nachzurennen, doch er entschied sich dagegen und nahm seinen Beutel vom Boden auf. Nachdem er sich nach allen Seiten abgesichert hatte, schlich er hinter den Hütten entlang zum Hinterhof des Gasthauses. Dort ging er zur Küchentür und hielt nach der Magd Ausschau. Als der Wirt ihn erkannte, trat er zu Urs auf den Hof. Er wischte sich die Hände an seiner Schürze ab und sagte grinsend: »Hast du wieder Hunger?«

Urs lächelte höflich und verneinte. »Ich muss dringend mit deiner Magd sprechen«, flüsterte Urs und beobachtete die Küchentür, da er Angst hatte, dass jeden Augenblick einer der beiden Männer auftauchen würde.

»Ach, die Anna gefällt dir wohl?«, feixte der Wirt.

Zu seinem Ärger spürte Urs, dass er rot wurde. »Ich habe es eilig«, erklärte er und versuchte ruhig zu bleiben.

Das Grinsen des Wirts wurde breiter. »So eilig?«, flachste er und ging zurück in die Küche.

Schon bald erschien die Magd Anna auf dem Hof. »Ich habe gehört, du suchst mich«, lächelte sie und kam Schritt für Schritt näher auf Urs zu. Dabei spielte sie mit einem ihrer Zöpfe.

Urs fühlte sich unbehaglich und nestelte am Band seines Rucksacks, den er wie einen Schutzschild vor sich hielt.

»Leider muss ich noch bis zum Abend arbeiten«, sagte Anna mit gespielt trauriger Stimme.

Urs erklärte hastig: »In deiner Gaststube sind zwei Männer aufgetaucht, die nicht aus dieser Gegend stammen.«

Anna zog eine Augenbraue in die Höhe. »Was soll das?«, fragte sie unwirsch, da ihre gute Laune kippte. »Es sitzen nur Fremde im Gastraum. Zu uns kommen selten Einheimische. Was ist mit den beiden Männern?«

»Einer trägt einen schwarzen Mantel und hat schwarze Haare«, beschrieb Urs Jeremias. »Du musst dich vor ihnen in Acht nehmen, denn es sind zwielichtige Gestalten, denen man nicht trauen kann.«

»Ach, und dir kann ich trauen?«, fragte sie und stützte die Hände in die Hüfte.

Urs nickte. »Je weniger du den beiden erzählst, desto besser ist es für uns.«

»Für uns?«

Urs sog erschrocken die Luft durch die Zähne, denn das hatte er nicht sagen wollen. »Sie dürfen nicht wissen, dass wir hier waren«, gab er ehrlich zu.

Nun trat die Magd einen Schritt zurück. »Werden du und deine Freundin gesucht?«, fragte sie.

Urs schüttelte heftig den Kopf. »Nein! Nein! Wo denkst du hin?«

»Entweder du sagst mir sofort die Wahrheit, oder ich werde den beiden Fremden von euch erzählen.«

»Das nennt man Erpressung.«

»Mag sein!«, erklärte sie mit einem leichten Schulterzucken.

Urs spürte, dass sie es ernst meinte, und log erneut: »Der mit dem schwarzen Mantel ist der Oheim meiner Braut. Der andere ist ihr Bruder. Wir mussten von zuhause fliehen, da ihr Vater keinen Schweizer als Ehemann für seine Tochter möchte. Deshalb hat er seinen Bruder und seinen Sohn losgeschickt, um Susanna zurückzuholen.« Urs wischte sich mit beiden Händen übers Gesicht, damit Anna seinen Gesichtsausdruck nicht sehen konnte.

Als er die Hände herunternahm, stand Anna dicht vor ihm. »Das ist eine so schöne Geschichte«, flüsterte sie und schaute ihn verzückt an. »Ich werde euch helfen, damit ihr beiden einen Vorsprung bekommt. Obwohl ich deine Braut nicht leiden mag«, gab sie ehrlich zu.

»Ich danke dir«, sagte Urs und reichte ihr die Hand. Die Magd ergriff seine Finger und zog ihn so schnell an sich, dass er sich nicht wehren konnte. Mit einem lauten Seufzer legte sie den Kopf an seine Brust.

»Wenn du deiner Braut überdrüssig bist, kannst du gern wiederkommen«, sagte sie und lief zurück in die Wirtsstube.

Jeremias trank einen Schluck Bier und schüttelte sich. »Nach der durchzechten Nacht will es mir nicht so recht schmecken.«

»Du jammerst wie ein altes Waschweib«, spottete Markus und kippte sein Bier in den Schlund. Als die Magd ihnen die gebratenen Würste brachte, zog Markus sie zu sich auf die Bank.

»Ich habe nicht gehofft, solch ein schönes Kind hier anzutreffen«, schmeichelte er ihr und stierte dabei auf ihren Ausschnitt. Anna lachte gezwungen und wollte sich erheben, doch Markus hielt sie fest. »Sag, schöne Maid, war heute ein fremdes Mädchen hier zu Gast?«

Die Magd schüttelte den Kopf. »Nicht, dass ich wüsste.«

»Natürlich war heute schon ein junges Ding hier«, sagte der Wirt, der am Nebentisch Getränke verteilte.

Erschrocken blickte Anna Markus an, dessen Gesichtsausdruck hart wurde.

»Du hast gelogen«, sagte er mit böse funkelnden Augen.

»Habe ich nicht«, verteidigte sich Anna. »Du fragtest nach einem einzelnen Mädchen, aber das Weib, das der Wirt meint, war mit einem jungen Burschen da.« Als die Magd merkte, was sie verraten hatte, schlug sie sich erschrocken auf den Mund.

Jeremias, der bis jetzt schweigend gegessen hatte, wechselte mit Markus einen erstaunten Blick.

»Wie sah das Mädchen aus?«, fragte er, ohne von seinem Teller aufzublicken. Schmatzend steckte er den letzten Bissen Wurst in seinen Mund.

»Blondes Haar, blaue Augen und kleiner als ich«, versuchte sie die beiden zu täuschen.

Jeremias blickte sie streng an und zischte: »Und jetzt die Wahrheit.«

Anna sprang von der Bank auf und trat einige Schritte vom Tisch weg. »Da du offenbar weißt, wie sie ausgesehen hat, muss ich nichts mehr sagen«, schimpfte sie und brachte sich hinter dem Tresen in Sicherheit.

Markus wollte ihr hinterhersetzen und erhob sich schon, als Jeremias flüsterte: »Bleib sitzen und errege nicht noch mehr Aufsehen. Wir wissen, was wir wissen wollten.«

»Was wissen wir? Nichts wissen wir«, verbesserte Markus ihn.

»Sie ist nicht allein«, erklärte Jeremias.

»Unfug! Wer soll das sein? Wo kommt plötzlich ein Begleiter her? Als ich sie angeschossen habe, war niemand bei ihr.«

Jeremias kniff die Augen leicht zusammen und überlegte. »Sie hat sich kundig gemacht. Es ist schwer, den Schatz allein zu finden, und sie hat jemanden gesucht, der ihr hilft.«

Markus dachte kurz nach, dann lachte er hämisch auf. »Deshalb sollte ich mitkommen! Du brauchst meine Hilfe.«

Jeremias schwieg. Er wollte Markus nicht gestehen, dass er fest daran glaubte, nur mit der Hilfe eines kräftigen Gesellen wie ihm die Schatzgeister bezwingen zu können. Außerdem wollte er Markus für die schwere Grabarbeit einsetzen. Da Schiffer ausgefallen war, musste Markus diese Aufgaben übernehmen. Es würde Schiffers Anteil verringern, falls Jeremias ihm überhaupt etwas abgeben wollte. *Wofür soll ich ihn bezahlen?*, fragte er sich in Gedanken und setzte den Krug an die Lippen, um ihn leerzutrinken.

»Wir wissen nun, dass das Luder in Gersweiler und nicht mehr allein ist«, überlegte Markus mit leiser Stimme. »Wenn wir herausbekommen, wo der Schatz vergraben liegt, werden wir auch das Miststück finden«, sagte er.

Jeremias nickte. »Gersweiler ist zwar nicht groß, aber zu groß, um planlos durch die Gegend zu laufen. Wir können niemanden fragen, sonst tummeln sich mehr Schatzgräber als Einwohner in dem Kaff«, raunte er Markus zu, der ihm wortlos zustimmte.

Markus überlegte, dann erhellte kurz ein Grinsen sein Gesicht, bevor es sich wieder verfinsterte. »Ich glaube, ich habe die Lösung gefunden«, frohlockte er und forderte Jeremias auf: »Bezahl, damit wir hier abhauen können.«

Susanna schlich, dicht an die Hauswände gedrückt, von Hütte zu Hütte. Als sie an den Ruinen vorbeimusste, dachte sie an die zahlreichen Ratten, die hier im Verborgenen lebten und erst in der Dunkelheit hervorkamen. Nur mit Mühe fasste sie sich ein Herz und rannte in gebeugter Haltung an den abgebrannten Hütten vorbei. Als sie die Koppel erreichte, schüttelte es sie vor Ekel. »Wie ich diese Viecher hasse«, flüsterte sie und legte sich die Hand auf ihr rasendes Herz. Keuchend schaute sie zur Wiese, wo mittlerweile drei Pferde grasten. »Das müssen dann die Pferde der beiden sein«, überlegte sie.

Sie erkannte einen Jungen, der an einem der Bäume lehnte und gelangweilt in die Gegend starrte. Nachdem sich ihr Herzschlag beruhigt hatte, blickte sie sich gründlich um. Als sie keine Gefahr erkennen konnte, ging sie langsam auf den Knaben zu.

»Ich grüße dich«, sagte sie freundlich und lächelte ihn an. »Ich will mein Pferd holen«, erklärte sie keck und schritt auf Dickerchen zu.

Der Junge sah sie fragend an und erwiderte mit wichtiger Miene: »Mein Großvater hat mir aufgetragen, auf die Pferde aufzupassen. Ich darf niemanden an sie heranlassen.«

»Aber das ist mein Pferd, und deshalb werde ich es mitnehmen«, sagte sie unnachgiebig und fasste Dickerchen am Halfter.

Sofort fing der Junge an zu schreien. »GROSSVATER!«, brüllte er so laut, dass sich Susanna die Ohren zuhielt.

»Bist du von Sinnen, mir so in die Ohren zu schreien?«, schimpfte sie.

»GROSSVATER!«, brüllte der Knabe ein zweites Mal, und Susanna schlug ihm mit der Hand gegen den Kopf.

»Halt's Maul«, rief sie und drückte ihre Finger gegen ihre Ohrmuscheln.

Sie sah, wie ein alter Bauer, so schnell er konnte, über die Koppel gelaufen kam. Keuchend blieb er vor dem Jungen und Susanna stehen.

»Was ist los, Karlchen?«, fragte er seinen Enkel atemlos, stützte sich auf seinen Stock und bedachte das Mädchen mit einem argwöhnischen Blick.

»Sie will das Pferd stehlen«, erklärte der Junge aufgeregt.

»Unfug! Ich kann nichts stehlen, was mir gehört«, sagte Susanna und blickte den Burschen böse an.

Der Bauer betrachtete das Mädchen eingehender und meinte: »Heute Morgen waren zwei Männer hier, die mir etwas anderes berichtet haben.«

Susanna blickte ihn wütend an und sagte: »Ach ja? Sicher hat der Jüngere erzählt, dass ich das Pferd gestohlen hätte.«

»Ja, das hat er«, versicherte der Alte.

»Dachte ich es mir«, sagte Susanna und kaute auf ihrer Oberlippe.

Der Bauer musterte sie. »Sie haben mich bezahlt, damit ich auf den Gaul aufpasse«, erklärte er listig.

Susanna ahnte, was er wollte.

»Ich habe kein Geld«, erklärte sie, als sie Urs kommen sah.

»Was ist?«, rief er schon von weitem. Als er vor ihr stand, stützte er schnaufend seine Hände auf die Knie.

»Der Bauer will mir Dickerchen nicht geben, da Markus und Jeremias ihn fürs Aufpassen bezahlt haben.«

»Dickerchen?«, fragte der Bauer belustigt.

»So heißt mein Pferd«, erklärte sie und reckte die Nase in die Höhe.

»Wenn jemand einem Tier einen Namen gibt, dann hat er ein besonderes Verhältnis zu ihm«, erklärte der Alte. Er zeigte mit dem Stock auf das Pferd und sagte: »Du kannst dein Pferd mitnehmen.«

Glücklich ging Susanna zu Dickerchen und wollte ihn zum

Gatter führen, als sie Markus und Jeremias am Koppelrand erblickte.

»Du Miststück! Lass mein Pferd in Ruhe«, brüllte Markus und rannte los.

Urs blickte sich rasch um und rief Susanna zu: »Du musst das Pferd hierlassen. Zu Fuß sind wir schneller und können uns durch den Wald schlagen.«

Er ließ Susanna keine Wahl und ergriff ihre Hand. Urs sprintete los und zog sie mit sich. Zusammen liefen sie von der Koppel über den Weg in den nahen Wald. Beide hörten, wie Markus ihnen wütend hinterherbrüllte.

Kapitel 26

Markus wollte den beiden hinterhereilen, doch Jeremias hielt ihn zurück. »Wir wissen, wo wir sie finden werden«, sagte er und blickte zu der Stelle, wo das Mädchen und der Bursche zwischen den Bäumen verschwunden waren.

»Ach ja?«, fragte Markus aufgebracht. »Dann weißt du mehr als ich, denn ich habe keine Ahnung, wo das sein könnte.« Er spie die Worte förmlich aus und hieb mit der Faust gegen den Stamm des Baumes, neben dem er stand.

Jeremias' Blick schweifte zu dem Bauern, der sie beobachtete. »Warum glotzt du so?«, fragte er mürrisch.

»Was wollt ihr hier?«, erwiderte der Alte.

Er schien keine Angst vor ihnen zu haben, obwohl er erkennen musste, dass sie vor nichts zurückschrecken würden.

Jeremias verschränkte die Arme vor der Brust und sagte an Markus gewandt, ohne den Blick von dem Alten zu nehmen: »Im Gasthaus hast du angegeben, als ob du wüsstest, wie wir den Standort des Schatzes in Erfahrung bringen könnten. Was jetzt?«

Markus nickte. Er stieß sich von dem Baum ab und ging auf den Bauern zu. »Du wirst uns verraten, wo die Stelle ist!«, befahl er mit frechem Grinsen.

Jeremias lachte fassungslos auf. »Das ist dein Plan?«

Der Bauer blickte zwischen den Männern hin und her und fragte erstaunt: »Welchen Schatz? Ich weiß nichts von einem Schatz.«

Markus packte ihn am Kragen und fluchte: »Du alter Kauz wirst mir sofort sagen, wo in eurem verdammten Kaff der Schatz vergraben liegt!«

Der Bauer hustete und würgte. »Wenn es einen Schatz in Gersweiler gäbe, wüsste ich das«, krächzte er.

»Es muss hier aber einen geben!«, erwiderte Jeremias und gab Markus ein Zeichen, den Mann loszulassen. Hustend schnappte der Bauer nach Luft. Jeremias' Blick fiel auf den Enkel, der eingeschüchtert dastand und mit großen Augen den Streit der Männer beobachtete. Er ging auf den Knaben zu, packte sein Ohr und verdrehte es, sodass der Junge aufbrüllte.

»Lass den Jungen los!«, schrie der Bauer außer sich.

»Erst, wenn du mir alles über den Schatz erzählst.«

Als der alte Mann seinen Enkel wimmern hörte, traten ihm Tränen in die Augen. »Was seid ihr nur für Kreaturen?«, flüsterte er. »Lass ihn los, und ich werde euch alles sagen.«

Jeremias lächelte zufrieden. »Warum nicht gleich so?«, spottete er und stieß den Jungen zu seinem Großvater.

Der legte schützend den Arm um das schluchzende Kind und erzählte: »Vor mehr als hundert Jahren soll ein Mönch …«

»Verschone mich mit deiner Märchenstunde!«, brauste Markus auf, sodass der Junge zusammenzuckte und seine Ohren mit den Händen schützte. »Ich will nur wissen, wo wir diesen verdammten Schatz finden.«

Der Bauer strich seinem Enkel beruhigend über den Scheitel. »Wenn ihr den linken Feldweg aus dem Dorf hinaus nehmt und dem Berg hinauf folgt, kommt ihr linker Hand im Wald zu einem Pfad, der euch zur Aschbacher Kirche bringt. Dort müsst ihr nach dem Schatzgeist Ausschau halten. Er wird euch zeigen, wo er seinen Schatz vergraben hat.«

Markus' Blick schien den Bauern zu durchbohren. »Wenn du weißt, wo der Schatz liegt, warum hast du ihn dir nicht schon längst selbst geholt?«

»Sehe ich aus wie ein Schatzsucher?«, knurrte der Alte.

»Wie sieht ein Schatzsucher aus?«, wollte Markus wissen.

Der Alte hob seinen Krückstock in die Höhe und zeigte auf Jeremias. »Ihm könnte der Dämon vertrauen«, flüsterte er mit heiserer Stimme.

Markus bekam eine Gänsehaut.

Urs ließ Susannas Hand nicht los und zog das Mädchen tiefer in den Wald. Erst als das Unterholz so dicht wurde, dass sie nur langsam vorwärtskamen, blieb er stehen.

»Ich kann nicht mehr«, japste Susanna und ließ sich zu Boden gleiten.

Urs gab ihre Hand frei und blickte sich aufmerksam um. Da er nichts Beunruhigendes entdecken konnte, setzte er sich zu ihr.

»Ich habe dir gesagt, dass uns dein Starrsinn in Gefahr bringen wird«, schimpfte er verhalten.

»Aber Dickerchen …«, jammerte sie.

»Ihm geht es gut«, versuchte Urs sie zu beruhigen und wollte ihr über die Wange streicheln.

Doch sie drehte den Kopf zur Seite und fauchte: »Rühr mich nicht an!«

Enttäuscht nahm er seine Hand fort und stand auf. Er ging einige Schritte zurück und lehnte sich gegen einen Baum, sodass sie sein Gesicht nicht sehen konnte. *Was mache ich hier?*, überlegte er enttäuscht. Anscheinend mochte Susanna ihn nicht, konnte ihn wahrscheinlich nicht einmal leiden. Er fühlte sich ausgenutzt, nachdem sie ihm gestanden hatte, dass sie nur wegen der Schatzsuche wollte, dass er bei ihr blieb. Trotzdem hatte er gehofft, sie würde ihr Verhalten ändern.

Bei ihm war das anders. Ihn lockte weder Geld noch Gold. Urs fühlte etwas, das er zuvor nie gespürt hatte. Etwas, das er nicht in Worten ausdrücken konnte. Allein wenn Susanna ihn nur ansah, glaubte er, sein Herz würde zerspringen. Als er bei der Flucht ihre Hand ergriffen hatte, war das Blut durch seinen Kopf gerast, dass ihm angst und bange wurde. Urs seufzte leise. Wenn sie ihn nur einmal berühren oder danke sagen würde! Er dachte an seine Eltern, die in Sorge sein mussten, weil sich seine Ankunft in Trier verzögerte. Er mochte nicht an die Schelte des Vaters denken. Und seine Mutter! Sie würde sich wahrscheinlich große Sorgen machen, weil er so lange fortblieb. Urs riskierte so viel für Susanna, doch sie stieß ihn fort.

Er drängte die bedrückenden Gedanken zurück und dachte daran, wie Susanna sich im Wirtshaus gegenüber der Magd Anna gebärdet hatte. Sie hatte ihn wütend angefahren und war aus dem Gasthaus gestürmt, weil er nett zu diesem Mädchen gewesen war. Bei dem Gedanken an ihre wütende Miene blitzte ein Lächeln in seinem Gesicht auf. *Vielleicht mag sie mich ja doch*, träumte er.

Susanna blickte zu Urs, der ihr den Rücken zudrehte. Da sie sein Gesicht nicht sah, konnte sie nicht erahnen, was in seinem Kopf vorging. Sie wollte nicht von ihm berührt werden, aber es behagte ihr auch nicht, wenn er sie nicht beachtete oder alleine ließ. Die widerstreitenden Gefühle in ihrem Innern, die wie eine Welle hoch- und niederschwappten, verunsicherten sie und erschwerten ihr das Atmen. Sie war sich wohlbewusst, wie sehr es ihr missfiel, dass die Magd ihren Gefallen an Urs gezeigt und ihm ihre Brüste entgegengestreckt hatte. Am liebsten hätte sie der Magd in diesem Augenblick die Augen ausgekratzt. Wie kam dieses Weibsbild dazu? Aber auch über das Verhalten von Urs war Susanna verärgert gewesen, wie sie sich eingestand. Sein freundliches Benehmen der Magd gegenüber hatte sie geärgert. Sie musste sich widerstrebend eingestehen, dass sie sich an die Gesellschaft des Burschen gewöhnt hatte. *Ich würde ihn vermissen, wenn er seinen Eltern folgt,* dachte sie und hoffte, dass er lange bei ihr bleiben würde.

Urs wandte sich Susanna wieder zu und sagte mit gleichgültiger Miene: »Lass uns weitergehen.«

»In welche Richtung?«, fragte sie und stand auf.

Er blickte den Weg zurück, den sie gekommen waren, und sagte: »Wir müssen uns links halten.«

»Wie willst du das wissen?«

»Weil das hübsche Mädchen im Wirtshaus uns diese Richtung gewiesen hat«, erklärte er.

Susanna presste ihre Lippen aufeinander, sodass sie sich zu einem dünnen Strich verengten. Sie verkniff sich eine Antwort und stapfte an ihm vorbei ins Gehölz.

Urs konnte sich ein Lachen nur mühsam verkneifen. *Sie mag mich,* jubelte er und folgte Susanna.

Die beiden Männer sattelten die Pferde aus der Saline. Das Schlachtross wollten sie am Strick mitführen. »Es ist stark genug, um das Geld und das Gold zu tragen«, frohlockte Markus und legte seinem Ross den Führstrick um.

Der Bauer stand da, den Arm um seinen Enkel gelegt, und wartete darauf, dass die beiden finsteren Gestalten verschwanden.

Als Jeremias aufsaß, sagte er zu dem Alten: »Auf dem Weg zum Wirtshaus habe ich auf allen Eingangstüren in Gersweiler ein rotes Zeichen erkennen können. Was hat das zu bedeuten?«

Der Bauer zuckte mit den Schultern. »Nichts. Es sind Kinderschmierereien!«, antwortete er.

»Den Bälgern würde ich den Arsch verschlagen, dass sie drei Tage nicht sitzen können«, schimpfte Markus.

»Da wären wir ausnahmsweise einer Meinung«, lachte Jeremias und ritt ohne ein weiteres Wort von der Koppel. Kaum hatte er den Weg erreicht, galoppierte er los. Markus tat es ihm nach.

Als sie nicht mehr zu sehen waren, schnaufte der Bauer laut aus. Sein Enkel blickte ihn an und fragte: »Warum hast du ihnen nicht die Wahrheit über die spiegelverkehrte Vier erzählt, Großvater?«

»Das geht sie nichts an«, antwortete der Alte.

»Und warum hast du ihnen nicht verraten, dass in der Aschbacher Kirche die Pestkranken lebten und deshalb niemand dort hingeht?«

»Das, mein Kind, werden sie früh genug selbst herausfinden«, sagte er mit einem listigen Grinsen im Gesicht. Zufrieden mit sich selbst, legte der Bauer seinem Enkel die Hand auf den Scheitel und ging mit ihm zu seiner Kate.

Susanna konnte Urs kaum folgen. Der Berg schien mit jedem Schritt steiler zu werden. »Wo bleibst du?«, rief er, da sie weit hinter ihm herschlich.

»Du springst wie ein Reh den Berg hinauf.«

»Wenn schon, dann wie ein Rehbock«, lachte er. Er wartete, bis Susanna ihn eingeholt hatte.

»Können wir einen Augenblick rasten?«, fragte sie und setzte sich auf einen umgestürzten Baumstamm, ohne seine Antwort abzuwarten. Erschöpft wischte sie sich den Schweiß von der Stirn. Sie hob ihre langen Haare an und strich sich die Haut darunter trocken. »Was würde ich darum geben, in einem erfrischenden Teich zu baden«, seufzte sie und roch an sich. »Auch müsste ich dringend meine Kleidung waschen.«

»Ja, das würde mir auch gefallen. Vielleicht haben wir Glück und kommen an einem Teich vorbei. Ich bin froh, dass wir wenigstens ein ausgiebiges Frühmahl hatten. Hier scheint es außer Bäumen nichts zu geben.«

»Wie kommt es, dass dich der steile Weg nicht anstrengt?«

»Wir Schweizer sind Bergmenschen und müssen tagaus, tagein steile Wege gehen. Außerdem bin ich ein Mann«, versicherte er ihr.

»Pah! Mein Bruder Johann war auch ein Mann, aber er hätte ebenso geschnauft wie ich.«

Urs bemerkte ihren traurigen Gesichtsausdruck, als sie von ihrem Bruder sprach. Um sie abzulenken, setzte er sich zu ihr und erzählte: »Ich habe dir berichtet, dass ich aus der Schweiz komme.« Sie nickte, und er erzählte weiter: »Wir lebten im Kanton Uri.«

»Kanton?«, fragte sie.

»Die Kantone sind kleine Staaten, die zusammen unser Land bilden. Uri ist einer der ältesten Kantone und liegt inmitten der Schweiz. Unser Land ist geprägt von hohen Bergen, auf deren Gipfel selbst im Sommer Schnee liegt. Die Hänge sind für unsere Kühe gutes Weideland, aber der Sommer ist kurz. Und die Winter sind hart, ebenso wie unser Leben in den Bergen. Es ist karg und einsam, denn die Gehöfte der Bauern liegen weit verstreut auseinander. Mein Vater will für uns ein besseres Leben. Deshalb werden wir künftig in der Stadt Trier leben, in der es alles gibt und wo wir nichts entbehren müssen.«

»Wirst du dort als Heiler arbeiten?«

Urs schüttelte den Kopf, und sein Blick wurde starr.

»Mein Vater will, dass ich die Familientradition weiterführe und Soldat werde.«

»Aber warum? Du hast die Fähigkeit zu heilen. Sieh nur, wie fachkundig du meine Wunde versorgt hast«, sagte sie und hob ihren Kittel über der Hüfte an.

Urs lächelte schüchtern. »Ich weiß, Susanna. Ich war selbst

überrascht, wie gut deine Verletzung in der kurzen Zeit verheilt ist.«

»Ich wäre vermutlich gestorben, wenn du mich nicht im Wald gefunden hättest. Das muss dein Vater wissen«, sagte sie.

Urs blickte sie überrascht an, denn er hätte nie vermutet, dass sie seine Begabung anerkennen würde.

»Meinen Vater wird das wenig beeindrucken. In der Berufswahl ist er stur. Ich hoffe auf meinen Oheim Bendicht, seinen Bruder. Er wird uns schon bald nach Trier folgen und meinen Vater hoffentlich umstimmen können.«

»Dann ist noch nicht alles verloren«, flüsterte Susanna und lächelte Urs zaghaft an.

Sein Herz schien Purzelbäume zu schlagen, und das Blut schoss ihm ins Gesicht. Er räusperte sich und stand auf. »Wir müssen weiter«, sagte er, und Susanna nickte.

Sie erreichten einen breiten Weg, den sie überqueren mussten, da auf der anderen Seite ein Pfad zur Aschbacher Kirche führte. Aufmerksam blickten sie sich um, als sie Pferdeschnauben hörten. Sogleich stieß Urs Susanna zurück in den Wald und zog sie in den Schutz einer Hecke. Schon preschten Jeremias und Markus an ihnen vorbei. Susannas Herz schlug ihr bis zum Hals, denn sie sah, wie Markus Dickerchen mit sich führte. Am liebsten wäre sie ihnen hinterhergerannt.

Urs schien ihre Gedanken zu ahnen, denn er umfasste ihren Arm. »Komm schnell! Sie werden sicher gleich zurückkommen.«

»Wie willst du wissen, dass auch sie zur Kirche wollen?«, flüsterte Susanna.

»Das weiß ich nicht, aber ich vermute es. Sie wissen, dass du den Schatz heben willst, und den wollen sie auch, also werden sie sich im Ort kundig gemacht haben, wo er vergraben liegt. Wir müssen auf der anderen Seite des Weges sein, bevor sie womöglich merken, dass sie zu weit geritten sind«, sagte er und zog Susanna weiter.

Kapitel 27

Jeremias hob die Hand und gab Markus ein Zeichen anzuhalten. Beide zügelten ihre Pferde.

»Was ist?«, fragte Markus und kam neben ihn.

»Ich glaube, dass wir zu weit geritten sind.«

»Wie kommst du darauf?«

»Wir sind schon fast über den Berg, und ich sehe keinen Pfad, der rechts abgeht. Vorn an der Biegung geht es wieder bergab, doch davon hat der Alte nichts erzählt.«

Markus kratzte sich am Kinn. »Ich traue dem Kauz nicht. Wer weiß, ob er uns die Wahrheit gesagt hat. Lass uns weiterreiten. Falls hinter der Biegung keine Abzweigung kommt, kehren wir um.«

Jeremias nickte und schnalzte mit der Zunge, damit sein Pferd loslief. Doch schon nach kurzer Zeit gab er wieder ein Handzeichen, und Markus lenkte das Pferd an seine Seite.

»Wir reiten zurück! Dort hinten ist der Wald zu Ende«, sagte Jeremias.

Markus stimmte zu, und beide wendeten die Pferde. Im langsamen Schritt ritten sie die Strecke zurück und blickten dabei aufmerksam zum Waldesrand.

»Du musst nach links schauen«, rief Jeremias Markus zu.

»Warum? Vorhin sagtest du rechts.«

»Das war auf dem Hinweg. Jetzt sind wir auf dem Rückweg«, erklärte Jeremias und schüttelte den Kopf.

Sie mussten ein gutes Stück zurückreiten, bis sie den Pfad entdeckten, der in den Wald führte.

»Ich wusste, dass wir ihn übersehen haben«, fluchte Jeremias und lenkte sein Pferd in den Wald.

Da der Weg schmaler wurde, stiegen sie ab und führten die Pferde hintereinander weiter. Nach einer Weile sahen sie durch das dichte Laub der Bäume das Dach eines Gebäudes hervorragen.

»Da vorne ist die Kirche. Anscheinend ist jemand dort, denn es qualmt ein Schornstein«, meinte Jeremias und ging weiter.

Die Bäume lichteten sich. Urs, der einige Schritte vor Susanna ging, blieb stehen und drehte sich zu ihr um. Als sie näherkam, lächelte er sie an.

»Was ist?«, fragte sie und ging auf ihn zu.

»Du wolltest baden«, sagte er und wies mit der Hand zu dem Teich, der zwischen den Bäumen eingebettet lag. Susanna klatschte erfreut in die Hände, legte den Rucksack auf den Boden und streifte ihre dünnen Lederschuhe ab. Vergnügt hob sie ihren Rock und ging ans Ufer, bis ihre nackten Füße im Ufermorast standen. Mit den Zehen matschte sie in dem feuchten Untergrund, und sie strahlte Urs an.

»Meinst du, das Wasser ist tief?«, fragte sie ihn.

Er zuckte mit den Schultern und zog ebenfalls seine Schuhe aus. »Das müssten wir herausfinden können«, sagte er und marschierte mit seinen Kleidern geradewegs in den Teich.

Als er plötzlich unterging, schrie Susanna auf: »Urs!«

Sie ging bis zu den Waden ins Wasser, aber da sie nicht schwimmen konnte, wagte sie sich nicht weiter und rief erneut seinen Namen. Urs kam prustend an die Oberfläche und stellte sich auf die Füße, wobei das Wasser nur bis zu seinem Bauch reichte. Als Susanna erkannte, dass er sie verulkt hatte, sah sie ihn böse an, doch er lachte sie aus.

»Das Wasser ist herrlich. Komm auch rein«, sagte er und ließ sich rücklings in den Teich fallen.

Susanna schaute sich ängstlich um. »Aber Jeremias …«, sagte sie, doch Urs winkte ab.

»Sie sind an uns vorbeigeritten und wahrscheinlich schon über alle Berge. Sie wissen nicht, dass wir hier sind, und anscheinend wissen sie auch nichts von dem Pfad, der zur Kirche führt, denn sonst wären sie ihm gefolgt. Du kannst beruhigt sein. Ich denke nicht, dass sie sich hierher verirren«, sagte Urs und ließ sich erneut ins Wasser plumpsen.

Beruhigt fasste Susanna sich ein Herz und folgte ihm. Als ihre Kleider sich mit Wasser vollsogen und sie die Kühle auf der Haut spürte, schrie sie leise auf: »Es ist kalt!«

»Unfug«, sagte Urs. »Es ist erfrischend. Du musst mit dem ganzen Körper eintauchen.«

»Meine Wunde«, gab sie zu bedenken, doch Urs winkte wieder ab.

»Sobald du sauber bist, werde ich den Verband wechseln«, neckte er sie grinsend.

In gespielter Empörung schlug sie mit der Hand aufs Wasser, das ihm ins Gesicht spritzte.

»Na warte!«, sagte er und tauchte sie unter.

Sie alberten wie unbeschwerte Kinder und vergaßen für kurze Zeit ihre Sorgen.

Susanna und Urs ließen sich von der Sonne bescheinen, die ihnen die nassen Kleider auf dem Leib trocknete. Urs legte eine Decke auf den Boden, und beide setzten sich nieder. Er nahm aus seinem Rucksack den Tiegel mit der Heilpaste und öffnete ihn. Mit kritischem Blick betrachtete er die gut heilende Stelle unter Susannas Leinenkittel.

»Im Wasser ist die Kruste abgefallen, was nicht schlimm ist. Ich denke, wenn ich noch einmal die Salbe darüberstreiche, reicht das«, urteilte er wie ein alter Heiler. Er tupfte sorgfältig die Ringelblumensalbe auf die Stelle und legte anschließend einen neuen Streifen Stoff darüber. Zufrieden steckte er den Tiegel zurück in seinen Beutel.

»Geht es dir gut?«, fragte er und streckte sich auf der Decke aus.

Susanna nickte. »Jetzt etwas zu essen, und der Tag wäre vollkommen.«

»Leider kann ich dir damit nicht dienen«, sagte Urs. »Wenn ich meine Armbrust hätte, würde ich dir einen Braten schießen.« Er überlegte.

»Was ist?«, fragte Susanna, als sie seinen nachdenklichen Blick sah.

»Wo hast du den alten, nassen Verband?«, fragte er.

Susanna stand auf und ging zu dem Busch, wo sie das Stück Stoff zum Trocknen aufgehängt hatte. Sie reichte Urs den Verband, den er in zwei Streifen riss und zu einem langen Stück zusammenknotete. Aus einem Ende fertigte er eine Schlinge.

»Wäre gelacht, wenn ich nicht etwas zu essen fangen könnte«, grinste er. »Warte hier, bis ich zurückkomme.«

Susanna schaute zweifelnd hinter ihm her. *Als ob ich weggehen würde,* dachte sie und blickte sich ängstlich um.

Die Kirche war von verwilderten Obstbäumen umsäumt, sodass sie nicht sofort auffiel. Erst beim Näherkommen erkannte man das graue Steingebäude, das nicht sonderlich groß war und eher den Namen Kapelle verdient hätte.

Durch das hohe Dach und die halbhohe Mauer, die es umgab, wirkte das Bauwerk wuchtig und massiv. In der schmalen Vorderseite waren rechts ein Fenster und mittig eine kleine Eingangstür aus dickem Holz eingelassen, deren Kopfteil halbrund gearbeitet war. Jeremias und Markus erblickten ein Fuhrwerk. Das Pferd stand abseits auf einem eingezäunten Bereich und graste. Sie banden das Schlachtross und die zwei Salinenpferde an Bäumen nahe der Kirche fest. Während sie die Sattelgurte lockerten, schauten sie mit wachem Blick umher. Menschen, die zu dem Fuhrwerk gehörten, waren nicht zu sehen. Jeremias und Markus blickten sich gleichzeitig an, nickten und gingen langsam auf die Kirche zu.

»Irgendetwas stimmt hier nicht«, brummte Markus.

Auch Jeremias konnte nicht leugnen, dass ihn ein seltsames Gefühl beschlich, was nicht an den Ratten lag, die an der Kirchenmauer entlanghuschten. Er blieb stehen und reckte seine Nase in die Höhe. »Riechst du das?«, fragte er.

Auch Markus schnüffelte mit angewiderter Miene.

»Ich kenne diesen Geruch«, raunte Jeremias und schloss die Augen, um sich erinnern zu können. »Verdammt! Es fällt mir nicht ein, woher ich diesen Gestank kenne.«

»Es riecht grässlich und erinnert mich an den Krieg«, meinte Markus.

Jeremias kniff die Augen leicht zusammen. »Kann sein, dass es das ist«, sagte er und ging weiter. Je näher sie kamen, desto stärker wurde der Gestank, sodass beide Männer angewidert ihre Gesichter verzogen.

Jeremias klopfte an die Tür, doch nichts geschah. Er hob die Hand, um die Klinke hinunterzudrücken, doch irgendetwas schien ihn davon abzuhalten.

»Was ist?«, fragte Markus ungeduldig.

»Nichts«, antwortete Jeremias. »Lass uns hinter das Gebäude gehen. Ich glaube, ich habe Stimmen von dort gehört«, log er und ging durch das Türchen, das seitlich in der Mauer zu sehen war.

Sie gelangten zwischen Kirchenwand und Mauer hinter das Gotteshaus, wo sie zwischen den Bäumen tatsächlich zwei Männer entdeckten, die stumm zu Boden blickten. Ihre Hände hatten sie wie zum Gebet gefaltet.

»Seid gegrüßt!«, rief Jeremias ihnen zu, sodass sie erschrocken aufblickten.

Gefolgt von Markus kam er näher und stellte sich neben die beiden Männer, die Vater und Sohn zu sein schienen. Sein Blick glitt zu Boden, und er erschrak, denn er schaute in ein offenes Grab, in dem ein Leichnam lag, eingeschnürt in ein Tuch.

»Verzeiht«, stotterte Jeremias. »Ich ahnte nicht, dass hier eine Beerdigung stattfindet.«

Ein leichter Luftzug verstärkte den Geruch, der der Grube entströmte, sodass sich Jeremias und Markus den Arm über die Nase hielten. Es roch wie der Gestank am Eingang.

»Er ist wohl schon tagelang tot«, nuschelte Markus und wandte angeekelt sein Gesicht ab.

»Mein Bruder ist heute Morgen von uns gegangen«, sagte der ältere der beiden Fremden.

»Uh«, stöhnte Markus. »Das kann ich mir beim besten Willen nicht vorstellen, so wie er stinkt.«

Der Junge blickte ihn entsetzt an. Er schien etwas sagen zu wollen, schwieg aber.

Stattdessen schnaubte der Ältere: »Verspotte den Toten nicht! Seine letzten Tage waren von großer Qual gezeichnet. Wir sind unserem Herrn dankbar, dass er ihn erlöst hat. Seine kurze Leidenszeit war der Dank für seine Aufopferung.«

Jeremias zog eine Augenbraue in die Höhe. »An welcher Krankheit ist der Mann gestorben?«, fragte er und nahm den Arm von der Nase.

»An der Pest«, sagte der Fremde und blickte Jeremias streng an.

Susanna wartete unruhig auf Urs, und langsam wurde ihr mulmig zumute. Sie schaute nach dem Stand der Sonne und schätzte, dass es später Nachmittag war. »Hoffentlich ist er vor der Dunkelheit zurück«, wisperte sie und blickte sich ängstlich um. Nur das Gezwitscher der Vögel in den Baumkronen war zu hören.

Sie legte sich zurück auf die Decke und versuchte die warmen Sonnenstrahlen zu genießen. Sie döste vor sich hin, als in ihrer Erinnerung das Gesicht ihrer kleinen Schwester auftauchte. Susanna schluckte. Bärbel hätte in diesen Tagen ihren neunten Geburtstag gefeiert, für den Susanna bereits lange zuvor ein Geschenk vorbereitet hatte. In mühevoller Arbeit hatte sie Apfelkerne auf Schnüre gefädelt und für die Schwester eine Kette und ein Armband gebastelt. *Bärbel hätte das Geschenk sicher gefallen,* dachte Susanna unter Tränen und schlug sich die Hände vors Gesicht. *Doch nun ist sie tot und der Schmuck verbrannt.* Es schien ihr, als ob die Ermordung ihrer Liebsten vor ewigen Zeiten passiert wäre, dabei war es erst wenige Wochen her.

Susanna nahm die Hände zur Seite und schloss die Augen, um sich an ihre Familie zu erinnern. »Lieber Gott, bitte lass mich niemals ihre Gesichter vergessen«, flüsterte sie, denn die Furcht, sich eines Tages nicht mehr an sie erinnern zu können, ließ sie manchmal nicht schlafen.

Susanna öffnete die Augen wieder und blickte hoch zu den Baumkronen, durch deren Laub das Sonnenlicht glitzerte. Sie sah in Gedanken die Fratzen von Jeremias und Markus vor sich und spürte, wie Hass in ihr hochstieg. Wütend schlug sie mit der Faust auf die Decke. »Ich werde mit allen Mitteln verhindern, dass sie den Schatz bekommen«, presste sie zwischen den Zähnen hervor. »Und wenn ich dafür meine Seele dem Schatzgeist überlassen muss.«

Sie schlummerte ein und träumte von Silber und Gold, als sie im Schlaf spürte, dass etwas an ihrer Nase kitzelte. Sie schlug mit beiden Händen danach, doch da das Kribbeln nicht nachließ, öffnete sie die Augen und erblickte einen rötlichen Pelz. Schreiend setzte sie sich auf und sah in Urs' Gesicht, der neben ihr saß und sich kaum das Lachen verkneifen konnte.

»Ich wusste, dass ich der Beste bin«, prahlte er und hielt ihr ein erlegtes Eichhörnchen vor die Nase, dessen Kopf noch in der Schlinge hing. Seine kleinen schwarzen Knopfaugen waren hervorgequollen und starrten Susanna an.

»Das arme Wesen«, bedauerte sie das tote Tier leise.

»Ich dachte, du hast Hunger«, sagte Urs enttäuscht, weil sie sein Jagdgeschick nicht zu würdigen wusste.

Susanna verzog das Gesicht und blickte mitleidig auf das Tier, sagte aber nichts mehr.

»Für zwei Esser ist zu wenig Fleisch an dem Vieh«, bemerkte Urs und zog die Schlinge vom Kopf des Eichhörnchens.

Er legte es auf den Boden und sammelte trockene Äste, die er mit Zunderschwamm und seinem Feuerstein zum Brennen brachte. Zwei Äste, die er von einem Baum abriss, legte er zur Seite. Dann nahm er das Eichhörnchen und ritzte mit einem spitzen Stein das Fell auf, um es abzuziehen. Mit Hilfe des Steins zerteilte er das Fleisch und spießte es auf einen der beiden Äste, den er zuvor anspitzte. Mittlerweile war das Feuer niedergebrannt. Urs setzte sich im Schneidersitz davor und hielt den Stock mit dem Fleisch über die Glut, um es zu rösten. Währenddessen sagte er zu Susanna kein Wort und vermied es, sie anzublicken.

Susanna schaute ihm stumm bei seiner Arbeit zu. Er schien mit dem Handwerk des Ausweidens eines Tieres vertraut zu sein, denn die Arbeit ging ihm leicht von der Hand. Urs wusste genau, was zu tun war. Jetzt, da das Eichhörnchen zerlegt war und Bratenduft von der Feuerstelle emporstieg, ärgerte sich Susanna, dass sie sich so aufgeführt hatte. Sie hoffte, dass Urs ihr einen Bissen abgeben würde. Doch als das Fleisch gar war, rutschte er vom Feuer weg und aß genüsslich den gerösteten und wohlduftenden Braten. Susanna lief das Wasser im Mund zusammen, und sie musste schlucken.

Urs ahnte ihre Gedanken. Auch wenn er nicht zu ihr schaute, wusste er, dass sie ihn beim Essen beobachtete. *Selbst schuld,* dachte er wütend und musste doch innerlich grinsen. Susannas unverblümte Art, ihre Meinung zu sagen, gefiel ihm zwar. *Aber manchmal wäre es besser,* dachte er, *wenn sie zuerst nachdenken und dann sprechen würde.* Schließlich hatte sie über Hunger geklagt, und er hatte für sie auf der Lauer gelegen, bis er endlich das Eichhörnchen mit der Schlinge fangen konnte. Dass Susanna geklagt hatte, als ob es ein Verbrechen wäre, ein Stück Wild zu fangen, ärgerte ihn. Für nichts auf der Welt würde er ihr etwas von dem Wildfleisch anbieten. Entweder sie überwand ihren Stolz und bat ihn darum, oder sie musste hungrig schlafen gehen.

Susanna sah, dass kaum noch Fleisch übrig war. Besorgt, nichts abzubekommen, wollte sie ihn schon bitten, ihr von dem Rest abzugeben, als er sich das restliche Stück in den Mund steckte. Sie blickte ihn ungläubig an.

Kauend schaute Urs sie an und konnte ihr die Enttäuschung an den Augen ablesen. »Du hast was verpasst«, sagte er. »Selbst ohne Gewürz war das Fleisch köstlich und zart.«

»Du Scheusal hättest mir ein Stück abgeben können. Nur einen winzigen Bissen, anstatt alles selbst zu essen«, platzte es aus Susanna heraus.

Urs riss gespielt die Augen auf. »Ich war der Meinung, du möchtest nichts von dem armen Wesen essen.«

Susanna blähte die Wangen auf. »Was hat das damit zu tun? Natürlich ist es ein armes Wesen, trotzdem hättest du mich fragen können, ob ich ein Stück haben will«, knurrte sie.

Als Urs ihre geröteten Wangen und vor Wut funkelnden Augen sah, konnte er nicht mehr an sich halten und lachte laut los. »Beruhige dich! Ich brate dir deinen Anteil.«

»Meinen Anteil?«, fragte sie ungläubig.

Urs nickte. »Ich habe verstanden, dass du Ja meinst, wenn du Nein sagst«, lachte er und spießte das Stück Fleisch, das er unbemerkt zur Seite gelegt hatte, auf den zweiten Ast.

Jeremias spürte, wie er innerlich erstarrte. Jetzt erinnerte er sich, woher er den Gestank kannte. Es war der gleiche unerträgliche Geruch, der damals durch sein Elternhaus gezogen war, als seine Angehörigen an der Pest dahinsiechten.

Kälte schien wie eine Hand nach ihm zu greifen und kroch durch seinen Körper. »An der Pest?«, stammelte er.

Die beiden Fremden nickten.

Jeremias wankte, sodass der ältere Mann nach seiner Hand griff und ihn festhielt. Jeremias starrte ihn an und schüttelte die Hand des Fremden angewidert ab. Er sah auf den Toten und bemerkte erst jetzt, dass neben der offenen Grube zwei frisch zugeschüttete Gräber lagen. Stumm wies er zu ihnen, sodass die Blicke der Männer seinem Finger folgten.

»Was ist mit denen passiert?«, fragte Jeremias heiser.

»Sie waren fahrende Händler, die sich unterwegs ebenfalls mit der Pestilenz angesteckt hatten. Mein Bruder Elias hat sie vor den Toren von Saarbrücken aufgenommen und hierhergebracht.«

»Werden hier keine Messen abgehalten?«, fragte Markus, der bis dahin schweigend dabeigestanden hatte. Der Mann verneinte. »Schon seit über fünfzig Jahren nicht mehr. Die Bewohner von Gersweiler und Ottenhausen hatten sich über den langen und beschwerlichen Fußweg zur Aschbacher Kirche beschwert und dürfen seit langer Zeit in Malstatt am Gottesdienst teilnehmen.«

»Liegen noch andere Pestkranke in der Kirche?«, fragte Jeremias mit bebender Stimme und wischte mit seinem Ärmel über die Stelle, wo der Mann ihn angefasst hatte.

»Nein. Es gibt keine anderen Erkrankten. Nachdem mein Bruder die beiden Fremden gepflegt hat, ist er selbst an der Pest erkrankt und gestorben. Wir werden die Kirche säubern und morgen nach Hause gehen«, sagte der ältere Mann mit leiser Stimme.

Markus blickte Jeremias zornig an und zischte: »Ich sagte dir gleich, dass wir dem Alten unten im Ort nicht trauen können. Sicher hat er gewusst, dass in der Kirche Pestkranke auf den Tod warten.«

Der Mann schaute ihn verständnislos an. »Natürlich wissen die Menschen in der Umgebung der Aschbacher Kirche, dass Pestkranke hier zum Sterben hergebracht werden. Das war schon vor fast dreißig Jahren so, nachdem Graf Ludwig von Nassau-Saarbrücken der Stadt Saarbrücken die verlassene Kirche zu Aschbach geschenkt hat. Sie war eine Wüstung und sollte als Pestlazarett dienen. Heute verirrt sich kaum mehr jemand hierher, da die Menschen die Kirche wegen ihrer Geschichte meiden. Die Lebenden vergessen, dass das ehemalige Gotteshaus die letzte Zufluchtsstätte für arme Seelen war. Doch ihre Gräber erinnern an ihre Geschichte«, sagte er und wies mit der Hand um sich.

Jetzt erkannten Jeremias und Markus zahlreiche flache Grabhügel, die von Unkraut, Moos und anderen Pflanzen überwuchert waren.

»Warum hat dieser alte Krüppel uns nichts darüber gesagt?«, schimpfte Markus, während Jeremias entsetzt fragte: »Haben die Menschen keine Angst, dass die Pest sie wieder heimsuchen könnte?«

Der Fremde schüttelte den Kopf. »Sie hoffen, dass das Zeichen der spiegelverkehrten Vier an ihren Haustüren sie vor der Pestilenz beschützen wird.«

Jeremias blickte Markus erschrocken an, der ihm zornig zuraunte: »Bevor wir heimwärts ziehen, statte ich dem Alten im Dorf einen Besuch ab.«

Der fremde Mann und der Bursche bekamen davon nichts mit. Seufzend hob der Grauhaarige die Schaufel auf, die neben der Grube lag. »Sei so freundlich und hilf mir, meinen Bruder Elias zu beerdigen. Seit ich das Grab ausgehoben habe, schmerzt mein Kreuz«, sagte er zu Markus und drückte ihm die Schaufel in die Hand.

Markus wollte aufbegehren, doch Jeremias schüttelte den Kopf. Daraufhin beherrschte er sich und schaufelte mit verbissener Miene die Erde auf den Leichnam.

Kapitel 28

Susanna und Urs hatten beschlossen, nahe dem Teich zu übernachten. Kaum lag Urs ausgestreckt auf dem weichen Boden, war er eingeschlafen. Susanna aber konnte keine Ruhe finden. Zu viele Gedanken beschäftigten sie, denn am nächsten Morgen wollten sie die Stelle suchen, die auf der Schatzkarte eingezeichnet war. Sie glaubten fest an die Geschichte, dass ihnen ein Schatzgeist den Weg weisen und die Suche erleichtern würde. Als Susanna erstmals hörte, sie müsse sich vor Dämonen in Acht nehmen, wie ihr die Sonntag-Brüder und Karl Lauer geschildert hatten, war ihr der Schreck durch alle Glieder gefahren. Doch jetzt, da sie Urs an ihrer Seite wusste, fürchtete sie den Geist nicht mehr.

Sie verschränkte die Arme hinter dem Kopf und starrte in die Dunkelheit. Was würden sie im Boden vorfinden? Urs und sie hofften auf Silber und Gold, doch da ein Mönch den Schatz vergraben hatte, konnten es auch Gegenstände aus einem Gotteshaus sein. Vielleicht Becher, die mit Edelsteinen verziert waren? »Einerlei, was es ist: Ich werde reich sein«, seufzte Susanna leise.

Sie hörte ein Geräusch, das vom Teich kam. Erschrocken setzte sie sich hoch und erblickte eine Ricke, die mit ihrem Kitz am Ufer des Teichs stand und Wasser soff. Das Junge jedoch wollte spielen und sprang wie ein junges Fohlen hin und her, sodass das Wasser hochspritzte. Die Ricke ließ sich nicht beirren und trank weiter, als sie plötzlich die Nase hochstreckte und schnupperte. Anscheinend witterte sie Gefahr, denn sie sprang ins Unterholz, wohin das Kitz ihr flink folgte.

Susanna blickte auf Urs, der im Schlaf leise Pfeifgeräusche von sich gab. Sie gähnte und legte sich seitlich auf die Decke. Müde faltete sie die Hände unter ihrem Kopf und schlief ein.

Als Susanna erwachte, sah sie Urs aus dem Wald kommen.

Er setzte sich zu ihr und legte zwei Handvoll kleine blaue Beeren auf die Decke. »Du bist sicher wieder hungrig«, grinste er sie an. »Ich habe gestern bei der Jagd Blaubeersträucher entdeckt und welche für das Frühmahl gepflückt«, sagte er.

Susanna griff gierig nach den Beeren und stopfte sie sich ohne ein Wort des Dankes in den Mund. Ihre Lippen färbten sich blau, und als Urs ihr seine ebenso blaue Zunge zeigte, schrie sie: »Ihhh!«

Beide lachten, als Urs plötzlich ernst wurde und sie mit einem sonderbaren Ausdruck anschaute, den Susanna nicht zu deuten wusste. Verunsichert sprang sie auf und eilte zum Teich, wo sie sich das Gesicht wusch und Wasser trank. Sie spürte, wie ihr Herz raste. *Was ist das nur?*, dachte sie und drückte sich die Hand gegen die Brust. Sie wusste weder die Blicke von Urs noch ihr Herzrasen zu deuten und traute sich erst zurück, als sie sich beruhigt hatte.

Urs stützte sich auf den Ellbogen ab und schaute ihr entgegen. Er fragte nichts und sagte nichts.

Um die Stille zu durchbrechen, fragte Susanna: »Wann suchen wir den Schatz?« Sie vermied es, ihn anzusehen, und schaute stattdessen auf den Teich.

»Jetzt«, sagte Urs und erhob sich, wobei er sie ebenfalls nicht anblickte.

Wortlos rollte er die Decke ein und suchte seine Habseligkeiten zusammen, die er lieblos in den Beutel steckte. Susanna hingegen faltete ihre Sachen ordentlich und packte sie nacheinander in ihren Rucksack.

»Gibst du mir die Karte?«, fragte er gereizt und streckte seine Hand aus.

»Was hast du?«, fragte Susanna.

»Nichts«, antwortete er. »Ich will nur so schnell wie möglich den Schatz für dich finden, damit ich weiterziehen kann.«

Susanna spürte, wie sie wütend wurde. Da sie Urs jedoch nicht verärgern wollte, schluckte sie ihre Widerworte hinunter und zog die magischen Schriften aus ihrem Ausschnitt. Sie blätterte sie durch, bis sie die Schatzkarte fand, und reichte sie ihm.

Urs legte seine Stirn in Falten und betrachtete die Zeichnung, die er drehte und wendete. »Du erzähltest von Werkzeugen, die man benötigen soll.«

Susanna nickte. »Die magischen Schriften, eine Wünschelrute, einen Bergspiegel und …« Susanna stockte.

Urs blickte sie fragend an. »Und was noch?«, wollte er ungeduldig wissen.

Zögernd sagte sie: »Jemand, der dasselbe Horoskop wie unser Heiland hat …«

»Dank mir hast du diesen Jemand gefunden, und weiter?«

»Eine Jungfrau«, flüsterte sie und errötete bis zu den Haarwurzeln.

»Aha!«, sagte er nur und versenkte seinen Blick in die Schatzkarte. »Von fünf Werkzeugen haben wir drei«, überlegte er. »Wo sollen wir die beiden anderen herbekommen?«, fragte er und schaute sie an.

»Karl Lauer meinte, dass der Bergspiegel nur bedingt vonnöten wäre, da ich diese Karte besitze«, erklärte sie und zeigte auf das Papier in Urs' Hand.

»Demnach fehlt nur noch die Wünschelrute.« Susanna nickte, und Urs überlegte weiter. »Ich würde vorschlagen, dass wir die Stelle suchen. Vielleicht benötigen wir die Rute nicht und finden den Schatz auch ohne sie. Wer weiß, möglicherweise ist sogar der Dämon milde gestimmt. Schließlich erfüllen wir fast alle anderen Bedingungen. Lass uns zur Aschbacher Kirche gehen, die hier eingezeichnet ist.«

Erneut nickte Susanna und steckte die magischen Schriften zurück in ihren Ausschnitt. Mit der Schatzkarte in der Hand ging Urs voran. Sie folgte ihm.

Nachdem das Grab zugeschaufelt war, stellten sich die beiden Männer vor. Der jüngere hieß Johannes, den Jeremias nicht älter als auf siebzehn Jahre schätzte. Seine dunklen Haare schienen frisch geschoren, denn man konnte auf der Schädeldecke Schnitte erkennen, die mit Blut verkrustet waren. Das Gesicht des Jungen war mit Pusteln übersät, die ihn juckten und die er aufkratzte. Als Johannes Jeremias' abschätzigen Blick bemerkte, erklärte er: »Flohbisse« und rieb sich mit der Handfläche unentwegt über Wange und Stirn.

Der ältere Mann hieß Thomas und war der Vater von Johannes. Sein Schädel war bis auf einen lichten Kranz grauer Haare kahl. Er lud Markus und Jeremias ein, zum Abendessen zu bleiben. »Es ist nicht viel«, sagte er, »aber wir teilen gern mit euch.«

Jeremias und Markus folgten ihnen zur Kirche. Während Vater und Sohn hineingingen, blieb Jeremias an der Türschwelle stehen. Er scheute den Schritt in den Pestsaal, aus dem unerträglicher Gestank strömte. Markus spürte sein Zögern.

»Machst dir wohl in die Hosen«, spottete er und drängte sich an ihm vorbei.

Jeremias wollte den Hohn nicht auf sich sitzen lassen und folgte ihm ins Innere, wo Johannes begann, den Kirchenraum mit Weihrauch auszuräuchern.

»So entweicht der Schrecken der Pest«, sagte Thomas und

betete laut, während sein Sohn den Weihrauchbehälter hin und her schwenkte.

Jeremias und Markus setzten sich zögernd an die Feuerstelle, die an der langen Außenwand eingelassen war. Dort hing über glimmender Glut ein großer eiserner Topf, in dem Suppe köchelte.

Während Markus misstrauisch Vater und Sohn beobachtete, spürte Jeremias, wie ihm übel wurde. Der Gedanke, in dem Raum zu sitzen, in dem Menschen zuvor an der Pest gestorben waren, machte ihm Angst. Er glaubte mit jedem Atemzug die Seuche in sich aufzunehmen, sodass er kaum zu atmen wagte. Der Geruch des Essens verstärkte sein Unwohlsein. Kalter Schweiß sammelte sich auf seiner Stirn.

Nachdem der Weihrauch den Pestgestank überdeckt hatte, reichte Thomas trockenes Brot und füllte jedem einen Holznapf mit der dünnen Gemüsesuppe. Während er die Näpfe verteilte, sagte er: »Mein Bruder Elias hat vor seinem Tod diese Suppe aufgesetzt. So als ob er ahnte, dass wir kommen würden.«

Als Jeremias das hörte, sprang er auf und schnaufte: »Ich muss hier raus.«

»Trink einen Becher Wein, der betäubt deinen Gaumen«, lachte Markus hinter ihm her.

»Was hat er?«, fragte Thomas stirnrunzelnd.

»Einen schwachen Magen«, grinste Markus und löffelte seine Suppe, während Jeremias wie von Geistern getrieben den Kirchenraum verließ.

»Woher kommt ihr?«, wollte Thomas von Markus wissen, der statt einer Antwort nur zischte: »Das geht dich nichts an.«

Vater und Sohn blickten erschrocken auf.

»Warum so unfreundlich?«, fragte Thomas und lächelte.

»Du gehst mir mit deinen Fragen auf die Nerven«, schnauzte Markus und stellte die Schüssel neben sich. Seine Hand glitt zu seinem Messer, das er am Gürtel trug. »Reize mich nicht und lass mich in Ruhe!«

Markus spürte, wie der Zorn sich seines Gemüts bemächtigte. An jedem anderen Ort hätte er in seiner Wut sein Messer gezückt. So aber nahm er den Napf wieder hoch und schlürfte wortlos seine Suppe.

Thomas war der Griff zum Messer nicht entgangen. Er bedauerte nun, die Fremden zum Bleiben aufgefordert zu haben, weil er gehofft hatte, die Männer würden ihn von seiner Trauer ablenken. Jetzt machte er sich Sorgen. Der eine verhielt sich sonderbar, und der andere war gewalttätig. Am liebsten wäre er sofort aufgebrochen, doch da er sich in dieser Gegend nicht auskannte, scheute er die Fahrt in der Dunkelheit. »Wir werden morgen in aller Frühe aufbrechen«, flüsterte er seinem Sohn zu.

Markus hatte aufgegessen und blickte Vater und Sohn scharf an. »Warum hat dein Bruder die Kranken hierher gebracht? Wusste er nicht, dass die Pest ansteckend ist?«, fragte er.

Thomas wollte Markus nicht reizen. Er seufzte und erklärte bitter: »Natürlich wusste er das, schließlich war er Bader. Ich habe ihn gewarnt, aber er wollte nicht auf mich hören. Elias glaubte, dass er sich durch Kräuter vor Ansteckung schützen könnte, doch wie wir jetzt wissen, irrte er sich. Jeder weiß, dass der Leidensweg eines Pestopfers nur wenige Tage dauert, in denen der Kranke jedoch große Qualen ertragen muss. Elias hätte die fremden Händler herbringen und sie ihrem Schicksal überlassen sollen, so wie es früher hier geschehen ist. Doch er wollte ihre Qualen lindern, indem er ihnen die Beulen aufschnitt.« Thomas sprach erregt, und seine Augen wurden feucht.

»Vater, gräme dich nicht«, versuchte Johannes den Alten zu trösten und legte ihm besänftigend eine Hand auf den Arm.

»Ich hätte ihn aufhalten sollen«, flüsterte Thomas und versuchte die Tränen zurückzudrängen, die über seine Wangen liefen.

»Was geschah in den Jahren zuvor?«, fragte Markus und wies in die Kirche. Thomas wischte sich übers Gesicht und erklärte: »In den Jahren 1626 bis 1634, als die Pest im Land an der Saar wütete, wurden die Kranken in diese verwaiste Kirche gebracht und ihrem Schicksal überlassen. Die, die sich nicht mehr helfen konnten, wurden von denen gepflegt, die dazu noch fähig waren. Wer konnte, hat die Toten beerdigt. Die Armenfürsorge sorgte für Essen, das ihnen Menschen, die zum Schutz ihre Gesichter mit Schnabelmasken verdeckten, an die Tür stellten. Ach, Elias war einfach ein zu guter Mensch und hat die beiden Kranken nicht allein lassen wollen.«

»Weißt du, woher die kranken Händler kamen?«

Thomas schüttelte den Kopf. »Wie ich bereits erwähnte, fand mein Bruder die beiden vor den Toren Saarbrückens. Er befürchtete, dass man sie wie räudige Hunde erschlagen würde, sollte man feststellen, dass sie an der Pest erkrankt waren. Er erinnerte sich des Pestlazaretts, das nach der letzten Epidemie geschlossen und seitdem von Menschen gemieden wurde. Im Volksmund wird dieses ehemalige Gotteshaus ›Pestkirche‹ oder ›Pestburg‹ genannt. Elias hatte die Kranken nur hierher bringen und am selben Tag zurückkommen wollen. Als er sich nicht meldete, suchte ich ihn. Ich ahnte nicht, dass ich meinen Bruder in der Aschbacher Kirche tot auffinden würde. Sein Körper war noch warm. Er muss erst kurz zuvor gestorben sein. Er, der die beiden Fremden nicht allein lassen wollte, musste einsam sterben. Ich werde mir das nie verzeihen«, sagte Thomas mit leiser Stimme.

Er stand auf und ging in die äußerste Ecke des Raums, wo er sich gegen die Wand setzte. Sein Sohn Johannes verließ die Kirche, um wenig später mit mehreren weichen Tannenzweigen zurückzukommen, die er neben seinem Vater auf dem Boden ausbreitete. Dankbar legte Thomas sich auf das grüne Lager.

Markus schaute den Alten verächtlich an, denn sein Gejammer ging ihm auf die Nerven. Mürrisch stand er auf und verließ die Kirche.

Draußen sah er nach den Pferden, die in einem eingegrenzten Bereich neben der Kirche grasten. In der Nähe erblickte er Jeremias, der, mit dem Rücken gegen einen Baum gelehnt, auf dem Boden saß.

»Ich hätte dich beinahe übersehen. Was machst du hier in der Dunkelheit? Komm in die Kirche«, forderte Markus ihn auf.

»Ich werde bei den Pferden schlafen. Nur so können wir verhindern, dass das Mädchen uns nicht wieder bestehlen wird.«

»Gib zu, dass du dich in der Kirche fürchtest«, spottete Markus.

»Halt's Maul!«, knurrte Jeremias.

»Mach, was du willst. Ich schlafe drinnen«, sagte Markus und riss sich einige Tannenäste für ein Nachtlager ab, mit denen er in der Kirche verschwand.

Jeremias blickte Markus wütend hinterher. »Strohkopf«, verspottete er den Gefährten leise. Er war verärgert, dass er der Einladung von Vater und Sohn gefolgt war. *In dem Augenblick, als der Alte das Wort Pest aussprach, hätte ich das Weite suchen sollen,* beschimpfte er sich selbst. In Gedanken rechnete er aus, wie viele Hilfsgebete in Sankt Johann für ihn noch gelesen würden, damit Gottes Segen ihn vor der Pest bewahre. Erleichtert atmete er aus. Bis er den Schatz gefunden hatte, würde das Geld, das er nach dem Pesttod seiner Familie dem Kloster für Fürbitten gezahlt hatte, reichen.

Als der neue Tag anbrach, wusste Jeremias nicht, ob er überhaupt geschlafen hatte, denn ihn plagte das Gefühl, kein Auge zugemacht zu haben. Als er endlich eingenickt war, hatte ihn das Fiepen der Ratten aufgeschreckt. Im schwachen Licht der Morgendämmerung konnte Jeremias mehrere Tiere erkennen, die in der Pestkirche verschwanden.

Markus erwachte, weil etwas über sein Gesicht huschte. Er öffnete die Augen und sah eine Ratte, die die Reste aus den Holznäpfen fraß. Eine andere saß an seinem Fußende und blickte ihn aus schwarzen Augen an. Markus stieß sie mit dem Fuß weg, sodass sie laut aufquiekte. Er setzte sich hoch und kratzte sich am Kopf und im Gesicht. »Ich glaube, Johannes' Floh sitzt jetzt auf mir«, murmelte er. Er erblickte Thomas, der aus traurigen Augen vor sich hinstarrte.

»Ist es schon hell?«, fragte Markus gähnend.

»Es dämmert«, antwortete Thomas.

»Weck mich, wenn es hell ist«, sagte Markus und streckte sich wieder aus.

Susanna stapfte hinter Urs durchs Gehölz. Sie suchten den Pfad, der sie zur Aschbacher Kirche bringen würde. Als sie ihn endlich gefunden hatten, folgten sie dem Weg, bis sie das Gemäuer sahen. Im Dunst des Morgenlichts wirkte die graue Steinkirche unheimlich, sodass Urs und Susanna langsam und zögernd auf das Gotteshaus zuschlichen, als leises Pferdeschnauben zu hören war. Susanna drehte den Kopf und erblickte Dickerchen. Sogleich wollte sie seinen Namen rufen, als Urs ihr den Mund zuhielt und sie zu Boden warf. Mit großen Augen und einem Kopfschütteln deutete er an, dass sie still sein sollte, und wies mit dem Zeigefinger nach vorn.

Da erst sah sie Jeremias, der sich an einem Busch erleichterte. Susanna blieb bewegungslos liegen und wagte kaum zu atmen.

Jeremias schloss seine Hose und ging zurück zu den Pferden. Drei Pferde lagen auf dem Boden und dösten, während das vierte Wache hielt. Als es Jeremias kommen sah, schnaubte es leise, und die drei anderen erhoben sich. Langsam trotteten sie auf den Menschen zu.

»Der Morgentau muss reichen, um euren Durst zu stillen«, flüsterte Jeremias den Pferden zu und streichelte jedem über die Nüstern. Anschließend ging er in die Kirche, um Markus zu wecken.

»Das war knapp«, flüsterte Urs an Susannas Ohr und half ihr aufzustehen.

»Ohne dich wäre ich ihm vermutlich in die Arme gelaufen«, wisperte sie kreidebleich. »Was machen wir jetzt? Wir können nicht umherlaufen und den Schatz suchen, während Jeremias und Markus hier sind.«

Urs nickte. »Der Karte nach zu urteilen, muss der Schatz hinter der Kirche liegen. Lass uns in einem weiten Bogen um das Gebäude herumgehen«, entschied Urs und ging los. Susanna folgte ihm.

Kapitel 29

Thomas und sein Sohn Johannes packten die Habseligkeiten des verstorbenen Elias zusammen.

»Was soll mit den Sachen der beiden Händler geschehen?«, fragte Johannes und zeigte auf die Säcke, die in einer Ecke standen.

»Welchen Handel betrieben sie?«, fragte sein Vater.

Johannes zuckte mit den Schultern und öffnete einige Beutel. Er zog Garne, Bänder und Borten heraus. In einem Sack fand er persönliche Dinge der toten Männer.

»Ich glaube auf dem Fuhrwerk Stoffballen gesehen zu haben«, sagte Johannes und steckte die Sachen zurück in die Säcke.

»Wir werden alles mitnehmen und auf dem Markt in Saarbrücken verkaufen«, schlug Thomas vor.

Johannes warf ein: »Ich befürchte, dass du Probleme mit den ansässigen Händlern bekommen wirst.«

Thomas nickte. »Ja, da könntest du recht haben. Aber es wird sich eine Lösung finden. Bring alles aufs Fuhrwerk, mein Sohn, und spann das Pferd an. Ich will endlich losfahren.«

Johannes schwang sich einen Sack auf den Rücken und verließ die Kirche.

»Was machen wir?«, fragte Markus, der verschlafen nach draußen gegangen war und Jeremias bei den Pferden antraf.

»Wir warten«, sagte Jeremias und fügte flüsternd hinzu: »Ich bin sicher, dass das Mädchen und der Bursche in der Nähe sind. Sobald wir ihnen die magischen Schriften abgenommen haben, werden wir mit der Schatzsuche beginnen. Ich bleibe hier draußen und passe auf. Du könntest Johannes helfen, die Säcke hinauszutragen, damit die beiden endlich verschwinden.«

Nachdem die Sachen auf dem Karren verstaut waren, ging Johannes zurück in die Kirche. »Wir können los«, sagte er zu seinem Vater.

»Ich möchte mich von meinem Bruder Elias verabschieden«, erklärte Thomas kraftlos und zögerte, nach draußen zu gehen. »Geh vor, mein Junge«, bat er seinen Sohn. »Ich werde dir gleich folgen.«

Johannes blickte seinen Vater zweifelnd an, der sich wie am Abend zuvor gegen die Kirchenwand lehnte und die Hände zum Gebet faltete.

»Ich warte am Grab auf dich«, sagte Johannes und ging hinaus. Thomas nickte stumm, denn er wurde erneut von der Trauer um den verstorbenen Bruder überwältigt. Kaum hatte Johannes die Kirche verlassen, schlug sich Thomas die Hände vors Gesicht.

»Gott, mein Gott«, flehte er, »steh mir bei, wenn ich der Frau von Elias und unseren Brüdern die Todesnachricht überbringe.« Er fürchtete sich vor der Heimkehr. Im Gebet hoffte er Trost und Kraft zu gewinnen, als von draußen laute Stimmen zu hören waren.

Susanna und Urs hatten die Kirche in einem großen Bogen umrundet und befanden sich nun hinter dem Gebäude, wo sie bestürzt auf die frischen Gräber blickten.

»Deine Freundin im Wirtshaus behauptete, dass die Kirche nicht mehr benutzt wird. Warum gibt es hier frische Gräber?«, fragte Susanna und schaute Urs herausfordernd an.

»Was willst du damit sagen?«, fragte er ärgerlich.

»Dass deine Freundin gelogen hat«, erklärte sie zornig. »Wahrscheinlich war alles gelogen, was sie uns erzählt hat.«

»Sie ist nicht meine Freundin«, presste Urs zwischen den Zähnen hervor. Er hatte Mühe, sich zu beherrschen, da ihn Susannas bissiges Verhalten reizte.

Susanna zeigte auf die Gräber. »Hier wurden drei Tote beerdigt«, zählte sie und blickte zur Kirche. »Meinst du, dass Jeremias damit zu tun hat?«

»Woher soll ich das wissen?«, fragte Urs gereizt.

Susanna ging um die Gräber herum. »Kein Grabstein, kein Kreuz. Nichts! Hier liegen Verbrecher«, stellte sie fest und blickte an Urs vorbei, da sie einen Mann an der Kirchenmauer entlanggehen sah.

»Da kommt jemand. Es ist weder Jeremias noch Markus«, flüsterte sie Urs zu, der mit dem Rücken zur Kirche stand und den Burschen nicht sehen konnte.

»Was macht ihr hier?«, fragte Johannes erstaunt und musterte die beiden.

»Nichts«, sagte Urs und wandte sich ihm zu.

»Warum steht ihr bei den Gräbern?«, fragte Johannes erneut und kratzte sich ungeniert am Kopf.

»Weißt du, wer hier beerdigt liegt?«, fragte Susanna.

»Ich wüsste nicht, was euch das angeht«, erwiderte er und kratzte sich am Hals.

Urs betrachtete das Gesicht des Burschen.

»Was glotzt du?«, fragte Johannes unwirsch.

»Ich vermute, dass das Flohstiche sind, die sich entzündet haben«, erklärte Urs.

Johannes nickte. »Diese gemeinen Ratten haben sie in die Kirche geschleppt«, schimpfte er.

»Ratten!«, jaulte Susanna und trat zwei Schritte zurück.

Urs kramte in seinem Beutel nach dem Tiegel mit der Ringelblumensalbe und reichte ihn dem Fremden. »Schmier dir die Paste ins Gesicht. Das hemmt die Entzündung«, sagte er und ging ebenfalls einen Schritt zurück. »Außerdem solltest du in Kamillensud baden. Das heilt und lindert den Juckreiz.«

Johannes zog die Augenbrauen kraus und schmierte sich die Salbe ins Gesicht. »Was bist du? Ein Heiler?«, fragte er und gab Urs den Tiegel zurück.

»Der beste«, prahlte Susanna.

In dem Moment trat jemand hinter ihr aus dem Gebüsch. Blitzschnell legten sich grobe Hände um Susannas Oberkörper und hielten sie gefangen. Sie schrie und versuchte sich aus dem Griff zu winden, doch da fühlte sie ein Messer an der Kehle.

»Hab' ich dich endlich, du Miststück.«

»Markus!«, wisperte Susanna und blickte Urs entsetzt an.

»Was soll das?«, fragte Johannes und starrte auf das Messer. »Kennst du die beiden?«, fragte er Markus.

»Das geht dich nichts an! Verschwinde mit deinem Vater, dann wird euch nichts geschehen«, zischte Markus Johannes an.

Der Bursche ging einige Schritte rückwärts. Dann drehte er sich um und rannte zurück zur Kirche.

»Jeremias!«, brüllte Markus und ließ Urs nicht aus dem Blick. Als er sah, dass der Bursche einen Schritt auf ihn zu machte, ließ er das Messer aufblitzen und fauchte: »Komm näher, und sie ist tot.«

Erschrocken blieb Urs stehen. Markus lachte gehässig.

»Lass sie gehen«, forderte Urs ohnmächtig.

»Was willst du machen, wenn ich sie nicht gehen lasse?«, höhnte Markus und schrie erneut: »Jeremias!«

Susanna spürte die Spitze des Messers an ihrer Kehle und blickte Urs unter Tränen an. »Bring dich in Sicherheit. Du hast damit nichts zu tun«, wisperte sie.

»Ich lasse dich nicht allein«, sagte Urs. Hilflos stand er vor Susanna und ihrem Angreifer.

Als sie Jeremias aus der Kirche kommen sah, schrie Susanna Urs mit einer Stimme an, die sich zu überschlagen drohte: »Verschwinde endlich!«

»Susanna ...«, wollte Urs erwidern, doch ihr Blick sagte mehr als Worte. Er drehte sich um und rannte in den Wald.

Jeremias kam lachend auf Markus zu, der noch immer das Messer an Susannas Kehle hielt. »Ich wusste, dass sie hier auftauchen würde«, feixte er und betrachtete die junge Frau vergnügt. »Ich grüße dich, Susanna. Es freut mich, dass Markus dich anscheinend nur leicht verletzt hat. Wäre schade gewesen, wenn er dich getötet hätte.«

»Mittlerweile finde ich das auch«, sagte Markus mit rauer Stimme dicht an ihrem Ohr.

Susanna kämpfte gegen die Tränen und rief zornig: »Was wollt ihr von mir?«

Jeremias schaute sie zweifelnd an. »Das weißt du! Ich habe es dir bereits gesagt.«

»Du kommst zu spät. Ich habe die magischen Schriften nicht mehr«, log sie.

Jeremias riss ihren Beutel an sich und leerte den Inhalt auf dem Boden aus. Als er die Schriften nicht fand, funkelten seine Augen sie böse an. »Wo sind sie?«, zischte er.

»Ich habe sie Urs gegeben, und der ist euch soeben entwischt«, frohlockte Susanna mit letzter Kraft, doch sie konnte an Jeremias' Blick erkennen, dass er ihr nicht glaubte.

»Urs heißt also dein Begleiter. Was ist er? Ein Priester? Ein

Magier? Er muss besondere Fähigkeiten haben, wenn du ihn zur Schatzsuche mitbringst. Aber das ist jetzt einerlei. Gib mir die magischen Schriften. Wir haben bereits zu viel Zeit verschwendet.« Als Susanna nichts sagte, drückte Markus die Messerspitze tief in ihre Haut und ritzte sie an.

»Gib uns die verdammten Schriften«, fluchte er.

Susanna schrie auf und spürte kurz darauf, wie ihr das warme Blut am Hals entlanglief. *Sie werden mich töten*, dachte sie und schloss die Augen, als eine fremde Stimme entsetzt rief: »Herr im Himmel! Was macht ihr mit der Frau?«

Susanna sah auf und erblickte einen fremden Mann, hinter dessen Rücken der Bursche mit den Flohstichen sich zu verstecken schien.

»Halt's Maul, Thomas! Das geht dich nichts an«, sagte Jeremias, ohne sich umzudrehen. Sein Blick war starr auf Susanna gerichtet.

»Ich lasse mir von dir nicht den Mund verbieten«, wehrte sich der Mann und tippte Jeremias mit dem Finger auf die Schulter.

»Mach das nicht! Fass mich nicht mit deinen Pestfingern an«, fauchte Jeremias, drehte sich um und stieß den Alten von sich. »Nimm deinen Sohn und verschwinde von hier. Dann wird euch nichts geschehen.«

Mit ungläubigem und verständnislosem Blick sah Thomas von Jeremias zu Susanna, die heftig keuchte.

»Wieso sagst du so was?«, fragte sie verstört.

»Was?«

»Pestfinger.«

»Sein Bruder ist an der Seuche gestorben«, erklärte Jeremias kalt und zeigte auf das Grab, als Thomas einen Schritt auf Markus zuging.

»Es wäre besser, du würdest auf Jeremias hören!«, brüllte Markus und lockerte dabei kurz seinen Griff.

Das nutzte Susanna sofort aus, um sich aus Markus' Armen herauszuwinden. Kaum stand sie frei, richtete sie sich auf und trat ihm mit aller Kraft zwischen die Beine, sodass er stöhnend zu Boden ging. Sie sah, wie sich Jeremias auf sie stürzen wollte, als der fremde Mann sich ihm in den Weg stellte. Ohne zu zögern, streckte Jeremias ihn mit einem gezielten Schlag nieder.

Als der Mann auf dem Boden lag, schrie Johannes mit schriller Stimme: »Vater!«

Susanna aber hatte die Gelegenheit zur Flucht verpasst, denn Jeremias' Hand schnellte nach vorn und bekam sie zu fassen. Mit einer fließenden Bewegung drehte er ihr die Arme auf den Rücken, sodass sie erneut gefangen war.

»Noch einmal entkommst du uns nicht«, sagte Jeremias zornig und zog sie dicht an sich.

Das Gesicht von Markus war puterrot, als er versuchte, auf die Beine zu kommen. Dabei hob er mühsam das Messer auf, das vor ihm im Laub lag. Wütend fuchtelte er damit vor Susannas Nase herum. »Du verdammte Hure«, presste er hervor und schlug ihr hart ins Gesicht, sodass ihre Lippe aufplatzte.

Johannes, der weinend am Boden bei seinem Vater kniete, fuhr hoch und schrie: »Wie kannst du es wagen?« Blind vor Tränen stürzte er sich auf Markus, der ihn abwehrte und dabei das Messer in den Leib des Jungen rammte.

Susanna brüllte auf, und der alte Mann am Boden schrie: »Johannes!«

Verdeckt von dichtem Buschwerk, stand Urs in sicherer Entfernung und beobachtete nervös die Szene. Mehrmals wollte er nach vorne preschen und Susanna zu Hilfe eilen, aber sein Verstand sagte ihm, dass er gegen die gefährlichen, bewaffneten Männer zu schwach war. *Wenn ich meine Armbrust hätte, würde ich sie das Fürchten lehren*, dachte er zornig, als er den fremden Mann erblickte, der sich Jeremias mutig entgegenstellte. Kurz keimte Hoffnung in Urs auf, und er wollte dem Alten schon zu Hilfe kommen. Doch als er sah, wie Jeremias den Mann zu Boden schlug, verließ ihn erneut der Mut.

»Susanna, gib ihnen die magischen Schriften«, murmelte er vor sich hin und wusste doch, dass sie ihn nicht hören konnte. Schon wollte Urs die Schatzkarte den beiden gewalttätigen Gestalten als Tausch für Susanna anbieten, als ihm bewusst wurde, dass von Mördern kein Anstand zu erwarten war. Plötzlich hörte er einen Schmerzensschrei und blickte erschrocken nach vorn, wo er sah, wie Markus keuchend in die Knie ging. Als Urs erkannte, dass sich Susanna befreit hatte, reckte er wie beim Sieg die Arme in die Höhe und rannte einige Schritte auf sie zu. Doch dann musste er zusehen, wie Jeremias Susanna erneut gefangen nahm und Markus ihr heftig ins Gesicht schlug.

»Bàb«, kreischte Urs und schrie auf Deutsch hinterher: »Pass auf!« Er gab seine Deckung auf, um sich auf Jeremias zu stürzen, als er Zeuge wurde, wie der fremde Bursche mit dem Namen Johannes zusammenbrach und die Schreie seines Vaters und die von Susanna im Wald widerhallten. Wie angewurzelt blieb Urs hinter einem schützenden Baumstamm stehen.

Jeremias hatte die schrille Stimme von Urs gehört und in Richtung Wald geschaut, in den Susannas Begleiter verschwunden war. Als er wieder herschaute, blickte er auf den blutenden Burschen, der schreiend auf dem Boden lag. Als Jeremias das mit Blut besudelte Messer in der Hand von Markus sah, tobte er: »Du Narr, du dummer Narr!«

»Was kann ich dafür, wenn er mir ins Messer läuft?«, erwiderte Markus ohne ein Zeichen von Betroffenheit, kniete nieder und besah sich die Wunde. »Sie ist nicht tief. Er wird es überleben«, stellte er kaltblütig fest.

Thomas kroch zu seinem Sohn, der stöhnend auf dem Boden kauerte. »Es tut so weh«, winselte Johannes und krümmte sich.

»Halt durch, mein Junge«, flüsterte Thomas und nahm seinen Sohn in die Arme. Voller Zorn blickte er zu Markus auf. »Du Ungeheuer!«, schrie er und kam langsam auf die Knie.

»Ich habe euch gesagt, dass ihr verschwinden sollt«, brüllte Markus zurück und rieb das Messer an seinem Beinkleid sauber.

»Hilf ihnen auf das Fuhrwerk«, befahl Jeremias und blickte in den Wald, wo kurz zuvor der fremde Bursche gestanden hatte. »Verdammt«, fluchte er leise. Laut schrie er: »Bring uns die Schriften, und deiner Freundin wird nichts geschehen!«

»Hör nicht auf ihn. Er lügt!«, brüllte Susanna in der Hoffnung, dass Urs sie hörte.

Doch Urs war verschwunden. Als er hörte, dass die Wunde von Johannes nicht tödlich sei, war er tiefer in den Wald gerannt. Nur aus weiter Ferne hörte er noch, was Jeremias ihm nachrief und dass Susanna ihrem Peiniger widersprochen hatte. Doch weil Urs keinen Zweifel hatte, dass er die beiden Übeltäter nicht allein bezwingen konnte, rannte er den Bogen zurück zur Kirche, um auf diesem Weg ins Dorf zu gelangen. Er blickte ein letztes Mal zurück und schwor: »Ich hole Hilfe, Susanna, und ich werde dich befreien.«

Jeremias stieß Susanna vor sich her zur Kirche. In Gedanken war er bei dem fremden Burschen, der im Wald verschwunden war. *Er wird,* fürchtete er, *in Gersweiler Hilfe holen. Ich muss ihn aufhalten.* Er blickte sich nach Markus um, der den wimmernden Johannes auf die Ladefläche des Fuhrwerks legte.

»Es ist nur eine Fleischwunde«, versuchte Markus den Burschen zu trösten.

Thomas verabschiedete sich mit einem Fluch. »Verdammt seiest du! Gott wird dich dafür strafen«, prophezeite er Markus und schob ihn rüde zur Seite. Er drückte ein Tuch auf Johannes' Stichverletzung und sagte: »Du musst es fest gegen die Wunde pressen, damit die Blutung gestillt wird.«

Keuchend drückte sich Johannes den Lappen gegen die Wunde, während sein Vater ihm Mut zusprach: »Halt durch, mein Sohn!« Dann wandte er sich an Susanna. »Es tut mir leid, aber ich kann dir nicht helfen«, sagte er.

Susanna nickte und flüsterte: »Bring deinen Sohn zum Wundarzt! Mir wird nichts geschehen.«

Der Blick, mit dem Thomas Susanna zum Abschied bedachte, zeigte deutlich, dass er ihre Zuversicht nicht teilte.

Thomas setzte sich auf den Kutschbock, schnalzte mit der Zunge und ließ das Pferd antraben.

Kapitel 30

Urs rannte durch den Wald den Berg hinab, übersprang umgestürzte Baumstämme und schürfte sich im Gestrüpp Arme und Beine auf. Er musste Erdhügel hinauf- und auf der anderen Seite wieder hinunterkrabbeln und Bäche umgehen. Obwohl sein Hemd von Schweiß durchnässt war und ihm die Haare am Kopf klebten, gönnte er sich keine Rast. Während er rannte, betete er keuchend, dass Susanna kein Leid geschehen möge.

Als er auf den Weg nach Gersweiler traf, entschied er sich, diesen nicht zu nehmen, sondern auf der anderen Seite des Pfads weiter durch den Forst zu laufen. Er hoffte, dort nicht gesehen zu werden. Bevor er zwischen die Bäume eintauchte, hörte er das Rattern von Wagenrädern und vermutete, dass Vater und Sohn auf dem Heimweg waren. Urs schickte ein Stoßgebet zum Himmel, dass der Bursche die Verletzung überleben möge, und rannte weiter.

Jeremias und Susanna, die von Markus festgehalten wurde, blickten dem Fuhrwerk hinterher, bis es außer Sichtweite war.

»Hoffentlich hat deine Dummheit keine Folgen«, murmelte Jeremias und wandte sich Markus zu, der nur mit den Schultern zuckte.

»Bring sie in die Kirche und fessle sie, damit sie nicht abhauen kann«, sagte Jeremias gereizt.

»Nicht in die Kirche«, bettelte Susanna schreckensbleich und mit dicker Lippe, die nach dem Schlag angeschwollen und blutverkrustet war. Jeremias schaute sie fragend an, und sie nuschelte: »Dort soll es von Ratten wimmeln.«

Jeremias zeigte sich großzügig und sagte: »Dann lass sie hier draußen.« Er reichte Markus das Zaumzeug eines Pferdes und befahl: »Binde ihr mit den Zügeln Hände und Füße zusammen.«

»Was hast du vor?«, fragte Markus mürrisch und stieß Susanna zu Boden.

»Ich werde dem Burschen folgen und ihn aufhalten, bevor er die Menschen in Gersweiler auf uns hetzen kann.«

»Beeil dich, damit wir endlich die Schriften bekommen. Ich hab' langsam die Schnauze voll.«

»Das geht nicht nur dir so«, sagte Jeremias und ging in den eingezäunten Bereich zu den Pferden.

Markus kniete sich hinter Susanna und drehte ihre Hände brutal auf den Rücken, sodass sie laut aufschrie. Mit dem Lederband schnürte er ihre Hände und Füße fest zusammen. Dann packte er das Mädchen, das vor Schmerzen wimmerte, an den Schultern und zog sie gegen einen Baum. »Hier bleibst du sitzen, bis wir die Schriften haben«, erklärte er und ging zu der kleinen Koppel.

Jeremias hatte ein Salinenpferd gesattelt und führte es von den anderen fort. Bevor er aufsaß, trat er dicht an Markus heran und flüsterte: »Du krümmst ihr kein Haar!«

»Was denkst du von mir?«, fragte Markus.

»Nichts Gutes«, erklärte Jeremias, dem der lüsterne Blick des

Gefährten nicht entgangen war. »Wir brauchen sie unversehrt für die Schatzsuche.«

»Wie meinst du das?«

»Jungfrauen sollen hellseherische Fähigkeiten haben.«

»Unfug! Wenn sie tatsächlich hellsehen kann, hätten wir sie nicht gefangen nehmen können«, spottete Markus.

»Diese Fähigkeit bezieht sich nur auf die Schatzsuche, du Dummkopf.«

»Woher willst du wissen, dass sie noch Jungfrau ist? Schließlich war sie mit diesem Burschen unterwegs.«

Jeremias blickte zu Susanna, die mit entsetztem Blick dem Gespräch gelauscht hatte.

»Du hast recht, vielleicht ist sie keine Jungfrau mehr und nutzlos. Im Grunde könnten wir sie gleich beseitigen.«

»Ich bin jungfräulich!«, schrie Susanna, und Jeremias lachte leise auf.

»Du hast es gehört, Markus. Ich hoffe, dass sie es noch ist, wenn ich zurückkomme«, sagte er mit bedrohlicher Miene und schwang sich in den Sattel.

Jeremias ritt fort, und Susanna blickte zu Markus, der Dickerchen streichelte und sie nicht beachtete.

»Mein Magen knurrt, und ich bin durstig«, jammerte sie.

»Siehst du hier ein Wirtshaus?«, höhnte Markus.

»Im Wald gibt es Beeren, und nicht weit von hier einen Bachlauf, der in einen Teich mündet. Dort könntest du Wasser schöpfen.«

»Halt's Maul, du Miststück. Bevor ich dir Wasser hole, bekommen erst die Pferde zu saufen«, zischte Markus. Dann schien er zu überlegen und fragte: »Wo soll der Bach sein?«

Susanna wies ihm mit dem Kinn die Richtung. Markus verließ die Einzäunung, doch als er nicht in die gezeigte Richtung ging, rief sie ihm ängstlich hinterher: »Wo willst du hin?«

Ohne zu antworten, ging er in die Kirche und kam kurze

Zeit später mit einem Kochtopf und einer Rolle Borte zurück. Während er die restliche Suppe vom Tag zuvor aus dem Topf in die Büsche schüttete, erklärte er belustigt: »Der Alte hat vor Aufregung einen Teil seiner Sachen vergessen.« Dann nahm er eine breite Zierborte und wickelte sie mehrmals um Susanna und um den Baumstamm.

»Was soll das?«, fragte sie außer sich.

»Ich traue dir nicht«, sagte er und zog die Schnur fest. »Jetzt bin ich sicher, dass du nicht abhauen kannst.«

Als Markus zu den Pferden ging und ihnen die Halfter anlegte, schrie Susanna: »Du kannst mich nicht gefesselt hier zurücklassen. Binde mich sofort los!« Als er nichts erwiderte, schrie sie in ihrer Verzweiflung mit schriller Stimme: »Lass mich nicht allein!«

Markus ließ die Pferde stehen und ging wütend auf Susanna zu. »Halt dein unsägliches Maul«, raunzte er.

»Du kannst mir den Mund nicht verbieten«, heulte sie auf und blickte ihn herausfordernd an.

Markus kniete sich nieder und riss ihr mit einem Ruck ein Stück Stoff aus dem Rock. Bevor Susanna wusste, wie ihr geschah, stopfte er ihr den Fetzen in den Mund. »Jetzt ist Ruhe«, schnauzte er, holte den Topf und ging zurück zu den Pferden, mit denen er im Wald verschwand.

Der Knebel hinderte Susanna am Atmen. Auch brannte ihre verletzte Lippe. Sie bekam kaum Luft und würgte. Da ihr Herz hart gegen ihre Brust schlug, schloss sie die Lider, um sich zu beruhigen, als unbekannte Geräusche an ihr Ohr drangen und sie die Augen wieder aufriss. Ängstlich blickte sie sich um. Susanna erinnerte sich an Geschichten über Wölfe und Bären, die sich in den heimischen Wäldern herumtreiben sollten. *Ich kann weder wegrennen noch mich wehren*, dachte sie und zerrte an den Fesseln. Das Leder der Zügel gab nicht nach, sondern schnitt in ihre Gelenke, die wie Feuer brannten. Susanna schrie vor Schmerzen auf, doch der Knebel dämpfte ihren Schrei. Durch den Fetzen im Mund wurde ihr Durst unerträglich. Verzweifelt lehnte sie den Kopf gegen den Baumstamm.

Als Urs Gersweiler vor sich erblickte, verlangsamte er seinen Schritt. Vor dichten Sträuchern blieb er stehen und nahm seinen Beutel vom Rücken. Heftig schnaufend legte er sich vor dem Buschwerk auf den Boden und wischte sich mit dem Stoff des Rucksacks den Schweiß aus dem Gesicht. Er wartete, bis sich sein Herzschlag beruhigt hatte, und setzte sich auf. Vor ihm lagen die Dächer der Häuser des Ortes, und Urs dachte angestrengt nach, was er tun könnte. Zuerst überlegte er, ins Gasthaus zu gehen und dort um Hilfe zu bitten. Er verwarf jedoch den Gedanken und wollte stattdessen den Bauern aufsuchen, auf dessen Wiese die Pferde gegrast hatten. Der Alte würde ihn sicherlich nicht abweisen und ihm helfen, Susanna aus den Fängen von Markus und Jeremias zu befreien. Urs hoffte auch, dass der Mann Nachbarn dafür gewinnen würde, sie bei Susannas Befreiung zu unterstützen.

Die Zeit drängte. Urs blickte zur Sonne. Er stand auf und ging den Weg hinunter nach Gersweiler. Als er den Dorfbrunnen erblickte, merkte er, wie seine Zunge am Gaumen klebte, und er eilte darauf zu, um seinen Durst zu stillen. Am Brunnenrand ließ Urs an der Winde den Eimer hinab und zog ihn gefüllt nach oben. Gierig setzte er das Gefäß an seine Lippen.

Kaum trank er den ersten Schluck, spürte er einen Schlag im Genick, und ihm wurde schwarz vor Augen.

Jeremias war, so schnell das Pferd galoppieren konnte, nach Gersweiler geritten und vor Urs dort eingetroffen. Da er wusste, aus welcher Richtung der Bursche kommen würde, hatte er den Gaul am anderen Ende des Ortes auf einer Weide festgebunden. Von dort schlich er bis zur Mitte des Dorfes und versteckte sich zwischen den Häuserruinen. Nur wenige Menschen kamen vorbei, und die bemerkten ihn nicht. Während Jeremias wartete, überlegte er, welchen Plan der Bursche ausbrüten könnte, und kam zu dem Schluss, dass Urs zuerst im Wirtshaus um Hilfe bitten würde. Jeremias musste nur noch warten und ihn abfangen, bevor er die Schenke erreichte. Sein Plan war, sofort zurück zur Pestkirche zu reiten, sobald er Urs die magischen Schriften weggenommen hätte. Das Mädchen würde er so lange als Pfand behalten, bis sie den Schatz gehoben hatten.

Jeremias grinste und blickte den Weg entlang, als Kinder an der Ruine vorbeirannten. Hastig duckte er sich hinter einem Geröllhaufen, sodass er unentdeckt blieb. Dabei fiel sein Blick auf den Boden, und er sah eine Tür, auf die das schwarze Pestkreuz gezeichnet war. Erschrocken griff Jeremias sich an den Hals und fühlte, wie sein Herz sich zu überschlagen drohte. Er hustete und räusperte sich, doch die Enge in seinem Hals wollte nicht verschwinden. Da er wusste, wo sich der Brunnen des Dorfs befand, pirschte er an den Hauswänden entlang, bis er wenige Schritte davor stand.

Da erblickte er den Burschen, wie der den Eimer in den Brunnen hinabließ. »Das nenne ich einen glücklichen Zufall«, murmelte Jeremias ungläubig und schlich sich wie einst im Krieg geräuschlos von hinten an. Kaum hatte der Junge seine Nase in den Wassereimer gesteckt, versetzte Jeremias ihm einen Schlag ins Genick. Urs sank geräuschlos zu Boden.

Jeremias durchsuchte sofort den Rucksack des Jungen und nahm jeden Gegenstand heraus. Doch die Schriften waren nicht zu finden. Wütend packte er Urs an der Schulter, um ihn wachzurütteln, als ein Mann von weitem rief: »Was hast du mit dem Burschen vor?«

Jeremias nahm zwei Bauern wahr, die mit Sense und Dreschflegel vom Acker kamen und bedrohlich auf ihn zueilten. Er wusste, dass er eine gute Erklärung haben musste, damit die Männer nicht das ganze Dorf zusammenriefen. Als Jeremias' Blick auf den kleinen Tiegel fiel, den er kurz zuvor aus dem Rucksack genommen und achtlos zur Seite gelegt hatte, wusste er, was er den Männern antworten würde.

»Warum hast du den Jungen niedergeschlagen?«, fragte einer der beiden Bauern und blickte Jeremias finster an.

»Euer Dorf muss mir dankbar sein, denn ich habe ein schlimmes Unglück verhindert«, erklärte Jeremias, woraufhin die Männer fragend ihre Augenbrauen in die Höhe zogen. Jeremias nahm den kleinen Tiegel vom Boden auf und sagte: »Der Bursche hat versucht, euren Brunnen zu vergiften. Ich würde mich nicht wundern, wenn er die Pest über euch hätte bringen wollen!«

Susanna hatte das Gefühl, dass Stunden vergangen waren, seit Markus sie an den Baum gebunden und allein zurückgelassen hatte. Ihr Genick und ihre gefesselten Glieder schmerzten, und sie versuchte sich zu bewegen. Doch da die Borten ihr keinen Spielraum ließen, gelang es ihr nicht, sich zu strecken. Auch an Schlaf war nicht zu denken, denn Schmerzen und Angst hielten sie wach. Mit brennenden Augen starrte sie zu den Bäumen, zwischen denen Markus und die Pferde verschwunden waren. Sie konnte erkennen, wie die Sonne Stück für Stück weiterwanderte.

Irgendwann fürchtete sie, vor Angst wahnsinnig zu werden. Tränen schossen ihr in die Augen, und ihr Atem ging stoßweise, als sie endlich Markus erblickte. Obwohl sie bei seinem Anblick erleichtert war, spürte sie, wie unbändiger Zorn in ihr aufstieg. Nachdem Markus die Pferde in die Umzäunung gebracht hatte, kam er auf sie zu und nahm ihr den Knebel aus dem Mund. Susanna hustete, spuckte, würgte und krächzte: »Du Scheusal!

Wie konntest du es wagen, mich so lange allein zu lassen!« Als sie sah, dass sein Haar nass war, schrie sie: »Du gehst schwimmen, während ich verdurste und verhungere?«

»Halt's Maul, oder ich steck' dir den Stofflappen zurück zwischen die Zähne«, drohte Markus.

Susanna wusste, dass er es ernst meinte, und unterdrückte den Fluch, den sie ausstoßen wollte. Markus hielt ihr den mit Wasser gefüllten Kochtopf an die Lippen, und sie trank in großen Schlucken. Als er den Topf fortnahm, sagte sie: »Ich muss mal!«

»Das ist mir einerlei, denn wenn ich dich losmache, wirst du fliehen«, beschied er ihr, drehte sich um und wollte zur Kirche gehen.

»Ich verspreche, dass ich bleiben werde«, rief sie ihm hinterher.

Markus blieb stehen und schien nachzudenken. »Ich habe einen besseren Einfall«, sagte er und kam zurück, um die Borten zu lösen, die er ihr dann um den Hals schlang.

»Was soll das?«, schimpfte sie.

»Solltest du versuchen, dir den Strick vom Hals abzunehmen, werde ich dir mit einem Ruck das Genick brechen«, drohte er.

Entsetzt sah sie ihn an. Sie wusste, dass er seine Drohung wahr machen würde.

Markus nahm Susanna die Fußfesseln ab und löste die Zügel von ihren Händen. Sie konnte ihre Arme nur langsam bewegen. Die Gelenke schmerzten, und sie stöhnte auf. Ihre Beine fühlten sich wie abgestorben an. Nur mit großer Mühe kam sie vom Boden hoch.

»Was soll ich jetzt machen?«, klagte sie und versuchte ihre Finger zwischen Halsfessel und Hals zu schieben, um den Strick zu lockern.

»Nimm die Hände runter«, befahl Markus. »Du kannst dich so weit von mir entfernen, wie das Seil es zulässt. Geh hinter die Pferde, damit ich dich im Blick habe.«

»Das will ich …«, wollte Susanna aufbegehren, doch Markus zog einmal heftig am Strick.

»Schweig, oder ich fessle dich erneut an den Baum.«

Susanna ging langsam an den Pferden vorbei und suchte einen Busch.

»Zum Glück dämmert es bereits«, murmelte sie und hob ihren Rock.

Als sie in die Hocke ging, hatte sie das Gefühl, beobachtet zu werden. Erschrocken richtete sie sich auf und blickte angstvoll hinter sich. Markus stand scheinbar gelangweilt in der Nähe des Baums und blickte in eine andere Richtung. Als Susanna nichts Ungewöhnliches wahrnehmen konnte, setzte sie sich wieder. Im gleichen Augenblick glaubte sie erneut, in der Nähe ein Lebewesen durchs Gebüsch huschen zu sehen. Äste bewegten sich, obwohl der Abend windstill war. Susanna beeilte sich und rannte zu Markus zurück.

»Da war etwas«, flüsterte sie ihm zu.

»Was soll hier schon sein?«, fragte er spöttisch. »Du willst nur, dass ich dich nicht wieder fessle. Doch da irrst du dich.«

Mit einem leichten Ruck zog er sie zu sich und warf sie erneut zu Boden. Nachdem er sie gefesselt hatte, wollte er ihr den Knebel wieder in den Mund stecken.

»Bitte nicht! Ich verspreche, ruhig zu sein.«

Markus grinste sie an. »Ich glaube dir nicht«, sagte er und hielt ihr die Nase zu. Kaum öffnete sie den Mund, um Luft zu holen, schob er ihr den Knebel hinein. Lachend winkte er ihr zu und marschierte in die Kirche.

Die Dunkelheit brach herein, und Susanna ließ ihren Blick unruhig hin und her schweifen. Sie konnte sich des Gefühls nicht erwehren, dass jemand in ihrer Nähe durch das Gras schlich. In ihrer Furcht glaubte sie fremde Geräusche zu hören und dachte sofort an Dämonen, sodass ihr Körper erzitterte. Sie rief nach Markus, doch wegen des Knebels im Mund war der Schrei kaum zu hören.

Dann sah sie plötzlich tatsächlich mehrere Gestalten, die geräuschlos hinter Bäumen und Büschen hervorkamen. Susanna zog wild an ihren Fesseln, als ein Mann vor ihr auftauchte. Im Schein des langsam aufsteigenden Mondes sah sie, wie er ihr mit dem Finger ein Zeichen gab zu schweigen. Ein leiser Pfiff ertönte, und er sprang hinter ihren Baum. Mit weit aufgerissenen Augen sah Susanna, dass Markus am Eingang der Kirche erschien und sich erleichterte. In ihrer grenzenlosen Angst wollte sie ihn warnen, indem sie sich geräuschvoll gegen den Baum warf, an den sie gefesselt war.

Doch sie erstarrte, als eine Stimme an ihrem Ohr raunte: »Verhalte dich ruhig, und du wirst verschont werden.«

Kapitel 31

Urs erwachte mit heftigen Kopfschmerzen. Er hatte keine Ahnung, was geschehen war. *Wo bin ich?*, dachte er und fasste sich an den schmerzenden Schädel. Das Letzte, woran er sich erinnern konnte, war der Schlag auf den Kopf. Doch wer ihm den versetzt hatte, wusste er nicht.

Langsam versuchte er sich aufzusetzen, als ihm speiübel wurde und er sich stöhnend wieder zurücklegte. Er presste die Augen zusammen und schluckte schwer. Nach einer Weile ließ die Übelkeit nach, und er wagte langsam die Lider zu öffnen. Da er in der Dunkelheit kaum etwas erkennen konnte, ließ er seine Hände über den kühlen Boden gleiten, auf dem er lag. »Festgetretener Lehm«, stellte er fest, als seine Finger gegen eine Wand aus grob gehauenen Steinen stießen. Urs setzte sich hoch und lehnte sich dagegen. Nachdem sich seine Augen an die Dunkelheit gewöhnt hatten, blickte er sich um. Kisten, Säcke und große Tontöpfe standen an den Wänden aufgereiht. »Ich bin in einem Keller«, flüsterte er und kroch zu einem Sack, in dem er Äpfel entdeckte. Hungrig nahm er sich einen heraus und biss hinein.

Während Urs kaute, schaute er sich um und erblickte an der hinteren Wand knapp unter der Decke eine vergitterte Öffnung, die halb so hoch wie ein Fenster war. Mit dem angebissenen Obst zwischen den Zähnen stellte er sich auf die Zehenspitzen und umfasste das Eisen, um sich mit großer Anstrengung in die Höhe zu ziehen. Zwischen den Gitterstäben hindurch schaute er nach draußen. Er sah nichts weiter als eine windschiefe Hütte auf der anderen Wegseite.

Enttäuscht, dass er sich nicht orientieren konnte, ließ Urs sich wieder auf die Füße hinab, setzte sich unter dem Fenster auf den Boden und aß seinen Apfel weiter. *Was hat das zu bedeuten? Und wer hat mich hierher gebracht?*, überlegte er, als sein Blick auf eine Tür in der gegenüberliegenden Ecke fiel, die durch das schwache Licht kaum zu erkennen war. Er warf den Rest des Apfels zu Boden und ging zur Klinke, die er langsam hinunterdrückte. Nichts tat sich, und er versuchte es erneut, doch die Tür blieb verschlossen. In dem Bewusstsein, eingesperrt zu sein, hämmerte er wütend mit der Faust und dem Fuß gegen das Holz und schrie: »Ist da jemand?«

Niemand antwortete. Niemand kam.

Angst lähmte seine Gedanken, und er lehnte sich gegen die Tür. Urs spürte, dass seine Augen feucht wurden, und er verbarg das Gesicht in seinen Händen. Er dachte an Susanna, drängte die Tränen zurück und nahm die Arme herunter. »Ich muss sie retten«, schwor er und hämmerte erneut gegen das Holz.

Susanna war wie gelähmt. Selbst ohne Fesseln wäre sie unfähig gewesen, sich zu bewegen. Das plötzliche Auftauchen der unheimlichen Gestalten raubte ihr fast den Verstand. Wer waren die Fremden, die in der Dunkelheit durch das Gelände schlichen? Wie Geister waren sie nach ihrem plötzlichen Erscheinen wieder unsichtbar geworden. Susannas Angst, dass Schatzdämonen an die Oberfläche gekrochen waren, wurde übermächtig. Doch dann beruhigte sie sich in der Erinnerung an die sehr menschliche Stimme des Mannes, der ihr zugeraunt hatte, sie solle sich ruhig verhalten, dann werde sie verschont. Susanna hatte heftig genickt, um zu zeigen, dass sie ihn verstand. Als der Fremde wieder so geräuschlos verschwand, wie er gekommen war und nur noch der Busch neben ihr raschelte, hoffte Susanna inständig, dass er sein Versprechen halten und man sie verschonen würde.

Markus hatte in der Kirche auf dem Tannenzweiglager der Nacht zuvor gelegen, als ihn die Stiche auf dem Kopf juckten. »Diese verdammten Flöhe!«, fluchte er, setzte sich auf und beschloss missmutig, sich bald eine Glatze scheren zu lassen, um das Ungeziefer loszuwerden. Als er Druck verspürte, war er leise meckernd nach draußen gegangen, um sich an einem Busch nahe der Eingangstür zu erleichtern.

Während er pinkelnd dastand, träumte er davon, schon bald mit einer dickbrüstigen Magd in weichen Daunen zu schlafen. Der Gedanke, dass Jeremias ihn um seinen Anteil betrügen könnte, trübte für einen Augenblick seine Träumerei. Markus schwor sich, Jeremias die Kehle aufzuschlitzen. Die Vorstellung ließ ihn gehässig auflachen.

Susanna starrte zu Markus, der mit dem Rücken zu ihr nahe dem Kircheneingang stand. Als sie sah, wie die unheimlichen Gestalten ihn einkreisten, stockte ihr der Atem. Dann schoss ihr der Gedanke durch den Kopf, dass das Auftauchen der Gestalten allein Markus galt. Der Bursche schien die Fremden nicht zu bemerken, die sich in seiner Nähe hinter Bäumen und Büschen versteckten und abzuwarten schienen. Susanna zählte sechs Männer, die ebenso schnell, wie sie aufgetaucht waren, wieder mit der Nacht verschmolzen und unsichtbar wurden.

Soweit es der Knebel zuließ, atmete Susanna mehrmals tief ein und aus, bis sie spürte, wie sie innerlich ruhig wurde. Aufregung und Angst verschwanden. *Ich habe nichts zu befürchten, denn sie wollen ihn,* dachte sie erleichtert. Was die Männer mit Markus vorhatten, daran wollte sie nicht denken, und es war ihr im Grunde einerlei. Markus war der Mörder ihrer Familie, der vor nichts zurückschreckte und auch sie töten würde, sobald er im Besitz der magischen Schriften wäre. Susanna lehnte sich gegen den Stamm des Baums und beschloss, sich nicht mehr zu regen.

Markus versuchte seine Hose mit der Kordel zu schließen, wobei sein Blick zu der Stelle schweifte, wo Susanna an den Baum gefesselt dalag. »Zu schade, dass ich sie nicht anrühren darf«, murrte er leise und ging zurück in die Kirche. Dort legte er sich auf sein grünes Lager und schloss die Augen.

Er war kaum eingenickt, als er aufschreckte, weil ihm grobe Hände den Mund zuhielten. Markus riss die Augen weit auf und blickte in ein fremdes Gesicht. Im Dunkel der Kirche konnte er Gestalten erkennen, die aus dem Hintergrund hervortraten und grimmig auf ihn herabschauten. Als er sich aufsetzen wollte, sprangen die Männer herbei und drückten seine Arme, Beine und Schultern nieder. Markus versuchte sich zu wehren, doch die Fremden waren stärker. Der Mann, der ihm den Mund zuhielt, fauchte ihn an: »Du hast meinen kleinen Bruder getötet.«

Markus wusste sofort, wen er meinte, und schlug mit dem Kopf hin und her, um den Mund freizubekommen. »Er ist mir ins Messer gelaufen. Ich konnte nichts dafür!«, verteidigte er sich.

»Unser Oheim sagte, dass du brutal zugestochen hast!«, rief ein anderer, der ein Bein von Markus festhielt.

»Das stimmt nicht! Es war keine böse Absicht. Außerdem war die Wunde nicht tief!«, kreischte Markus.

»Johannes ist auf dem Weg in die Stadt verblutet«, sagte einer zornig, der sich im Hintergrund verborgen hielt.

»Mein Vater erzählte, dass du auch das Mädchen bedroht und verletzt hast. Das zeigt, dass du ein schlimmer Übeltäter bist.«

»Verdammte Missgeburten, lasst mich in Ruhe! Das Mädchen ist eine Pferdediebin und hat keine Gnade verdient.«

»So wie du keine Gnade verdient hast. Unser kleiner Bruder ist tot«, brüllte einer der Männer. Und dann sah Markus ein Messer in dessen Hand aufblitzen.

»Es ist nicht meine Schuld!«

»Auge um Auge, Zahn um Zahn«, fällte der Fremde das Todesurteil und stach zu.

Susanna hatte ruhig am Baumstamm gelehnt, bis die unheimlichen Gestalten in die Kirche stürmten. Dann aber schnellte ihr Oberkörper so weit nach vorn, wie die Fesseln es zuließen. Angestrengt lauschte sie und glaubte laute Stimmen zu hören, dann wurde es wieder ruhig. Plötzlich zerriss ein furchtbarer Schrei die Stille, der ihr durch Mark und Bein fuhr. Sie wusste, dass es Markus war, der geschrien hatte. Sie befürchtete Schlimmes, als ein weiterer Schrei zu hören war. Kurz darauf sah sie, wie die Fremden aus der Kirche herausrannten. Als ein Mann auf sie zulief, konnte sie im Licht des Mondes das Messer in seiner Hand erkennen. Sie schloss die Augen und betete. Als sie aufblickte, kniete er vor ihr und nahm ihr den Knebel aus dem Mund.

»Was habt ihr mit ihm gemacht?«, keuchte sie.

»Sei still«, raunzte er. Susanna erkannte seine Stimme wieder.

»Weißt du, wo der schwarz gekleidete Mann ist?«, fragte er und blickte sie finster an.

Sie nickte. »Er ist nach Gersweiler geritten.«

»Der Bursche in der Kirche sagte, dass du sein Pferd gestohlen hast.«

»Ich musste mir das Pferd nehmen, sonst hätte er mich umgebracht.«

Der Fremde kniff leicht seine Augen zusammen.

Susanna schluckte und flüsterte: »Er hat meine Eltern und meine Geschwister ermordet. Wenn ich mit dem Pferd nicht geflohen wäre, würde ich sicher nicht mehr leben.«

»Wir haben Order, dir nichts zu tun«, sagte der Mann und schnitt die Fesseln durch.

»Wer seid ihr?«

»Das geht dich nichts an.«

»Ist der Widerling tot?«, fragte sie leise und traute sich kaum, dem Fremden ins Gesicht zu blicken.

»Ja.«

Susanna hielt die Luft an. »Er hat seine gerechte Strafe bekommen«, flüsterte sie.

Ohne ein weiteres Wort durchtrennte der Mann die fesselnden Borten. Bevor sie sich bedanken konnte, ertönte ein Pfiff, und er verschwand zwischen den Bäumen.

Susanna saß da und wagte nicht aufzustehen. Sie war allein, und sie fürchtete die Einsamkeit der dunklen Nacht. Mit bangem Blick sah sie zur Kirche, in der Markus tot in seinem Blut lag, während seine Mörder spurlos verschwunden waren. *Thomas hat sie geschickt, weil Johannes gestorben ist,* dachte Susanna und erschauerte bei dem Gedanken. Sie murmelte ein Gebet.

Laut seufzend dachte sie nach, was sie nun machen sollte. Zwar wäre sie gerne so schnell wie möglich nach Gersweiler gegangen, um Urs zu suchen, doch es war mitten in der Nacht, und sie kannte sich in dieser Gegend nicht aus. *Ich breche mir womöglich den Hals,* dachte sie, als ein vertrautes Geräusch an ihre Ohren drang.

Ein zaghaftes Lächeln verzog ihre Mundwinkel, und sie rappelte sich auf. Mit steifen Beinen ging sie zu der kleinen Einzäunung, wo Dickerchen auf dem Boden lag und zu ihr herüberschaute. Susanna legte sich neben ihn ins Gras. »Zum Glück habe ich dich«, flüsterte sie und streichelte ihm über die Nüstern. Dann drehte sie sich so, dass ihr Blick auf die Kirche gerichtet war. Susanna zog die Beine an und umschlang sie mit den Armen, als sich ihr Gewissen meldete. Sollte sie nach Markus in der Kirche schauen? Sie verwarf den Gedanken, da sie sich vor dem Anblick des Toten fürchtete.

»Ich kann ihm nicht mehr helfen«, beruhigte sie sich, lehnte sich an den warmen Leib des Pferds und versuchte zu schlafen.

Jeremias saß im Wirtshaus und wurde wie ein Held gefeiert. Die Nachricht, dass er einen Giftanschlag auf Gersweiler vereitelt hatte, sprach sich wie ein Lauffeuer herum. Sogar aus dem Nachbarort Ottenhausen kamen Bauern, um den Fremden kennenzulernen, der den Schuft auf frischer Tat ertappt und niedergeschlagen hatte. Das Bier floss in Strömen, und die Stimmung war gelöst.

»Gleich morgen in der Früh werden wir zum Grafen von Nassau-Saarbrücken gehen und Anklage erheben«, sagte der Bauer, den Jeremias am Brunnen getroffen hatte.

»Was wird mit dem Burschen geschehen?«, fragte Jeremias.

»Die Saarbrücker werden einen Amtmann schicken, der nach Indizien suchen und den Burschen verhören wird«, erklärte ein anderer, dessen Wangen vom Biergenuss gerötet waren.

Jeremias gefiel es, dass er im Mittelpunkt stand und gefeiert wurde. Es kam nicht oft vor, dass man ihm lobend auf die Schulter klopfte und ihm ein Bier nach dem anderen spendierte. Selbst als er im langen Krieg mutig gekämpft hatte, war ihm nie so viel Ehrerbietung gezeigt worden. Er musste dem Burschen dafür dankbar sein, der im Keller des Wirtshauses eingesperrt war und wahrscheinlich nicht einmal den Grund für seine Gefangennahme kannte. Er spürte einen Anflug von Mitleid mit dem Jungen und hoffte, dass der Amtmann seine Unschuld feststellen würde. Falls nicht, würde ihn das allerdings nicht weiter kümmern. Jeder Krieg forderte seine Opfer, und sein Krieg wurde zwischen dem Mädchen und ihm ausgefochten. Hätte das Miststück ihm gleich die magischen Schriften übergeben, wäre die Lage nicht außer Kontrolle geraten.

Verdammt, fluchte Jeremias innerlich. Die Zeit lief ihm davon, und er hatte immer noch keine Ahnung, wo die Schriften waren. Er musste dringend zurück zur Pestkirche. Wenn das Luder hörte, dass der Bursche gefangen war und eines schweren Verbrechens bezichtigt wurde, würde sie vor Angst sicher dieses verdammte Heftchen herausrücken, damit er den Schatz finden konnte.

Noch zwei Samstage hatte er Zeit. Dann wäre das Geld für die Schutzgebete aufgebraucht, die Jeremias der Kirche in Sankt Johann gezahlt hatte, damit die Fürbitten der Mönche ihn vor der Pest bewahrten.

Kapitel 32

Jeremias erwachte in den Armen der drallen Magd, die im Wirtshaus bediente und deren Namen er vergessen hatte. Es war noch dunkel, als er sich von der Bettstatt erhob und die Hose anzog. Kaum schlug die Magd die Augen auf, gurrte sie: »Wo willst du hin? Komm zurück ins Bett!«

Er schaute sie mit abschätzigem Blick an. »Keine Zeit«, brummte er und zog das Hemd über.

»Hat es dir mit mir nicht gefallen?«, fragte sie und ließ das

Betttuch zu Boden gleiten, damit er ihre volle Pracht sehen konnte.

Jeremias spürte, wie es ihn im Schritt juckte, aber er antwortete: »Ich bleibe nie länger als eine Nacht.«

Enttäuschte stülpte sie die Lippen nach vorn, doch dann blickte sie ihn herausfordernd an und sagte: »Holst du jetzt den Schatz?«

Jeremias' Kopf ruckte herum. »Woher weißt du davon?«, fragte er und blickte sie misstrauisch an.

Die Magd lachte schallend. »Im Suff wird die Zunge locker. Du hast es mir erzählt, als ich dir zu Willen war.«

Ich Hornochse, beschimpfte sich Jeremias. Er hätte sich selbst ohrfeigen können. Wohl erinnerte er sich, dass er reichlich Bier getrunken hatte, aber dass er von der Schatzsuche erzählt hatte, wusste er nicht mehr. Er sog die Luft tief in seine Lunge ein, sodass sich sein Oberkörper aufblähte. Mit finsterem Blick wandte er sich der Magd zu und sagte: »Vergiss, was ich dir gesagt habe. Es war gelogen!«

Die junge Frau ließ sich von der Drohgebärde nicht einschüchtern, sondern forderte: »Du musst mir nur ein paar Münzen abgeben, dann werde ich schweigen.«

Kaum hatte sie zu Ende gesprochen, sprang Jeremias mit einem Satz auf das Bett und umfasste ihre Kehle, die er zudrückte. Sie versuchte ihn abzuwehren, doch sein Gewicht presste sie auf die Matratze zurück, sodass sie bewegungslos dalag. Ihr Gesicht lief rot an, und sie röchelte nach Luft.

»Komm mir nicht in den Weg, sonst erlebst du den nächsten Tag nicht mehr.« Mit dieser Drohung ließ er sie los und verließ ohne ein weiteres Wort die Kammer.

Auf dem Gang stellte er sich an die Wand und keuchte. Er fühlte sich plötzlich schlapp, und die Achselhöhlen taten ihm weh. »Ich werde mich erkältet haben«, mutmaßte er und ging nach unten.

Im Zimmer wagte sich Anna erst wieder zu bewegen, als sich die Tür hinter Jeremias schloss. Sie rang heftig nach Luft und strich mehrmals über die Stelle an ihrem Hals, wo seine Finger zugedrückt hatten. »Dieser Lump«, keifte sie. »Erst verspricht er mir den Himmel auf Erden, und dann bedroht er mich.« Sie war enttäuscht, dass ihr Liebhaber der vergangenen Nacht nichts mehr von seinen Versprechungen und Liebesbekundungen wissen wollte. Zwar hatte er einige Biere zu viel getrunken, trotzdem war er seiner Sprache mächtig gewesen. Auch seiner Manneskraft hatte das viele Bier nicht geschadet, und Anna wusste, was sie gehört hatte.

Mit einem Seufzer strich sie das Betttuch glatt. Viele Männer hatten auf diesem Lager gelegen und waren nur eine Nacht geblieben. Sie hatte nie mehr erwartet und deshalb keinem nachgetrauert. Bei Jeremias war es anders. Mit ihm wäre sie gern länger zusammengeblieben. Als Anna an die letzte Nacht dachte, bekamen ihre Augen einen besonderen Glanz. Keiner ihrer Liebhaber war je so verwegen wie Jeremias gewesen. Seine langen schwarzen Haare, die dunklen Augen und sein männlicher Körper hatten es ihr angetan. Bei dem Gedanken seufzte Anna erneut. Auch konnte sie nicht leugnen, dass ihr Jeremias' Heldentat besonders gut gefallen hatte. Die Einwohner von Gersweiler achteten ihn ebenso wie Ortsfremde. Jeder in der Gaststube hatte Anna beneidet, als er seine Aufmerksamkeit ihr zuwandte. Sie wusste, dass auch die beiden anderen Mägde einiges getan hätten, um mit ihm ins Bett zu steigen. Als seine Wahl auf sie gefallen war und er ihre Hüfte umfasste, um mit ihr nach oben zu gehen, hatte sie sich ein hochnäsiges Grinsen nicht verkneifen können.

Während des Beischlafs hatte Jeremias ihr von dem Schatz erzählt und was er mit dem Gold und Silber anstellen würde. Anna hatte sich in Gedanken bereits in teuren Kleidern gesehen und davon geträumt, in einem großen Haus zu wohnen. Doch nach seinem brutalen Verhalten war der Traum ausgeträumt.

Wie jeden Tag rief die Arbeit. Anna stand langsam auf und zog ihr Kittelkleid über. Es war Zeit, dem Gefangenen etwas zu essen zu bringen.

Urs hörte, wie sich der Schlüssel im Schloss umdrehte, und blickte erwartungsvoll zur Tür. Als sie sich öffnete und Jeremias den Kellerraum betrat, zuckte er zusammen und sprang auf.

»Was willst du?«, schrie er ihm entgegen und schaute sich nach einem Gegenstand um, den er zur Verteidigung nutzen konnte, da er befürchtete, Jeremias würde gewalttätig werden.

Jeremias erkannte den ängstlichen Blick des Burschen und griente. »Ich werde dir nichts tun«, versprach er und lehnte die Tür an, vor die er sich breitbeinig stellte. »Ich hoffe, du hattest eine angenehme Nacht«, höhnte er und schaute Urs finster an. Als er den wütenden Blick des Burschen sah, erklärte er: »Ich hatte keine andere Wahl, als dich vor dem Brunnen niederzuschlagen. Hättest du oder Susanna mir freiwillig die magischen Schriften gegeben, wäre es nicht so weit gekommen.«

»Ich habe die Schriften nicht«, presste Urs hervor.

Jeremias nickte. »Ich weiß, denn ich habe sie bei dir nicht gefunden. Demnach muss Susanna sie haben.«

»Warum wurde ich eingesperrt?«

»Das ist eine Verkettung von unglücklichen Zufällen«, versuchte Jeremias lächelnd zu erklären, doch seine Augen blieben kalt. »Als du ohnmächtig vor dem Brunnen lagst, musste ich mir rasch einen guten Grund ausdenken, warum ich dich bewusstlos geschlagen habe, denn zwei Bauern hatten mich beobachtet.«

Jeremias hielt kurz inne und führte die Fingerspitzen beider Hände zusammen. Als er dabei die Achselhöhlen zusammenpresste, spürte er unerwartet Schmerzen. Er ließ sich nichts anmerken. Wie ein Gelehrter ging er vor der Tür hin und her und winkelte dabei die Arme vom Körper ab, damit der Schmerz nachließ. »Ich habe ihnen erzählt, dass ich dich erwischt hätte, wie du im Begriff warst, den Brunnen zu vergiften, um die Pest über sie zu bringen«, erklärte er ungerührt.

Urs' Augen wurden riesengroß, und er schrie: »Du bist von Sinnen! Wie kannst du solch eine Lüge über mich verbreiten? Ich bin ein Heiler und kein Vergifter. Sie werden dir nicht glauben.«

»Das haben sie bereits, denn sie haben dich eingesperrt«, spottete Jeremias. »Du darfst nicht vergessen, dass du ein Fremder bist. Deine Aussprache ist ebenso sonderbar wie dein Aussehen.«

»Du bist geisteskrank«, schrie Urs erneut. Jeremias machte einen Schritt auf ihn zu, und Urs wich zurück. »Komm mir nicht zu nahe!«, schrie er und hielt abwehrend die Hände vor den Körper.

»Dann halt dein Maul«, fauchte Jeremias und ging zurück zur Tür.

Urs ließ sich das Reden nicht verbieten. »Du musst ihnen sagen, dass du dich getäuscht hast und sie mich wieder frei lassen müssen«, forderte er mit schriller Stimme, die sich fast überschlug.

Jeremias seufzte gespielt auf. »Das ist leider nicht möglich, denn sie würden es nicht glauben wollen. Doch sei beruhigt! Da sie einen Amtmann aus Saarbrücken kommen lassen, hoffe ich, dass schon bald deine Unschuld bewiesen wird.« Er wandte sich zur Tür, doch Urs brüllte: »Du kannst mich hier nicht zurücklassen!«

Jeremias lächelte herablassend und sagte: »Doch, das kann ich, denn ich muss einen Schatz finden. Und solange du hier eingesperrt bist, kommst du mir nicht in die Quere.« Er öffnete die Tür einen Spalt und schlüpfte hinaus. Gehässig lächelnd drehte er den Schlüssel herum, als er hinter sich ein Geräusch hörte. Mit einem Ruck wandte er sich um und erblickte Anna, die aus einer dunklen Nische hervortrat, einen Krug und Brot in Händen haltend.

»Wie lange stehst du da schon?«, fragte Jeremias grimmig.

»Lang genug, um zu wissen, dass du den Burschen und uns alle reingelegt hast.«

Der Blick von Jeremias verdunkelte sich, aber bevor er antworten konnte, fauchte Anna: »Du bist wahrlich ein Mistkerl. Doch das gefällt mir. Gib mir einen Teil von dem Schatz ab, und ich werde schweigen wie ein Grab.« Triumphierend zog sie eine Augenbraue in die Höhe und fügte schnaubend hinzu: »Ich will in Saarbrücken ein neues Leben beginnen, und dabei wirst du mir helfen!«

»Das könnte dir so passen«, presste Jeremias hervor und kam bedrohlich auf sie zu, als der Wirt von oben die Kellertreppe hinabrief: »Anna, bist du im Keller?«

»Jeremias und ich bringen dem Gefangenen zu essen«, antwortete sie und blickte Jeremias hämisch an.

»Beeil dich! In der Küche stapelt sich das Geschirr vom Vortag. Und sag unserem Helden, dass ich ein Bier für ihn hier stehen habe.«

»Nur ein paar Münzen, damit ich sorgenfrei leben kann und niemanden mehr bedienen muss«, raunte sie Jeremias zu und ging an ihm vorbei, um die Kellertür aufzusperren. Hastig stellte sie den Krug auf den Boden und legte den Kanten Brot daneben. Sie blickte Urs kurz an, der flehend ihren Namen rief. Doch da hatte sie die Tür bereits wieder geschlossen und den Schüssel herumgedreht.

»Nur ein paar Goldmünzen«, wiederholte Anna, und Jeremias nickte ihr zu. Schallend lachend ging sie die Treppe nach oben.

Jeremias wusste, dass Anna ihm keine andere Wahl ließ,

denn sollte er sie abweisen, würde sie dafür sorgen, dass man ihn verfolgte. Nur um sie zum Schweigen zu bringen, hatte er zugestimmt.

»Verdammt«, fluchte er. »Ich muss mir etwas einfallen lassen, damit weder sie noch Markus einen Anteil des Schatzes abbekommen.«

Jeremias beschloss, die Entscheidung, wie er das Teilen verhindern könnte, auf später zu verschieben, als er hörte, wie Urs heftig gegen die Tür hämmerte und seinen Namen schrie. Er ließ sich nicht in seinen Gedanken stören, denn er musste schnell zurück zur Kirche und Susanna zwingen, die Schriften herauszurücken.

»Wenn es sein muss, werde ich sie mir mit Gewalt von dem Luder nehmen«, murmelte Jeremias keuchend und wischte sich den Schweiß von der Stirn.

Susanna konnte es kaum erwarten, dass es hell wurde, denn sie wollte nach Gersweiler, um Urs zu finden. Zu ihrer eigenen Überraschung hatte sie in dieser Nacht festgestellt, wie sehr sie sich an ihn gewöhnt hatte. Sie vermisste Urs, ja, sie sorgte sich sogar um ihn. Ihre anfänglichen Vorbehalte gegen den merkwürdigen Fremden aus einem ihr unbekannten Land waren wie weggeflogen. Sie hatte Gefallen an seiner sonderbaren Aussprache gefunden, und sie fühlte sich geborgen, wenn er mit ihr sprach. Urs, davon war Susanna in dieser Nacht überzeugt, würde sie beschützen und umsorgen und ihr sagen, dass alles gut werde. Seine Anwesenheit würde sie beruhigen, sodass das Zittern ihrer Glieder nachlassen würde. Obwohl sich Susanna die Nacht zuvor dicht an Dickerchen gepresst hatte, konnte sie kein Auge zumachen, da sie die Kirche nicht aus dem Blick lassen wollte. Der Gedanke, dass Markus nur wenige Schritte von ihr entfernt tot in diesem Gemäuer lag, ließ sie erschauern und ihr Herz rasen. Dennoch war Susanna entschlossen, seinen Leichnam hinter der Kirche neben den anderen zu beerdigen. Ihr Gewissen zwang sie, ihn nicht unbestattet zurückzulassen.

Sie griff zu der Stelle unterhalb der Brust, wo die magischen Schriften eng an ihrem Körper versteckt waren. Wenn ihr Vater gewusst hätte, wie viel Unglück das Heftchen über sie alle bringen würde, niemals hätte er sich darauf eingelassen. Zu viele Menschen hatten wegen dieser Schriften schon ihr Leben verloren. *Warum habe ich sie nicht verbrannt?*, dachte Susanna wehmütig. Als ihr Tränen in die Augen schossen, wischte sie sich energisch über das Gesicht.

Ratten fiepten und schreckten Susanna aus ihren Gedanken auf. Ängstlich reckte sie ihren Kopf und blickte zur Kirche. Sie glaubte eine ganze Armee des Ungeziefers zu erkennen, die das Gotteshaus stürmte. Susanna schloss angewidert die Augen und konnte nicht verhindern, sich an ihren ermordeten Bruder Johann zu erinnern, an dem die Ratten genagt hatten. »Ich kann nicht in dieses Rattenloch gehen«, flüsterte sie, stand auf und legte Dickerchen die Trense an.

Jeremias wollte ohne ein Wort des Abschieds aus Gersweiler fortreiten, als Anna ihm am Stall auflauerte.

»Ich habe geahnt, dass du abhauen würdest«, schimpfte sie und stemmte ihre Hände in die Hüften. Als Jeremias seelenruhig sein Pferd sattelte, drohte sie: »Sei gewiss, wenn du mich um meinen Anteil betrügen willst, werde ich dir alle Männer der Umgebung auf den Hals schicken.«

Jeremias blickte sie finster an und ging auf sie zu, als ein Hustenanfall seinen Körper schüttelte und ihn in die Knie zwang.

»Was hast du?«, fragte Anna und sprang zu ihm, um ihm aufzuhelfen. Dabei griff sie unter seinen Arm, und er schrie vor Schmerzen auf.

»Fass mich nicht an!«, brüllte er.

Anna ließ ihn erschrocken los. »Du hast dich sicher erkältet«, sagte Anna, als sie sein schweißnasses Gesicht betrachtete.

»Das wird es sein«, antwortete Jeremias keuchend und ging langsam zu seinem Pferd.

»Ich warte drei Tage auf dich. Wenn du dann nicht zurück bist, schicke ich dir die Meute nach«, versprach Anna, als er aufsaß.

Jeremias nickte und ritt langsam vom Hof.

Susanna atmete erleichtert auf, als sie aus dem Wald ritt und auf den Weg nach Gersweiler stieß. Sie lenkte Dickerchen nach rechts und blickte sich nach dem anderen Pferd um, das sie am Strick mitführte und das ihr mühelos folgte. Als sie Dickerchen in die Flanken treten wollte, damit er antrabte, knurrte ihr Magen. Ihr wurde bewusst, dass sie seit der Mahlzeit mit dem Eichhörnchenbraten nichts gegessen hatte. Weil sie aber keine Zeit verlieren wollte, unterdrückte sie den Hunger und trabte an.

Jeremias galoppierte, so schnell das Pferd konnte, den Berg hinauf. Dabei achtete er auf den Wegesrand, um nicht wieder den Pfad in den Wald zu verpassen, als ihm in einer Kurve Susanna entgegenritt. Sogleich riss er am Zügel und schrie: »Halt an!«

Susanna hatte den Reiter in seinem schwarzen Mantel sofort erkannt und angehalten. Langsam wendete sie das Pferd und ritt auf Jeremias zu, der ihr entgegenkam.

»Wo ist Urs?«, schrie sie ihm zu.

»Warum bist du frei?«, schrie er zurück, ohne auf ihre Frage einzugehen. Beide führten ihre Pferde nebeneinander und blickten sich gegenseitig zornig an.

»Wo ist Markus?«, fragte Jeremias.

»Er ist tot«, erklärte sie ungerührt.

»Du Miststück hast …«, brüllte er, doch sie schnitt ihm das Wort ab.

»Männer kamen in der Nacht und haben ihn umgebracht.«

»Männer? Du lügst!«, zischte er. »Ich weiß zwar nicht, wie es dir gelungen ist, dich zu befreien, aber das werde ich in Erfahrung bringen.«

Jeremias packte die Zügel, doch Susanna war schneller und zog sie ihm mutig weg. Dann trat sie dem Pferd in die Seite, sodass es einige Schritte vorwärtsging und sie außer Reichweite kam.

»Glaub, was du willst. Wo ist Urs?«

»Das sage ich dir erst, wenn du mir die Schriften gibst.«

»Nein, Jeremias! Du wirst mich anlügen, und ich bin die Schriften los, ohne zu wissen, wo Urs steckt.« Sie überlegte: »Vielleicht hast du ihn nicht gefunden, und er ist bereits auf dem Weg zu seiner Familie.«

»Sei beruhigt, ich habe ihn gefunden.«

»Beweise es!«

Jeremias stöhnte auf. »Wenn ich gewusst hätte, dass ich es dir beweisen muss, hätte ich ihm die Hand abgehackt«, spottete er. Dann verzog ein Grinsen sein Gesicht. »Er hat mir verraten, dass er ein Heiler und kein Vergifter ist.«

Susannas Herz raste. »Wo ist er? Und warum sagte er, dass er kein Vergifter sei?«, wollte sie wissen.

»Die Schriften«, sagte Jeremias und hielt ihr die Hand hin.

Susanna wusste, dass sie keine andere Wahl hatte, wenn sie erfahren wollte, wo sie Urs finden würde. Mit grimmigem Blick wandte sie sich von ihm ab, fasste unter ihren Kittel und zog das Heftchen hervor. »Werde glücklich damit«, sagte sie und streckte sich, damit Jeremias die Schriften nehmen konnte.

Er lachte laut und schallend und drückte einen Kuss auf das Papier. »Endlich!«, flüsterte er.

»Was ist mit Urs?«, schrie Susanna, da sie befürchtete, Jeremias würde jeden Augenblick verschwinden.

»Frag im Wirtshaus nach ihm«, grölte er und ritt davon.

Susanna konnte nicht glauben, was Jeremias ihr eben verraten hatte. »Im Wirtshaus?«, murmelte sie ungläubig und spürte, wie Wut, aber auch Enttäuschung in ihr hochstieg. »Dieser verdammte Mistkerl!«, fluchte sie aufbrausend. »Während ich um mein Leben bange, vergnügt er sich mit diesem leichtfertigen Mädchen im Wirtshaus. Na warte!«, schrie sie und galoppierte den Berg hinab.

Kapitel 33

Susanna führte die Pferde zu der Koppel, auf der Dickerchen bei ihrer Ankunft gegrast hatte. Kaum hatte das Mädchen den beiden Pferden das Zaumzeug abgenommen, machten sie freudige Sprünge und schüttelten die Mähnen. Susanna hoffte, dass der Bauer auch dieses Mal nichts dagegen haben würde, dass die Tiere auf seiner Weide standen. Sie legte das Zubehör neben den Zaun, schloss das Gatter und schaute ein letztes Mal zu den Pferden, die sich schnaubend im Gras wälzten.

Als Susanna den Weg entlangblickte, der zum Wirtshaus führte, spürte sie Unbehagen und Zweifel in sich hochsteigen. Hatte sie das Recht, Urs zur Rede zu stellen? Sie beide waren weder ein Paar noch verwandt, noch war er ihr gegenüber verantwortlich. War es nicht unverschämt von ihr, ihm Vorhaltungen machen zu wollen? Ihr schlechtes Gewissen meldete sich, da sie ihn durch ihre Lüge mit den angeblichen Schmerzen zum Bleiben gezwungen hatte. Wenn sie ehrlich zu Urs gewesen wäre, wäre er mit seiner Familie schon längst in Trier und Soldat geworden.

Nein, sie durfte ihn weder beurteilen noch verurteilen, nur weil er Gefallen an einem Mädchen gefunden und sie womöglich vergessen hatte.

Susanna schluckte, denn in der Erinnerung hörte sie die Magd und Urs zusammen lachen und sah, wie sie sich mit leuchtenden Augen anblickten. Zuerst wollte es Susanna nicht wahrhaben. Aber sie konnte nicht leugnen, dass sie bei dem Gedanken, dass Urs sich zu der Magd hingezogen fühlte, einen Stich in der Brust spürte. Tiefe Traurigkeit nahm sie gefangen. Sie ging mit hängenden Schultern zurück zum Gatter. Mutlos überlegte sie laut: »Ich werde Jeremias zur Kirche folgen und versuchen, mit ihm gemeinsam den Schatz zu finden.« Doch dann nagte ein neues Gefühl an ihr: Eifersucht.

Nein, sie gönnte Urs diesem Weibsbild nicht. »Sie soll sich einen anderen Burschen suchen. Außerdem hat er versprochen, mir zu helfen«, schimpfte Susanna und stampfte wie ein Kind mit dem Fuß auf. »Erst wenn er mir sagt, dass er nicht mitgehen will, werde ich ihn vergessen«, nahm sie sich vor.

Susanna straffte ihre Schultern und ging mit energischen Schritten den Weg zum Wirtshaus.

Urs saß auf dem kühlen Kellerboden, die Beine angezogen, und betrachtete mit schmerzverzerrtem Gesicht seine verletzten Handballen. Da er wie ein Besessener gegen das Holz der Tür gehämmert hatte, war die Haut an manchen Stellen eingerissen und brannte. Er steckte die geschundenen Hände in die Achselhöhlen, um den Schmerz einzudämmen, und dachte an Jeremias, dem er seine Lage zu verdanken hatte.

»Gopferdammi Hueresiech!«, schimpfte er ihn leise und wiederholte schreiend: »Du gottverdammter Hurenbock!«

Urs bekam kaum Luft und wollte weiterschreien, damit sich der Knoten löste, der sein Herz zu erdrücken schien, aber seine Kraft war aufgebraucht. »Wie konnte Jeremias mir das antun?«, jammerte er und wippte unruhig mit den Fußspitzen auf und ab.

Er schloss die Augen und dachte an seine Eltern, die sich

sicherlich um ihn sorgten, weil er nicht nach Trier kam. »Sie wissen nicht einmal, wo sie nach mir suchen sollen«, flüsterte er und senkte sein Gesicht auf die Knie. Vor wenigen Wochen hatte er nicht gewusst, dass es das Land an der Saar gab, und nun saß er in Gersweiler, eingesperrt in einen Keller. »Ich habe nichts verbrochen, ich wollte nur Susanna helfen«, klagte Urs leise, als er daran dachte, dass sie allein mit diesem Unhold Markus bei der Aschbacher Kirche war. Als sich bei diesem Gedanken sein Magen zusammenkrampfte, versuchte er, sich Susanna vorzustellen, und ein Lächeln erhellte sein Gesicht. Auch wenn sie kratzbürstig und anstrengend war und man ihr nichts recht machen konnte, so vermisste er sie. Das Lachen von Urs wurde breiter. Er konnte nicht leugnen, dass er sie mochte – sehr sogar. »Ich würde sie gern besser kennenlernen«, murmelte er.

Doch dann verzerrte sich seine Miene vor Wut, weil er an die Magd dachte, die ihm zu essen gebracht hatte. Warum hatte Anna keinen Ton zu ihm gesagt und nichts gefragt? Wenn sie nur kurz bei ihm geblieben wäre, hätte er sie bitten können, dass jemand Susanna zu Hilfe eilte. Aber das dumme Ding hatte ihn nur kurz angeblickt und war dann hinausgestürzt.

Für Urs war es unverständlich, dass die Leute ihn verdächtigten, ein Giftmischer zu sein. Jeremias hatte wahre Überzeugungsarbeit geleistet, damit die Menschen ihm glaubten. Für sie war Urs ein Fremder, dem man anscheinend alles zutraute. Er konnte nur hoffen, dass wenigstens der Amtmann ihm Glauben schenkte.

»Heute Abend wird Anna sicher wiederkommen, dann werde ich versuchen, sie von meiner Unschuld zu überzeugen, und sie bitten, Susanna zu helfen.«

Urs ging zum Gitterfenster und stellte sich auf die Zehenspitzen. Er brauchte frische Luft, denn er hatte das Gefühl, in dem Keller nicht mehr durchatmen zu können.

Jeremias erreichte die Aschbacher Kirche und konnte sich kaum noch im Sattel halten. Er zügelte mühsam das Pferd und hob mit großer Anstrengung sein Bein über den Sattel. Als seine Füße den Boden berührten, sackte er kraftlos auf die Knie. Ein weiterer Hustenanfall schüttelte seinen Körper, sodass der Schweiß über sein Gesicht strömte. Die Kleider klebten an seiner feuchten Haut, ebenso wie das Haar an Wangen und Hals. Er hatte das Gefühl, vor Hitze umzukommen, und zog sich umständlich den schwarzen Mantel aus. Achtlos warf er ihn neben sich. »Ich muss wahrlich krank sein, wenn ich mein gutes Stück nicht mehr am Körper spüren möchte«, brummte er und streckte sich auf dem staubigen Boden aus. Er blickte in den blauen Himmel und wartete, bis der Schwächeanfall nachließ.

Nur langsam drehte er sich auf die Seite, griff nach dem Steigbügel und zog sich daran wieder in die Höhe. Das Pferd stand ruhig neben ihm, sodass er sich gegen seinen Körper lehnen konnte. Schnaufend nahm er den Zügel und band das Tier an einem Baum fest. Anschließend ging er ein Stück näher an den Platz vor der Kirche und rief, so laut er konnte: »Markus!«

Ermattet stützte er seine Hände auf die Knie. Als er keine Antwort bekam, rief er ein zweites und ein drittes Mal. Er spürte, dass seine Kräfte immer mehr schwanden, und blickte sich suchend um. Dann ging er zu der Stelle, wo das Weibsbild am Tag zuvor gefesselt gelegen hatte, und fand die durchtrennten Borten und Zügel. Aber keine Spur von Markus. *Wer hat die Fesseln durchgeschnitten?*, überlegte Jeremias und schaute furchtsam zur Kirche. »Ob das Mädchen die Wahrheit gesprochen hat und Markus in dem Pesthaus ist?«, fragte er sich und ging schleppend darauf zu.

Die Eingangstür war geschlossen, und Jeremias wagte es nicht, die Klinke hinunterzudrücken. Es dauerte, bis er seine Angst überwand und die Tür öffnete. Vorsichtig stupste er sie auf und blieb an der Schwelle stehen. Er starrte in den Kirchenraum, doch es war so dunkel darin, dass er nichts erkennen konnte. Kalte, stinkende Luft schlug ihm entgegen, und er verzog angewidert die Nase. Der Gestank war ein Gemisch aus Blut, Verwesung, kaltem Fleisch und der Pest. Jeremias wandte angeekelt den Kopf zur Seite und rief mit vorgehaltener Hand: »Markus! Bist du da drin?«

Wieder antwortete niemand.

»Wenn Markus in der Kirche wäre und noch leben würde, hätte er geantwortet«, überlegte Jeremias laut und setzte sich geschwächt auf einen Grenzstein, den er nahe der Kirchenmauer entdeckte.

»Wahrscheinlich hat das Luder die Wahrheit gesprochen, und er ist tot«, schlussfolgerte Jeremias hüstelnd. Die Erkenntnis, dass sein Gefährte tot sein könnte, berührte ihn nicht. So musste er ihm nichts von dem Schatz abgeben, und das freute ihn. Lächelnd zog er die magischen Schriften aus seiner Hosentasche und blätterte darin. »Endlich habe ich euch wieder«, flüsterte er und presste das Heftchen an sein Herz. Er schlug die erste Seite auf, um die magischen Formeln zu lesen, doch die Buchstaben verschwammen vor seinen brennenden Augen. »Die Nacht mit der jungen Magd war wohl zu anstrengend für einen alten Ochsen wie mich«, griente er und hustete erneut. »Diese miese Erkältung«, schimpfte er matt und ging zu dem Platz, auf dem er vor zwei Tagen genächtigt hatte.

Müde legte er sich nieder und umarmte im Einschlafen die Schriften.

Susanna atmete vor der Gasthaustür mehrere Male heftig ein und aus, bevor sie sie öffnete. Zwei Männer standen an der Theke, die ihr neugierig entgegenblickten. Eine Magd kam auf sie zu und fragte abschätzend: »Kann ich dir helfen?«

»Ich suche …«, begann Susanna, doch dann versagte ihr die Stimme, und es war nur ein Krächzen zu verstehen. Sie räusperte sich mehrmals und sagte: »Ich möchte mit der blonden Magd sprechen.«

»Ich bin blond«, erwiderte die junge Frau und verzog einen Mundwinkel.

»Nicht du, die andere. Die mit den …« Susanna errötete und zeigte eine umfangreiche Oberweite.

»Du meinst die Anna«, lachte die Frau. »Die hat jetzt frei und ist sicher in ihrer Kammer. Soll ich sie rufen?«

Susanna nickte, denn sie wollte nicht hinaufgehen und womöglich Anna zusammen mit Urs antreffen.

»Warte hier. Willst du etwas trinken?«, fragte die Frau nun freundlich, doch Susanna schüttelte den Kopf, obwohl sie Durst und Hunger verspürte. Da sie aber kein Geld besaß, konnte sie sich nichts bestellen. Die Frau schien ihre Gedanken zu ahnen, denn sie reichte ihr einen Becher Wasser, den Susanna dankend annahm.

Mit traurigem Blick schaute sie zu dem Tisch, an dem sie erst vor wenigen Tagen mit Urs gesessen hatte. *Wie schnell sich das Leben ändert,* seufzte sie innerlich.

Dann stand die Magd Anna vor ihr und musterte sie grimmig. »Dass du dich hierher traust!«, schimpfte sie sogleich, und alle Köpfe wandten sich ihnen zu.

Susanna sprang von ihrem Platz auf. »Du spinnst wohl, mich so anzufahren«, beschwerte sie sich, denn sie verstand den Vorwurf der Magd nicht.

Anna schaute sich um und stellte freudig fest, dass sie die Aufmerksamkeit eines jeden genoss. Sie tobte: »Wenn ich gewusst hätte, was dein Freund und du für ein Pack seid, hätte ich euch sofort rausgeschmissen.«

Susanna konnte sich auf das Verhalten der jungen Magd immer noch keinen Reim machen. »Ich verstehe nicht, was du meinst«, sagte sie und sah sie verwundert an.

»Schau nicht so! Einen schönen Freund hast du dir angelacht«, lästerte Anna. »Einen Giftmischer, der unseren Brunnen verseuchen wollte«, erklärte sie, ohne Rücksicht auf das Mädchen zu nehmen.

»Du lügst«, flüsterte Susanna, entsetzt ob des Vorwurfs. »Urs wäre dazu nicht fähig. Er ist ein guter Mensch und hat nichts Schlechtes an sich«, verteidigte sie ihn inbrünstig.

Anna winkte ab und höhnte: »Ha, der gute Mensch wurde auf frischer Tat ertappt.«

Jetzt mischte sich einer der beiden Männer ein. »Die Anna spricht die Wahrheit! Zum Glück hat Jeremias ihn mutig niedergeschlagen. Wäre er nicht zur rechten Zeit an Ort und Stelle gewesen, wäre ein großes Unglück über uns gekommen. Nur Jeremias haben wir zu verdanken, dass uns nichts geschehen ist. Er ist ein wahrer Held, denn er hat die Gefahr erkannt und gebannt«, lobte der Mann den Retter in hohen Tönen und mit ernster Miene.

Susanna blickte verständnislos in die Runde und musste plötzlich kichern. Als sie sich nicht mehr beherrschen konnte, lachte sie schallend los. Diese Geschichte war so unglaublich, dass sie keine Worte dafür fand.

»Jetzt ist sie durchgedreht«, spottete Anna und blickte das Mädchen zweifelnd an.

Susannas Lachen verstummte, und ihr Gesichtsausdruck wurde bitterböse, denn sie wollte nicht glauben, dass diese Menschen so blind waren und einen Schuft nicht von einem ehrlichen Menschen unterscheiden konnten. Gerade als sie ihre Meinung über Jeremias äußern wollte, sagte Anna in gehässigem Ton: »Schon als ich seine sonderbare Aussprache hörte, hätte ich mir denken können, dass er ein Bösewicht ist.«

»Du bist nicht richtig im Kopf«, ereiferte sich Susanna. »Wie kann man jemandem wie Jeremias vertrauen? Er ist der schlechteste Mensch, den ich kenne. Er ist ein Gauner – ein wahrhaft böser Mensch.«

Anna griente gehässig. »Das würde ich auch behaupten, wenn ich dadurch die Schuld von meinem Liebhaber abwehren könnte. Nur ich, ich hätte nicht solch einen Mann«, tönte sie.

Susanna wollte aufbegehren und klarstellen, dass Urs und sie kein Liebespaar waren. Aber das ging niemanden etwas an, zumal sie spürte, dass man ihr nicht glauben würde.

»Wo ist er?«, fragte sie leise, denn ihre Kraft schien aufgebraucht zu sein. Sie wollte nichts mehr erklären, sich nicht mehr verteidigen, sondern sie wollte nur noch zu Urs, damit sie wusste, dass es ihm gutging.

Anna zog verächtlich eine Augenbraue in die Höhe.

»Sag mir bitte, an wen ich mich wenden muss, damit ich ihn sehen kann«, bettelte Susanna und schaute die Magd flehend an, doch die schüttelte den Kopf.

»Das kann ich nicht zulassen. Niemand darf zu ihm, bis der Amtmann aus Saarbrücken da ist.«

»Was hast du damit zu tun?«

Anna zog einen Schlüssel zwischen ihren Brüsten hervor. »Ich bin seine Gefängniswärterin«, erklärte sie lachend.

»Er ist hier im Gasthaus«, schlussfolgerte Susanna.

Anna stampfte mit dem Fuß mehrmals auf den Holzboden. »Er sitzt hier unten im Keller, wo du nicht hingehen darfst.« Damit ließ sie das Mädchen stehen und ging zur Theke. »Es ist besser, wenn du jetzt gehst. Für dich ist hier kein Platz«, sagte sie und verschwand aus der Wirtsstube.

Susanna sah ihr ungläubig hinterher, als sie die Blicke der übrigen Anwesenden spürte. Ohne ein weiteres Wort verließ sie hastig die Stube.

Anna schloss ihre Kammertür und lehnte sich mit heftig pochendem Herzen dagegen. Die gegen Susanna ausgestoßenen Gehässigkeiten waren ihr nicht leichtgefallen, da sie wusste, dass das Mädchen die Wahrheit über Urs und auch über Jeremias gesprochen hatte. Mehrmals war sie versucht gewesen, Susanna die Wahrheit zu sagen, denn das Mädchen tat ihr leid. Auch jetzt haderte Anna mit sich, weil sie dem Burschen und dem Mädchen nicht geholfen hatte.

»Ich habe keine andere Wahl, wenn ich ein besseres Leben für mich will«, presste sie zwischen den Zähnen hervor und unterdrückte ihr schlechtes Gewissen. »Ihm wird schon nichts passieren«, hoffte sie und fasste zu der Stelle, wo sie den Schlüssel verwahrte. »Der Amtmann wird sicher seine Unschuld beweisen. Doch bis dahin muss Urs im Keller bleiben.«

Susanna stand zitternd vor dem Wirtshaus. Ihre Zähne schlugen aufeinander, und ihre Augen füllten sich mit Tränen. Mit den Armen umfasste sie ihren Oberkörper und versuchte sich zu beruhigen. Sie verstand die Welt nicht mehr. Was hatte Jeremias den Menschen erzählt, dass sie ihm Glauben schenkten? Wie kam er auf den Einfall zu behaupten, dass Urs den Brunnen vergiften wollte? Oder hatte Jeremias womöglich recht? Wie gut kannte sie Urs, um sicher zu sein, dass er kein Giftmischer war?

Susanna stöhnte auf. Was sollte sie tun? Wer konnte ihr helfen? Sie wollte den Weg zur Koppel gehen, als sie leise ihren Namen hörte. Erschrocken schaute sie sich um.

»Ich bin hier unten«, hörte sie die Stimme und schaute zu Boden.

Jetzt erblickte sie neben der Treppe ein kleines vergittertes Fenster und sah Hände, die das Eisen umfassten. Ihr Herz begann zu rasen.

»Urs«, flüsterte sie und schaute sich ängstlich um, ob sie jemand beobachtete. Als sie niemanden sah, eilte sie zu der Häuserwand und kniete sich vor das Fenster.

»Susanna! Es geht dir gut«, freute sich Urs.

Susanna konnte sein Gesicht nicht sehen, sondern nur einen Teil seiner Augen, die verräterisch glänzten. Ohne darüber nachzudenken, umfassten ihre Finger seine Hände, und es fühlte sich gut an.

»Was ist hier los?«, fragte sie mit bebender Stimme.

»Weine nicht«, versuchte Urs sie zu beruhigen. »Der Amtmann wird alles aufklären und bestätigen, dass ich zu Unrecht verdächtigt und eingesperrt wurde.«

Susanna schloss für einen Augenblick erleichtert die Augen. Sie hatte sich nicht in ihm getäuscht. Er war unschuldig. Wut über Jeremias flammte in ihr auf. »Dieser unsägliche Mensch! Wie oft will er mir mein Leben noch zur Hölle machen?«, schimpfte sie verhalten.

Urs streichelte ihr beruhigend mit seinen Fingerspitzen über den Handrücken. »Hauptsache, dir geht es gut. Wie konntest du Markus entkommen?«, fragte er und versuchte, sich an den Gitterstäben ein Stück höherzuziehen, um sie besser sehen zu können.

»Markus ist tot«, berichtete sie ihm. »Fremde kamen letzte Nacht und haben ihn umgebracht und mich befreit. Ich vermute, dass Thomas sie geschickt hat.«

»Markus war ein sehr schlechter Mensch. Wer weiß, welches Leid er dir zugefügt hätte«, versuchte Urs den Mord zu rechtfertigen.

»Er hat meine Familie ermordet«, flüsterte Susanna.

»Ich weiß. Markus hat seine gerechte Strafe bekommen«, tröstete er sie. Die Kräfte verließen ihn, und er musste seine Zehenspitzen zurück auf den Boden stellen, sodass er Susanna kaum noch sehen konnte.

»Urs, was sollen wir machen?«, fragte sie weinerlich.

»Ich weiß es nicht. Wenn mein Vater hier wäre, wüsste er, was zu tun ist«, sagte Urs gedankenverloren.

Susanna stutzte. »Weißt du, wo Trier liegt?«, fragte sie ihn, da ihr ein Gedanke durch den Kopf schoss.

»Nein. Warum?«

»Ich werde deinen Vater aufsuchen«, erklärte sie aufgewühlt.

»Meinen Vater?«, fragte Urs ungläubig, und Susanna nickte.

»Halt durch, mein Lieber«, sagte sie und hauchte einen Kuss auf seine Hand. Dann lief sie los und ließ einen sprachlosen Urs zurück.

Susanna hatte keine Ahnung, wo Trier lag oder wie weit die Stadt von Gersweiler entfernt war, aber sie wusste, wen sie fragen konnte, und lief zur Koppel.

Schon von weitem sah sie den Bauern auf seiner Wiese stehen und sich suchend umblicken. Sie rannte auf ihn zu und lächelte ihn an, sodass sich seine zornige Miene entspannte.

Als er das Mädchen erkannte, sagte er: »Als ich die zwei Pferde sah, befürchtete ich schon, die beiden Tunichtgute wären zurück.«

»Du hast gehört, was mit meinem Freund geschehen ist?«, fragte Susanna ohne Umschweife. Er nickte. »Alle aus dem Ort und der Umgebung wissen davon.«

»Dann weißt du auch, wer das Gerücht in Umlauf gebracht hat?«

Wieder nickte der Alte. »Der Unheimliche mit dem schwarzen Mantel.«

»Glaubst du ihm?«

Nun zuckte er mit den Schultern. »Warum sollte er sich solch eine abscheuliche Lüge ausdenken?«, fragte er und schaute das Mädchen durchdringend an.

Susanna hielt seinem Blick stand und erklärte mit fester Stimme: »Jeremias ist ein böser Mann, der seinen Gefährten nicht davon abgehalten hat, meine Eltern und Geschwister umzubringen. Weil ich weiß, dass Markus ein Mörder und Jeremias ein gemeiner Lump ist, verfolgen sie mich seit geraumer Zeit. Sie wollen mir schaden und haben Urs dazu benutzt.«

»Wo sind die beiden?«

»Markus ist tot und Jeremias bei der Aschbacher Kirche«, erklärte sie knapp.

Der Bauer ging nicht auf den Tod von Markus ein, sondern mutmaßte: »Er will den Schatz finden.«

Erstaunt blickte Susanna ihn an.

Der Alte fuhr sich über seine Stoppeln am Kinn. »Der Schwarze hat mir davon erzählt. Ich musste ihm alles darüber verraten, denn er hat meinen Enkel bedroht«, erklärte er ihr.

Da er selbst erlebt hatte, welch ein schlechter Mensch Jeremias war, wusste sie, dass er ihr Glauben schenkte und sie ihm vertrauen konnte.

Der Bauer stützte sich mit beiden Händen auf seinen Stock. »Warum erzählst du mir das? Ich habe weder die Macht noch die Kraft, deinen Freund zu befreien.«

»Das verlange ich auch nicht von dir. Ich benötige nur eine Auskunft.«

Der Alte kräuselte seine vom Wetter gegerbte Stirn. »Was hast du vor?«

»Ich werde Urs' Vater herbringen. Er wird wissen, wie wir seinen Sohn aus dem Kellerloch freibekommen.«

»Seinen Vater?«

Susanna nickte. »Er ist Soldat in Trier. Weißt du, wie ich dorthin gelange?«

»Von der Stadt Trier habe ich schon gehört, aber ich war noch nie dort.«

Enttäuscht blickte Susanna zu Boden. Der Bauer war ihre Hoffnung gewesen.

»Nicht verzagen, Mädchen. Ich kenne jemanden, den wir fragen können«, sagte er schelmisch lächelnd.

Kapitel 34

Als Jeremias am Nachmittag erwachte, konnte er nur unter heftigen Schmerzen schlucken, denn sein Rachen fühlte sich rau und angeschwollen an. Er tastete vorsichtig mit den Fingerspitzen über den Hals und spürte kleine Verhärtungen.

»Verdammt! Das wird ja immer schlimmer«, fluchte er.

Mit schmerzverzerrtem Gesicht setzte er sich auf und erblickte den Kochtopf, der nahe an einem Baum stand. Jeremias steckte die magischen Schriften in die Hosentasche und kroch auf allen vieren zu dem Baum. Durstig trank er das Wasser, das sich im Topf befand. Die Kühle tat seinem brennendem Schlund gut, und der Schmerz wurde erträglich. Auch belebte das Wasser spürbar seinen Körper, und er richtete sich auf. Prüfend blickte er zwischen den Baumkronen zur Sonne. *Ich habe noch genügend Zeit, mit der Schatzsuche zu beginnen,* dachte er und ging zu seinem Pferd.

Er sattelte es ab, legte die Reitgegenstände auf den Boden und brachte das Tier in die Einzäunung zum Grasen. Anschließend entnahm er den Satteltaschen das Kräutersäckchen, die Wünschelrute und den magischen Bergspiegel. Das Leinensäckchen mit der Wegwarte, das mit einer langen Kordel verschlossen war, hängte er sich um den Hals. »Damit wird der Schatz gebannt und kann nicht wieder in der Erde verschwinden«, war er überzeugt und versteckte die Kräuter unter seinem Hemd. Den kleinen runden Bergspiegel klemmte er in die Hosentasche. Mit seiner Hilfe glaubte er den Schatz zu finden und seinen Wert einzuschätzen. Er nahm sich vor, ihn erst einzusetzen, wenn die Wünschelrute versagen sollte.

Jeremias spürte die Erregung, die sein Blut schneller durch den Körper jagte. Solche Vorfreude hatte er erst wenige Male in seinem Leben gespürt. Zum ersten Mal war er so aufgeregt gewesen, als sein Vater ihn als Achtjährigen mit auf die Jagd genommen hatte. Damals glaubte Jeremias, dass ihn hohes Fieber befallen hätte, denn als er mit seinem Vater auf das Wild wartete, zitterte sein Körper wie Espenlaub. Im langen Krieg hatte er ein ähnliches Gefühl wahrgenommen, das mit ungestümem Herzklopfen einherging. Als Soldat hatte er an diesem Tag zum ersten Mal einen Menschen getötet. Nun bemerkte er wieder, wie das Glücksgefühl durch seinen Körper strömte und ein Frösteln ihn erschauern ließ. Den erneuten Schweißausbruch, der an seinem ganzen Körper ausbrach, schob er auf die Anspannung, die offenbar mit der Schatzsuche einherging.

Jeremias wischte sich mit dem Ärmel über das Gesicht und schlich eng an der Mauer vorbei hinter die Kirche. Dort umfasste er mit den Händen das Holz der Wünschelrute, das die Form eines Y hatte und daumendick war. Er hielt die Gabel so vor seinen Körper, dass das gerade Stück nach unten auf den Boden zeigte. Sollte er auf den Schatz stoßen, würde sich das lange Holzstück auf und ab bewegen. Nur mit Mühe konnte Jeremias seine Schritte bremsen, um die Fläche zwischen Gebäude und angrenzendem Wald langsam abzuschreiten. Als die Rute nicht ausschlug, vergrößerte er seinen Suchbereich bis zu den drei Gräbern. Aber auch hier reagierte die Astgabel nicht. Jeremias blieb stehen und keuchte. Was war los mit ihm? Obwohl er bedächtig vorangeschritten war, schnaufte er wie nach einem schnellen Lauf.

Er wartete, bis sein rasendes Herz sich beruhigt hatte. Dann zog er die magischen Schriften aus der Tasche. Hastig überflog er die Seiten, überlegte, blickte abschätzend umher, las einige Seiten nochmals und schaute sich weiter um. Dann nickte er, nahm die Rute in die eine und das aufgeschlagene Heftchen in die andere Hand. Während er die Fläche ein weiteres Mal abschritt, las er sich selbst laut vor:

»Ich beschwer uch vier haselrutten by den vier ewangelisten,

by sant Lucas, by sant Marcus, by sant Johanns vnd by sant Matheus, das jr vns wiset uff den rechtten schatz, des wir hoffend sind. Jch beschwer uch by den hailgen dryen kungen ... das sie vns also recht wisen uff den rechten verborgen schatz, als sie gewiset warund von dem stern, der jn vor gieng zue der wahren kinthait ... Jhesu Christi.«

Anschließend ging er die gleiche Strecke rückwärts ab und wiederholte die Beschwörungsformel auf Hochdeutsch: »Ich beschwöre euch vier Haselruten bei den vier Evangelisten, bei Sankt Lukas, bei Sankt Markus, bei Sankt Johannes und bei Sankt Matthäus, dass ihr uns weiset den wahren Schatz, auf den wir hoffen. Ich beschwöre euch bei den Heiligen Drei Königen, dass sie uns so richtig zu dem verborgenen Schatz leiten, wie sie selbst geleitet wurden von dem Stern, der von ihnen ging hin zur wahren Geburt Jesu Christi als ein Kind.«

Jeremias musste immer wieder innehalten, da heftiger Husten ihn quälte. Sein Rachen brannte bei jedem Atemzug, und er fühlte einen unangenehmen Geschmack im Mund. Als er Blut schmeckte, wurde ihm übel, und er spuckte. Plötzliche Krämpfe peinigten seinen Leib, der von heftigem Beben geschüttelt wurde. Er konnte sich kaum mehr auf den Beinen halten. Da die Dämmerung hereinbrach, beschloss er, die Schatzsuche für diesen Tag zu beenden und zurück zu seinem Lagerplatz zu gehen.

Susanna trieb Dickerchen an, als ob der leibhaftige Teufel hinter ihnen her wäre. Der Viehhändler, mit dem der Bauer gesprochen hatte und der den Weg nach Trier kannte, hatte ihr davon abgeraten, die Handelsstraße zu nutzen, weil diese streckenweise aus unbefestigten Naturwegen bestand. Da Susanna sich nicht auskannte, wäre die Strecke nicht nur ein Umweg, sondern auch gefährlich gewesen. »Reite den Weg, den ich dir weise, dann bist du schneller und sicherer unterwegs.«

In Gedanken wiederholte Susanna die Orte, die auf ihrem Weg lagen, der sie auch durch ihre Heimat, das Köllertal, führen würde. Püttlingen, Saarwellingen und von dort nach Losheim. »In Losheim muss ich jemanden fragen, wie ich nach Trier komme«, murmelte sie. Während des harten Ritts beugte sie den Oberkörper dicht an den Hals des Pferdes. In Püttlingen dachte sie an ihre Familie und blickte in die Richtung, in der der Friedhof lag. »Verzeiht«, flüsterte sie, da sie keine Zeit hatte anzuhalten, um an den Gräbern ihrer ermordeten Angehörigen zu beten.

Als Susanna das Tal vor sich sah, in dem der Ort Losheim eingebettet lag, hatte sie keinen Blick für die Schönheit der Gegend mit den ausgedehnten Laub- und Nadelwäldern, die die Landschaft durchzogen. Sie sah einen Greis, der mit seinem Fuhrwerk in der Nähe eines Ackers stand, ritt auf ihn zu und zügelte das Pferd erst dicht vor ihm. Da sie keine Zeit verschwenden wollte, blieb sie im Sattel sitzen und blickte von oben auf den Mann hinab. »Ich grüße dich«, rief sie ihm hastig und undeutlich zu.

Der Alte blickte sie mürrisch an. »Ich bin der Claß Beyer! So viel Zeit muss sein«, erwiderte er und spitzte dabei unentwegt die Lippen.

»Ich grüße dich, Claß Beyer!«, wiederholte Susanna ihren Gruß, sodass der Alte zufrieden war. »Ich muss nach Trier. Kennst du den Weg?«

»Gewiss kenne ich den Weg in die Stadt! Schließlich bin ich in meiner Jugend mehrmals dort gewesen. Ich weiß noch genau, wie ich das erste Mal nach Trier kam …«, wollte er erzählen, als Susanna ihn unterbrach.

»Ich habe es sehr eilig«, versuchte sie ihm klarzumachen.

Daraufhin reckte er beleidigt das Kinn in die Höhe und brummte: »Dann eben nicht.«

»Bitte sag mir, wie ich nach Trier komme«, bettelte Susanna.

Weil er schwieg, erfand sie eine Lüge: »Mein Liebster ist dort Soldat, und ich will ihn überraschen.«

Nun verzog sich der zahnlose Mund des Bauern zu einem stummen Lächeln. »Oh, an das Gefühl der Liebe kann ich mich erinnern«, sagte er und wies mit der Hand die Richtung. Außerdem nannte er einige Ortschaften, die auf dem Weg lagen.

Susanna bedankte sich und strahlte ihn dabei an, sodass der alte Bauer verschmitzt lächelte. »Wenn der Soldat dich nicht mehr will, ich bin der Claß Beyer aus Wahlen«, sagte er und zwinkerte ihr zu.

Laut lachend trat Susanna dem Pferd in die Flanke und preschte davon.

Es dämmerte, als sie die Grenze von Westrich, wie das Land an der Saar auch genannt wurde, hinter sich ließ. Erst als die Dunkelheit es ihr unmöglich machte, den Weg zu erkennen, suchte sie einen Platz zum Übernachten. Am Wegesrand an einer Wiese sah Susanna die Umrisse einer Eiche und lenkte das Pferd dorthin. Nachdem sie mit einem leisen »Brrrr« Dickerchen dazu gebracht hatte, stehen zu bleiben, stieg sie ab. Bevor sie ihn vom Zaumzeug befreite, legte sie ihm ein Halfter an und band den Strick fest, den ihr der Bauer aus Gersweiler vorsorglich mitgegeben hatte. Sie riss einen dicken Ast vom Baum und steckte ihn als Pflock in die Erde, an dem sie das andere Ende des Seils festband. So konnte das Tier grasen, ohne wegzulaufen.

Aufmerksam blickte Susanna sich nach allen Seiten um. Da nur freies Feld um sie war, konnte sie die Umgebung gut einsehen und beobachten. Sie wusste, dass es leichtfertig war, diese Reise allein zu unternehmen. Immer wieder hörte man, dass Wegelagerer, herumlungernde Soldaten oder sonstiges Pack Reisende überfielen, Frauen schändeten und auch mordeten. Aber was hätte sie machen sollen? Wer hätte sie begleiten können? Auch konnte Susanna nicht darauf vertrauen, dass der

Amtmann von Saarbrücken die Unschuld von Urs erkennen würde. Sie musste seinen Vater finden, der wahrscheinlich der Einzige war, der ihm helfen konnte.

Susanna versuchte die Gedanken an mögliche Gefahren zu verscheuchen, zumal sie hier nur kurz ruhen und schon im Morgengrauen weiterreiten wollte. Da ihr auf dem bisherigen Weg kaum jemand begegnet war, hoffte sie, dass es so bleiben würde.

Sie setzte sich nieder und lehnte ihren Rücken gegen den rissigen und rauen Stamm der Eiche. Aus ihrem Beutel nahm sie das Stück Käse und das Brot, das ihr der Bauer aus Gersweiler mitgegeben hatte. »Damit du unterwegs nicht verhungerst«, hatte er ihr mit einem Augenzwinkern zugeraunt. Während sie dasaß und in den Käse biss, dachte sie über ihre Lage nach. Wenn ihr jemand im Frühjahr erzählt hätte, dass alles so kommen würde, hätte sie ihn als Narren beschimpft. Doch nun war in wenigen Wochen mehr geschehen als in all den Jahren davor. Sie war allein, ihre Familie war tot, ihr einziger Freund eingesperrt. Und nun musste sie in einer fremden Stadt fremde Menschen treffen, die nicht ihre Sprache redeten. *Wenn es nicht so tragisch wäre, müsste man lachen,* dachte sie bitter.

Susanna seufzte und verdrängte die traurigen Gedanken, denn sie wollte nicht weinen. Als sich das Gesicht von Urs in ihre Gedanken schob, huschte ein Lächeln über ihr Gesicht. Susanna schluckte das letzte Stückchen Käse hinunter und steckte das restliche Brot zurück in den Beutel. Ihr Rücken schmerzte, und sie streckte sich. Müdigkeit überfiel sie, doch sie wollte wach bleiben und die Gegend beobachten, um rechtzeitig gewarnt zu sein, wenn Gefahr drohte. Um nicht einzuschlafen, zählte Susanna leise die Namen der Menschen auf, die in den letzten Wochen ihren Weg gekreuzt hatten. Dabei stellte sie fest, dass sie in der kurzen Zeit mehr Leute kennengelernt hatte als in all ihren Lebensjahren zuvor. Sie dachte an ihren Vetter und an die beiden Brüder Ludwig und Paul, die auf dem Hof des Bachmichel-Hauses ein neues Zuhause gefunden hatten. Aber sie dachte auch an den Schäfer, den Freund ihres Vaters. Thomas hatte versprochen, sie bei der Muhme in Brotdorf zu besuchen. *Was er wohl sagen wird, wenn er erfährt, warum ich von dort weggegangen bin?*

Über diesem Gedanken fielen ihr die Augen zu, und sie schlief fest ein.

Als Urs hörte, wie sich der Schlüssel im Schloss drehte, schreckte er hoch. Die meiste Zeit kauerte er auf dem Boden, doch nun richtete er sich auf und schaute erwartungsvoll zur Tür, die sich langsam öffnete. Doch nicht Anna, sondern ein anderes Mädchen erschien. »Wo ist Anna?«, fragte er enttäuscht.

»Komm mir nicht zu nahe«, schrie die Magd sofort und stellte hastig eine Schüssel und einen Krug auf den Boden. Ohne ein weiteres Wort wollte sie gehen und war schon im Begriff, die Tür zu schließen, als Anna hinter ihr auftauchte. Sie hielt zwei Decken und ein Kissen in Händen.

»Geh nach oben und putz die Tische ab«, befahl sie dem jungen Ding, das nickte und verschwand. Auch Anna blieb in der Nähe der Tür stehen und ließ Urs nicht aus dem Blick. Mit Schwung warf sie ihm Decken und Kissen zu.

»Für die Nacht«, erklärte sie.

»Wie kannst du nur?«, flüsterte er und ließ die Sachen zu Boden fallen.

»Wie kann ich was?«, fragte sie hitzig.

»Wie kannst du nur Jeremias glauben?«

»Warum sollte ich das nicht?«

»Er ist ein schlechter Mensch. Du kennst ihn nicht!«

Anna zuckte mit den Schultern. »Dich kenne ich ebenso wenig«, sagte sie. »Doch jeder im Ort denkt, dass er die Wahrheit spricht und du den Brunnen vergiften wolltest.«

»Ich bin kein gemeiner Verbrecher«, begehrte Urs auf. »Das musst du doch merken«, versuchte er sie wachzurütteln.

Anna konnte ihm nicht in die Augen blicken. Das schlechte Gewissen nagte an ihr, und sie kaute auf der Unterlippe. »Iss deine Suppe, bevor sie kalt wird«, sagte sie und zeigte auf den Napf, den die andere Magd gebracht hatte. Sie schaute ihn an und wollte etwas sagen, doch als sie seinen enttäuschten Gesichtsausdruck sah, ging sie rasch hinaus und verschloss die Tür. Schwer atmend stellte sie sich dagegen. Urs tat ihr leid. »Er wird es überleben«, murmelte sie und tröstete sich mit dem Gedanken, dass man bereits nach einem Amtmann geschickt hatte, der bald erwartet wurde.

»Spätestens in drei Tagen ist Jeremias mit dem Schatz zurück, und dann beginnt mein neues Leben«, freute sie sich und verdrängte ihr schlechtes Gewissen.

Kapitel 35

Susanna wurde von Vogelgezwitscher geweckt. Als sie die Augen öffnete und sah, dass bereits der Morgen graute, fluchte sie leise: »Vermaledeit!«

Hastig setzte sie sich auf und blickte sich nach Dickerchen um, der mit hängendem Kopf schlafend auf der Wiese stand. Sie streckte sich erleichtert aus, denn die Nacht war ruhig verlaufen. Doch nun musste sie rasch weiter. Susanna legte dem Pferd die Zügel an, schulterte ihren Beutel und schwang sich auf den Pferderücken. Kaum saß sie, ließ sie Dickerchen in schnellen Galopp fallen.

Um die Mittagszeit blickte Susanna auf ein Tal hinunter, dessen abfallende Hänge teilweise bewaldet und mit Weinbergen besetzt waren. Ein Hirte, dessen Schafherde an einem der Hänge graste, hatte Susanna verraten, dass vor ihr die Stadt Trier lag. Außerdem wies er auf den Fluss, der die Stadt rechts neben der Stadtmauer umfloss. »Das ist die Mosel. Sie schützt Trier an dieser Seite, wie ein breiter Wassergraben eine Burg sichert.« Susanna hatte ihm gedankt und war weitergeritten.

Schon von weitem konnte Susanna mehrere Brücken erkennen, die man überqueren musste, um nach Trier zu gelangen. Sie hielt an und betrachtete staunend die vielen Dächer und Türme. Noch nie hatte sie eine so große Stadt gesehen. Unbehagen ließ Susanna zögern, denn die vielen Menschen, die in die Stadt strömten, ängstigten sie. Nur zaghaft trat sie Dickerchen in die Seite, damit er den Hang hinabschritt.

Je näher Susanna der Stadt kam, umso mehr Menschen waren unterwegs, sodass sie nur noch im langsamen Schritt reiten konnte. Nahe der Brücke stieg sie ab und führte das Pferd am Zügel. Sie war überrascht, wie entspannt Dickerchen auf dem metallenen Gebiss kaute, obwohl rechts und links des Wegs Fuhrwerke ratterten, Schafe blökten und Schweine laut grunzten.

Während Susanna vor dem breiten Torhaus warten musste, das den Durchgang zur Brücke bildete, beobachtete sie das Kommen und Gehen. Immer wieder staute sich der Menschenfluss, da die Wächter manche Fuhrwerke und ihre Waren kontrollierten. Beunruhigt sah Susanna, dass auf der halben Brückenstrecke ein weiteres Torhaus stand, das sie ebenfalls durchqueren musste. Erst danach kam das eigentliche Stadttor nach Trier. Sie atmete ungeduldig, denn sie war gezwungen, kostbare Zeit zu verschwenden. Sie spürte, wie ihre Halsschlagader heftig hämmerte. Auch die vielen Menschen, die große Stadt und der Gedanke, bald die Familie von Urs zu treffen, beunruhigten sie. Am liebsten wäre sie umgekehrt, doch sie hatte keine Wahl. Susanna presste bekümmert ihren Kopf gegen Dickerchens Hals, als der Torwärter maulte: »Schlaf nicht ein, Mädchen!« Erschrocken blickte sie auf und ging über die Brücke nach Trier.

Susanna stand inmitten der Stadt und war überwältigt von den Bauwerken, die bis in den Himmel zu ragen schienen. Sie legte den Kopf in den Nacken und blickte am Dom empor. Zwar hatte der Vater sie einmal als kleines Kind mit nach Saarbrücken genommen, doch daran konnte sie sich nur noch vage erinnern. Susanna fand, dass Trier eine außergewöhnliche und ansehnliche Stadt war, obwohl viele Gebäude durch den langen Krieg stark in Mitleidenschaft gezogen zu sein schienen.

»Wo soll ich hier den Vater von Urs finden?«, überlegte sie verzweifelt, als sie einen Händler schreien hörte: »Frische Fische! Leute, kauft frische Fische!«

Susanna zog ihr Pferd zu dem Mann, der auf einem Karren gepökelte und frische Fische anbot. Der Gestank verschlug ihr für einen kurzen Augenblick die Sprache.

»Was stehst du herum? Willst du Fisch kaufen oder mir die Leute vergraulen?«, blaffte der Mann, dessen Schürze mit Blutflecken verschmutzt war. Mürrisch fischte er aus einem Fass, das mit Wasser gefüllt war, einen lebenden Karpfen und schlug ihn mit einem Knüppel auf den Schädel, bis er nicht mehr zuckte. Nachdem er ihn aufgeschlitzt und ausgeweidet hatte, warf er die Innereien achtlos zu Boden. Sogleich stürmte ein hinkender Hund heran und fraß alles auf.

»Du stehst ja immer noch nichtsnutzig vor meinem Stand«, beschimpfte er Susanna, als er aufblickte. »Außerdem versperrt dein Riesengaul die Sicht auf meine Fische, sodass meine Kunden nichts sehen können«, schalt er und hieb dem Karpfen den Kopf ab.

»Kannst du mir sagen, wo ich die Soldaten finde, die aus der Schweiz gekommen sind?«

»Sehe ich aus wie eine Auskunftsstelle? Was habe ich mit

fremden Soldaten zu tun?«, fragte er und holte den nächsten Fisch aus dem Fass. Susanna sah ein, dass sie hier keine Antwort auf ihre Frage bekommen würde, und ging weiter. Sie sprach mehrere Leute an, doch niemand wusste, wohin sie sich wenden musste, bis eine Frau sagte: »Frag die Torwächter, die müssen das wissen.«

Susanna bedankte sich und ging zurück zum Stadttor, wo sie einen Mann mit dichtem Bart ansprach. Der Wachmann kraulte sich in der dunklen Wolle an seinem Kinn und überlegte. »Matthis«, rief er, und sogleich kam ein weiterer Torwächter angelaufen, dem er Susannas Frage wiederholte. Ohne lang zu überlegen, antwortete der Wächter: »Entweder sind die Soldaten in der alten Festung der Trierer Kurfürst-Erzbischöfe in Saarburg untergebracht, oder sie biwakieren in den Zelten auf der anderen Seite der Stadt, außerhalb der Stadtmauer.«

Erstaunt über so viel Wissen blickte der bärtige Torwächter Matthis an. »Das war auch meine Meinung«, brummte er schließlich und wandte sich den Menschen zu, die auf Einlass in die Stadt warteten.

Als auch Matthis gehen wollte, fragte Susanna hastig: »Wen kann ich fragen, wo ich Jaggi Blatter finde?«

»Ich würde in die Zeltstadt gehen«, erklärte Matthis und zeigte in die entsprechende Richtung. Dann folgte er dem bärtigen Torwächter.

Susanna kämpfte sich von der einen Seite der Stadt auf die andere Seite durch, was mit einem Schlachtross am Strick nicht einfach war. Endlich sah sie die aufgereihten hellen Zelte. *Es müssen Hunderte sein,* dachte sie entmutigt. *Ich kann unmöglich in jedem Zelt nach Blatter fragen,* überlegte sie, als Dickerchen am Führstrick riss, laut wieherte und mit dem Kopf hin und her schlug.

»Was ist mit dir?«, fragte sie besorgt und streichelte ihm beruhigend über die Nüstern. Das Pferd schien in eine Richtung zu schauen, sodass Susannas Blick dem seinen folgte. Als sie sah, was Dickerchen entdeckt hatte, musste sie schmunzeln. Seitlich der Zeltstadt standen die Pferde der Soldaten auf einer großen Koppel zusammen. Susanna konnte außerdem mehrere Burschen erkennen, die die Herde mit Heu versorgten. »Komm, Dickerchen. Vielleicht bekommst du von ihnen zu fressen und zu saufen.«

Als ob das Pferd sie verstanden hätte, beugte es seinen Hals, hob den Schweif und schritt wie ein junger Hengst auf die Herde zu.

Einer der Pferdeburschen sah Susanna kommen und blickte ihr fragend entgegen. »Was willst du?«, wollte er wissen und betrachtete abschätzig das Pferd. »Willst du ihn verkaufen?«, fragte er, während er Körner zusammenmischte.

»Nein«, rief Susanna erschrocken. »Ich wollte nur fragen, ob du ihm zu saufen und zu fressen geben könntest.«

»Hier werden Truppenpferde versorgt«, erklärte er und füllte mehrere Eimer mit Futter.

Dickerchen roch das Fressen, denn er scharrte unruhig mit dem Huf. »Er würde in der Herde nicht auffallen«, versuchte Susanna den Burschen umzustimmen und lächelte ihn an.

»Wo kämen wir hin, wenn jeder Nichtsoldat sein Pferd hierherbringt?«, maulte er und blickte Susanna vorwurfsvoll an.

»Mein Pferd würde niemand bemerken, denn ich bleibe nicht lange. Ich muss nur Jaggi Blatter finden und ihm eine Nachricht überbringen.«

Der Bursche wurde hellhörig. »Blatter, sagst du?«

Als Susanna nickte, fügte er hinzu: »Der Blatter, der aus der Schweiz gekommen ist?«

Wieder nickte sie und blickte ihn erwartungsvoll an.

»Er ist Hauptmann. Sein Pferd steht da hinten, das dunkelbraune«, erklärte er und schien zu überlegen. »Also gut. Du kannst dein Pferd hierlassen, und ich werde mich darum kümmern. Vielleicht kannst du dafür beim Hauptmann ein gutes Wort für mich einlegen, dass er mich mit nach Coblenz nimmt. Ich bin der Hansi Federkiel.«

»Ich kenne Blatter leider nicht gut genug, um ihn um etwas zu bitten«, gab Susanna ehrlich zu.

»Ach so«, sagte der Junge enttäuscht. Trotzdem nahm er Susanna den Strick ab, um ihr Pferd durch das Gatter zu führen.

»Ich danke dir! Weißt du, wo ich Blatter suchen muss?«

»Die Unterkünfte der Hauptmänner stehen abseits der Zeltstadt. Du wirst sie mühelos finden.«

Jaggi Blatter stand neben anderen Soldaten über einen Tisch gebeugt und betrachtete einen Plan, auf den zahlreiche Entwürfe gezeichnet waren. Er wollte gerade seine Meinung äußern, als ein Bursche eintrat und ihm ein Zeichen gab. Mit strenger Miene ging er zu dem Jüngling und zischte: »Was ist so wichtig, dass du mich stören musst?«

Als der Junge ihm von einem Mädchen berichtete, das ihn dringend sprechen müsse, zog er überrascht eine Augenbraue in die Höhe. Er hatte gehofft, der Bursche würde ihm mitteilen, dass sein Sohn Urs endlich angekommen war, den er seit Tagen erwartete. Wer das Mädchen sein könnte, ahnte er nicht, zumal der Bursche keinen Namen nennen konnte. Blatter wollte schon sagen, dass er keine Zeit habe, als er plötzlich einer inneren Unruhe nachgab und seine Meinung änderte. Er entschuldigte sich bei den anderen Hauptmännern, mit denen er über die Pläne des Kurfürsten Karl Kaspar von der Leyen gesprochen hatte, und ging hinaus.

Susanna wartete angespannt vor dem Zelt. Dank der Wegbeschreibung des Pferdepflegers hatte sie die Zelte der Hauptmänner rasch gefunden. Nun stand sie zitternd vor dem Eingang und wartete ängstlich auf Jaggi Blatter, um ihm die Wahrheit zu gestehen. Als sich hinter ihr geräuschvoll die Plane des

Eingangs teilte, wusste sie, dass er da war, und sie schloss für einen Herzschlag die Augen.

»Wer bist du?«, fragte Jaggi übellaunig, da sie ihn bei einer wichtigen Unterhaltung gestört hatte. Als sich das Mädchen umdrehte, erkannte er sie sofort wieder. Seine Stimme klang schneidend: »Wo ist mein Sohn?«

Jaggi bemerkte, dass das Mädchen bleich wurde, und er vermutete Schlimmes. Wütend trat er auf sie zu und umfasste ihre Oberarme. »Ich will wissen, wo Urs ist!«, schrie er und schüttelte sie.

Susanna glaubte, dass seine Hände ihre Arme zerquetschen würden, und konnte nur mit Mühe einen Wehschrei unterdrücken.

»Urs ist eingesperrt«, stieß sie hervor. Blatter ließ sie los und blickte sie ungläubig an. »Er wird beschuldigt, er habe den Brunnen in Gersweiler vergiften wollen. Dabei ist er unschuldig«, erklärte Susanna hastig und rieb sich dabei mit den Händen über die schmerzenden Stellen an ihren Oberarmen.

Jaggi konnte und wollte nicht glauben, was das Mädchen ihm berichtete. Er fuhr sich mit beiden Händen durch das dunkle Haar und flüsterte: »Gopferdammi! Gopferdammi!«

Als er den fragenden Blick des Mädchens wahrnahm, sagte er: »Das musst du nicht verstehen.«

Er sah, wie sie beschämt den Blick senkte. Während er hin und her ging, überlegte er, was zu tun sei. »Ausgerechnet jetzt«, tobte er und schaute grimmig das Mädchen an. »Ich kann hier unmöglich weg. Geh zu meiner Frau und warte, bis ich komme, dann erzählst du mir alles über dich und diesen ungeheuerlichen Vorwurf«, sagte er schnaubend. Mit wenigen Worten erklärte er ihr den Weg zu seiner Wohnstatt und ging ohne weitere Worte zum Zelteingang.

Leise wagte Susanna ihn zu fragen, ob ihr Pferd auf der Koppel bleiben dürfe. Mit einem kurzen Nicken erlaubte er es. »Bei unserem Quartier gibt es keinen Stall«, sagte er knapp und verschwand im Zelt.

Susanna rannte hinüber zu dem Pferdeburschen und erzählte ihm, dass Dickerchen bleiben durfte. »Blatter hat keinen Stall«, erklärte sie ihm, und er nickte.

»Die Blatters sind wie viele andere als Zwangsgäste bei Trierer Bürgern untergebracht worden. Zwar rebellierten diese, doch dank eines Obolus, den der Kurfürst zahlen lässt, beruhigten sie sich wieder. Ich glaube, Hauptmann Blatter hat großes Glück gehabt, denn das Haus, in dem seine Familie wohnt, stand nach dem Tod des Hauseigentümers leer, da er keine Nachkommen hatte. Ich kümmere mich um dein Pferd. Vielleicht hast du ja doch Gelegenheit, ihn zu bitten, mich mitzunehmen«, grinste er.

»Ich kann dir wirklich nichts versprechen, aber wer weiß …«, ließ Susanna den Satz offen und lief in Richtung Innenstadt.

Niedergeschlagen ging sie durch die Gassen von Trier, bis sie vor dem zweistöckigen Haus stand, dessen Adresse ihr Urs' Vater genannt hatte. Blatter hatte nicht viel zu ihr gesagt, sie aber mit seinen scharfen Blicken gestraft. Nun musste sie der Mutter von Urs gegenübertreten, und davor fürchtete sie sich ebenso.

Jeremias hatte während der Nacht leise Schreie vernommen, die wie Todesrufe geklungen hatten. Da er sich darauf keinen Reim machen konnte, glaubte er geträumt zu haben und schlief wieder ein. Als er erwachte, bemerkte er sofort mehrere verendete Ratten, die in seiner Nähe lagen. Kraftlos kroch er auf dem Bauch zu den toten Tieren. Mehrmals musste er innehalten, da heftige Schmerzen ihn in der Leistengegend plagten. Als er vor einer verendeten Ratte lag, packte er sie mit den Fingerspitzen am Schwanz und hielt sie in die Höhe. Dann drehte er sich auf den Rücken und ließ das verendete Tier über seinem

Gesicht baumeln. Starr blickte er die Ratte und das Blut an, das aus der kleinen schwarzen Schnauze auf seine Wange tropfte. Dann warf Jeremias sie im hohen Bogen ins Gebüsch und nahm sich das nächste Tier vor. Diese Ratte hatte einen aufgedunsenen Körper und stank bereits nach Verwesung. Auch sie wurde weggeschleudert, als eine fast schwarze Ratte aus einem Loch gekrochen kam. Wankend ging sie auf Jeremias zu, drehte sich plötzlich fiepend im Kreis, brach zusammen und starb. Blut quoll aus ihren kleinen Lefzen hervor.

»Die armen Viecher«, bedauerte Jeremias die Tiere und legte sich langsam zurück auf den kühlen Boden. Sein ganzer Körper schmerzte, und wenn er Luft holte, ging sein Atem pfeifend. Auch die Halsschmerzen waren unerträglich geworden. Vorsichtig strich er mit den Fingerkuppen über die Schwellungen am Rachen entlang. Die Geschwüre waren dicker und fester geworden.

Jeremias versuchte tief einzuatmen und musste sofort wieder husten. Erschöpft fiel er in einen Fieberschlaf.

»Ich habe dir gesagt, dass sie uns Ärger machen wird«, brüllte Jaggi und blickte nicht nur Susanna, sondern auch seine Frau wütend an.

Barbli saß da, die Hände im Schoß gefaltet, und weinte leise. Trotzdem versuchte sie das Mädchen zu verteidigen. »Sie kann nichts dafür.« Barbli hoffte ihren Mann zu besänftigen, denn das Mädchen tat ihr leid. Eingeschüchtert saß es auf dem Schemel und wagte kaum aufzublicken.

Als die Fremde vor der Tür gestanden hatte, wusste Barbli sofort, wer sie war, und hatte sich freudig nach Urs umgeschaut, ihn aber nicht sehen können. Das bleiche Gesicht und der Ausdruck in den Augen des Mädchens verrieten mehr als Worte, sodass Barbli entsetzt die Hände vor den Mund schlug.

»Ist er tot?«, hatte sie geflüstert und sich am Türrahmen abgestützt, weil ihre Beine zitterten. Als das Mädchen sie groß anschaute und heftig den Kopf schüttelte, hatte Barbli sie hereingebeten.

Kurz darauf war Jaggi erschienen und blaffte Susanna sofort an: »Erzähl, was mit unserem Sohn geschehen ist.«

Da sie nun die Wahrheit kannten, mussten sie entscheiden, was zu tun war.

Barbli wischte sich über das tränennasse Gesicht. »Was sollen wir machen?«, fragte sie ihren Mann.

»Was sollen wir machen?«, äffte er sie nach. »Du weißt, dass ich schon übermorgen mit dem Kurfürsten Karl Kaspar von der Leyen nach Schloss Philippsburg auf die Festung Ehrenbreitstein bei Coblenz reiten soll«, schrie er, sodass seine Frau und das Mädchen zusammenzuckten.

»Vielleicht kannst du deine Abreise verschieben?«, schlug Barbli zaghaft vor, woraufhin Jaggi sie fassungslos anblickte.

»Ich kann mich geehrt fühlen und Gott danken, dass der Kurfürst mich ernannt hat, die Truppe nach Coblenz zu geleiten. Wie soll ich ihn bitten, die Abreise von mehreren hundert Mann zu verschieben?«, fragte er und schüttelte den Kopf.

Susanna blickte schüchtern die beiden Menschen an. Sie hatte das Gespräch nicht verstanden, da sich die Blatters in ihrer Schweizer Muttersprache unterhielten. Doch seine Lautstärke und das Weinen der Mutter machten Susanna bewusst, dass Urs' Eltern sich stritten. Wegen der bösen Blicke, die Blatter Susanna zuwarf, wusste sie, dass es dabei um sie ging.

»Aber unser Sohn …«, weinte Barbli erneut und hielt flehentlich die Hände in die Höhe. Nun konnte auch Jaggi seine Fassade nicht mehr aufrechterhalten. Er setzte sich auf einen Stuhl und schlug sich die Hände vors Gesicht.

»Ich werde den Kurfürsten bitten, ob ich nachkommen kann«, sagte Jaggi leise, als hinter Susanna eine Stimme auf

Deutsch sagte: »Ich werde mit euch ins Land an der Saar gehen und helfen, den Jungen zurückzuholen.«

Erschrocken drehte sich Susanna um und glaubte in Urs' Augen zu blicken. Ein unbekannter Mann stand hinter ihr und schien das Ebenbild von Urs in gereiftem Alter zu sein. Er hatte die gleichen rostfarbenen Haare, die ihm leicht gewellt bis auf die Schultern fielen.

Mit bernsteinfarbenen Augen blickte er Susanna kritisch an. »Wie heißt du, mein Kind?«, fragte er sie auf Deutsch.

»Susanna«, stammelte sie verunsichert.

Er wandte seinen Blick Barbli zu und bat: »Bitte gib Susanna zu essen. Sie muss sich stärken, wenn wir zurück nach Westrich wollen.«

»Aber Bendicht, du bist erst letzte Nacht nach einer beschwerlichen Reise aus der Schweiz hier in Trier angekommen«, gab sein Bruder Jaggi zu bedenken.

Bendicht schmunzelte. »Uns trennen nur wenige Jahre, also mach aus mir bitte keinen Greis, Jaggi. Ich denke, dass ich euch nützlich sein kann, denn schließlich wird Urs beschuldigt, die Pest über die Menschen bringen zu wollen. Vielleicht kann ich ihnen die Ängste nehmen.«

Barbli blickte ihren Schwager dankbar an, und Jaggi nickte. »Ich werde sofort zum Kurfürsten gehen und ihn bitten, mir ein paar Tage Aufschub zu geben.«

Kapitel 36

Jaggi Blatter stand vor dem Schreibtisch im Kurfürstlichen Palais, hinter dem der Erzbischof und Kurfürst saß. Mit ernster Miene erzählte er dem Regenten vom Schicksal seines Sohnes. Karl Kaspar von der Leyen hörte ihm aufmerksam zu.

»So wie Ihr sagt, will Euer Sohn ebenfalls in meinen Dienst eintreten, aber weil er diesem Mädchen helfen wollte, ist er nicht erschienen?«, fragte der Kurfürst ernst.

»So ist es, Eure Eminenz!«

»Und im Augenblick sitzt er in einem Kellerloch in Westrich fest, weil man ihn des Giftanschlags auf den Ort Gersweiler beschuldigt?«

Blatter atmete leise schnaufend aus und nickte. Er fühlte sich erbärmlich, denn in seinen Ohren klang die Geschichte überspannt. Trotzdem versuchte er seinen Sohn ins rechte Licht zu rücken und erklärte mit gedämpfter Stimme: »Dieser Verdacht ist ein Absurdum. Urs würde niemals auch nur den Gedanken an solch eine Tat hegen.«

»Ihr seid von der Unschuld Eures Sohnes überzeugt?«

»Wenn nicht ich, sein Vater, wer dann?«, fragte Blatter und konnte nur noch mit Mühe seine starre Haltung bewahren.

»Sollte es nicht ein Muss sein, dass Eltern ihren Kindern vertrauen?«, stellte der Erzbischof fest und zog eine Augenbraue in die Höhe.

»Ich kann nicht für andere sprechen, Eure Eminenz, doch ich kann für meinen Sohn sprechen. Urs ist in seinem Innern nicht einmal ein Soldat, sondern ein Heiler. Er will Leben retten, nicht vernichten.«

»Warum will er Soldat werden?«, fragte von der Leyen erstaunt.

»Weil ich es so will«, antwortete Blatter. »Die Tradition meiner Familie fordert es.«

»Unfug!«, erwiderte der Erzbischof. »Man soll das machen, wozu man sich berufen fühlt. Wenn es nach meiner Familientradition gegangen wäre, wäre ich heute Amtmann.«

Blatter blickte den Regenten überrascht an. Karl Kaspar von der Leyen hingegen beachtete seinen Blick nicht, sondern stand auf und trat hinter seinem mächtigen Schreibtisch hervor. Nachdenklich ging er vor Blatter auf und ab und tippte sich dabei mit dem Zeigefinger der linken Hand auf die Lippen.

Jaggi Blatter beobachtete den kräftigen, stark gebauten Mann, dessen dunkel gewelltes Haar auf dem Kragen seines Umhangs auflag. Er wusste, dass der Kurfürst erst seit dem zwölften März dieses Jahres von Papst Innozenz X. in seinem Amt als Erzbischof bestätigt worden war und im September die Bischofsweihe erhalten würde.

Bevor Blatter sich mit seiner Familie aufgemacht hatte, um unter von der Leyen in Trier zu dienen, hatte er sich über den Kurfürsten kundig gemacht. Was er über ihn erfahren hatte, beeindruckte ihn, denn Karl Kaspar von der Leyen schien ein anderer Regent als seine Vorgänger zu werden.

Auf Grund seiner Erkundigungen war Jaggi Blatter davon überzeugt, dass es dem Kurfürsten gelingen konnte, sein Land aus der Zerrüttung zu führen, in das es der erst kürzlich beendete lange Krieg gestürzt hatte. Karl Kaspar von der Leyen besaß nämlich nicht nur die nötigen geistigen Eigenschaften, sondern hatte auch einen festen Willen, zumal er auf eine Rolle in der großen Politik verzichtete, die sein Vorgänger beansprucht und die das Unglück des Landes wesentlich mit herbeigeführt hatte. Jaggi war zu Ohren gekommen, dass der Kurfürst versuchen wollte, innerhalb des ihm zugewiesenen kleinen Kreises die notwendigen und nächstliegenden Dinge voranzutreiben. Dazu gehörten die Wiederherstellung des durch den Krieg zerstörten Wohnraums, die Verbesserung der Rechtspflege, die Hebung des Ackerbaues und des Gewerbes. Dies waren die Aufgaben, denen von der Leyen fortschreitend und unter Mitwirkung seiner Landstände seine Fürsorge widmete. Dabei verlor er nie die Gefahr künftiger Kriege aus dem Blick, weshalb er auch für eine bessere Bewehrung des Landes sorgte.

Jaggi Blatter stöhnte innerlich auf. Aus diesem Grund sollten seine Truppen in zwei Tagen nach Coblenz ziehen, denn insbesondere die Festungswerke von Coblenz und Ehrenbreitstein wurden in besseren Stand gesetzt, sodass die Soldaten dort untergebracht werden konnten.

Karl Kaspar von der Leyen hielt in seiner Bewegung inne. »Ich kann es drehen und wenden, wie ich will: Ich kann nicht auf Euch verzichten. Zumal ich wegen einer anderen Angelegenheit einige Tage länger in Trier bleiben muss.«

Als er Blatters enttäuschten Blickes gewahr wurde, erklärte er: »Nachdem ich die Hexenprozesse verboten habe, will ich mich mit eigenen Augen davon überzeugen, dass man die Akten über diese unsäglichen Prozesse vernichtet. Ich kann in dieser Angelegenheit niemandem trauen, da es zu viele gibt, die nicht meiner Meinung sind. Nur wenn die Schriftstücke vernichtet sind, können die darin enthaltenen Verdächtigungen von angeblichen Mittätern niemanden mehr belasten.« Dann winkte er ab und fuhr mit fester Stimme und hartem Blick fort: »Aber das ist für Euer Problem ohne Belang. Obwohl Ihr erst seit kurzem in meinem Dienst seid, vertraue ich Euch meine Soldaten an und kann Euch nicht entbehren. Einerlei, aus welchem Grund.«

Jaggi Blatter fühlte sich tief geehrt vom Urteil des Regenten. Aber er hatte keine andere Wahl und forderte deshalb: »Eure Eminenz, ich möchte Euch bitten, mich aus Eurem Dienst zu entlassen.«

Der Kurfürst schaute ihn mit leicht zusammengekniffenen Augen an. »Dieses Ansinnen habe ich erwartet!«, sagte er. »Ihr wisst, dass ich dem nicht zustimmen kann und auch nicht zustimmen will. Zum einen habt Ihr Euch verpflichtet, mir zu dienen, und zum anderen will ich auf Euch, wie ich schon sagte, nicht verzichten. Außerdem, mein lieber Blatter, wie wollt Ihr Euren Sohn aus dem Kellerloch befreien? Mit Gewalt? Oder hofft Ihr, die Bürger von Gersweiler umstimmen zu können?«

Von der Leyens Bemerkung traf ins Schwarze. Erst jetzt wurde Jaggi bewusst, dass er zwar die Absicht hatte, Urs zu befreien, aber keinen Plan, wie er es anstellen sollte. Wie wollte er seinem Sohn helfen? Er schloss für einen Augenblick die Augen.

»Ich kann meinen Jungen nicht im Stich lassen«, erklärte er und schaute den Erzbischof, der wieder hinter seinem Schreibtisch Platz genommen hatte, mit entschlossenem Blick an.

»Das müsst Ihr auch nicht«, erklärte von der Leyen nun milde und nahm ein Blatt Papier und seinen Federkiel. »Ihr werdet mit den Soldaten nach Coblenz reiten, und dafür werde ich Folgendes für Euch und Euren Sohn tun …«

Als Jaggi vor seinem Haus stand, waren seine Augen vom Weinen gerötet. »Seit ich ein Kind war, habe ich nicht mehr geheult«, schimpfte er leise mit sich selbst. Er lehnte sich gegen die Hauswand und wartete, bis er seine Gefühle wieder unter Kontrolle hatte, denn niemand sollte seine Schwäche sehen. Schon während ihm Karl Kaspar von der Leyen sein Vorhaben schilderte, hatte Jaggi gespürt, dass er seine Beherrschung nicht mehr lange aufrechterhalten konnte. Er hatte das Kurfürstliche Palais kaum verlassen, da lief er in eine verlassene Seitengasse, wo er unbemerkt seinen Gefühlen freien Lauf lassen und wie ein Weib heulen konnte. Als er sich beruhigt hatte, ging er in den Trierer Dom und schwor vor Gott, dass Urs Heiler werden durfte, wenn er ihn retten und beschützen würde.

Jaggi betrat das Haus und öffnete die Tür zur Wohnstube, wo er erwartet wurde. Er war kaum eingetreten, als Barbli auf ihn zurannte und sich ihm schluchzend an den Hals warf. Er küsste ihren Scheitel.

»Es wird alles gut werden!«, tröstete er sie und zeigte ihr das Schriftstück des Kurfürsten.

Beide setzten sich an den Tisch, an dem bereits Jaggis Bruder Bendicht und Susanna saßen, die dem Vater von Urs ängstlich entgegenblickte. Jaggi tat, als ob sie nicht anwesend sei, trotzdem sprach er Hochdeutsch, sodass sie alles verstehen konnte.

Da das Dokument mit dem Siegel des Kurfürsten verschlossen war, musste Jaggi den Inhalt mündlich wiedergeben.

Beeindruckt davon, was von der Leyen geschrieben hatte, sagte Bendicht zuversichtlich: »In zwei Tagen sind wir mit dem Jungen zuhause.«

»Ich kann nicht mitkommen, um Urs zu holen«, gestand Jaggi leise. Als er die überraschten Blicke seiner Angehörigen sah, erklärte er: »Das war die Bedingung des Erzbischofs, bevor er mir dieses Dokument gab. Aber ich zähle auf dich, Bendicht, und deine Überzeugungskraft und bin unserem Herrn dankbar, dass du rechtzeitig aus der Schweiz nachgekommen bist.«

Entkräftet fuhr sich Jaggi mit beiden Händen durchs Gesicht. Er spürte, wie die Gefühle ihn erneut überrollen wollten, doch er unterdrückte sie. »Ich weiß, dass du es schaffen wirst«, sagte er zu seinem Bruder und ergriff über den Tisch dessen Hand. »Der Gedanke, dass ich bei der Ankunft von Urs in Coblenz weile und deshalb nicht wissen werde, ob alles gut verlaufen ist, raubt mir den Verstand«, gestand er.

Susanna, die geschwiegen hatte, sagte zögerlich: »Ich wüsste eine Lösung.«

Als alle Blicke auf sie gerichtet waren, erzählte sie von dem Stallburschen Hansi Federkiel, der die Pferde der Soldaten versorgte und sich jetzt auch um ihr Tier kümmerte. »Er würde gern mit nach Coblenz gehen und dort dienen. Vielleicht kann man seine Reise dahin mit einer Nachricht von Urs verknüpfen«, schlug sie zaghaft vor.

Jaggi überlegte kurz und nickte. »Sobald ihr zurück seid, gebt dem Jungen Bescheid, damit er mir nach Ehrenbreitstein folgen und berichten kann.«

Bendicht erhob sich und schaute Susanna freundlich an. »Es ist schon spät, trotzdem möchte ich sofort losreiten. Bist du bereit, mein Kind?«

Susanna nickte und stand auf.

Kapitel 37

An den Händen gefesselt, wurde Urs vom Wirt in den Schankraum des Gasthauses geführt, wo ein dunkel gekleideter, hagerer Mann an einem Tisch saß und ihn zu erwarten schien. Urs vermutete, dass es sich um den Amtmann aus Saarbrücken handelte. Neben diesem nahm ein weiterer Mann Platz, der einen Berg Akten, einen Stapel Papier, Tinte und Schreibfeder vor sich auf den Tisch legte. Auf einer Bank, die quer zum Tisch stand, saßen zwei Männer, die wie Bauern aussahen.

Der Wirt drückte Urs auf einen Stuhl nieder, der fünf Schritte entfernt vom Amtmann stand. Urs kannte niemanden und hatte große Angst. Er senkte den Blick zu Boden. Seine Knie zitterten ebenso wie seine Hände, die auf den Oberschenkeln lagen und die er nicht ruhig halten konnte.

Nachdem der Wirt die Eingangstür verschlossen hatte, damit niemand die Befragung stören konnte, blickte der hagere Mann Urs mit durchdringendem Blick an und befahl: »Stell dich hin, Bursche!«

Urs stand mit einiger Mühe auf. Da seine Beine selbst im Stehen zitterten, presste er die Fußsohlen fest auf den Boden.

»Dein Name?«

»Urs Blatter.«

»Woher kommst du, Urs Blatter?«

»Aus Bürglen.«

Der Mann schaute ihn scharf an und fragte: »Wo liegt Bürglen?«

»Im Kanton Uri in der Schweiz.«

Der Amtmann und sein Schreiber sahen sich mit einem sonderbaren Blick an. Der Mann, vor dem der Stapel Papier und die Akten lagen, nickte wissend.

»Du weißt, warum du hier vor uns stehst?«

Urs schüttelte den Kopf.

»Ich heiße Lutz Kesselstadt und bin Amtmann in Saarbrücken. Man hat mich nach Gersweiler bestellt, da du verdächtigt wirst, dass du die Pest über die Einwohner des Ortes bringen wolltest.«

»Das ist gelogen!«, schrie Urs auf.

Sogleich brüllte Kesselstadt: »Schweig! Du sprichst nur, wenn du gefragt wirst.« An seinen Tischnachbarn gewandt, sagte der Amtmann: »Schreibt alles auf, Herr Loos, damit jedes Wort protokolliert ist.« Kesselstadts Blick erfasste Urs erneut und wurde kalt. »Um festzustellen, ob gelogen wurde oder nicht, hat man mich gerufen. Ich allein habe dies zu entscheiden.«

Nun wandte sich Kesselstadt an die beiden Bauern. »Ihr sollt den Vorfall beobachtet haben? Sollt gesehen haben, wie der Beschuldigte das Pestgift in den Brunnen werfen wollte?«

Der eine Bauer sprang auf und sagte, vor Aufregung stotternd: »Wir haben nicht gesehen, wie er den Brunnen vergiften wollte. Wir haben nur gesehen, wie Jeremias den Burschen niedergeschlagen hat.«

Nun stand auch der zweite Bauer auf und erklärte: »Der Jeremias hat den Täter niedergeschlagen, damit er das Wasser nicht mehr vergiften kann.«

»Jeremias? Jeremias wie noch?«, fragte Kesselstadt die beiden Bauern, die sich fragend anblickten und mit den Schultern zuckten.

»Nur Jeremias«, sagten sie wie aus einem Mund.

Der Amtmann schüttelte verständnislos den Kopf und gab dem Schreiber ein Zeichen, den Namen gesondert auf einem Blatt zu notieren. »Wo ist dieser Jeremias?«, fragte er und blickte sich im Raum um. Als sich niemand meldete, wurde seine Stimme schneidend: »Warum ist er nicht hier?«

Jetzt wollte sich der Wirt zu Wort melden, doch der Amtmann unterbrach ihn: »Dein Name?«

»Ich habe nichts verbrochen«, erklärte der Wirt sofort.

»Das ist nicht die Frage«, zischte Kesselstadt. »Wir benötigen deinen Namen fürs Protokoll.«

»Hans Behr«, erklärte der Wirt, dem das Herz bis zum Hals schlug.

»Was hast du zu sagen, Hans Behr?«

»Jeremias hat gestern den Ort verlassen.«

»Wohin ist er gegangen?«

Der Wirt zog die Schultern in die Höhe.

Der Amtmann brüllte: »Wusste er nicht, dass ich komme? Es ist unumgänglich, ihn zu befragen, schließlich ist er der Hauptzeuge. Wie soll ich eine Beweisaufnahme machen, wenn dieser Jeremias nicht aussagt?«

Kesselstadt klappte seine Unterlagen zusammen und raunte: »Bringt den Beschuldigten zurück in sein Gefängnis und sucht mir diesen Jeremias. Ich komme in zwei Tagen wieder!«

Jeremias erwachte mitten in der Nacht und glaubte vor innerer Hitze zu verbrennen. Seine Zunge schien geschwollen, denn er konnte kaum schlucken und nicht sprechen. Er blickte mit brennenden Augen zum nachtschwarzen Himmel. »So schön«, lallte er mühsam, als er die Sterne über sich erblickte. Er wollte nicht glauben, dass die Pest seinen Körper befallen hatte, obwohl er schmerzhafte Beulen unter den Armen, am Hals und in der Leistengegend spürte. Tränen liefen ihm aus den Augenwinkeln, und er hatte nicht mehr die Kraft, sie wegzuwischen. *Das Geld hat nicht gereicht,* dachte er und nahm sich vor, sobald es hell war, erneut nach dem Schatz zu suchen. *Wenn ich ihnen Geld bringe, werden sie in Sankt Johann erneut Gebete für mich sprechen, sodass ich gesund werde,* hoffte er in seinem Wahn und fiel zurück in einen fieberschweren Schlaf.

Kapitel 38

Urs war übermüdet und konnte doch nicht schlafen. Er lag zusammengekauert im Keller des Wirtshauses auf der Decke, die ihn vor der Kühle des Lehmbodens schützte. In Gedanken durchlebte er nochmals das Verhör des Amtmanns von Saarbrücken, dessen kalte Stimme ihm immer noch einen Schauer über den Rücken jagte. Er erinnerte sich an den Blick, den sich Kesselstadt und der Schreiber Loos zugeworfen hatten, als Urs seinen Namen nannte. »Sie haben mich bereits verurteilt, weil ich nicht von hier bin«, war er sich seines Schicksals sicher. »Für sie bin ich ein Fremder aus einem fernen Land, und deshalb bin ich schuldig!« Der Gedanke ließ ihn heftig atmen. Urs war sich sicher, dass ihm niemand aus Gersweiler helfen würde. *Sie haben Angst vor mir,* dachte er.

Die einzige Hoffnung war sein Vater. Doch nach langer Überlegung schüttelte Urs den Kopf. Selbst wenn Susanna die Wohnstatt seiner Eltern in Trier finden sollte, wie wollte sein Vater ihn retten? *Sie werden mich nach Saarbrücken bringen und dort ins Gefängnis stecken, bis ich steinalt bin,* fürchtete Urs mit heftig klopfendem Herzen. Er presste sein heißes Gesicht in das Kissen und grübelte weiter.

Je länger er nachdachte, umso mehr bedauerte er, dass er Susanna nicht davon abgehalten hatte, nach Trier zu reiten. Nicht nur, dass sie sich Gefahren aussetzte, an die er nicht denken wollte, sondern weil er fürchtete, dass seine Eltern wütend auf ihn waren. »Warum nur hatte Susanna den Einfall, meinen Vater aufzusuchen? Er wird toben, wenn sie ihm von meiner Verhaftung erzählt.« Urs gestand sich dann doch ein: *Nur mit der Hilfe meines Vaters werde ich aus dem Loch herauskommen.*

Jaggi Blatter hatte seinem Bruder für den Ritt nach Gersweiler sein dunkelbraunes prächtiges Pferd anvertraut, da Bendicht nur eine alte Mähre besaß, die zudem von der langen Reise aus der Schweiz nach Trier so erschöpft war, dass sie sich kaum auf ihren vier Beinen halten konnte. Mit zwei kräftigen Schlachtrössern würden Bendicht und Susanna die Strecke nach Westrich schnell schaffen.

Bendicht und das junge Mädchen waren schon seit vielen Stunden unterwegs, und der Tag neigte sich langsam seinem Ende zu. Ihren Pferden schien der schnelle Galopp nichts auszumachen, denn unermüdlich liefen sie mit weit ausholenden Hufschlägen vorwärts. Als die Nacht hereinbrach, ließ Bendicht sein Pferd in langsamen Trab fallen, um sich nach einem Rastplatz umzusehen. Susanna zügelte Dickerchen ebenfalls und rief dem Oheim zu, dass sie auf der Hinreise unter einer alten Eiche genächtigt habe, von der man die Umgebung gut einsehen konnte.

»Der Baum muss nicht weit von hier stehen«, erklärte sie, und Bendicht entschied, den Platz erneut zu nutzen.

Nachdem die Pferde jeweils an einem Pflock festgebunden waren, fraßen sie schnaubend das dürre Gras. Bendicht und Susanna setzten sich unter das Blätterdach der Eiche und packten die Wegzehrung aus, die ihnen Barbli mitgegeben hatte. Hungrig biss Susanna in das gebratene Geflügelfleisch, als sie Bendichts Blick auf sich spürte und aufsah.

Er lächelte sie an und sagte: »Ich frage mich, warum dieser Jeremias solch eine Lüge über meinen Neffen verbreitet hat. Was muss geschehen, dass man einen unschuldigen Menschen einer solch entsetzlichen Tat beschuldigt?«

Susanna verspürte schlagartig keinen Hunger mehr und legte das angeknabberte Hühnerbein zur Seite.

Als sie den Blatters die Verhaftung ihres Sohnes geschildert hatte, hatte sie den Teil der Wahrheit über sich und die magischen Schriften verschwiegen. In der Aufregung wollte allerdings niemand wissen, welche Rolle sie bei dem Geschehen spielte, und sie vermied es tunlichst, darauf hinzuweisen.

Da Susanna seine Frage nicht sofort beantwortete, mutmaßte Bendicht: »Vielleicht habe ich mich in meinem Neffen getäuscht, und er ist tief in seinem Innern ein schlechter Mensch.«

Susanna hob abwehrend die Hände in die Höhe. »Nein, nein!«, rief sie leidenschaftlich. »Urs ist ein feiner Mensch! Der netteste, den ich kenne und der keinem Menschen und keinem Tier ein Leid zufügen könnte. Weil er so ist, wie er ist, will ich ihm helfen, und deshalb bin ich nach Trier geritten, um seinen Vater zu finden.«

Bendicht nickte erleichtert: »Ich bin beruhigt, dass ich mich in Urs nicht getäuscht habe, doch beantwortet das nicht meine Frage, warum Jeremias ihn dieses Frevels beschuldigt.«

Susanna wäre vor Scham am liebsten im Boden versunken. Doch sie wusste, dass es an der Zeit war, den wahren Grund zu erzählen, warum sie in diese missliche Lage geraten war und Urs mit hineingezogen hatte.

Während sie von der Ermordung ihrer Familie und den magischen Schriften erzählte und auch beichtete, dass sie Urs bei der Schatzsuche hatte ausnutzen wollen, weil er das gleiche Geburtsdatum wie der Heiland hatte, schwieg Bendicht. Erst als sie geendet hatte, murmelte er nachdenklich: »Nun ergibt alles einen Sinn.«

»Es tut mir leid, dass ich Urs in solch eine Lage gebracht habe. Mein schlechtes Gewissen ist so groß, dass ich alles tun würde, damit ich wieder ruhig schlafen kann.«

»Nur deshalb?«, fragte Bendicht.

Susanna blickte fragend auf. »Ich verstehe nicht«, gab sie offen zu.

»Nur damit du wieder ruhig schlafen kannst, willst du Urs helfen?«, erklärte er seine Frage, und Susanna nickte. »Vielleicht gibt es noch einen anderen Grund«, sagte Bendicht geheimnisvoll lächelnd, bevor er sich zur Ruhe unter die Eiche legte.

Jeremias öffnete die Augen und musste sich im selben Augenblick erbrechen. Da er seit seiner Heldenfeier im Wirtshaus nichts mehr gegessen hatte, kam helle, rötliche Galle hoch, und schon bald konnte er nur noch würgen. Sein Atem ging pfeifend, und sein Schädel dröhnte. Auch schmerzten die Augen vom Licht der aufgehenden Sonne, sodass er sich mit den Händen schützen wollte. Als er die Arme hob, peinigten ihn die Beulen in den Achselhöhlen. Er stöhnte laut auf. Mit den Fingerspitzen befühlte er die Knoten unter den Armen, die dick und hart waren. Zaghaft strich er sich über den Hals und spürte dort die gleichen Verdickungen wie in der Leistengegend.

Ich werde mich später um die Beulen kümmern. Zuerst muss der Schatz gefunden werden, dachte er, als ihn ein leichter Windstoß heftig zittern ließ. Ihm war, als ob plötzlich Eiseskälte in seine Glieder krieche und er erfrieren müsse. Vorsichtig drehte er den Kopf nach rechts und links und suchte seinen schwarzen Mantel. *Diebe müssen ihn in der Nacht gestohlen haben,* dachte er, da er ihn nirgends entdecken konnte. Qualvoll hob er den Kopf leicht an und erblickte die Kirche. Um sich vor der Kälte zu schützen, drehte sich Jeremias ächzend auf die Seite, zog langsam die Knie an und kam stöhnend auf Händen und Knien hoch, um zum Eingang zu kriechen.

Schweiß rann ihm über das Gesicht, und seine schwarzen Haare klebten ihm nass am Kopf. Er glaubte unvermutet, dass Schneegestöber eingesetzt habe und Schneeflocken auf seinem Gesicht schmolzen. »Schnell fort! Schnell fort ins Warme«, flüsterte er und verfiel in Panik, dass er erfrieren müsste. Das Blut schoss durch seine Adern, sodass Jeremias die Schmerzen nicht mehr spürte, die seinen Körper peinigten und die er bei klarem Verstand nicht ausgehalten hätte. Auf dem kurzen Weg zur Kirche lagen zuhauf verendete Ratten umher, die er kraftlos zur Seite schob. Als er endlich die Schwelle am Eingang erreicht hatte, kroch er zitternd ins Dunkle.

Auch auf dem Kirchenboden lagen tote Ratten, die Jeremias nicht mehr wahrnahm. Seine brennenden Augen gewöhnten sich langsam an das schwache Licht im Innern der Kapelle. Dann erblickte er den Leichnam. Freudig kroch er zu dem Toten und jubelte in seinem Fieberwahn, dass er den vermissten Gefährten wiedergefunden hatte.

»Markus, mein Freund«, flüsterte er und glaubte, die Worte laut gerufen zu haben.

Er setzte sich dicht neben den Toten und lehnte seinen Rücken gegen die Wand. Dann zog er mit großer Anstrengung an den Schultern der Leiche, sodass der Oberkörper von Markus auf seinem Schoß lag. Er blickte sich lächelnd um. Fast zärtlich fuhr er mit seiner vom Kriechen aufgeschürften Hand über die Wangen des Gefährten. »Schlaf, mein Freund! Ich werde dich wecken, sobald der Schneesturm nachgelassen hat. Du hast auf mich hier gewartet, du treuer Geselle«, murmelte Jeremias, während ihm Tränen über die Wangen liefen. »Wir beide werden gemeinsam den Schatz suchen«, versprach er dem Toten.

Müde und abgekämpft erreichten Susanna und Bendicht am späten Mittag Gersweiler. Nachdem sie die Pferde auf die Koppel gestellt hatten, eilten sie sofort zum Gasthof. Dort angekommen, nahm Bendicht zwei Stufen auf einmal, sodass Susanna ihm kaum folgen konnte. Ohne auf sie zu warten, stürmte er in die Schankstube. Sogleich trat der Wirt auf ihn zu, denn er vermutete einen neuen Kunden. Als er in Bendichts Gesicht schaute, zog er die Mundwinkel nach unten.

»Du bist wohl der Vater dieses Schurken«, schnaubte er und wollte Bendicht die Tür weisen, als Susanna eintrat. Ungläubig schüttelte der Wirt den Kopf. »Dass du dich erneut hierher wagst, kann nichts Gutes bedeuten.«

»Ich will Urs sehen«, forderte Bendicht, ohne auf das Geschwätz des Wirts einzugehen.

»Und ich will, dass du verschwindest und die da mitnimmst«, raunzte der Mann und zeigte auf Susanna.

Bendicht griff in seine Tasche und zog eine Münze hervor. »Dafür will ich für uns beide und für Urs eine anständige Mahlzeit. Und du wirst mich zu dem Jungen führen.«

Bendicht konnte sehen, wie der Wirt mit sich kämpfte. Da niemand sonst in der Stube war, nickte er.

»Setzt euch! Ich sehe nach, was ich in der Küche auftreiben kann«, sagte er und hielt seine Hand auf, um die Münze entgegenzunehmen, doch Bendicht schüttelte den Kopf.

»Du bekommst das Geld, wenn ich bei Urs gewesen bin.«

Urs hörte, wie sich der Schlüssel umdrehte. Sofort sprang er von seiner Decke auf und stellte sich zitternd in eine Ecke. Er hatte Angst, dass sie ihn abholten, um ihn nach Saarbrücken ins Gefängnis zu bringen.

Als nicht der Amtmann den Raum betrat, sondern Susanna und sein Oheim hereinkamen, weiteten sich seine Augen, und er blickte sie ungläubig an. Nachdem er mehrmals tief Luft geholt hatte, trat er auf sie zu. Der Oheim stellte das Getränk und den Becher auf den Boden und umarmte ihn. Dabei klopfte er ihm immer wieder auf den Rücken und flüsterte: »Mein armer Junge!«

Urs hatte Mühe, nicht loszuheulen, und erwiderte die Umarmung, so fest er konnte. Dabei sah er aus den Augenwinkeln, wie Susanna Schüssel und Teller auf den Boden abstellte. Nur zu gern hätte er auch sie in die Arme geschlossen, um ihr zu danken, aber er traute sich nicht. Stattdessen wandte Urs sich seinem Oheim zu und fragte: »Wie kommt es, dass du hier bist?«

»Ich bin bereits vorgestern in Trier angekommen. Als Susanna uns von deiner Verhaftung berichtet hat, stand außer Frage, dass ich deinen Vater begleiten würde. Leider muss er morgen schon mit seiner Truppe nach Coblenz reisen.« Als er Urs' enttäuschten Blick sah, erklärte Bendicht: »Dein Vater hat alles versucht, um mitzukommen. Er hat sogar beim Kurfürsten vorgesprochen, damit der Regent ihn von der Verpflichtung entbindet, doch es war vergeblich.«

Bendicht presste Urs an sich. Um ihm in die Augen blicken zu können, schob er ihn sachte von sich und versicherte ihm: »Schon morgen werden wir nach Trier zurückreiten.«

Urs schüttelte den Kopf. »Die Reise hättest du dir sparen können, Oheim! Auch deine Mühen, nach Trier zu reiten, sind vergeblich gewesen«, sagte er zu Susanna. »Der Amtmann Kesselstadt war hier und hat mich befragt, und die Menschen hier haben mich bereits verurteilt – wenn auch nur in ihren Köpfen.«

Bendicht blickte seinen Neffen mitfühlend an. *Wie dünn er geworden ist,* dachte er und sah besorgt, dass dunkle Schatten um Urs' Augen lagen. »Iss den Eintopf, damit du zu Kräften kommst«, wies er den Jungen an.

Erst nachdem Urs den Eintopf aufgegessen und mit dem Apfelsaft nachgespült hatte, fragte Bendicht: »Du zweifelst daran, dass man dir glauben wird?«

Urs nickte.

Bendicht entschied sofort: »Ich werde nicht länger warten, sondern nach Saarbrücken reiten und Kesselstadt aufsuchen. Danach werde ich mich um diesen Jeremias kümmern.«

»Jeremias ist verschwunden«, sagte Urs und blickte Susanna an.

»Woher weißt du das?«

»Der Amtmann lässt nach ihm suchen.«

»Er ist sicher bei der Aschbacher Kirche, um den Schatz zu finden.« Als Susanna Urs' erstaunten Blick sah, senkte sie den Blick und gestand: »Ich habe ihm das magische Heftchen gegeben, da er mir sonst nicht verraten hätte, wo ich dich finden konnte.«

»Aber dann war alles umsonst«, flüsterte Urs. »Ohne die Schriften wirst du den Schatz nicht finden können.«

»Hauptsache, du bist bald wieder frei«, wisperte Susanna und blickte Urs zärtlich an.

Kapitel 39

Bendicht bat Susanna, ihn nach Saarbrücken zu begleiten. Da der Wirt verraten hatte, dass der Amtmann nahe dem Gericht wohnte, fanden sie Kesselstadts Unterkunft ohne Schwierigkeiten. Es war ein kleines zweistöckiges Haus, das windschief zwischen zwei herrschaftlichen Gebäuden stand.

Von drinnen waren schlurfende Schritte zu hören, als Bendicht mehrmals geklopft hatte. Langsam wurde die Tür einen Spalt aufgezogen, sodass man nur die Nasenspitze des Bewohners erkennen konnte, und eine Stimme krächzte: »Wer ist da, und was willst du?«

»Ich habe mit Euch zu sprechen«, erklärte Bendicht.

»Worum geht es?«, fragte die Stimme, ohne dass sich der Mann zeigte, zu dem sie gehörte.

»Um meinen Neffen, der in Gersweiler im Keller eines Wirtshauses eingesperrt ist.«

Jetzt wurde die Tür ein weiteres Stück geöffnet, sodass eine Hakennase und schmale Lippen zu sehen waren.

»Ich will Euch die Unschuld meines Neffen darlegen. Öffnet die Tür«, forderte Bendicht ungeduldig.

»Der Bursche wird eines hinterhältigen Vergehens beschuldigt«, erklärte der Amtmann und kam zögerlich der Bitte nach. Er musterte den Fremden und das Mädchen, das mit zwei Pferden auf der anderen Seite des Weges stand.

Als Bendicht den Mann sehen konnte, dachte er sofort an einen Habicht. Das längliche Gesicht mit der nach unten gebogenen Nase, die dunklen kleinen Augen, die kalt blickten – er konnte verstehen, dass der Amtmann Urs eingeschüchtert hatte.

Kesselstadt sah den abschätzigen Blick des Mannes und wurde ungehalten. »Sag, was du zu sagen hast.«

Bendicht griff in seinen Beutel und zog das Dokument hervor, das er dem Amtmann wortlos vor die Nase hielt. Mit spitzen Fingern nahm Kesselstadt das Schriftstück in Empfang. Als er das Siegel näher betrachtete, wurden seine Augen groß.

»Es ist das Wappen des Kurfürsten und Erzbischofs von Trier«, stammelte er und schaute erstaunt auf. »Was hast du mit dem Kurfürsten zu schaffen?«, fragte er misstrauisch.

»Alles, was Ihr wissen müsst, steht in dem Schreiben«, erklärte Bendicht, den der ungläubige Blick des Mannes belustigte.

»Bist du von Sinnen?«, fragte der Amtmann entrüstet. »Ich kann nicht das Siegel des Kurfürsten aufbrechen. Das darf nur der Graf von Nassau-Saarbrücken«, erklärte er ernst.

»Mir soll es recht sein«, sagte Bendicht gereizt. »Bringt uns zum Grafen, damit ich meinen Neffen endlich aus diesem Loch freibekomme.«

Kesselstadt verschwand im Innern des Hauses, um kurz darauf in einen schwarzen Umhang gekleidet herauszukommen.

»Wir müssen ein Stück an der Saar entlang bis zum Schloss gehen«, erklärte der Amtmann mürrisch und zischte: »Folgt mir!«

Sie gingen längs der Mauer, die zur Saarseite gelegen war, und mussten an der Brücke nach Sankt Johann links abbiegen. Schon bald erreichten sie einen Torbogen, der der Zugang zum Schloss war. Wenige Schritte hinter dem Tor befanden sich rechts und links des Weges Wachhäuser. Davor standen zwei ernst dreinblickende Waffenträger in Uniform, die sich ihnen in den Weg stellten.

»Welches Begehr?«, fragte einer und stellte seine Lanze gut sichtbar vor sich, als er den Amtmann erkannte. »Kesselstadt«, sagte er hochnäsig. »Was führt dich hierher?«

»Halt's Maul, Friedrich. Auch wenn du mein Stiefbruder bist, erwarte ich die nötige Ehrerbietung für mein Amt und meine Person. Ich muss den Grafen in einer dringlichen Angelegenheit sprechen.«

Als der Wachmann etwas sagen wollte, zischte der Amtmann: »Wage nicht, mir die Lüge aufzutischen, dass der Graf nicht da sei. Ich weiß, dass er im Schloss weilt. Sonst kannst du dich das nächste Mal, wenn bei dir etwas im Argen liegt, selbst beraten. Jetzt lass mich nicht länger draußen stehen.«

Bendicht konnte am Mienenspiel des Wachmanns erkennen, dass er mit sich kämpfte.

»Sie bleibt mit den Pferden hier stehen«, forderte der Mann und zeigte mit seiner Lanze auf Susanna.

»Wenn du es so befiehlst«, höhnte der Amtmann und schritt auf die kleine Brücke über den Burggraben, der die Festung von der Stadt trennte. »Beeil dich«, hielt er Bendicht an, der Susanna aufmunternd zulächelte.

Im Eilschritt folgte er Kesselstadt durch einen langen breiten Gewölbegang, der durch das viereckige höchste Gebäude des Schlosses führte. Von dort gelangten sie in den Innenbereich der Schlossanlage, wo sich ein großer Platz öffnete, der von mächtigen Gebäuden umgeben war.

»Du wartest hier«, wies Kesselstadt im Befehlston Bendicht

an. Ohne seine Antwort abzuwarten, verschwand er in dem herrschaftlichen Bau. Es dauerte nicht lange, da kam der Amtmann zurück und sagte: »Ich werde mit euch nach Gersweiler kommen und dafür Sorge tragen, dass euer Neffe sofort freikommt.«

Erleichtert schloss Bendicht für einen kurzen Augenblick die Augen. Der Amtmann blickte ihn mit seinen kleinen dunklen Augen durchdringend an. »Ich würde zu gerne wissen, warum sich der Kurfürst von Trier für euch Fremde einsetzt.«

Bendicht lächelte und schwieg.

Urs trat aus der Wirtsstube auf die Treppe und sog die frische Luft in seine Lunge ein. Er konnte nicht fassen, dass er ein freier Mann war und man ihn nicht länger eines Verbrechens beschuldigte, das er nicht begangen hatte. Gemeinsam mit Susanna und seinem Oheim ging er zur Koppel.

»Was hat in dem Brief des Kurfürsten gestanden?«, wollte Urs wissen, der von der Tatsache, dass Karl Kaspar von der Leyen ihm geholfen hatte, beeindruckt war.

»Das, mein Junge, soll dir dein Vater verraten«, sagte Bendicht verschmitzt lächelnd. Dann wandte er sich Susanna zu.

»Was wirst du jetzt machen?«, fragte er sie.

»Ich hadere mit mir, ob ich noch einmal zu der Kirche reiten soll. Vielleicht hat Jeremias den Schatz gefunden und gibt mir ein paar Münzen ab«, sagte sie leise. Susanna glaubte eine leichte Bewegung auszumachen, ganz so, als ob Urs ihre Hand berühren wollte. Doch anscheinend verließ ihn der Mut …

»Du weißt, dass Jeremias ein Schurke ist. Glaubst du wirklich, dass er den Schatz mit dir teilen wird?«, fragte Urs ungläubig. Während er ihr fest in die Augen blickte, glaubte er einen besonderen Schimmer darin zu erkennen.

»Natürlich weiß ich das, aber ich habe keine Wahl«, antwortete Susanna und erwiderte Urs' Blick, während sie verlegen erklärte: »Nur mit dem Schatz kann ich mit meinem Vetter Arthur ein besseres Leben führen.«

Bendicht waren die Blicke der beiden jungen Menschen nicht entgangen, die anscheinend zueinander wollten, aber nicht konnten. Keiner der beiden wagte seine Gefühle ehrlich auszusprechen. *Wahrscheinlich wissen sie noch nicht, dass sie einander mögen*, dachte Bendicht schmunzelnd und sagte deshalb: »Da ich kein Verlangen habe, erneut im Dunklen zu reiten, haben wir genügend Zeit, dich zur Kirche zu begleiten. Es reicht, wenn wir uns morgen früh auf den Weg nach Trier machen.«

Susanna und Urs blickten ihn freudestrahlend an. Und Bendicht konnte erkennen, wie beide erröteten.

Urs ritt auf dem Salinenpferd, das Markus gehört hatte, hinter den beiden Schlachtrössern her. Er war froh, dass weder Susanna noch sein Oheim ihm ins Gesicht blicken konnten, denn ihm war die Freude anzusehen, dass die Trennung von Susanna aufgeschoben war. Als sein Oheim vorschlug, Susanna zur Kirche zu begleiten, hätte er vor Glück jubeln können. Der Gedanke, sie verlassen zu müssen, hatte ihm einen Stich versetzt. Nun waren sie fast einen Tag länger zusammen. Das war ein Tag länger Zeit, um zu überlegen, wie er Susanna nach Trier locken konnte.

Susanna hätte ewig weiterreiten mögen, und auch ihr stand die Freude ins Gesicht geschrieben. Zu wissen, dass Urs frei und nahe bei ihr war, machte sie glücklich. *Nun muss er mich nur noch fragen, ob ich mit ihm nach Trier reiten möchte*, dachte sie und spürte, wie bei diesem Gedanken ihre Wangen heiß wurden.

Kaum waren sie auf den Pfad zur Kirche eingebogen, herrschte gespenstische Stille. Unruhig blickte sich Susanna um, als sie die ersten toten Ratten sah. »Schaut«, rief sie aus und schüttelte sich. Mit zittrigem Finger wies sie auf die verendeten Tiere.

»Ich habe sie bereits gesehen. Dass es so viele tote Ratten sind, gefällt mir gar nicht«, erwiderte Bendicht.

Je näher sie der Aschbacher Kirche kamen, desto mehr Tierleichen lagen auf dem Pfad. In der Luft hing ein süßlicher Geruch von Verwesung, der stärker wurde, je näher sie der Kirche kamen. Bendicht hielt sein Pferd an und sagte mit sorgenvoller Miene: »Ihr beide bleibt hier, während ich mich umschaue.«

Susanna hielt sich die Hand vor Nase und Mund und blickte ängstlich zum Eingang der Kirche. Sie sah Urs und Bendicht an und wisperte: »Markus muss noch da drinnen liegen.«

»Markus ist tot und kann uns nichts mehr anhaben. Mich sorgt Jeremias«, sagte Urs und beobachtete aufmerksam die Umgebung. Als er vom Pferd steigen wollte, raunzte Bendicht: »Bleib sitzen. Auch du, Susanna, bleib sitzen!«

Bendicht kramte in seinem Beutel und entnahm ihm ein kleines Fläschchen, aus dem er einen Tropfen auf den Finger fließen ließ, den er sich unter die Nase tupfte. »Lavendelöl«, erklärte er und gab Susanna und Urs einige Tropfen ab. »Der Lavendelduft mindert den Gestank«, erklärte er und beträufelte ein kleines Tuch, das er sich vor Mund und Nase presste.

»Ihr folgt mir auf keinen Fall«, befahl er mit gedämpfter Stimme und betrat die Kirche.

Bendicht war nur kurz im Innern verschwunden. Als er wieder herauseilte, fragte er keuchend: »Hat Jeremias lange schwarze Haare?« und blickte Susanna an, die nickte. »Er ist tot«, schnaufte Bendicht heftig.

Susanna und Urs blickten zwischen Kirche und Oheim hin und her. Schließlich fragte Urs: »Ist er ermordet worden? Als er zu mir in den Keller kam, machte er einen gesunden Eindruck.«

»Er ist bei dir gewesen?«, schrie Bendicht auf, und Urs bejahte erschrocken. »Hat er dich berührt?«

Urs schüttelte den Kopf. »Nein, er hat mir Angst gemacht, deshalb hielt ich mich von ihm fern.«

»Das ist dein Glück, mein Junge«, atmete Bendicht auf.

Urs blickte ihn fragend an.

»Jeremias ist an der Pest gestorben«, erklärte der Oheim.

»An der Pest?«, flüsterte Susanna entsetzt.

Bendicht nickte.

»Hat er dich angefasst?«, fragte er das Mädchen.

»Warum?«, fragte sie ängstlich.

»Weil ich sicher bin, dass die Pest durch Berührung übertragen wird.«

Susanna wurde leichenblass und fuhr sich vor Schreck mit der Hand an den Hals. »Jeremias hat mich festgehalten, als ich fliehen wollte«, flüsterte sie mit trockenem Mund.

»Wie lang ist das her?«, fragte Bendicht besorgt.

»Drei Tage«, antwortete sie mit kratziger Stimme und schaute ihn mit Schrecken in den Augen an.

Urs blickte entsetzt und zugleich angsterfüllt von seinem Oheim zu Susanna. »Was willst du damit andeuten?«, fragte er verstört.

Bendicht wusste nicht, was er den beiden jungen Menschen antworten sollte, denen die Furcht ins Gesicht geschrieben stand. Susannas Lage war ernst – sehr ernst sogar, und er wusste nicht, wie er sie abmildern konnte.

»Hat Jeremias einen Pestkranken berührt?«, fragte Urs.

Bendicht nickte. »Ja, so muss es gewesen sein.«

»Markus?«

Bendicht schüttelte den Kopf. »Markus wurde erstochen. Ich konnte keine Anzeichen der Krankheit an seiner Leiche erkennen. Jeremias muss sich erst vor wenigen Tagen verseucht haben, denn die Gelehrten haben beobachtet, dass von der Ansteckung bis zum Tod nur drei bis sieben Tage verstreichen.«

Susanna schrie leise auf und starrte auf die gebräunte Haut ihrer Arme. Hastig untersuchte sie sich nach Anzeichen der Seuche.

»Wir müssen noch mindestens vier Tage abwarten, besser einige mehr«, erklärte Bendicht mitfühlend. »Doch sorge dich nicht, Susanna! Du bist jung, und dein Körper ist nicht ausgezehrt. Er wird die Kraft haben, gegen die Krankheit zu kämpfen«, versuchte er sie zu trösten.

Susanna nickte mit Tränen in den Augen und flüsterte: »Die Seuche muss von Thomas gekommen sein. Als Markus mich an den Gräbern gefangen nahm, hat Jeremias Thomas angefaucht, er solle ihn nicht mit seinen Pestfingern berühren. Der Bruder von Thomas ist an der Pest gestorben und liegt hinter der Kirche beerdigt.«

»Das ist die Erklärung«, stellte Bendicht nüchtern fest.

»Und die toten Ratten? Haben sie sich an Jeremias' Leiche angesteckt?«, fragte Urs seinen Oheim.

»Das weiß ich nicht«, gab Bendicht zu.

»Jede verendete Ratte ist eine weniger, und das ist gut so – einerlei aus welchem Grund«, schnaubte Susanna mit Blick auf die toten Tiere.

»Muss Thomas auch an der Pest sterben?«, wollte Urs wissen.

»Ich will hoffen, dass auch sein Körper stark genug ist, die Seuche abzuwehren«, erklärte Bendicht und fügte mit ernster Miene hinzu: »Wir müssen die beiden Toten beerdigen.«

Susanna hob abwehrend die Hände. »Ich fasse die Toten nicht an!«, sagte sie mit schriller Stimme. Sie zitterte, als ob eisige Kälte herrschte, und umschlang mit beiden Armen ihren Oberkörper.

Besorgt blickte Bendicht zu Urs, da er befürchtete, dass dieser das Mädchen in den Arm nehmen wollte, um sie zu trösten. Doch Urs stand wie versteinert da.

»Ich werde sie als Einziger berühren, denn ich weiß, wie ich vorzugehen habe«, flüsterte Bendicht. »Urs, du suchst eine Schaufel. Du, Susanna, suchst alle Kräuter zusammen, die du finden kannst.«

Urs fand eine Schaufel hinter der Kirche und hob ein breites Grab aus. Die Kräuter, die Susanna im Wald gesammelt hatte, verbrannte Bendicht in der Kirche, sodass das Gebäude ausgeräuchert wurde und der Verwesungsgestank verging. Bendicht rieb sich Hände und Gesicht dick mit Ringelblumensalbe ein, die er in einem Tiegel im Rucksack mitgebracht hatte.

»Ein Heiler geht nie ohne Essenzen und Salben aus dem Haus«, erklärte er, während er sich einfettete.

»Wozu soll das gut sein?«, fragte Urs, der sich ebenfalls Gesicht und Hände einreiben musste.

»Damit die Pest sich nicht an uns festhalten kann«, erklärte der Oheim.

Bendicht zog Markus an den Hosenbeinen aus der Kirche bis zum Grab, wo er ihn hineinfallen ließ, und sofort schaufelte Urs Erde über den Toten. Auf die gleiche Weise brachte Bendicht Jeremias zu seiner letzten Ruhestätte. Als er ihn in das Loch fallen ließ, erblickte Urs das Heftchen, das aus Jeremias' Hosentasche hervorlugte.

»Die magischen Schriften«, rief Urs und wollte danach greifen.

»Bist du von Sinnen?«, brüllte der Oheim. »Sie sind jetzt für immer verloren«, erklärte er und riss ihm die Schaufel aus der Hand, um das Grab zu schließen.

In einem Teich unweit der Aschbacher Kirche badeten Bendicht, Urs und auch Susanna nach der Bestattung der Toten. Sie wuschen sich mit Kräutern und rieben sich die Leiber mit wohlriechenden Salben ein, die Bendicht mitgebracht hatte. Susanna rubbelte gerade ihr Haar trocken, als Urs auf sie zutrat und ihr gestand: »Wir haben bei Jeremias die magischen Schriften gefunden und mit ihm begraben.«

»Das war richtig«, sagte Susanna leise.

»Nun ist auch die Karte überflüssig geworden«, erklärte Urs und zog das Schriftstück aus seinem Beutel.

»Du hast die Karte noch? Jeremias hat sie nicht gefunden?«, rief Susanna erstaunt.

Urs lächelte verschmitzt. »Meine Mutter hatte uns für die lange Reise in jeden Beutel doppelte Böden eingenäht, unter denen wir wertvolle Dinge verstecken konnten. Ich hatte vergessen, dass die Karte in dem Beutel lag«, gab er kleinlaut zu.

Susanna seufzte leise. »Ohne die magischen Schriften ist sie tatsächlich nutzlos.« Sie schüttelte den Kopf. »Alles war umsonst«, flüsterte sie.

Urs streckte bereits die Hand aus, um sie zu streicheln, zog sie dann aber rasch wieder zurück.

Susanna war die Bewegung nicht entgangen. Ihr war, als ob ein Schwert durch ihr Herz raste. Nur mit Mühe konnte sie die Tränen zurückhalten. Sie tat, als ob sie die Geste nicht bemerkt hätte.

»Darf ich die Karte sehen?«, fragte Bendicht, der die Szene beobachtet hatte und beide ablenken wollte. Nachdenklich studierte er die Zeichen, Namen und Markierungen und blickte sich grübelnd um. Er schaute zur Sonne und zum Boden und ging einige Schritte hin und her.

»Wir müssen warten, bis die Dämmerung einsetzt«, sagte er schließlich. Fragend zog Susanna die Augenbrauen zusammen, und auch Urs blickte seinen Oheim fragend an.

»Deine Karte, Susanna, zeigt den genauen Standpunkt, wo der Mönch seinen Schatz vergraben hat.«

»Das weiß ich. Aber wir haben keine magische Beschwörungsformel, um den Schatzgeist zu bannen. Wir haben keine Wünschelrute, keinen Bergspiegel und keine Kräuter – wir haben nichts, außer dieser Karte.«

»Du vergisst, mein Kind: Ihr habt mich«, verkündete Bendicht und gab sich Mühe, nicht allzu belustigt auszusehen.

»Ich verstehe dich nicht«, flüsterte Susanna erschöpft.

»Paracelsus sagt …«, begann Bendicht, als er von Urs unterbrochen wurde: »Wir wissen, was der Gelehrte sagt, denn ich habe es in seinem Buch gelesen.«

»Er lehnt Schatzsuchen ab«, erklärte Susanna leise.

Bendicht schmunzelte. »Da ist nur zum Teil richtig. Paracelsus lehnte die Suche nach Schätzen der Naturgeister ab. Wir hingegen suchen keinen Schatz der Naturgeister, sondern folgen den Markierungen, die auf der Karte eingezeichnet sind. Dieser Schatz wurde nämlich von einem Menschen verscharrt, der wegen seiner Geldgier nun in der Zwischenwelt wandelt und erlöst werden muss.«

Der Mond ging auf, und Bendicht blickte zufrieden um sich. Bereits bei Tageslicht hatte er die Stelle nahe der Aschbacher Kirche gesucht, die er bei Nacht beschwören wollte. »Es ist soweit«, sagte er zu Susanna und Urs, die aufgeregt neben ihm saßen. Er nahm die Schatzkarte zur Hand und schritt neben der Kirche über eine Wiese, auf der ein kleiner Findling lag.

Bendicht hielt sich an einen Plan, den er sich Stunden zuvor in Gedanken zurechtgelegt hatte. Zuerst umrundete er den Stein drei Mal und murmelte dabei: »Nimm eine schwarze Katze, begrabe sie und sieben schwarze Bohnen in der Erde. Wenn die Bohnen wachsen, so nimm sie heraus und trage sie bei dir, dann siehst du alle Schätze.« Bendicht streute Körner über den Findling und schritt weiter zu einem Buchenhain. Dort berührte er zwölf Bäume, die rechts von ihm standen, und blickte zu Boden. Leise murmelte er: »Ich beschwöre euch, ihr Geister, gebt den Schatz frei!«

Bendicht blickte suchend umher und erblickte mehrere helle Steine, die fest in den Boden gestampft schienen und vom Mond angestrahlt wurden. Er gab Urs ein Zeichen, und der reichte ihm den Spaten. Während Bendicht schaufelte, flüsterte er den Psalm 13, Vers 44, des Matthäus-Evangeliums: »Abermals ist gleich das Himmelreich einem verborgenen Schatz im

Acker, welchen ein Mensch fand und verbarg ihn und ging hin vor Freuden über denselben und verkaufte alles, was er hatte, und kaufte den Acker.«

Susanna hatte eiskalte Hände und Füße. Sie konnte ihr Zittern kaum unterdrücken. Besorgt schaute sie sich nach allen Seiten um. Nicht nur die Angst vor der Seuche beherrschte sie. Nun kam die Furcht vor den Schatzgeistern noch hinzu. Zitternd griff sie nach der Münze in ihrer Rocktasche und flehte erneut den Heiligen Christophorus an, ihr beizustehen.

Plötzlich war ein klingender Ton zu hören, als die Schaufel auf etwas Metallenes stieß. Susanna glaubte, ihr Herz würde aufhören zu schlagen, und schlug sich mit der Hand vor den Mund, um nicht aufzuschreien. Urs schaute aufgeregt zu ihr.

Vorsichtig legte Bendicht einen goldenen Krug frei, der mit kleinen Edelsteinen verziert war. Er zog das Gefäß aus seinem Versteck und hielt es hoch, sodass Susanna und Urs es betrachten konnten. Der Krug war mit einem Stück Leinen verschlossen, das Bendicht behutsam entfernte. Er schüttete den Inhalt des Gefäßes vor Susanna auf den Boden. Silber- und Goldmünzen kullerten vor ihr in den Staub.

»Du bist reich!«, sagte Bendicht zu Susanna, die fassungslos auf die Münzen starrte.

»Aber der Schatzgeist«, wisperte Susanna voller Angst.

»Da er sich nicht gezeigt hat, wird seine Seele erlöst und ins Himmelreich aufgefahren sein«, erklärte Bendicht und lächelte verschmitzt.

Nun lachte auch Susanna und blickte aufgeregt zu Urs, der einen Schritt auf sie zuging.

Bendicht sah die Bewegung aus dem Augenwinkel, und sein Kopf ruckte herum. »Nicht! Fasst euch nicht an!«, rief er aufgebracht. »Ihr müsst euch noch beherrschen«, befahl er barsch und erkannte, wie die Freude über den Schatz in Susannas und Urs' Augen erstarb.

Kapitel 40

Susannas Gefühle waren zwiegespalten. Sie hatte in der Nacht kein Auge zugemacht. Auf der einen Seite konnte sie ihr Glück kaum fassen, und sie hielt den Krug fest umklammert. Das Bewusstsein, dass sie die umherirrende Seele des Schatzgeistes befreit hatte, wie ihr Bendicht versichert hatte, ließ ihr Herz vor Freude ebenso hüpfen wie der Gedanke, dass sie nun ein sorgenfreies Leben führen konnte. Doch auf der anderen Seite beherrschte sie die Angst, sich mit der Pest angesteckt zu haben und sterben zu müssen. »Was ist der Schatz für mich dann noch wert?«, jammerte sie leise. Sie unterdrückte das aufkommende Selbstmitleid und nahm sich vor, ihr Versprechen einzulösen und ihren Vetter Arthur in Brotdorf aufzusuchen. *Ihm werde ich vor meinem Tod ein besseres Leben ermöglichen,* schwor sie sich in Gedanken. *Und wenn ich es nicht mehr kann, muss Bendicht dafür sorgen,* überlegte sie. Susanna würde den Heiler in die Pflicht nehmen, sich im Falle ihres Ablebens um ihren Vetter Arthur zu kümmern.

Vorsichtig schielte sie zu Urs, der seit dem Schatzfund kaum mit ihr gesprochen hatte. Susanna beschlich das Gefühl, dass auch er sich über ihr Glück nicht freuen konnte. *Der Schatz gehört uns beiden,* dachte sie, aber sie wagte nicht, es ihm zu sagen. Stattdessen hoffte sie inbrünstig, dass er sie bat, mit nach Trier zu kommen. *Dann bin ich nicht allein, wenn der Herrgott mich zu sich ruft,* dachte sie und weinte leise.

Auch Urs hatte in der zurückliegenden Nacht nicht einen Augenblick geschlafen, denn zu viele Gedanken schwirrten ihm durch den Kopf. Er freute sich für Susanna, dass sie nun reich war und unbeschwert leben konnte, doch gleichzeitig verdammte er den Schatz. Das Geld würde Susanna die Freiheit einräumen, zu tun und zu lassen, was sie wollte. Er hingegen konnte ihr nichts bieten, womit er sie für sich gewinnen konnte. Bevor sie den Schatz gefunden hatten, wünschte er sich nichts sehnlicher, als dass sie seine Gefühle erwiderte. Doch nun hatte sich alles geändert. Daran, dass Susanna krank sein könnte, wagte er nicht zu denken, und er versuchte die Angst davor zu verscheuchen. Urs schaute traurig zu Susanna, die den Krug in den Armen hielt. Der Mut, sie zu fragen, ob sie mit ihm gehen wolle, hatte ihn verlassen.

Bendicht ließ immer wieder seinen Blick prüfend über Susannas Körper schweifen, ob er Anzeichen der Pest entdecken konnte. Wenn er dann weder Verdickungen an ihrem Hals noch sonstige Merkmale feststellen konnte, atmete er erleichtert auf. Da er Urs und Susanna nicht aus dem Blick ließ, konnte er die Gedanken, Sehnsüchte und Ängste der jungen Menschen von ihren Gesichtern ablesen. Auch wenn die Tage der Ansteckung noch nicht vorbei waren, so hätte er beide nur zu gerne geschüttelt und zusammengeführt, aber das mussten sie allein schaffen. Allerdings wollte er sie wenigstens in die richtige Richtung stupsen, jedoch ohne Susanna dabei zu berühren. So ging er lächelnd auf das Mädchen zu und bat: »Darf ich mir die Münzen genauer ansehen?«

Susanna stand auf und reichte ihm den Krug. Bendicht nahm mehrere Münzen heraus und betrachtete sie.

»Du weißt, dass du mit den Münzen nicht viel anfangen kannst, da ihre Währung nicht mehr gilt?«

Erschrocken blickte das Mädchen ihn an.

»Du musst sie gegen gebräuchliche Münzen umtauschen«, erklärte er.

»An wen muss ich mich deshalb wenden?«, fragte Susanna, die für die Ablenkung dankbar war.

»Das Problem ist nicht, jemanden zu finden, der dir die Münzen umtauscht. Du musst jemanden treffen, der ehrlich zu dir ist. Gold ist rar geworden, sodass dein Fund mehr wert ist, als er im Augenblick scheint. Überall gibt es Lügner und Betrüger, für die ein unerfahrenes Mädchen leichte Beute ist.«

Kaum hatte Bendicht seine kleine Rede beendet, sprang Urs auf. Bendicht wollte bereits losbrüllen, als sein Neffe zwei Schritte vor Susanna stehen blieb.

»Wenn du mit uns nach Trier kommst, würde ich aufpassen, dass dich niemand betrügt«, erklärte er voller Eifer. »Komm mit mir«, flüsterte er und schaute sie scheu an.

Als sie nickte, wollte er freudestrahlend nach ihrer Hand greifen, die sie entsetzt wegzog.

Der Salinenbetreiber Eckart Schiffer ritt zurück nach Sulzbach. In Saarbrücken hatte er versucht, bei einem Geldverleiher einen weiteren Kredit zu erhalten, doch da er nicht genug Gegenwert hatte, wurde ihm dieser verweigert. Obwohl er dem Mann eindringlich erklärte hatte, dass er das Geld für eine notwendige Bohrung benötigte, blieb dieser unerbittlich. Als Schiffer an den höhnischen Gesichtsausdruck des Geldverleihers dachte, kniff er die Lippen zusammen. »Dieser Hornochse hat nichts verstanden«, presste er wütend hervor.

Als er in der Saline ankam, wurde er bereits vom Siedemeister Müller erwartet, der ihm fragend entgegenblickte. Schiffer saß vom Pferd ab und sagte kein Wort, sondern reichte Müller kopfschüttelnd die Zügel und eilte die Treppenstufen hinauf in seine Schreibstube. Dort ging er aufgeregt auf und ab. Jetzt blieb ihm nichts weiter übrig, als sich zu gedulden und auf Nachricht von Jeremias zu warten.

Doch Schiffers Hoffnung, dass der Söldner ihm von dem Schatz einen Teil abgeben würde, schrumpfte mit jedem Atemzug. »Dieser Schuft ist mit dem Schatz wahrscheinlich über alle Berge geflohen«, grollte er und schlug mit der Faust auf den Schreibtisch. »Und er hat meine Pferde mitgenommen!«

Im selben Augenblick war ein unheimliches Rauschen und Poltern unter seinen Füßen zu hören. Das Haus wackelte, und der Boden schien sich zu bewegen.

Aufgeregt stürzte Schiffer nach draußen, wo, durch den Krach aufgescheucht, seine Arbeiter zusammenliefen. Plötzlich war ein lauter Knall zu hören, und das Haus stürzte zusammen. Schreiend liefen die Menschen auseinander. Als sich die dichte Staubwolke verzogen hatte, tat sich vor ihnen im Boden eine tiefe Grube auf.

»Das ist das Ende der Saline«, flüsterte Schiffer, der wusste, dass selbst der Fund eines Schatzes ihn nun nicht mehr würde retten können.

Die Magd Anna erwachte mit starken Schluckbeschwerden. Mehrmals räusperte sie sich, doch das Halsweh blieb. Besorgt strich sie sich über die Verdickungen an ihrem Hals, als ein Hustenanfall sie quälte. Sie ging aus ihrem Zimmer bis zum Treppenabsatz und rief den Wirt. Als der seinen Kopf aus der Schankstube streckte, sagte sie heiser: »Ich habe mir eine heftige Erkältung zugezogen und muss zur Apotheke nach Saarbrücken.«

»Das hat mir gerade noch gefehlt«, rief er ihr ungehalten zu.

»Hab dich nicht so«, krächzte Anna hinunter. »In all den Jahren war ich noch nie krank. Ich beeile mich.«

»Das will ich dir auch raten«, antwortete er mürrisch und verschwand wieder in der Schenke.

Anna kleidete sich an und grinste dabei. Denn statt nach Saarbrücken wollte sie heimlich zur Aschbacher Kirche marschieren, um dort Jeremias aufzusuchen. »Ich bin gespannt, was er sagt, wenn ich vor ihm stehe«, freute sie sich und beachtete die stärker werdenden Halsschmerzen nicht weiter.

Damit ihr niemand begegnete und sie nicht verraten werden

konnte, ging Anna nicht den üblichen Weg zur Kirche, sondern schlich über die einsamen Pfade durch den Wald. Immer wieder musste sie pausieren, da Hustenkrämpfe ihren Körper schüttelten. Sie konnte regelrecht spüren, wie die Knoten am Hals dicker wurden. Mehrmals hielt sie schnaufend inne und wischte sich den Schweiß von der Stirn. Sie zitterte am ganzen Leib, und jeder Schritt wurde zur Qual.

Als sie versuchte, einen umgestürzten Baum zu überklettern, rutschte sie ab und fiel hin. Kraftlos blieb sie liegen und murmelte: »Ich will mich nur etwas ausruhen, dann marschiere ich weiter.«

Ein Jahr später fanden Jäger Annas skelettierte Leiche.

Vor Freude laut schreiend, wollte Arthur sich an die Brust seiner Base Susanna werfen, als ihn ein Mann am Arm festhielt. Erschrocken schaute der Junge den Fremden an. Doch dessen Augen blickten milde, was ihm die Angst nahm.

»Du darfst deine Base nicht anfassen. Sie hat eine ansteckende Hautkrankheit, die jedoch in einer Woche abgeheilt ist«, erklärte Bendicht und hoffte, dass der Junge ihm Glauben schenkte.

Fragend blickte Arthur zu Susanna, die ihn zaghaft anlächelte und nickte.

Der Junge zog seine Stirn kraus und sagte: »Ich kann aber keinen Ausschlag sehen.«

»Das ist auch gut so«, flüsterte sie.

»Die Krankheit ist zum Glück nur auf ihrem Rücken sichtbar«, erklärte Bendicht rasch.

Arthur gab sich damit anscheinend zufrieden, denn er sagte freudestrahlend: »Endlich bist du gekommen.« Doch dann wurde sein Blick ernst. »Du bist doch gekommen, um mich zu holen? Oder wirst du wegen der Krankheit …«

»Natürlich«, rief Susanna hastig. »Heute löse ich mein Versprechen ein«, erklärte sie und versuchte zu lächeln.

Neugierig blickte Arthur zwischen dem fremden Mann und dem Burschen hin und her, die neben Susanna standen.

»Wo ist deine Mutter?«, fragte Susanna.

»In der Küche.«

»Und dein Vater?«

»Beim Köcker, saufen!«

Susanna ging auf die Hütte zu und betrat die Küche, wo ihre Muhme Gemüse putzte. »Sei gegrüßt«, sagte sie zaghaft.

Agnes blickte erschrocken auf. Als sie ihre Nichte erkannte, fragte sie mürrisch: »Was willst du hier?«

»Ich möchte Arthur zu mir nehmen.«

»Was heißt das?«, fauchte Agnes und schob den Topf zur Seite.

»Ich weiß, dass Arthur nicht Alberts leiblicher Sohn ist und dass der Junge darunter zu leiden hat. Als ich von hier fortging, habe ich Arthur versprochen, ihn zu holen, sobald es mir möglich ist. Nun ist es soweit. Vertrau mir deinen Sohn an, damit ich ihm ein besseres Leben bieten kann.«

Abschätzig blickte Agnes Susanna an, die mit schmutzigen und abgerissenen Kleidern vor ihr stand. »Du willst mich wohl zum Narren halten? Sieh dich an! Was kannst du meinem Sohn bieten, was er hier nicht bekommen könnte?«

»Ich weiß, das mag dir sonderbar erscheinen, aber ich würde nicht vor dir stehen, wenn ich nicht die Mittel hätte, für Arthur und mich zu sorgen. Ich werde nach Trier gehen und dort ein neues Leben beginnen.« In Gedanken fügte Susanna hinzu: *Und falls ich sterbe, wird Bendicht ihm das ermöglichen, denn er hat es mir versprochen.*

In diesem Augenblick hörte man Agnes' Mann Albert schreien: »Arthur, du Taugenichts, komm sofort hierher, sonst setzt es Prügel!«

Susanna blickte Agnes flehend an. »Auch du kannst mit deinen Kindern kommen. Ich werde für euch sorgen, das verspreche ich dir. Du bist die einzige Verwandte, die ich noch habe«, flüsterte sie unter Tränen.

Agnes schüttelte den Kopf. Auch ihre Augen wurden feucht. »Ich gehöre zu meinem Mann. Aber nimm meinen Sohn mit und sorge für ihn«, sagte sie leise und wollte Susannas Hand ergreifen, die diese ihr entzog. Agnes führte die Geste darauf zurück, dass sie die Nichte aus dem Haus geworfen hatte, und flüsterte: »Verzeih mir!«

Susanna nickte und schwor: »Ich werde dafür sorgen, dass es Arthur an nichts mangelt, Muhme.«

Agnes ging mit ihr hinaus und umarmte weinend ihren Sohn. Dann ließ sie ihn mit Susanna ziehen.

Barbli begrüßte überschwänglich ihren Sohn Urs und ihren Schwager. Als sie Susanna erblickte, sagte sie leise: »Grüezi di«, und das Mädchen antwortete schüchtern: »Ich grüße dich auch.«

Barbli schaute von Susanna zu dem Knaben an Bendichts Hand.

»Er ist Susannas Vetter«, erklärte der Schwager kurz in seiner Muttersprache.

Barbli nickte dem Jungen freundlich zu, der sie mit großen Augen betrachtete. »Wir sollten Hochdeutsch reden«, sagte sie lächelnd und schaute wieder zu Susanna und ihrem Sohn, der unruhig seine Hände knetete. Nachdenklich betrachtete sie die beiden, als Urs seinen Oheim anblickte.

Bendicht wusste, was seinen Neffen beschäftigte. In Gedanken zählte er erneut die Tage seit der Abreise zusammen. Ein letztes Mal blickte er Susanna prüfend an, ob er bei ihr Zeichen der Seuche an Hals, Gesicht oder Armen erkennen konnte. Dann holte er tief Atem, trat an die Seite seines Neffen und flüsterte ihm zu: »Die Gefahr ist gebannt! Susanna ist gesund.«

Mit einem leisen Aufschrei zog Urs Susanna an sich, die ihn erschrocken anblickte und von sich stoßen wollte. Doch ein Blick in Bendichts Richtung verriet ihr, was der Heiler seinem Neffen soeben zugeraunt hatte, und erleichtert schloss sie kurz die Augen. Dann schmiegte sie sich in Urs' Arme.

Barbli konnte sich auf das Verhalten ihres Schwagers und ihres Sohnes keinen rechten Reim machen. Sie spürte nur, dass unter ihnen plötzlich große Freude herrschte.

»Mutter ...«, wollte Urs erklären, doch Barbli schüttelte den Kopf.

»Du musst mir nichts erklären, mein Sohn. Ich freue mich für euch beide.«

Nachwort

Liebe Leserinnen und Leser,
bevor ich Ihnen erläutere, was in meinem Roman *Das Pestzeichen* meiner Fantasie entsprungen und was Realität ist, lassen Sie mich einen Hinweis vorausschicken, der mir am Herzen liegt, denn dieses Thema taucht bei Lesungen immer wieder auf:

Um das Handeln, die Gedanken, den Glauben und auch den Aberglauben der Personen in einem historischen Roman verstehen zu können, müssen wir beim Lesen unser heutiges Wissen »ausschalten«. Wir aufgeklärten Menschen haben begriffen, dass es keine Hexen gibt und dass sich Menschen nicht in Werwölfe verwandeln können. Doch vor Hunderten von Jahren waren die Ansichten und das daraus resultierende Tun der Menschen anders: Magie, Zauberei und ganz allgemein übersinnliche Dinge und Erscheinungen waren für die Menschen der damaligen Zeit ganz normal, sie empfanden diese Dinge als real und keineswegs ungewöhnlich. Nur wenn wir das beim Lesen eines Historienromans begreifen, können wir uns in die Geschichte fallen lassen und nachvollziehen, warum die Menschen damals so gedacht und so gehandelt haben.

Das Pestzeichen spielt wenige Jahre nach Ende des Dreißigjährigen Kriegs. Obwohl das Land größtenteils in Schutt und Asche lag und ganze Landstriche wie die Kurpfalz verwaist waren – teils infolge der direkten Kriegsopfer, teils, weil Hunger und Krankheit weitere Opfer forderten –, war es auch eine Zeit, in der die Menschen Hoffnung schöpften. Zwar bestimmte der tagtägliche Kampf ums Überleben ihr Dasein, dennoch begannen sie vielerorts mit dem Wiederaufbau.

Leider fand ich bei meiner Recherche in den Archiven keine Aufzeichnungen über das Jahr 1652, sondern meist aus den Jahren davor oder danach, was die Nachforschungen erschwerte. Doch dank ausgiebiger Gespräche mit Historikern und Fachleuten, einer umfangreichen Recherche vor Ort sowie zahlreicher Fachliteratur war es mir möglich, meiner Geschichte Leben einzuhauchen.

Mit Schatzsuche assoziieren wir meist Piraten, die vor Hunderten von Jahren auf den Weltmeeren Schiffen mit Gold und Edelsteinen hinterherjagten und dabei auch vor Gewaltanwendung nicht zurückschreckten. Auch in der heutigen Zeit suchen Menschen nach Schätzen, die in der Erde vergraben und vergessen wurden – allerdings mit harmlosen Hightech-Geräten. Doch schon im Mittelalter träumten die Menschen davon, einen Schatz zu heben und reich zu werden. Bereits im Jahr 1237 soll Heinrich III. von England geplant haben, prähistorische Gräber in Cornwall systematisch nach Schätzen absuchen zu lassen. Auch der *Sachsenspiegel,* ein Rechtsbuch aus dem 13. Jahrhundert, befasste sich mit der juristischen Auffassung von Schatzsuche. Für uns aufgeklärte Menschen jedoch ist es sicherlich schwer zu begreifen, dass die damaligen Schatzsucher an magische Schriften, Wünschelruten, Bergspiegel, Kräuter und sonstige Werkzeuge glaubten, die ihnen bei der Suche behilflich sein sollten. Auch dass die Schätze von Dämonen bewacht wurden oder sich sonnten, klingt aus unserer heutigen Sicht wahrlich abwegig. Jedoch entspricht alles, was ich über die damalige Schatzsuche geschrieben habe, dem Denken und Handeln der damaligen Schatzsucher. Anhand von Gerichtsakten aus dem 17. Jahrhundert war es mir möglich, die Planung der Schatzsucher, ihre Gedanken, Ängste und Hoffnungen sowie die Gefahren, in die sie sich begaben, detailgenau darzustellen. Allerdings ist die Geschichte um die in diesem Roman beschriebene Schatzsuche allein meiner Fantasie entsprungen.

Bereits 1549 wurde in Sulzbach Salz gewonnen, doch durch die Wirren des Dreißigjährigen Krieges lag die Saline viele Jahre still. Somit ist die Geschichte um die Sulzbacher Saline im Jahr 1652 rein fiktiv, denn erst Anfang des 18. Jahrhunderts fanden sich Saarlouiser Kaufleute, die sie pachten wollten.

Dagegen entsprechen die Vorgehensweise der Salzgewinnung, der erbitterte Wettbewerb mit der Saline in Lothringen, die Angst vor Fehlbohrungen und den damit verbundenen Konsequenzen ebenso der Tatsache wie der Zusammenbruch des Fußbodens – nur fand dies eben nicht zu der Zeit statt, in der mein Roman spielt, und nicht mit diesen Personen. Noch heute kann man die mittlerweile morschen Reste der Eichenbalken des Brunnens im Salzbrunnenhaus besichtigen.

Seit vielen Generationen befindet sich das Bachmichel-Haus im Besitz der Familie Juchem aus Eppelborn. Im Jahr 2002 begann die Familie mit der Sanierung und Restaurierung des Anwesens, wobei sie auf viele interessante Details stieß. Demnach soll im 17. Jahrhundert tatsächlich eine Familie Sonntag den Hof bewirtschaft haben. In baugeschichtlichen Auswertungen und archäologischen Untersuchungen fanden Juchems weitere Informationen über die Geschichte ihres Anwesens. So wurde anhand einer Bauholzprobe errechnet, dass der Baum, aus dem ein Balken im Gebäude gefertigt worden war, bereits im Jahr 1346 gefällt worden sein musste. Beim Ausschachten des Brunnens kamen unter anderem Saatkornreste und ein gut erhaltener Krug zum Vorschein. Wie die Dinge in den Brunnen gelangt waren, entspringt jedoch meiner Fantasie, was aber dank Herrn Franz Josef Juchems Anregungen im Bereich des

Möglichen liegt. Nach Abschluss der Instandsetzungsarbeiten des Bachmichel-Hauses lebt heute Andrea Juchem mit ihrer Familie in dem Anwesen.

Jedes Mal, wenn ich die Mauerreste der Pestkirche zu Aschbach besichtigte, konnte ich verstehen, dass die Menschen selbst viele Jahre nach der Schließung des Pestlazaretts diesen Ort mieden. Allein der Gedanke, welches Leid sich zwischen den Jahren 1624 bis 1634 hinter den Mauern abgespielt haben muss, aber auch die Vorstellung, dass in dem Waldstück hinter der Kirche Pesttote beerdigt liegen, lässt so manchen Besucher sicherlich erschauern.

Da für das Jahr 1652 dort keine Pestkranken nachgewiesen sind, ist die Geschichte um die erkrankten Händler, um Thomas und seinen Sohn Johannes, von mir erfunden. Ebenso, dass dort ein Mönch einen Schatz vergraben haben soll.

Nach dem Dreißigjährigen Krieg war das Reich größtenteils menschenleer. Um das Land neu zu besiedeln, lockte man Menschen aus den umliegenden Ländern mit Landschenkungen ins Reich; so auch Schweizer Familien. Zwar sind die Mitglieder der Familie Blatter allesamt erfundene Personen, doch auch im Saarland leben heute noch Nachfahren von Schweizer Familien, die sich hier niedergelassen haben.

Karl Kaspar von der Leyen (1618–1676) war von 1652 bis 1676 Erzbischof und Kurfürst von Trier. Er soll verantwortlich sein für ein kluges Wiederaufbau- und Wirtschaftsförderungsprogramm nach dem Dreißigjährigen Krieg, das das schwer zerstörte Trierer Land wieder halbwegs auf die Beine brachte. Teil dieses Konsolidierungsprogramms war es, dass er 1652 die Hexenverfolgung einstellen ließ. Somit entspricht es der Wahrheit, dass die Akten der Hexendenunziationen auf seinen Befehl vernichtet wurden, damit nicht später doch noch Prozesse aus ihnen erwachsen konnten. Wo immer Karl Kaspar von der Leyen Einfluss auf die Gerichte von Nachbarstaaten hatte, hat er versucht, Hexenprozesse auszubremsen bzw. hat sie aktiv behindert. Wie vielen vermeintlichen Hexen der Erzbischof auf diese Weise das Leben gerettet hat, kann niemand sagen.

Bei der Beschreibung der Orte und Landschaften sowie der Bevölkerung nach dem Dreißigjährigen Krieg habe ich versucht, mich an den wenigen überlieferten Aufzeichnungen zu orientieren bzw. alles so darzustellen, wie es hätte sein können. Allerdings musste ich das eine oder andere so umschreiben, dass es zu meiner Geschichte passte, sodass sich Fantasie und Realität in meinem Roman bunt vermischen.

Danksagung

In meinem Roman *Das Pestzeichen* erzähle ich zwar eine fiktive historische Geschichte, trotzdem war es mir wichtig, mich an so viele überlieferte Details zu halten wie möglich. Auch wollte ich erneut außergewöhnliche Figuren und Ereignisse darstellen, die in historischen Romanen nicht alltäglich sind.

Dank der Inspiration von Herrn Dr. phil. habil. Johannes Dillinger, Historiker und Sachbuchautor in Oxford und Mainz, ist die Schatzsuche der Neuzeit in meinem Roman zu einem besonderen Handlungsstrang geworden. Um meine Schatzsucher historisch korrekt agieren zu lassen, bedurfte es intensiver Gespräche, für die sich Dr. Dillinger trotz seines engen Terminkalenders jedes Mal die Zeit nahm. Dafür, und auch für die unermüdliche Beantwortung meiner Fragen, möchte ich ihm von ganzem Herzen danken.

Das Thema Pest stellt einen weiteren Erzählstrang dar. Dank des Historikers und Sachbuchautors Herrn Dr. Dieter Staerk aus Saarbrücken erfuhr ich nicht nur von der Geschichte der Pestkirche zu Aschbach, sondern auch von der ehemaligen Salzgewinnung zu Sulzbach. Die Fachliteratur, die er mir freundlicherweise zur Verfügung stellte, sucht ihresgleichen. Universitätsarbeiten waren ebenso hilfreich wie Bücher aus vergangenen Jahrhunderten. Auch die vielen Gespräche, in denen wir die Pestilenz erörterten, halfen mir, die Auswirkungen und die Angst vor dieser schrecklichen Krankheit glaubhaft darzustellen. Deshalb gebührt auch Herrn Dr. Staerk mein großer Dank.

Ebenso wie Herrn Dr. Gregor Scherf, Kunsthistoriker in Saarbrücken, der mir die Geschichte der Pestkirche näherbrachte und Rechercheunterlagen bereitstellte.

Auch bei meinem siebten Roman stand mir Frau Monika M. Metzner, Journalistin aus Lübeck, mit Rat und Tat zur Seite. Dank ihrer konstruktiven Kritik konnte ich erneut mein Handwerk verfeinern. Ihr Lob und ihre Begeisterung für das Thema in diesem Roman brachten mich Seite für Seite weiter. Ich hoffe, dass sie mir noch bei vielen Projekten hilfreich über die Schulter schauen wird, und danke ihr von ganzem Herzen für ihre unermüdliche Hilfe.

Da meine Schweizer Familie Blatter ihre wunderbare Urner Mundart sprechen sollte, recherchierte ich im Internet und in diversen Büchern. Doch erst mit Hilfe der Schweizer Schriftstellerin Margot S. Baumann gelang es mir, Jaggi und seiner Familie einige Urner Worte in den Mund zu legen, wofür ich Margot Baumann danken möchte.

Meinen Dank möchte ich auch Familie Juchem aus Eppelborn aussprechen, die mir erlaubte, die Geschichte ihres Anwesens zu verwenden. Ebenso danken möchte ich dem Historiker Herrn Johannes Naumann, der mir meine Fragen über das Bachmichel-Haus beantwortete.

Beim Schreiben meiner Romane versuche ich zwar alles im Blick zu behalten, trotzdem kann man nicht immer verhindern, dass man betriebsblind wird. Deshalb ist es für mich unumgänglich, dass ich bereits während des Schreibprozesses mit Testleserinnen zusammenarbeite. Sie achten darauf, ob alle in der Geschichte gestellten Fragen beantwortet wurden, ob man sich Figuren, Landschaften oder sonstige Beschreibungen vorstellen kann, ob die Geschichte in sich schlüssig ist und ob sie ein »Kopfkino« in Gang setzt. Mein großes Glück war es, zwei Frauen für das Testlesen zu begeistern, die nicht nur Vielleserinnen, sondern auch in verschiedenen Leseforen aktiv sind. Von ganzem Herzen danken möchte ich Frau Marion Lebugle, Konstrukteurin in Offenbach, und Frau Rebecca Marbaise, Diplom-Gymnasiallehrerin aus Aachen, die nicht nur sehr kritisch lasen, sondern auch klaglos meinem Tempo gefolgt sind. Selbst spätabends haben sie noch meine Fragen beantwortet.

Meinen großen Dank möchte ich auch meiner Lektorin Andrea Groll vom Goldmann Verlag und meiner Lektorin Eva Wagner vom Textstudio Eva Wagner (www.textstudio-wagner.de) aussprechen. Ihr Sprachgefühl sowie ihre klugen Nachfragen an den richtigen Stellen haben dazu beigetragen, dass *Das Pestzeichen* ein abgerundeter Roman wurde.

Auch möchte ich dem Schriftstellerehepaar Iny und Elmar Lorentz sowie dem Schriftsteller Richard Dübell für ihre Begeisterung und Unterstützung danken.

Wie immer möchte ich zum Schluss meiner Familie von ganzem Herzen danken. Auch beim siebten Buch herrschte kurz vor Abgabe des Romans große Hektik. Erneut hatten meine Angehörigen Verständnis für die knappe Zeit, die ich für sie hatte, und unterstützten mich, wo sie nur konnten. Meine Lieben, leider kann ich euch nicht versprechen, dass ich beim achten Buch ruhiger werde, aber mit eurer Hilfe kann ich es schaffen!

Bibliographie

Callot, Jacques, *Das gesamte Werk in zwei Bänden 1*, Herrsching: Verlagsgesellschaft mbH, 1975

Callot, Jacques, *Das gesamte Werk in zwei Bänden 2*, Herrsching: Verlagsgesellschaft mbH, 1975

Camus, Albert, *Die Pest*, Hamburg: Rowohlt Verlag, 2010

Dillinger, Johannes, *Auf Schatzsuche*, Freiburg im Breisgau: Herder Verlag, 2011

Dillinger, Johannes, *Böse Leute*, Trier: Paulinus Verlag, 1999

Franz, Günther, *Der Dreißigjährige Krieg und das deutsche Volk*, Stuttgart-Hohemheim: Gustav Fischer Verlag, 1961

Freytag, Gustav, *Der Dreißigjährige Krieg – Das Heer*, Bad Langensalza: Verlag Rockstuhl, 2010

Freytag, Gustav, *Der Dreißigjährige Krieg – Die Städte*, Bad Langensalza: Verlag Rockstuhl, 2010

Freytag, Gustav, *Der Dreißigjährige Krieg – Die Dörfer*, Bad Langensalza: Verlag Rockstuhl, 2010

Freytag, Gustav, *Bilder aus der deutschen Vergangenheit Band II*, Hamburg: Albrecht Knaus Verlag, 1983

Friesenegger, Maurus, *Tagebuch aus dem Dreißigjährigen Krieg*, München: alliteraverlag, 2007

Fritz, Michael, *Die Geschichte der Abtei Wadgassen*, Wadgassen: Selbstverlag des Verfassers, 1901

Herrmann, Bernd, *Mensch und Umwelt im Mittelalter*, Wiesbaden: Fourier Verlag, 1996

Hinkeldey Ch., *Justiz in alter Zeit*, Rothenburg: Mittelalterliches Kriminalmuseum, 1984

Hoppstädter, Kurt, und Herrmann, Hans-Walter, *Vom Faustkeil zum Förderturm*, Ottweiler: Ottweiler Druckerei, 1960

Jankrift, Kay Peter, *Katastrophen in der mittelalterlichen Lebenswelt*, Stuttgart: Jan Thorbecke Verlag, 2006

Juchem, Franz Josef, und Naumann, Johannes, *Ein Haus – Eine Familie*, Tholey: Saarbrücker Druckerei und Verlag, 2004

Jüngst, Karl Ludwig, *Nassau-Saarbrücker Salzgewinnung im Sulzbachtal: Sulzbach 1549–1736; Dudweiler 1730–1736;* herausgegeben zum Jubiläumsjahr »650 Jahre Ersterwähnung und 50 Jahre Stadt Sulzbach«, Sulzbach, Saar: Selbstverl., 1996

Köllner, Adolph, *Geschichte der Städte Saarbrücken und St. Johann Band 1,* Saarbrücken: Siebert Verlag, 1981

Köllner, Adolph, *Geschichte der Städte Saarbrücken und St. Johann Band 2*, Saarbrücken: Siebert Verlag, 1981

Naumann, Johannes, *Barockes Eppelborn*, Ottweiler: Ottweiler Druckerei GmbH, 2008

Rug, Karl, *Das Köllertal erzählt*, Püttlingen: Eigenverlag der Stadt Püttlingen, 1980

Rug, Karl, *Burg Bucherbach im Köllertal*, Püttlingen: Eigenverlag der Stadt Püttlingen, 1984

Schmidt, Georg, *Der Dreißigjährige Krieg*, München: C.H. Beck Verlag, 2006

Staerk, Dieter, *Das Saarlandbuch*, Saarbrücken: Minerva Verlag, 1985

Von Grimmelshausen, Hans Jacob Christoph, *Der abenteuerliche Simplicissimus*, Stuttgart: Philipp Reclam jun., 1996